實事求是

实践是检验真理的唯一标准

邓小平

与外国首脑及记者会谈录

台海出版社

图书在版编目(CIP)数据

邓小平与外国首脑及记者会谈录 /《邓小平与外国首脑及记者会谈录》编辑组著. –北京:台海出版社,2011.2

ISBN 978-7-80141-746-6

Ⅰ.①邓… Ⅱ.①邓… Ⅲ.①邓小平(1904～1997)–语录

Ⅳ.①A493

中国版本图书馆 CIP 数据核字(2010)第 245292 号

邓小平与外国首脑及记者会谈录

著　　者:《邓小平与外国首脑及记者会谈录》编辑组

责任编辑:安宗国　刘　硕

装帧设计:天下书装　　　　　　　版式设计:通联图文

责任校对:刘　硕　　　　　　　　责任印制:蔡　旭

出版发行:台海出版社

地　址:北京市景山东街 20 号，邮政编码:100009

电　话:010-64041652(发行,邮购)

传　真:010-84045799(总编室)

网　址:www.taimeng.org.cn/thcbs/defauit.htm

E-mail:th-cbs@163.com

经　销:全国各地新华书店

印　刷:北京高岭印刷有限公司

本书如有破损、缺页、装订错误,请与本社联系调换

开　本:700×1000　　1/16　　　插　页:2

字　数:360 千字　　　　　　　　印　张:27

版　次:2011 年 2 月第 1 版　　　印　次:2011 年 2 月第 1 次印刷

书　号:ISBN 978-7-80141-746-6

定　价:49.00 元

前　　言

　　邓小平是20世纪中华民族追求伟大复兴的历史进程中最具影响力和个人魅力的领袖人物之一。他以非凡的理论勇气、经验和智慧，从根本上改变了中国的社会面貌，并对21世纪中国和世界的发展产生了不可磨灭的影响。

　　邓小平不仅是一位杰出的政治家，而且也是一位杰出的外交家。新中国成立以来，他会见各国首脑就达300多次。1978年中共十一届三中全会以后到病重前的十多年时间里，邓小平先后六十多次会见各国首脑。通过一系列的外交活动，使中国逐步走向了世界。

　　作为一位改变了中国并影响了世界的政治家，邓小平一直是中外记者争相采访的对象。1980年8月，邓小平应邀接受意大利著名女记者法拉奇的专访。这次长达四个多小时的访谈，引起了世界的广泛关注，被誉为"是邓小平历史性的，出色的答记者问"，更被中国新闻界奉为经典。1986年9月，邓小平唯一一次接受美国哥伦比亚广播公司的《60分钟》栏目记者华莱士的电视专访。9月7日，当精神矍铄的邓小平形象出现在美国电视屏幕上时，美国人民领略到了中国这位政治家的伟大风范。这次专访播出后，不仅在美国引起轰动，也在全球掀起了"邓小平热"。

　　编撰本书，旨在让读者了解邓小平与外国首脑和记者的谈话内容，并进一步领略这位将个人命运与国家发展联系在一起的政治家、思想家、外交家、战略家的形象魅力。

本书分为两个部分,第一部分精选了邓小平会见各国首脑时的谈话内容,第二部分精选了邓小平回答记者提问时的谈话内容。

本书的编辑出版过程中得到了多位专家、学者的帮助和支持,在此深表谢忱。

本书编辑组

2010 年 12 月

目 录

邓小平与外国首脑会谈录

邓小平与记者访谈录

邓小平与外国首脑会谈录

邓小平会见尼克松

"结束过去，美国应该采取主动"

尼克松的名字是随着 1972 年中美关系的缓和而被中国大众所熟悉的。此后，他便一直被视为中国人民的朋友。他曾与邓小平会面五次。

1979 年 1 月，中美关系正常化，相互承认并建立了外交关系。同年 2 月，邓小平以副总理的身份应邀访问美国。在 2 月 29 日晚举行的国宴上，卡特应中国客人的要求，邀请前总统尼克松和前国务卿基辛格出席。卡特在他的回忆录中描述了邓小平和尼克松初次相见时的情形：

尼克松在白宫的出现震撼了华盛顿的新闻界。尼克松总统虽然并不认识中国的现领导，但在短时间的招待会上，他却同他们津津乐道他前不久的中国之行。从他们的私下交谈中可以清楚地看出，他始终是中国人的一位受尊敬的朋友，他们并没有把对尼克松水门事件的指控看得很重。

这是尼克松自 1974 年因水门事件被迫辞去总统职务以来第一次回到白宫。他在满场的嘘声中走进了宴会大厅，表现得非常镇定。当乐队奏响《美丽的阿美利加》时，尼克松情不自禁地对邓小平说："你知道吗？他们演奏的是同一支乐曲，就是我去中国时听到的那支。"

此后，尼克松又先后四次到北京，都受到了邓小平的亲切接见。

一次是 1979 年 9 月 18 日，距他在白宫第一次见到邓小平整整半年。这次会见，邓小平作为东道主详细地向他介绍了中国国内的形势，并同他交换了对一些国际问题的看法。邓小平说，1976 年 10 月我们打倒了"四人帮"以后,中国的面貌发生了空前的巨大改变。目前我们全国正处于经济建设、文化建设和向科学进军的高潮中。他指出,国际局势越来越紧张了。我们应该从全球战略的眼光来看待和研究世界上发生的所有问题。中美建交不仅有利于两国关系的进一步发展,也有利于促进世界和平和反霸事业。

1982年9月8日,尼克松同邓小平又一次在北京会见。他们就中美关系和共同关心的国际问题发表了各自的看法。

1985年9月6日,邓小平在人民大会堂再一次会见了来华访问的尼克松。他们就一些共同关心的国际问题坦率地交换了意见。邓小平说,我们担心的是军备竞赛的质的升级,我们反对一切外空军备竞赛。无论谁搞外空武器,我们都不赞成。

1989年10月,在中国刚刚平息那场政治风波,中美关系异常严峻的时刻,尼克松再一次来到中国。10月31日,邓小平在人民大会堂亲切会见了这位为改善中美关系作出过巨大贡献的中国人民的老朋友。邓小平对尼克松的这次来访给予高度的赞扬,并就中美关系问题坦率地向尼克松谈了他的看法。他说:

"你是在中美关系非常严峻的时刻到中国访问的。……坦率地说,北京不久前发生的动乱和反革命暴乱,首先是由国际上反共反社会主义的思潮煽动起来的。很遗憾,美国在这个问题上卷入得太深了,并且不断地责骂中国。中国是真正的受害者。中国没有做任何一件对不起美国的事。可以各有各的看法,但不能要我们接受别人的错误指责。美国公众得到的情报来自'美国之音'和美国报刊,什么'天安门血流成河',死了多少万人,连具体数字都有。'美国之音'太不像话,一批撒谎的人在干事,连起码的诚实都没有。如果美国领导人根据'美国之音'定调,制定国策,要吃亏的。

"我们对参加游行示威和签名的学生,包括在海外的学生,都采取原谅的态度,不追究他们的责任。只对少数有野心和企图颠覆中华人民共和国政府的人,进行必要的、程度不同的惩处。我们不能容忍动乱。以后遇到动乱的事,我们还要戒严。这不会损害别人,不会损害任何国家,这是中国的内政。目的就是要稳定,稳定才能搞建设。道理很简单:中国人这么多,底子这么薄,没有安定团结的政治环境,没有稳定的社会秩序,什么事也干不成。稳定压倒一切。

"我不说西方国家的政府,但至少西方有一些人要推翻中国的社会主义制度,这只能激起中国人民的反感,使中国人奋发图强。人们支持人权,但不要忘记还有一个国权。谈到人格,但不要忘记还有一个国格。特别是像我们这样第三世界的发展中国家,没有民族自尊心,不珍惜自己民族的独立,国家是立不起来的。

"请你告诉布什总统,结束过去,美国应该采取主动,也只能由美国采取主动。美国是可以采取一些主动行动的,中国不可能主动。因为强的是美国,弱的是中国,受害的是中国。要中国来乞求,办不到。哪怕拖一百年,中国人也不会乞求取消制裁。如果中国不尊重自己,中国就站不住,国格没有了,关系太大了。中国任何一个领导人在这个问题上犯了错误都会垮台的,中国人民不会原谅的。这是我讲的真话。

"国家关系应该遵守一个原则,就是不要干涉别国的内政。中华人民共和国决不会容许任何国家来干涉自己的内政。外国的干涉在某个时候可以给我们造成困难,甚至造成动乱,但动摇不了中华人民共和国。因为中国人民在共产党领导下生活一天天好起来,特别是最近十年。是真好,不是假好。对改革开放,人民是拥护的,人民看到中国是大有希望的。

"我可以肯定地告诉你,谁也不能阻挡中国的改革开放继续下去。为什么?道理很简单,不搞改革开放就不能继续发展,经济要滑坡。走回头路,人民生活要下降。改革的趋势是改变不了的。不管我在不在,不管我是否还担任职务,十年来由我主持制定的一系列方针政策绝对不会改变。我相信我的同事们会这样做。

"说我们只搞经济体制改革,不搞政治体制改革,这不对。我们的政治体制改革是有前提的,即必须坚持四项基本原则。发展经济要有一个稳定的局势,中国搞建设不能乱。今天来一个示威,明天来一个大鸣大放大字报,就没有精力搞建设。

"中美关系有一个好的基础,就是两国在发展经济、维护经济利益方

1989 年 10 月 31 日,邓小平会见美国前总统尼克松

面有相互帮助的作用。中国市场毕竟还没有充分开发出来,美国利用中国市场还有很多事情能够做。我们欢迎美国商人继续进行对华商业活动,这恐怕也是结束过去的一个重要内容。"

在这次会谈中,邓小平高度评价了尼克松 1972 年的中国之行和他为改善中美关系所作的贡献。他说:

"从 1949 年中华人民共和国成立到 1972 年的 23 年间,中美关系处于敌对状态。在你担任总统的时候,改变了这个状况。我非常赞赏你的看法,考虑国与国之间的关系主要应该从国家自身的战略利益出发。着眼于自身长远的战略利益,同时也尊重对方的利益,而不去计较历史的恩怨,不去计较社会制度和意识形态的差别,并且国家不分大小强弱都相互尊重,平等相待。这样,什么问题都可以妥善解决。用这样的思想来处理国家关系,没有战略勇气是不行的。所以,你 1972 年的中国之行,不仅是明智的,而且是非常勇敢的行动。我知道你是反对共产主义的,而我是共产主义者。我们都是以自己的国家利益为最高准则来谈问题和处理问题的。在这样的大问题上,我们都是现实的,尊重对方的,胸襟开阔的。"

无疑,邓小平独特的个人魅力和风格也给尼克松留下了深刻的印象。他后来在谈到对邓小平的印象时说:

"他那急切的决心和绝对的自信给我留下了深刻的印象,每次离开北京时印象都比上次更深刻。而每一次,他所领导的这个国家正在发生的变化又加强了我对这位领导人的印象。人民群众充满信心,对西方和美国的事物也充满了好奇心。1972年我会见毛、周时,我们年轻的女翻译身穿灰色而宽松的毛式服装、剪了一本正经的短发。亨利·希金斯说过:'为什么女人不能像男人一样?'看来,中国共产党人太认真对待这句话了。1985年我访问广州时,中方女招待员穿的是高跟鞋和款式新颖、五颜六色的旗袍。我的东道主说:'你会注意到现在我们的衣着更多姿多彩了。我们的意识形态也是这样。'"

尼克松尤其对邓小平为中国干部队伍的年轻化所作的努力深表钦佩,他说:

"当邓把处理政府日常事物的权力让给他的下级时,西方许多观察家侃侃而谈,认为一位共产党领袖自愿地得体地下台让继承人继续执行他的政策是多么不寻常。观察家却没有看出这在任何形式的政府(包括民主政体)治理下都是不寻常的。戴高乐贬低了显然会成为继承人的蓬皮杜,邱吉尔贬低了艾登,阿登纳贬低了艾哈德。邓在让位时留下了他希望留下的人和政策,创造了一个杰出的政治奇迹。历史上很少有强有力的领袖能自己正视——而不是在他人逼迫下——生命总有尽头这一现实。他说过:'趁我脑子还没有糊涂时就退下来。'寥寥数语,却生动地反映了他人品的伟大。"

在谈到最后一次会见邓小平的情景时,尼克松深有感触地说:

"在天安门广场事件以后,一些观察家要求美国惩罚中国领导人,断绝一切关系,实行广泛的制裁,并孤立中国人。然而,如果破坏美中关系,那将会是一个可悲的错误,既不符合我们的利益,也不符合中国人民的利益。

"我在 1989 年对中国进行的第六次访问,可能是在我 17 年以前作第一次旅行以来最敏感、最有争论的访问。这一次,几乎我的所有亲密的朋友都极力劝我不要去。他们预言:批评我的人会无情地对我进行谴责。但是,我相信,为了尽一切努力来恢复世界上最重要的双边关系之一的势头,自己的形象遭受危险也是十分值得的。

"当时,我并不知道布什总统曾经在 1 月初派秘密的代表团到了北京,然而,即使我知道有这个代表团,我也会执行我自己的计划。我知道我在实现我们两国的和解方面所起的作用,使我有了作为中国'老朋友'的受到特殊待遇的地位。我知道即使我说了中国领导人不想听的话,他们也会听。为了强调我的访问在他们的心目中的重要性,并且使这次访问具有两党一致的性质,我邀请著名的中国问题专家、前卡特政府中国问题的高级顾问迈克尔·奥克森伯格博士陪我一起去。我在离开以前还同两党的一些参议员和众议员进行过磋商。

"自从离职以来,在北京的 4 天是我在外国度过的最紧张的日子。我同包括邓小平、李鹏、江泽民总书记在内的中国最高领导人进行了 20 多小时的单独会晤,还会见了几位给人印象深刻的较年轻的领导人以及周恩来的遗孀邓颖超。她凭自己的本事成了共产党的一位高级领导人。在这些会晤中,我有三个目的:向中国领导人说明,连中国在美国的朋友也对 6 月 2 日至 4 日的事件感到愤慨,中国必须采取步骤来处理我们感到关切的事情;在这些领导人几个月以来一心在考虑国内问题以后,使他们重新参加关于地缘政治的讨论;举行关于中美关系的前途的对话。

"10 月 31 日,我会见了邓小平,这也许是我同他的最后一次会见。这也是他在宣布退休以前最后一次会见一位西方人物。

"我首先对邓小平说:'我对中美关系仔细观察了 17 年。在这种关系中,从来没有出现过像现在这样严重的危机,因为这一次感到关切的不是中国的敌人,而是中国的朋友。在我们的会谈中,我们必须研究这些分歧,并弥补美国国内对中国友好的人对一些中国领导人的尊敬遭受到的损害。'

"在此行的早先一些会见中,邓小平在领导机构中的同事一再提出的看法显然是目前党的看法。他们引中国的一句谚语'解铃还须系铃人'，说我们两国关系冷淡是美国的过错，因为一些学生闹事纯属内政事务。而美国对此作出了过火的反应。邓小平老练得多，他说：'在结束前不久在我们之间发生的这件事方面，美国应当采取主动。中国弱小，美国强大。我关心的不是仅仅想保全面子。如果我和我的同事不能维持人们对中国的尊敬，我们就应当下台。这是一个普遍的原则。'邓小平用一位老革命家的口吻发出呼吁，作为一个几代以来曾经深受外国统治和剥削之害的国家的领导人要求给予理解。

"然而，在我同中国领导人进行的历时 3 小时的毫无限制的会谈结束时，我比以往任何时候更加确信，邓小平是当代最重要的领导人之一。

"我离开中国时，对未来抱审慎的乐观态度。……我之所以乐观，真正原因是我重新认识到，在采取一些必要的紧缩措施以后，邓小平的经济改革将会继续下去，从而必然会重新出现要求进行政治改革的压力。我遇到的每一个领导人都表示坚决支持邓的改革的基本原则。在这方面，给我特别深刻印象的是一些较年轻的领导人，例如能干的教育部长李铁映、出色的宣传部长李瑞环(原文如此——译者注)和才华卓越的上海市长朱镕基。他们都知道走回头路再搞教条主义只会走进死胡同。"

邓小平会见福特

"中美之间没有别的问题,就是一个台湾问题"

邓小平与杰拉尔德·福特打过两次交道,一次是 1975 年,另一次是 1981 年。

1975 年 12 月 1 日,时任美国总统的杰拉尔德·福特应中国国务院总理周恩来的邀请,乘专机到达北京,对我国进行访问。12 月 1 日至 5 日,国务院副总理邓小平接待了杰拉尔德·福特,并举行三次会谈,就国际形势、中美关系、双方扩大贸易与人员交流等问题交换意见。

1975 年 12 月 3 日,福特(左一)总统访问中国,会见时任副总理的邓小平(中),与福特同行的还有他的夫人(右)以及女儿

12 月 1 日晚,邓小平受周恩来总理委托主持欢迎宴会。他在讲话中指出:"三年多以前,尼克松总统访华,中美双方发表了著名的《上海公报》。这是一个独特的国际文件,它明确阐述了中美两国不同的社会制度所决定的政策上的根本分歧,同时也指出了两国在当今世界上具有许多共同点,其中突出的一点是两国都不应该谋求霸权,都反对任何其它国家或国家集团建立霸权的努力。《公报》为发展中美关系提供了基础,也指出了

方向和目标。实现两国关系正常化，符合中美两国人民的共同愿望。我们相信，只要认真遵守《上海公报》的各项原则，经过双方的共同努力，这一愿望终将实现。"

1975 年 12 月,邓小平陪同来访的美国总统福特在首都机场检阅中国人民解放军仪仗队

　　12 月 2 日上午,在会谈中谈到两国关系问题时,邓小平指出:"国际形势千变万化,我们两国虽然各自所处地位不同,但两国领导人相互经常接触、交换意见,总是有益处的。我们两国社会制度不同,理所当然地有许多分歧,但这不排除寻求共同点,不排除在《上海公报》的基础上寻求发展两国关系的途径。双方可深入地交换意见,哪怕是分歧、吵架也没有关系。过去毛主席讲过,我们提倡小吵架、大团结。我们两国之间有许多共同点。"

邓小平还于 12 月 2 日下午陪同毛泽东会见福特和夫人,3 日晚陪同福特和夫人观看体操、武术和乒乓球表演。

12 月 4 日上午,在会谈中,福特表示美国政府可能仿照日本的方式"更具体地朝关系正常化的方向行动"。邓小平指出:"按照日本方式,也就是要实现我们所说的'废约、撤军、断交'三个原则,也意味着跟日本现在和台湾的关系一样,非官方的、民间的贸易关系还可以继续保持。有关台湾的其它问题,则要作为中国内部问题解决。"

在谈到西藏问题和中国的民族政策时,邓小平说:"现在的西藏与过去完全不同了。西藏人民的生活水平已大大提高。过去西藏的农产品只有青稞,产量很低。现在能种小麦,这在过去被认为是不可能的。那里也开始有工业了。我们注意民族政策。我们国家还很落后,人口太多,所以我们注意节制生育的问题,但在少数民族地区还是鼓励生育、发展人口。因为那里地广人稀。"

12 月 4 日晚,邓小平出席福特举行的告别宴会并在讲话中指出:"这次两国领导人直接交换意见,有助于增进相互了解,有利于促进中美双方朝着《上海公报》指明的方向和目标作出努力。"

双方一致认为,《上海公报》是具有历史意义的文件,是中美关系的基础。事实表明,它今天仍然是富有生命力的。12 月 5 日,福特结束了在中国的访问,乘专机离开北京。

1981 年 3 月 23 日上午,中共中央副主席邓小平会见美国前总统杰拉尔德·福特。听完福特转达的里根总统期待着美中两国在建交公报的基础上继续发展两国关系的口信后,邓小平指出:"我们非常高兴里根总统采取明智立场。中美之间没有别的问题,就是一个台湾问题。实现两国关系正常化时遇到的是这个问题,现在也还是这个问题。只要我们冷静地从全球战略角度来考虑,台湾问题不难处理。如果我们违背人民的愿望,对一些问题采取容忍态度,处理不恰当,人民有理由责备我们。因此,对像荷兰向台湾出售潜艇这样的问题,我们不能不作出相应的反应。美国在促进台湾问题的解决这件事上可以做很多工作。台湾人民的感情我们是了解的。如果美国政府对台湾问题处理得好,经过一段时间,当然也不是短期,比如三至五年,海峡两岸可能发生接触。如果美国政府处理不恰当,实际上给台湾打气,给蒋经国打气,台湾就根本不可能同我们谈判。目前美国卖武器给台湾就是这样的性质。坦率地说,美国这样做,并不会对中华人民共和国构成了不起的威胁,但是对我们用和平方式、谈判方式解决统一问题制造了障碍。"

邓小平会见卡特

"我真诚地希望中美关系不要停滞，要继续发展下去"

吉米·卡特是美国第 39 届总统(1977～1980)，也是美国历史上最年轻的总统之一。在执政期间，由于他毅然决然地与中国实现关系正常化而轰动世界，因之他也和尼克松总统一样，在中国是一个家喻户晓的人物。

在执政期间和卸任后，卡特曾三次会晤邓小平，一次是 1979 年 1 月邓小平访美期间，另外两次是 1981 年和 1987 年他访华期间。在同邓小平的交往中，卡特深深地为邓小平独特的个人魅力所吸引。在他看来，邓小平和谐完美地体现了机智、豪爽、魄力、风度、自信和友善的风范。

1979 年 1 月 1 日，中美两国实现了关系正常化，从而结束了两国长达 20 余年相互敌视和对抗的不正常状态。1 月 28 日，农历的大年初一，邓小平副总理应卡特总统的邀请，前往美国进行正式访问。这是中华人民共和国成立后，中国领导人对美国的首次访问，也是中国共产党人自抗日战争时期开始同美国接触以来对美国的第一次访问。

卡特总统对邓小平的这次来访十分重视，并做了精心的准备，卡特在邓小平来访的 3 个星期前便详细审阅了所有接待计划的细节，包括国宴的菜单在内。他后来在回忆录《保持信心》中描述了当时的情景：

"在安排我同邓会晤的准备工作中，我发表了一篇向中国广播的电视讲话，向中国人民着重说明新关系对我们两国、对太平洋地区和全世界的意义。我告诉他们，美国人民对我们的决定是多么高兴，说邓小平副主席和夫人及其一行将受到的热烈欢迎可以证明美国人民的这种喜悦心情。

我说，我的两位共和党的前任总统尼克松和福特，以及中国的前领导人毛泽东和周恩来都对我们达成的新协议作了奠基工作。这件事情本身就说明我们两国领导人之间的相互支持是广泛的。（这一电视节目在中国一再播放，因此我后来访华时，走在大街上的行人都马上能认出我来。）"

不仅如此，卡特还破例以接待国家元首的礼仪规格接待了邓小平副总理。

1月29日上午，白宫的南草坪披上了节日的盛装。10点整，卡特总统在这里为邓小平访美举行了正式的欢迎仪式，这也是卡特第一次见到邓小平。美国政府许多高级官员和一千多名挥舞着小型的中美两国国旗的群众参加了欢迎仪式。人群中不时爆发出阵阵掌声和欢呼声。

邓小平和夫人卓琳在卡特夫妇的陪同下登上了铺有红地毯的讲台。这时，军乐队奏起了中美两国国歌，鸣礼炮19响。舆论普遍认为，在邓小平访美之前，还没有一个外国贵宾受到过美国政府如此隆重的接待。

在检阅了仪仗队后，卡特致词说：

"今年开始了有意义的我们两国关系的正常化，今天我们又迈进了一步。""我们期望，这种正常化能帮助我们一同走向一个多样化的和平世界。"

"副总理先生，昨天是旧历新年，是你们春节的开始，是中国人民开始新的历程的传统日子。我听说，在这新年之际，你们向慈善的神灵打开了所有的门窗。这是忘记家庭争吵的时刻，这是人们走亲访友的时刻，也是团聚和和解的时刻。""对于我们两国来说，今天是团聚和开始新的历程的时刻，今天是和解的时刻，是久已关闭的窗户重新打开的时刻。"

随后，邓小平致答词，高度评价了中美关系正常化的意义，赞美了两个伟大的国家和两国伟大的人民，并意味深长地说："世界人民的当务之急，就是要加倍努力维护世界和平、安全和稳定。我们两国有不可推卸的责任，通过共同的努力对此作出应有的贡献。"

当时，美国政府正在同苏联进行第二阶段限制战略核武器的谈判，不愿当着中国人的面公开谴责苏联的霸权主义。但邓小平在答词中，还是把这个问题含蓄地、策略地端了出来。

欢迎仪式后,邓小平和卡特走进白宫椭圆形办公室,开始进行两国最高级会谈。会谈前,卡特和邓小平照例寒暄了几句。

卡特说:"1949 年 4 月,我作为一名年轻的潜艇军官曾经在青岛呆过。"

邓小平听后风趣地说:"我们的部队当时已经包围了那个城市。"

这时,坐在一旁的布热津斯基插话说:"那你们早就见过面?"

邓小平笑道:"是的。"

随后,他们开始了正式会谈,卡特在回忆录中详细记述了他同邓小平首次会谈的情况:

"我们计划进行 3 次工作会议,并决定双方首先谈谈各自对世界事务的分析。邓要求我先谈。我根据提纲谨慎地每谈一点就停下来让译员把我的话翻译给邓和中国其他官员听。我特别关切的是两桩事:一桩是从东南亚、印度洋北部到非洲这一地区动荡不安的局势以及某些外来的强国企图利用这一局势;另一桩是苏联军事力量的迅速增长。我还提到指导我国同其它国家发展关系的信念和意义。

"我说,我的责任是确保美国在世界事务中保持强大而有益的影响。我国赞赏全世界人民日益增长的要求改善生活、更多地参加政治活动以及消除他们本国政府的迫害和摆脱外国统治的愿望。我们还认为像中华人民共和国这样的国家影响的日益扩大是积极的事态发展,并且相信同这些国家建立良好的关系将维护我们未来的安全。

"邓身材矮小,坐在内阁会议室的一把大椅子上,几乎看不到他这个人了。他在出神地听我讲话。他接二连三地吸着烟卷,一对明亮的眼睛常常东转西看。当译员把我的话译给他听时,他时而发出笑声,时而对其他中国人员频频点头。

"后来我要邓对我讲的话发表些意见。他谈了他认为是重要的问题,指出现在美国同中华人民共和国有许多共同利益。邓说,毛泽东和周恩来早就指出存在战争的危险,这一战争可能由苏联或美国发动。中国领导人始终认为这两个占支配地位的国家也许会加强影响。若干年以来,中国人已开始认识到,对他们来说,来自美国的危险已越来越小,他们更担心的是

1979 年，邓小平在白宫与卡特总统举行正式会谈

苏联。其它各国有必要联合起来反对霸权主义。他认为美国在遏制苏联方面做得很不够，而非苏联控制地区的局势也没有得到真正的改善。

"他还说中东形势在过去 5 年内没有根本改善。在该地区，由于以色列的存在而拒绝和平努力的一些国家早就是靠拢苏联的。他认为像叙利亚和阿尔及利亚等一些态度不明朗的国家，也向苏联靠得更近了。他进一步提出，中华人民共和国承认以色列的实体，而以色列的存在是不可否认的。但是后来当我询问他，中国有无可能同以色列建交时，他答称：'不，目前没有可能。'他接着说，如果以色列决定撤退到 1967 年的边界，解决约旦、约旦河西岸的问题和巴勒斯坦重返家园的问题，它将赢得 1 亿阿拉伯人的支持。否则，中东问题可能还会蔓延到沙特阿拉伯和其它国家。

"邓小平把拥有 5000 万人口和一支庞大军事力量的越南比作东方的古巴。他说美中两国都同越南人有过长久而不愉快的交往。越南和苏联现在都建议成立亚洲集体安全体系，这对世界这一地区是非常危险的。"

卡特在当天的日记中也记述了他们会谈的情况,他写道:

"邓说,他并不反对第二阶段限制战略武器条约,认为这可能有必要。但是他觉得目前的第四次会谈结果必然同前三次一样,不能限制苏联的战略军事力量。邓说,中华人民共和国不希望发生战争,中国人需要长时期的和平以全面实现现代化。苏联终将发动战争,但我们也许可能把战争推迟22年(到本世纪末)。他认为美国、中华人民共和国和印度之间没有必要建立正式的联盟,但认为应该协调行动遏制苏联。"

1小时20分钟后,会谈结束了。邓小平由万斯陪同用完午餐后,来到国务院休息室。这时,一群记者蜂拥而至,纷纷询问邓小平同卡特谈论了些什么问题,邓小平以他那独特的诙谐幽默的语气回答说:"我们无所不谈,上至天文,下至地理。"记者们的提问虽然被这句话挡得严严实实,但他们却对邓小平表现出来的幽默和智慧发出了由衷的叹服。

1月29日下午,卡特同邓小平举行第二次会谈,他在回忆录中写道:

"饭后,我们继续开会。我对他说,我也担忧苏联扩张势力,但我要他看到苏联在埃及、印度、印度尼西亚、南斯拉夫、波兰和其它东欧国家、尼日利亚、几内亚、北朝鲜、日本、东盟各国、索马里以及中东,特别是在中国的不利遭遇。我指出,在南部非洲,我们如果不去做现在亲苏的如扎伊尔、赞比亚和莫桑比克等国的工作,将铸成严重错误。安哥拉现在也在审慎地向西方靠拢。我阐明了我们为使多数人统治纳米比亚而做的工作,并告诉他,中国也可以同样在非洲致力于和平的工作。

"我概述了我们使中东实现和平所做的努力,并强调了我们对巴勒斯坦人的关切。我说,至关重要的是我们应该有个全面的和平解决办法。从战略上说,需要使沙特阿拉伯、约旦、苏丹、埃及、以色列、阿尔及利亚和摩洛哥等温和国家协助我们达到这些目标。只要埃及陈兵苏伊士以东与以色列对峙,只要叙利亚、约旦、伊拉克和其它邻国都对以色列虎视眈眈,我们就不大可能阻止苏联进一步入侵这一地区。我的这一论点显然引起了他的重视,他非常仔细地倾听我讲,并向我提出了关于这一地区几个国家的若干问题。

"至于其它动乱地区,我简略地谈了我们在伊朗的做法,并对他说,我

1979 年,邓小平和卡特总统在美国总统官邸白宫的阳台上

们希望那里有一个根据伊朗宪法产生的稳定而和平的政府。我说,我们认为对待侵略者越南的最好办法是使它在世界上处于孤立地位。最近联合国的发展中国家首先在谴责苏联、古巴的同时谴责了越南。我试图敦促中国人利用它在北朝鲜的影响,协助安排南北朝鲜政府当局直接谈判。我不知道我在这一方面的工作是否有成效,但至少邓理解了我的主张。

"我们都认为,如果我们联合反苏将铸成大错,这只能把苏联推得更远。我说最好是采取这样的政策,就是当苏联态度积极时就与之合作,否则就同它竞争。我们要长久地避免战争,不是仅仅把它推迟 22 年而已。

"随后邓就我要求他利用中国对北朝鲜的影响维护和平的问题作出答复。他说,有许多人向他提出过朝鲜问题。绝对不存在北朝鲜发动进攻的危险。中华人民共和国还不能同南朝鲜发生贸易关系或直接通讯,但他希望南朝鲜接受北朝鲜提出的建议,为南北朝鲜的统一而进行谈判和选举。"

这时,会谈已持续了两个半小时,卡特向邓小平建议第二天上午继续会谈,邓小平欣然同意。

当天晚上,卡特和夫人在华盛顿举行盛大国宴,欢迎邓小平夫妇。参加宴会的来宾有140人,包括24名中国官员、6名美国内阁阁员、14名参议员、7名众议员和11位美国企业家。此外,卡特还满足了中国客人的愿望,邀请美国前总统尼克松和前国务卿基辛格出席。

美国的国宴一向以豪华和排场著称,但在当晚的宴会上,最引人注目的则是刚从卡特的故乡佐治亚州运来的1500株红色和粉红色的山茶花。很显然,这是卡特总统精心安排的。这种别致的装饰使宴会厅里充满了春天的气息。

宴会开始后,卡特首先祝酒。他在称赞中美两国的新关系对世界和平事业的作用,尤其是能够对亚太地区的和平与稳定作出贡献后说:"在争取自由的革命中诞生的美国是一个只有二百年独立历史的年轻国家,但是,我们的宪法是世界上最古老的仍在继续生效的成文宪法。有四千年文字记载历史的中国文明是世界上最古老的文明之一,但是,作为一个现代国家,中国还是很年轻的。我们能够互相学到很多东西。"

卡特接着说:"像您,副总理先生一样,我也是一个农民,而且,同您一样,我过去也是一名军人。当我长大的时候,在我那个小小的农业村社里,农业生产方法和生活方式同几个世纪前并没有多大不同。我走出了那样一个世界而参加了一艘核潜艇的计划和安装工作。当我回到故乡时发现,新的科学知识和技术已在短短的几年内改造了农业。""我了解到那种变化所带来的震动,变化所要求的有时是痛苦的调整,以及变化对个人和国家可能带来好处的巨大潜力。""我也知道,不论是个人还是国家都抑制不住变化。使科学技术的进步适应我们的需要——学会控制它们——在尽量缩小它们潜在的不利作用的同时从中得到利益,这样就更好了。"

卡特说:"我知道,中国人民和您,副总理先生,十分理解这些事情。你们雄心勃勃地致力于现代化的工作证实了这一点。美国人民祝愿你们的努力获得成功,并且盼望同你们进行合作。"

作为美国历史上最年轻的总统之一,卡特的这篇祝酒词,听起来慷慨激昂,锋芒毕露。

1979 年，邓小平出席美国总统卡特（右一）在白宫举行的欢迎仪式并发表讲话。指出：中美关系正常化的意义远远超出两国关系的范围。位于太平洋两岸的两个重要国家发展友好合作关系，对于促进太平洋地区和世界的和平，无疑是一个重要的因素

与卡特的祝词相比，邓小平的答词要冷静、沉稳、具体得多。他说：

"我们两国曾在 30 年间处于相互隔绝和对立状态，现在这种不正常的局面终于过去了。在这个时刻，我们特别怀念生前为实现中美关系正常化开辟了道路的毛泽东主席和周恩来总理。我们也自然地想到前总统尼克松先生和福特先生、基辛格博士、美国参众两院的许多议员先生和各界朋友所作的努力。我们高度评价卡特总统、万斯国务卿和布热津斯基博士为两国关系正常化所作出的宝贵贡献。"

很显然，邓小平在答词中也讲到了两国的友谊，但他没有用动人的词藻来掩饰两国的差异，同时他也没有忘记中美两国共同面对的苏联霸权主义。在谈到这个问题时，他充分运用了求同存异的原则，他说：

"我们两国社会制度不同，意识形态不同。但是，两国政府都意识到，两国人民的利益和世界和平的利益要求我们从国际形势的全局，用长远的战略观点来看待两国关系。正是因为这样，我们双方顺利地达成了实现关系正常化的协议。不仅如此，双方还在关于建交的联合公报中庄严地作出

承诺,任何一方都不应当谋求霸权,并且反对任何其它国家或国家集团建立这种霸权的努力。这一承诺既约束了我们自己,也使我们对世界的和平和稳定增添了责任感。"

祝酒结束后,邓小平和卡特开始随意交谈,据卡特回忆:

"在宴会桌上,这个很受欢迎的伙伴谈话轻松自如,自始至终都滔滔不绝地介绍他国内的生活情况,并谈论他认为国内情况如何好转。我们很风趣地谈到了我孩提时代就很感兴趣的基督教传教士的传教计划,他不无勉强地承认也有一些好的传教士到过中国,但是他又坚持说有许多传教士到中国去只是要改变东方的生活方式,使之西化。我对他提了传教士在中国创办的所有医院和学校,他说许多医院和学校现在还在。他极力反对恢复外国传教士传教计划,并说中国的基督徒也同意他的看法。但当我提出他应该允许《圣经》自由传播以及让人民有信仰自由时,他是很专心地倾听的。他保证要过问此事(后来他采取了有利于这两点建议的行动)。

"邓似乎对改善同沙特阿拉伯的关系很感兴趣,并再次强调这个问题的宗教因素。他说,中国也许有700万穆斯林教徒,中国政府并不干预他们的宗教信仰。我问他是否允许这些信徒去麦加朝圣,他说不行,但又说,如果这种朝圣有重大意义,这一政策可以改变。后来我们把这一消息通知了沙特的领导人。

"关于人权问题,邓说中国人对重罪的惩处没有一致的标准,因此正在努力改变他们的司法制度。中国的律师很少,他拿不准如果多一点律师是否会对国家好些。他注意到其它国家的法庭上不断有争执、拖延以及明显的等级歧视等,他不知道中国是否应该有这些问题。他显然决定允许在了解争端和清楚犯罪行为情况的小范围内解决民事、刑事案件,并且限于只增加同其它国家谈判协定和合同时需要的律师。他说中国赞成所有分散的亲人团聚,不实行新闻检查,最近又容许有相当的言论自由。他还说根据中国的制度,必须审慎地对待这些自由。

"在正式祝酒和私下交谈中,人人都像过节一样沉浸在欢乐的气氛里,似乎有意要打破往往使这种场合变得沉闷的正式外交的局面。我特别高兴的是见到国务院的中国问题专家在如饥似渴地搜集第一手材料,搜集他们毕生从事研究的一个国家的历史和现代风俗的第一手材料。"

宴会结束后，邓小平夫妇在卡特夫妇的陪同下，出席了在肯尼迪中心举办的文艺晚会。

晚会上，群星荟萃，高潮迭起。著名钢琴家鲁道夫·塞金、歌唱家及六弦琴演奏家约翰·丹佛的表演令人陶醉；精彩的现代芭蕾舞让观众如梦如痴；哈莱姆环球游览者职业文娱球队的篮球表演更博得了全场热烈的喝彩，据说，安排这支球队表演是为了满足邓小平对篮球运动的爱好。晚会的最后一个节目是一群天真活泼的儿童演唱中国歌曲，从而使晚会在轻松愉快的气氛中达到了高潮。

演出结束时，邓小平和夫人、卡特夫妇和他们的女儿艾米一起登台与演员们见面。很显然，当时的热烈气氛使卡特深受感动，他在当天的日记中以颇具感情色彩的笔触写道：

"我们在肯尼迪中心观看了一场很轻松的演出。后来我和邓、邓的夫人卓琳、罗莎琳以及艾米一起登台与演员们见面。当邓拥抱美国演员，特别是拥抱演唱中国歌曲的小演员时，流露了真诚的感情。他亲吻了许多儿童，后来记者们报道说不少观众甚至感动得流泪了。

"参议员拉克泽尔特是极力反对中美关系正常化的，但这次演出之后，他说他们输了，没有办法投票反对儿童们唱中国歌曲。

"邓和他的夫人似乎真诚地喜欢人民，他确实轰动了在场的观众和电视观众们。"

卡特还在回忆录中写道：

"也许因为邓精力充沛和个子矮小的缘故，那天晚上艾米和其他孩子们都非常喜欢挨着他，同他在一起，其实双方似乎都有这种感情。"

经过短时间的相处，邓小平独特的个性和个人魅力便给卡特留下了十分深刻的印象，他在当天的日记中写道：

"我对邓的印象很好。他个子矮小，却很健壮。他机智、豪爽、有魄力、有风度、自信而友善，同他进行会谈是愉快的。"

第二天上午9点，邓小平和卡特举行第三次会谈。卡特在回忆录中也详细描述了这次会谈的情况，他说：

"这一次有我们助手参加的会议比前一天的会议轻松而又和缓得多。我们讨论了双方偿还资产的问题(这个问题是1949年中国革命胜利时双方互相没收资产引起的),并保证努力迅速解决这一个和其它的遗留问题。邓对于这些复杂问题的具体细节了如指掌。

"我提出了关于最惠国待遇的法规问题,如果我们只给予中国、而不给予苏联,将造成不平衡。邓对我说,在移民问题上,中国不能同苏联相提并论。他还说:'如果你要我输送1000万中国人到美国来,那我是十分乐意的。'这话很自然的引起了哄堂大笑。

"我提了交换留学生计划的问题。我不赞成他关于美国学生完全由他们自己在一起生活,而不同中国学生或中国家庭住在一起的决定。他解释说,中国的居住条件差,达不到美国人的起码生活水平。我认为他的解释理由不充分。我又提了另一个问题:'只要你同意美国派多少学生到中国,至于谁能够去,我们不要你们审查。'他笑着说,对付几个学生,中国还是有力量的。中国人并不想从思想意识的角度审查学生。他还说对于美国记者在中国各地的旅行将有些限制,但不会进行任何新闻检查。我对他说,既然他给我提供1000万中国人,那我将给他提供1万名新闻记者。他放声大笑,并立即表示谢绝。

"我要求他(在美国作公开讲话时)提及台湾问题,并使用'和平'和'耐心'等措词。他说他希望美国和日本敦促台湾同意谈判,说中国解决这一问题只是在两种情况下不以和平方式和不耐心,那就是:台湾长期拒不谈判和苏联势力进入台湾。他要求我明年起在向台湾出售武器的问题上采取审慎态度。他表示他们不赞成向台湾出售任何武器。

"我将美国就出售武器的问题给勃列日涅夫的答复告诉了邓:我们的政策是既不向中国、也不向苏联出售武器,但是我们不想影响有主权的盟国的政策。他答称:'是的,我知道这是你们的态度,这好。'

"我们还谈了一些其它问题,其中包括一些非常机密的问题。会谈进行得很愉快,很有成效。"

这次历时两个多小时的会谈结束后,邓小平和卡特当着许多记者的面热烈握手。他们面带微笑地从总统办公楼出来,一起走进玫瑰园。在记者

1979年,邓小平(左一)和夫人卓琳(右二)与卡特总统(左二)和夫人罗莎琳·卡特(右一)在国宴开始前合影

向他们询问会谈的结果时,卡特说:"副总理和我明天还要会面,签署即将达成的一些协议。我们的讨论是深远、坦率、诚恳、亲切而和谐的,极其有益和有建设性的。"

当两国领导人再次握手时,邓小平兴奋地说:"现在两国人民都在握手。"

邓小平这句富有感情、意味深长的话也深深地打动了卡特,此时,他把邓小平的手握得更紧了。

1月31日下午,邓小平同卡特在白宫东厅签署了有关领事馆、贸易以及科学、技术、文化交流等方面的协定。

在协定签字之后,卡特总统首先致词并宣布,在不久的将来,美国将在上海和广州开设领事馆,中国将在休斯敦和旧金山开设领事馆,数百名美国学生将去中国学习,数百名中国学生将到美国进修。

邓小平致词说:"我们刚刚完成了一项有意义的工作,但是这不是一个结束,而是一个开始。""我相信,各个国家之间的联系和合作的不断扩大,各国人民之间的往来和了解不断加深,应能有助于我们的这个世界安全一些、稳定一些、和平一些。因此,我们刚刚完成的工作不但有利于中美人民,也有利于世界人民。"

当天晚上,邓小平和夫人卓琳在中国驻美联络处举行答谢宴会,感谢美国政府对他在华盛顿访问期间所给予的盛情款待。邓小平一行告别了

邓小平和卡特在白宫签署中美科技合作协定和文化协定。邓小平表示,我们刚刚完成了一项有意义的工作,但是这不是一个结束,而是一个开始。我们还有许多合作领域有待开辟,我们还要继续努力

卡特,第二天便飞往美国著名的汽车城亚特兰大进行访问。在随后的几天里,他们又访问了休斯敦、西雅图等地,最后于 2 月 5 日上午圆满结束了对美国为期 8 天的正式访问,乘专机离开西雅图经日本回国。邓小平在离美时致卡特总统的电文中写道:

卡特总统:

在我结束对贵国的正式友好访问,即将离开你们美丽国家的时候,谨对你和卡特夫人以及贵国政府给予我们一行的盛情款待再次表示衷心感谢。

我这次对贵国的访问取得了圆满的成功。我同你的会谈,同美国各界朋友的接触,增进了双方的相互了解,加强了中美两国人民之间的友谊。中美两国关系将会在新的历史条件下得到重大发展。我相信,这对于我们

两国,对于整个世界,都具有重要的意义。

我期待着在不久的将来在我国欢迎你和卡特夫人。

卡特后来在回忆录中写道:"邓小平访美是我任职总统期间十分愉快的一次经历。对我来说,一切都是如愿的,中国领导人似乎也很满意。"

的确,在邓小平与卡特会谈期间,他们相处得非常融洽,也许他们都还记得他们会谈期间的一次闲谈。

邓小平曾笑问卡特:"美国国会有没有通过一条会谈中禁止吸烟的法律?"

卡特回答说:"没有。只要我任总统,他们就不会通过这样的法律。你知道我的州种植大量的烟草。"

邓小平听了这话,开心地笑了起来,随即取出一支熊猫牌香烟吸了起来。

卡特十分喜欢邓小平这种想什么就说什么的开朗坦率的性格。邓小平在会谈中所表现出来的大家风范以及原则的坚定性和策略的灵活性也使卡特钦佩不已,在他看来:"中国人似乎知道如何表达他们对国家的自信和自豪,却又并不傲慢。"

据他回忆:"中国人在关系正常化的前前后后,对于我的其它任务以及我们的国内政治现实都有十分灵敏的反应。他们对于第二阶段限制战略武器会谈、台湾问题的解决、我们在西太平洋新的外交纽带的稳定影响以及美日需要加强合作等方面的声明对我们都是有利的。他们的这些声明都没有使我们的新关系带上反苏色彩。在这一过程中,我明白了为什么有些人说中国人是世界上最文明的人。"

1981 年 8 月,刚刚离任不久的卡特夫妇应邀来华访问,邓小平亲切会见了卡特并同他进行了会谈。

在会谈中,他们谈得最多的就是他们共同关心的中美关系。

邓小平对卡特说,我真诚地希望中美关系不要停滞,要继续发展下去。发展中美关系是全球战略的需要,也是中美两国的共同需要。

邓小平说,中美两国关系正常化的进程,从美国方面来说,是当时的总统尼克松先生开创的,卡特先生执政时完成的。希望里根政府继续作出努力来推进中美关系。

卡特说,对美国人民来讲,美中之间的新关系所带来的好处是巨大的、明显的。这种关系将会持久地向前发展,不会因党派而异。

在交谈中,邓小平重申了中国政府和十亿中国人民在台湾问题上的一贯立场。卡特表示,他理解这个问题对中国的重要性。

会谈后,邓小平设午宴招待了卡特夫妇。

1987年6月,在时隔6年后卡特夫妇再次来华访问。邓小平和卡特对相隔6年再次见面感到由衷的高兴。

会见开始时,卡特说,对美国来说,具有最重大意义的事情是同中华人民共和国实现关系正常化。

邓小平说,我们经常回忆两国关系正常化和我访美时受到美国政府破格接待时的情景。

卡特说,我永远不会忘记你对美国的访问。

邓小平说,中美关系的转折点是尼克松总统访华。但是在卡特任总统期间实现了建交、撤军和废约三原则,从而导致了两国关系的正常化。这在当时是很不容易的事情。

邓小平在同卡特的105分钟的交谈中透露了中共十三大的准备情况。他说,党代会在政治上将重申1978年以来的政策,主要是改革和开放。"我们不但要继续实行改革和开放政策,还要搞得更勇敢一些。"

邓小平说,党代会将把政治体制改革提到议事日程上来。政治体制改革包括加强民主和法制两个方面。至于民主,我们不能照搬美国的民主。如果没有安定团结的环境,我们什么也干不成。因此政治体制改革一方面讲社会主义民主,另一方面还要讲社会主义法制。

邓小平还说,十三大的另一个任务就是使中央的领导层更年轻一些。

卡特向邓小平介绍了他的西藏之行。他说在西藏看到很多寺庙得以修复,人们可以在不受别人干涉的情况下进行宗教活动。他说,"我是一个农场主,拉萨附近的农业发展情况给我留下了很好的印象。"

邓小平说,西藏具有很大的开发潜力。中国的政策真正立足于民族平等。从建国以来,中国没有出现民族歧视的现象。中国有几十个民族,少数民族人口只占总人口的6%。但在各级人民代表机构和各级行政机构中任职的少数民族干部所占的比例大大超过了6%。"文化大革命"中出现的情况,不光发生在少数民族地区,受到损害最大的是汉族地区。这种现象,不能说我们实行民族歧视政策。

邓小平说,粉碎"四人帮"以后,中央政府采取了很多措施发展少数民族地区,确定内地各省市帮助西藏建设是一项长期的任务。

他说,中国的资源很多分布在少数民族地区,这些地区有很好的发展前景。

会见结束时,邓小平高兴地接受了卡特的一件礼物——他写的回忆录《保持信心》。

卡特和夫人罗莎琳·卡特告诉邓小平,他们非常感谢邓小平送给卡特中心的一幅挂毯。

邓小平会见里根

"台湾问题解决了,中国同美国之间的疙瘩也就解开了"

1984年4月,美国第40任总统里根和夫人南希应邀到中国访问,并首次见到了邓小平。这也是他们唯一的一次会面。

4月28日,邓小平同里根进行了会谈,邓小平对里根说:"我期待同阁下见面已两年了。我们当面就一些问题交换意见是有益的。"

里根对此表示完全赞同。

邓小平转而对里根夫人说:"你为了我们的大熊猫,做了不少事情。谢谢你!"

南希说:"我很高兴这样做,我得到了美国儿童的帮助。"

邓小平对南希说,这次你来访问的时间太短了。作为朋友,彼此需要有更多的了解。

南希说,中国有许多地方她都想去,有许多东西都想看,这次旅行太短暂了。

邓小平对里根说,我们是同一个年代的人。再过3个月,我就80岁了。

里根说,再过7年,我也80岁了。

邓小平说:"我们都是70多岁的人,各自都有几十年的政治生涯。因此,我很高兴能有机会与总统交换意见。"

里根说:"我也很高兴。我长时期以来期待着这个机会。"

1984 年 4 月,邓小平会见来访的美国总统里根

　　轻松的寒暄和交谈之后,邓小平和里根开始了正式会谈,会谈的气氛顿时变得紧张起来。

　　邓小平严肃地对里根说,中美关系中的关键问题是台湾问题,希望美国领导人和美国政府认真考虑中国人民的民族感情。中国政府为解决台湾问题作了最大努力,就是在不放弃主权原则的前提下允许在一个国家内部存在两种制度。

　　邓小平希望美国不要做妨碍中国大陆同台湾统一的事情。他说,海峡两岸可以逐步增加接触,通过谈判实现和平统一。统一后,台湾的制度不变,台湾人民的利益不会受到损害。台湾同美国、日本可以继续保持现有的关系。我相信我们这个办法是行得通的。台湾问题解决了,中国同美国之间的疙瘩也就解开了。

　　邓小平说,中美两国虽然前一段时间吵了一些架,但近来两国关系的发展是好的。中美两国在一些国际问题上有共同点,但也有分歧点。中美两国都有发展合作的愿望。我们希望今后两国领导人和政府人员加强交往，更多地交换意见，以便继续发展我们之间的关系。

会谈中，里根向邓小平介绍了美国政府关于裁军、中东、南北关系等问题的立场。

会谈结束后，邓小平设午宴招待里根夫妇。

里根后来在回忆录中是这样描绘他与邓小平会见的情形的：

"第二天是我访问中的大事。我同中国的最高领导人邓小平会晤。他个子矮小，但肩膀宽厚，有一双乌黑并令人难忘的眼睛。当我们见面时，邓表现出调侃式的幽默。南希跟随我出席了正式介绍仪式，邓笑着邀请南希将来独自再回到中国，好让他带南希到处看看。但后来，当我们谈起正事时，他的笑容消失了，并且随即开始就一大堆假想的过错而指责美国：说我们支持以色列，他声称这使得整个中东局势变得不稳定，责怪我们对发展中国家的态度，他还提到我们与苏联在核武器协议上无法达成一致意见。

"作为主人，他开了第一枪。接着轮到我了。我竭尽全力反驳他说的每一件事，纠正他的事实以及数据，不管他是不是主人，因为是他首先发难，所以我不会让他感到轻松。尔后，我惊奇地发现他又突然变得热情起来，笑容又浮现在他的脸上，并且他似乎想调和一下刚才紧张的气氛，使之变得融洽一些。然而，这并不能使他不提及我们与台湾的友好关系问题，他认为这是对中国内政的干涉。我告诉他，中华人民共和国和台湾之间的裂缝是个要由中国人来解决的问题，只是美国想让它通过和平的方式解决罢了。他的国家的任何军事企图都将无法挽回地损害我们两国的关系。

"当我们暂停后就餐时，我们先前争论时的紧张气氛转换成了亲切和愉快的社交仪式，到处都在碰杯，那时，我自忖我了解他，他也了解我。"

1986 年 9 月 2 日，邓小平在接受美国哥伦比亚广播公司《60 分钟》节目记者迈克·华莱士的电视采访时，向里根夫妇转达了他的问候，并再一次谈到了他对中美关系的看法。

华莱士对邓小平说："里根总统和夫人对我的节目很有兴趣，差不多每个星期天都看这个节目。在我的采访节目播出时，他们一定会观看。不知你有什么话对里根总统说？"

邓小平在沙发上欠了欠身,说:"在里根总统和夫人访问中国时,我们认识了。我们相互间的谈话是融洽的和坦率的。我愿意通过你们的电视台,转达我对里根总统和夫人的良好祝愿。我希望在里根总统执政期间,中美关系能有进一步的发展。"

华莱士问道:"目前中美双方是否存在大的分歧问题?"

邓小平明确地说:"有。如果说中苏关系有三大障碍,中美关系也有个障碍,就是台湾问题,就是中国的海峡两岸统一的问题。美国有一种议论说,对中国的统一问题,即台湾问题,美国采取'不介入'的态度。这个话不真实。因为美国历来是介入的。在50年代,麦克阿瑟、杜勒斯就把台湾看作是美国在亚洲和太平洋的'永不沉没的航空母舰',所以台湾问题一直是中美建交谈判中最重要的问题。"

华莱士问:"美国在处理美台关系时是否未能按照它承担的义务去做?"

邓小平说:"我认为美国应该在这个问题上采取更明智的态度。"

华莱士:"什么态度?"

邓小平说:"很遗憾地说,在卡特执政的后期,美国国会通过了《与台湾关系法》,这就变成了中美关系的一个很大的障碍。刚才我说,希望里根总统执政期间,能够使中美关系得到进一步发展,其中就包括美国在中国统一问题上能有所作为。我相信,美国特别是里根总统,在这个问题上是能有所作为的。"

大洋彼岸的里根总统坐在电视机前听到邓小平来自远方的问候以及他对中美关系的透彻分析,大概不会无动于衷吧!

邓小平会见布什

"中国的问题,压倒一切的是需要稳定"

乔治·布什可称为中国人民的老朋友。20 世纪 70 年代时,在杰拉德·福特担任美国总统期间,布什曾于 1974 年 10 月至 1975 年 12 月担任美国驻华联络处主任。在美国政坛显要中,布什是最为熟悉和了解中国的。在驻华期间,他和夫人经常一起骑车在北京的大街小巷上来来往往。他为促进两国之间的交往,加强中美关系,发挥了重要作用,作出了积极的贡献。他与邓小平有过多次的会晤。

1975 年 10 月 19 日,美国国务卿基辛格访问北京,与中国方面磋商美国总统福特访华事宜。布什随同基辛格一起,在两天内同国务院副总理邓小平举行了三次长时间的交谈,以商定福特与毛泽东会见后将发表的联合公报的细节。布什以较多的、生动的笔触描述了这次会谈:

"在基辛格同邓小平会谈过程中,中方的外交部长乔冠华在座;而美方有国务卿的助手,还有助理国务卿菲尔·哈卜和我。在此之前,我曾见过邓小平几次。当时,他的地位正处于上升阶段,很可能在毛泽东和周恩来去逝后接任国家最高领导职务。他抽起烟来一支接一支,喝起茶来也是一杯又一杯。他把自己打扮成来自中国西南四川省的土生土长的农民的儿子和历经风雨的军人。

"邓小平是那种在同外国领导人交谈中强硬和和蔼都运用得恰如其分的人。但在同基辛格的会谈中,他明显地倾向于强硬。

"邓,像毛和其他中国领导人一样,对美国面对同苏联的冷战所采取的政策方向十分关注。他指责美国的对策同英法在1938年慕尼黑采取的对希特勒的绥靖政策十分近似。'这是绥靖政策,'邓说。基辛格有些生气,但仍泰然自若。国务卿回答说:'一个国防开支1100亿美元的国家不能说是追求慕尼黑精神的。我提醒你,当你们和苏联还是盟友的时候,我们就在为了你们而遏制苏联的扩张主义。'

"交谈是激烈的,这就是为什么国家之间的最高级会谈之前需要初级讨论的一个很好的例证。最后,在美中分歧问题上,气氛变得轻松了。基辛格说:'我觉得我国总统访华不应该给人造成一种印象:两国在吵架。'邓小平表示同意,'更仔细的商讨还有时间。'他说。

"基辛格作为先遣人员来华访问还有一件大事没定下来:中国人是否会邀请他见见毛主席。中国人碰到问题,总是避而不谈。

"在10月21日的午宴上,外交部副部长王海容言有所指的提起英国首相爱德华·希思前不久访问中国时受到了毛的接见。王是毛的外甥女,并说希思特意要求会见毛。基辛格恍然大悟。'如果这便是正式问我是否愿意会见毛主席,我的回答是肯定的。'他说。

"几小时之后,基辛格、邓小平、乔冠华在人民大会堂举行第三轮会谈的时候,我看见邓接到一张纸,上面有几个大的汉字,邓看后,打断会谈说:'你们将在6点半见到主席。'"

1977年9月和1980年8月乔治·布什又曾两次访问中国。1980年8月22日,邓小平再次会见了布什和夫人一行,双方在友好的气氛中就双边关系、国际形势等问题进行了认真坦诚的谈话。

1980年11月,布什当选为美国副总统。

1982年5月,布什又一次访问中国。5月7日下午,当布什抵达北京时,中国政府在飘扬着两国国旗的人民大会堂东门外的广场上举行了隆重的仪式,欢迎布什副总统及其夫人一行,并在其后设宴招待来宾。

5月8日上午,时任中共中央副主席的邓小平会见了布什副总统。会见开始时,邓小平对布什说:"你是比较了解中国的。你作为中国的老朋友,我们衷心欢迎你。我们希望通过你这次到北京来,能够把两国之间存在的一些阴影,一些云雾一扫而光。"

布什说:"我们感到美中两国关系是非常重要的,里根总统对此有强烈的表示。我希望在我离开贵国时,我们双方能更深入地理解这种关系的根本性质。"

这次会见持续了两个半小时。会见后邓小平还设午宴招待了布什副总统和夫人一行。

1982 年邓小平(左一)会见当时的美国副总统乔治·布什(右一)

1988 年 11 月,布什当选为美国第 41 任总统。1989 年 1 月 20 日宣誓就职。

1989 年 2 月,布什再次应邀对我国进行工作访问,于 2 月 25 日抵达北京。邓小平在当天便会晤了布什总统,就共同感兴趣的国际问题和中美双方关系交换了看法。

2 月 26 日,邓小平在人民大会堂正式会见了布什总统。邓小平在会见时指出:"中国的问题,压倒一切的是需要稳定。没有稳定的环境,什么都搞不成,已经取得的成绩也会失掉。"他希望外国朋友理解这一点。

邓小平进一步指出:"中国一定要坚持改革开放,这是解决中国问题的希望。但是要改革,就一定要有稳定的政治环境。总的来说,中国人民是支持改革政策的,绝大多数学生是支持稳定的,他们知道离开国家的稳定就谈不上改革和开放。"

邓小平向布什介绍了中国改革开放以来的形势,并对一些重大历史问题的解决作了说明,指出:"我们已经对建国以来历史事件的是非,特别是'文化大革命'的错误,作出了恰当的评价。对毛泽东同志的历史地位和毛泽东思想,也作了恰当的评价。对毛泽东同志的晚年错误的批评不能过分,不能出格,因为否定这样一个伟大的历史人物,意味着否定我们国家的一段重要历史。这就会造成思想混乱,导致政治的不稳定。"

邓小平进一步指出："中国正处在特别需要集中注意力发展经济的进程中。如果追求形式上的民主，结果是既实现不了民主，经济也得不到发展，只会出现国家混乱、人心涣散的局面。对这一点我们有深切的体验，因为我们有'文化大革命'的经历，亲眼看到了它的恶果。"

邓小平说，中国是从自己的根本利益出发来制定国内政策、做出战略决策的。我们不打什么牌，也不搞权宜之计。

1989 年 2 月，在欢迎布什的午宴上（左为李先念）

在谈到中美双边关系时，邓小平说，十年来中美两国关系的发展是平稳的，尽管也存在一些问题。我们希望在布什总统任期内，中美两国的友好合作关系能得到进一步的发展。

邓小平还说："我们希望同苏联实现关系正常化，希望戈尔巴乔夫的改革取得成功。我们也希望美国和苏联改善关系。"

邓小平对美苏达成《中导条约》表示欢迎，并希望美苏两国的战略武器谈判也能取得进展。

布什总统说，在世界发生重大变化、面临许多机遇和挑战的时刻来华访问，是非常有意义的。他完全赞成邓小平对两国关系的看法。

布什还说，中美关系的发展有巨大的潜力。在美国，对发展中美关系的支持从来没有像现在这样强大。

会见后，邓小平设午宴热情宴请了老朋友布什及其夫人一行。

在各国政府首脑人物中，乔治·布什可以称得上是与邓小平接触较多者之一。邓小平的气质、风格等都给布什留下了极深的印象。

1989 年 12 月 10 日，布什总统的特使、总统国家安全事务助理斯考克

1989年2月26日,邓小平(左一)在会见美国总统布什(右一)时说,中国的问题,压倒一切的是需要稳定

罗夫特访问中国。此时的邓小平已经辞去了一切职务,退休离开了国家领导岗位,但是他仍然破例接见了布什总统的这位特使,并且语重心长地说:"我已经退休了,本来这样的事情已经不是我份内的事,但是我的朋友布什总统的特使来,我不见也太不合情理了。"并特意请斯考克罗夫特转告布什总统,"在东方的中国有一位退休老人,关心着中美关系的改善和发展。"

邓小平会见舒尔茨

"比较正确地说，我是实事求是派"

乔治·普拉特·舒尔茨，曾任美国劳工部长、财政部长。1981～1982年任里根总统新的经济政策顾问委员会主席，1982年6月被任命为国务卿。他是里根总统第一任期内，接替亚历山大·黑格的第二位国务卿。

舒尔茨于1983年2月2日至6日初次访华，邓小平会见了他。舒尔茨此行并非礼节性拜访，而是负有重要的外交使命。

1972年，由于中美共同抗苏的战略利益的推动，尼克松总统第一个踏上中国土地，在完成了《上海公报》的谈判之后，他与周恩来一起种下了一棵从加里福尼亚带来的美丹杉。尼克松当时想："不知道这种树在中国的土壤中能否生长。"

在中美双方的共同努力下，两国终于于1979年1月卡特政府期间正式建立了外交关系，实现了中美关系正常化。里根是在美苏力量对比对美国不利的关头执政的，他一上台，就把反击苏联的扩张势力作为头等重要的任务。

所以，美国的战略和安全利益成为美国制订对华政策的首要考虑因素。以黑格为首的对苏强硬派从遏制苏联出发，主张发展对华战略关系。里根本人也认识到，如果美中关系倒退到建交前的状态，就会影响到世界战略均势。但里根是共和党的极端保守派，在对华政策上，具有强烈的反共意识，认为台湾才是"老朋友"。于是他逐步形成了"双轨政策"：一方面继承了前几届政府发展对华关系的政策，另一方面更加注重发展同台湾的实质关系,向台湾增加武器出售。这一做法遭到了中国的强烈抗议,经协商,中美政府于 1982 年 8 月 17 日发表了关于售台武器问题的《联合公报》。

《联合公报》虽然使中美关系得以缓解,但双方关系没有更大进展,不但在售台武器问题上继续有摩擦,而且胡娜"政治庇护"事件、湖广铁路债券案等陆续发生,美国政府内部关于对华政策议论纷纷。

正在这时,中国的外交政策进行了重大调整,1982 年 9 月中共十二大强调:进一步坚持独立自主的和平外交政策,决不依附于任何大国,决不屈服于任何大国的压力,不同任何国家搞战略关系。

这时,由于苏联国内出现了危机,美苏力量对比的变化也促使里根政府酝酿对华政策的新做法。以务实、温和著称的舒尔茨取代黑格,表示了这一新的动向。舒尔茨 1983 年 2 月访华,就是进行新探索和谋求扭转两国关系的表现,它最终导致了里根政府"新的现实主义"政策的产生。

2 月 5 日这天,中共中央顾问委员会主任邓小平在人民大会堂会见了美国国务卿舒尔茨。双方在友好的气氛中回顾了中美关系的进程,并坦率地就当前中美关系中存在的主要问题交换了意见。

会谈是以礼相待的,邓小平先热情地请客人入座,然后笑着问:"舒尔茨特使这次来中国生活得还愉快吗?"

"很好,谢谢中国的热情招待。"舒尔茨通过翻译回答道,并说,"里根总统要我转达他对邓小平先生的问候。"

"谢谢他的好意。"

邓小平很快把话题引入了正题:"自 1972 年《上海公报》发表以来,中美关系比较正常,作为中美双方,我们都应珍惜这种关系。"

他接着阐述了中国的外交政策:"我们将始终坚持独立自主的政策,从中国人民和世界人民的根本利益出发,从反对霸权主义,维护世界和平的立场出发,来确定我们对国际事务的方针和政策。中国是重视中美关系的,然而要进一步改善关系,必须消除障碍。"

舒尔茨同意:"在某些地方,还是发生了些小摩擦。"

"是。有摩擦,但责任不在中国。"邓小平继续说,"就说技术转让吧,中国并不是非领先美国的先进技术不可。老实讲,我们搞现代化主要是靠自力更生,即使美国的技术可以全部转让,中国也未必就全部买来。"

"某些尖端技术",舒尔茨略微摇摇头说,"可能也不是贵国自力更生所能办到的吧?"

"不,舒尔茨特使,您错了。"邓小平驳斥道,"原子弹、氢弹算得上尖端吧?美国这方面的技术一直对中国搞封锁。但是,我们不都一一通过独立钻研、自力更生,办到了吗?""问题不在于美国对我们转让什么,而在于美国究竟把中国当作潜在的敌人,还是真正的朋友?"

邓小平坦率而严肃地对舒尔茨说:"时至今日,许多中国人心目中,同美国能不能交朋友,美国够不够得上朋友,还存在着许多疑问呢!"

舒尔茨不免有些尴尬,邓小平说:"这是历史经验告诉我们的。别说历史上美国对中国不平等,就是现在,也未必平等。前不久,美国司法机关公然企图传讯中国政府。这是典型的霸权主义行径,真是岂有此理!"

邓小平这里所指的,是美国地方法院就所谓湖广铁路债券案作出"缺席判决"一事。湖广铁路债券是1911年清政府为了修粤汉铁路,向外国财团借款发行的。而1979年11月,9名持有此债券的美国人向美国地方法院控告中华人民共和国,要求偿付债券本息。美国地方法院竟于1982年9月1日作出"缺席判决",要求中国政府赔偿4130余万美元。邓小平说:"请特使转告里根政府,中国作为一个主权国家,神圣不可侵犯,我们对此提出严正抗议!"

"邓先生有所不知,美国司法制度是独立的,政府无权过问呀!"舒尔茨辩解道。

"如此说来,美国实际上就有三个政府了,国会、内阁、法院。那么究竟要人家同你们哪个政府打交道才好呢?请转告里根,中国作为一个主权国家,受侵犯的时代已经一去不复返了。"邓小平的强硬立场使舒尔茨无言以答。邓小平又说,希望通过国务卿这次访问,中美关系能够得到改善。

舒尔茨在离开中国时说:"我们在一些问题上有相同的观点和兴趣,在另一些问题上,我们的看法是不同的……有些重要问题需要我们谨慎地去处理。"

他对能与邓小平会晤感到荣幸,认为这次会晤的意义在于双方强调了两国关系的前途和增进信任的重要性。舒尔茨回国后,在调整美国对华政策上发挥了重大作用。里根政府随后制定了"新的现实主义政策",包括:不强调中美两国的战略关系,而强调长期、持久和建设性关系;既承认两国的共同利益,又承认彼此的分歧,在一些双边问题上减少摩擦,避免过多刺激中国;使中美关系在多样化中发展,以政治、经济、文化关系为主,军事关系为辅;美国与台湾关系保持现状,根据美国对中美三个公报的解释和《与台湾关系法》处理台湾问题等。这使得中美关系重新进入稳定发展阶段。

1987 年 3 月 3 日,邓小平在会见美国国务卿舒尔茨时,特别强调坚持四项基本原则的问题

舒尔茨 1987 年 3 月 1 日至 6 日再次访华。3 月 3 日上午在人民大会堂,邓小平面色红润,和往常一样身着银色中山装,站在福建厅门口,微笑着同舒尔茨及其主要随行官员一一握手。

舒尔茨首先转达了里根总统对邓主任的问候,并转交了里根给邓小平的信件,他风趣地说:"总统说我干的事情不够多,所以让我兼任邮差,现在我的任务完成了。"

邓小平请舒尔茨回国后转达他对里根总统和夫人的良好祝愿。他笑着说,我知道总统先生遇到一点小麻烦,"一个国家的事情,搞政治,总会遇到一点小麻烦,我们还不是也遇到一些麻烦吗?我们相信阁下和在座的朋友对此会采取理解的态度。现在我们的麻烦已经过去了。"

在谈到中国国内情况时,邓小平强调指出,有两条是重要的:第一,中国只能走社会主义道路。第二,要搞社会主义现代化,要使中国摆脱落后状态,没有稳定的政治形势是不行的。我们一定要有一个稳定的政治局面,有秩序地进行社会主义现代化建设。这些问题,自十一届三中全会以来,我们一直这样讲,从来没有变过。我们的既定政策不会改变。实行了八年的行之有效的政策,为什么要变呢?

邓小平又说,关于反对资产阶级自由化问题,我们不搞运动。在进行四个现代化建设的过程中,都存在着反对资产阶级自由化的问题,这是长期的事情。既然是长期的,就不能搞运动,只能靠经常性的说服教育,必要时采取一些行政手段和法律手段。我们坚定不移的原则是要有稳定的政治局面,以保证有秩序地进行四个现代化建设。

他还说,中国不存在完全反对改革的一派。国外有些人过去把我看作是改革派,把别人看作是保守派。我是改革派,不错;如果要说坚持四项基本原则是保守派,我又是保守派。所以,比较正确地说,我是实事求是派。

此番话实际是向世界表明:中国的既定政策不会改变;反对资产阶级自由化既是坚定的,又不会搞运动;中国的政局是稳定的。此番话又是有所指的,舒尔茨访华时,我国1986年底的学潮正在消除,安定团结的局面日益巩固。邓小平正是针对美国统治者中一些人对中国"和平演变"抱有不切实际的希望和进行幕后策动的图谋,论述了以上两个问题。

舒尔茨对邓小平的介绍表示感谢。他后来说,会谈使我更加确信,中国对于继续执行已使中国在过去十年中取得空前成功的政策是坚定不移的,中美两国的关系也将是持久的。他在会见结束时对邓小平表示:"美国重视同中国的关系。"邓小平也说:"这好,在这一点上双方的看法一致。"

在中美建交第一个十年即将过去之际,美国国务卿乔治·舒尔茨应邀于1988年7月14日再次对中国进行正式访问。在过去的十年中,中美关系虽然经历了一些困难和波折,但总的说来,发展是显著的。中美两国领导人经常互访,相互交流的渠道不断拓宽,互利合作的领域和规模日益扩大,经济贸易往来和相互投资日趋活跃。中国通过改革开放,已被公认是一个能够进行世界经济活动的国家。所以,美国国内不管是共和党还是民主党,都支持发展美中关系。这样,美中关系发展的必要性已不再基于双方共同的战略利益,而是置于全面的依存和共同的发展基础之上。舒尔茨正是带着进一步发展美中关系的目的来到中国的。其中,拜见邓小平是必不可少的议程。

7月15日上午,中央军委主席邓小平在人民大会堂又一次见到舒尔茨。自1983年舒尔茨第一次访华,已经过去了五年。五年中,世界发生了很大变化,中国也发生了很大变化。应客人要求,邓小平介绍了中国的改革情况。

他说,中国正在闯关,正在深化改革,更加开放。我们不怕风浪,要迎着风浪前进,闯过难关。我们闯过目前这道关口,就能为下个世纪的发展创造良好的条件。闯关主要靠中国人民自己努力,但如果有一个好的国际环境,我们的困难就会减少,我们希望大家能共同为建立国际新秩序而努力。

邓小平还说,穷的国家需要发展,富的国家也需要继续发展,但是发达国家的发展不能建立在占全世界人口3/4的国家的贫困的基础上。

舒尔茨对邓小平的这一观点表示赞同,并说,中国有着很好的发展基础。中国的沿海经济发展区为增加出口而进行的努力特别令人感兴趣。中国正在进行的改革,包括政治体制改革和物价改革,也给人留下了深刻的印象。

接着,宾主就中美关系问题和国际问题广泛交换了意见。舒尔茨很关心邓小平如何评价目前的中美关系,他注意到,邓小平的头脑非常清楚,对国际上的事情了如指掌,极为坦率和富有远见地谈了他对有关问题的看法。谈到中美关系时,邓小平说:"中美关系的发展是比较稳定的,当然也存在一些问题。但既然是两个国家,存在一些分歧也是正常的。总而言之,中美是两个大国,而且都有发展的余地。从世界和平和人民的利益出发,我们需要发展关系。"

舒尔茨补充道:"美中两国的关系所以能够不断发展,是因为我们都愿意寻找共同点,把坚持原则和解决我们双边问题的实际努力结合起来。"

关于柬埔寨问题的讨论也是富有成果的。两国领导人都认为越南从柬埔寨全部撤军是解决柬埔寨问题的关键,西哈努克亲王是未来柬埔寨政府的中心人物。

瑞典首相卡尔松曾评价邓小平:"毫无疑问,尽管他年事已高,但他却是一位声望很高,很有魄力的著名国际政治家。邓小平能够代表他的整个国家说话,他流露出绝对的信心,胸有成竹和意志坚强。"

不知舒尔茨对邓小平这位国际政治家是如何具体评价的,不过可以肯定的是,他对与邓小平的会谈成果深感满意,认为中美关系正在变得越来越好,而且在向深度发展。

邓小平会见基辛格

"你现在不当国务卿了，不也还在为国际事务奔忙吗"

基辛格的名字，对中国人来说并不陌生。在 20 世纪 70 年代举世瞩目的中美关系中，他扮演了一个极为重要的角色。他为打开中美关系的僵局，谋求两国关系的正常化作出过杰出贡献。基辛格曾先后十多次访问中国，多次会见过邓小平。

基辛格第一次见到邓小平是 1974 年在纽约。当时邓小平率领中国代表团出席在纽约召开的第六届联合国大会特别会议。在这次会议上，他全面阐述了毛泽东提出的关于三个世界划分的理论，阐明了中国的对外政策，引起了世界各国的广泛注意。

4 月 14 日，美国参加联大会议的代表团团长、国务卿兼总统国家安全事务助理基辛格博士举行宴会，邓小平应邀参加。在这次宴会上，他们初次相识，并开始了后来长达数十年的交往。后来，这位老资格的美国政治家曾说："说实话，我那时不知道他是谁。因为他在中国的'文化大革命'中受到迫害，所以我们那时认为他是中国代表团的一名顾问，甚至不知道他是中国代表团的团长。我记不太清当时一些具体细节了，但我在纽约和他一起吃过晚饭。他处理事情的果断、能力以及对事物的洞察力给我留下了深刻印象。"

他在一次同邓小平的会见中也曾对邓小平说："你第一次在联大上出现时，我们不知道你是什么样的一个人，现在我们知道了。"

1979 年 2 月邓小平访美期间，还特意安排在西雅图同基辛格进行了

1979 年,邓小平(右二)与基辛格(左二)共进早餐

会晤。会晤结束后,基辛格风趣地对记者们说:"我们同意使中国同我本人之间的关系正常化。"

1979 年美国《时代》周刊第一期撰文说:"盛传前国务卿亨利·基辛格曾称邓小平为'令人讨厌的小个子',对此,基辛格矢口否认。上星期,在接受《时代》周刊采访时,基辛格告诉记者他对邓的印象:'很显然,他非常能干,具有超常的意志和魄力。对于政治,他极为精通并能游刃有余。当我 1975 年见到他时,邓对外交事务还知之不多,但他学得很快。总之,邓是一个不可低估的人物,他的影响将是巨大的!'"

同年 4 月,基辛格再次来华访问,邓小平亲切会见并设宴招待了他。此后,基辛格又多次来华访问,每一次都受到邓小平的亲切接见。

1989 年 10 月,在中国发生动乱和中美关系紧张的严峻时刻,基辛格再一次到中国访问。刚刚辞去中央军委主席职务的邓小平在人民大会堂会见了这位中国人民的老朋友,这是邓小平完全退下来后第一次会见外宾。

当基辛格来到会见大厅时,精神矍铄的邓小平身着深灰色中山装,面带笑容地迎上前去同他热情握手。

1988年5月,邓小平会见来访的美国前国务卿基辛格

邓小平当着几十名中外记者的面对基辛格说,博士,你好。咱们是朋友之间的见面。你大概知道,我已经退下来了,中国需要建立一个废除领导职务终身制的制度,中国现在很稳定,我也放心。

基辛格说,你看起来精神很好,今后你在中国的发展中仍会发挥巨大的作用,正像你在过去所起的作用一样。你是中国改革的总设计师。

邓小平说,我仍是中华人民共和国的公民,中国共产党的党员,在需要的时候,我还要尽一个普通公民和党员的义务。你现在不当国务卿了,不也还在为国际事务奔忙吗?!

邓小平和基辛格还愉快地回顾了他们相识多年来的友好交往。基辛格怀着钦佩的心情对邓小平说,你是做的比说的多的少数几位政治家之一,你使中国发生了历史性的变化。

后来,基辛格在同日本前首相中曾根康弘的一次会谈中,在谈到21世纪领导人素质时,特别赞誉邓小平说:"邓小平是中国推行改革的领袖。他着手共产党领袖从未搞过的改革,解放了农村经济,把粮食进口国变成了粮食富余国。他作为老一代的革命家,不允许共产党的地位下降,并且要将经济改革搞下去。"

邓小平会见福田赳夫

"中日条约不仅有利于中日两国,也有利于亚洲和世界和平"

1978 年 10 月 22 日,在《中日和平友好条约》正式生效之际,邓小平成为第一位访问日本的中国国家领导人。23 日上午,日本首相福田赳夫在国宾馆举行盛大仪式,欢迎邓小平一行。这是福田赳夫第一次会见邓小平。

23 日上午 9 点半左右,邓小平由福田陪同检阅了由 100 多名陆上自卫队士兵组成的日本仪仗队。10 点左右,邓小平在安陪官房长官的引导下,前往首相官邸,对福田首相作礼节性拜访。

福田先在一楼的吸烟室接待了邓小平。

"昨晚休息得好吗?"福田问。

"因为没有时差,休息得好。谢谢。"

两人随即并肩来到二楼首相办公室,稍事寒暄,邓小平便从容地从口袋里掏出一包"熊猫"牌香烟,按中国的礼节递给了在座的每人一支。这样一来,气氛立即变得轻松起来。

邓小平首先对日本的邀请表示感谢。他说:"多年来一直希望访问东京,这一天终于到来了。早就想认识福田首相,这个愿望实现了,我感到高兴。"

接着,两人谈到了缔结《中日和平友好条约》的经历、波折和困难。

福田评论说:"在日本,有些称为慎重派的人直到最后才同意这个条

1978年10月23日,邓小平在福田赳夫为他举行的欢迎仪式上

约。虽说有些人反对,但多数人欢迎缔结这个条约。我看日中条约是一个具有历史意义的条约。"

邓小平说:"中国也一样,政府当然没有问题,人民也欢迎缔结这个条约。任何国家都这样,中国国内也有一部分人反对,但绝大多数表示欢迎。中日条约不仅有利于中日两国,也有利于亚洲和世界和平。"

当福田表示自己只了解战争前的中国,希望有一天能得到访华的机会时,邓小平掐灭烟头,侧了一下身子,回答说:"我感觉不到这是第一次会见福田首相。听说日本把坦率的会见叫做'披浴巾'。我愿意代表华国锋主席、中国政府以及中国人民,邀请福田首相去中国。任何方便的时候,都欢迎。"

福田接受了邓小平的这一邀请,表示"一定要访问中国"。

恳谈中,福田在谈到中国的汉字简化时不无得意地说:"我的名字中的'赳'字就是取自《诗经》。"邓小平紧接着说:"省略那么多,我也不明白。"随即同在座的人一起大笑起来。在福田表示要为加强中日友好而竭尽全力之后,邓小平笑着说:"日本也把穷人(中国)作为朋友,真了不起。"对于这一谦逊大度的表示,在座的园田外相非常钦佩,感叹说:"到底是一个大国啊!"

10点半,在首相官邸一楼大厅举行了《中日和平友好条约批准书》换文仪式。在仪式开始前10分钟,除两国首脑和外长等人外,双方出席仪式的大约70人首先进入大厅就座。制服上装饰着金穗子的陆上自卫队中央乐队的23名队员以明快的旋律演奏了《江户日本桥》、《欢迎进行曲》(中国)、《我爱北京天安门》和《君之代进行曲》。

在管乐队高奏的乐曲声中,福田、邓小平及两国外长脚踏红地毯进入了会场。会场中央,摆放着由白色和黄色的菊花以及红色的石竹花装饰起来的太阳旗和五星红旗,色彩鲜艳夺目。

园田直外相和黄华外长在罩着绿色呢绒的桌前并排而坐,福田和邓小平分别坐在他们身旁。在这四个人后面,以金色屏风为背景,挂着两国的大国旗。在大国旗两侧,两面一对地装饰着两国的小国旗,共12对。

《中日和平友好条约批准书》换文仪式

日本外务省中国课长田岛宣布仪式开始。全体起立,奏两国国歌。随后,园田和黄华用毛笔先后在分别用日文和中文写成的批准书上交叉签字,时间是 10 月 23 日上午 10 点 38 分。《中日和平友好条约》从此生效。在与会者的热烈掌声中,两位外长激动万分,热烈握手。

这时,福田率先举起斟满了香槟酒的酒杯:"为华国锋总理阁下的健康干杯!"

邓小平也马上推开座椅,举杯走到右边的福田面前祝愿:"为天皇陛下,为福田首相阁下,为日本朋友们的健康干杯。"

接着,邓小平放下酒杯,再次走到福田跟前同他拥抱。福田近来虽总是在人面前自称是"外交家",但显然对共产党国家领导人的这一举动缺乏思想准备,因此表现得有些慌乱,姿势也颇为僵硬。站在一旁同黄华握手的园田大概正在为首相的形象担心,没料到邓小平会随即过来同自己拥抱,结果,由于一时反应不过来,弄得十分狼狈。

23 日下午 3 点半至 5 点 25 分,福田与邓小平在首相官邸举行第一次会谈。福田首先站在反省日本过去的侵略战争史的立场上,强调要贯彻全方位和平外交,表示要同所有国家都维持友好关系。

邓小平在发言中,对包括《日美安全条约》和加强自卫力量在内的日本外交方针表示充分理解。双方还就国际形势交换了意见,各自阐述了自己的看法。

会谈结束后,福田向记者谈及对邓小平的印象说:"非常了不起。总之,非常了解世界形势,虽然同对方立场不同。"

当晚 7 点半,福田在首相官邸举行盛大宴会,欢迎邓小平一行。

由于互换《中日和平友好条约批准书》已在上午结束,所以晚宴是在无拘无束的气氛中进行的。鉴于邓小平等中国客人都穿着整齐的中山装,包括福田首相在内的日方出席者也只得穿着在正式晚宴中很少穿的西服便装。在两国人民喜爱的歌曲《樱花樱花》和《洪湖水浪打浪》的乐曲伴奏声中,吃的是"黄油炸霸鱼"等纯法国式饭菜,到处充满着谈笑风生、亲切友好的气氛。

在吃过餐后的茶点之后,福田和邓小平分别致了祝酒词。福田首先回顾了日中两国具有两千年以上的友好交流的悠久历史,并举出了阿倍仲麻吕和修建唐招提寺的鉴真和尚的事例。他说:"在漫长的历史中,我们两国交流关系的发展是无法分开的。到了本世纪,经历了不幸关系的苦难。"

讲到这里,他离开眼前的讲稿,突然冒出一句:"这的确是遗憾的事情。"

然后,他再接上讲稿说:"这种事情是绝不能让它重演的。这次的《日中和平友好条约》正是为了做到这一点而相互宣誓。"

对于福田突然冒出的这句话,在场的日方译员没有翻译。不过,这话还是传到了邓小平的耳朵里,并在第二天的《人民日报》上登了出来,宴会后,有记者就此追问福田时,他避而不作正面回答,只是说:"由于原稿字小,有三处不能读。"

邓小平接着致词说:"中日友好源远流长。我们两国之间虽然有过一段不幸的往事,但是,在中日两千多年友好交往的历史长河中,这毕竟只是短暂的一瞬。""中日两国尽管社会制度不同,但是两国应该而且完全可以和平友好相处。"

邓小平在讲话中还说:"《中日和平友好条约》明确地规定,中日两国不谋求霸权,同时反对任何其他国家或国家集团建立这种霸权的努力。这是国际条约中的一项创举。""条约的这项规定首先是中日两国自我约束,承担不谋求霸权的义务,同时也是对当前威胁国际安全和世界和平的主要根源霸权主义的沉重打击。"

福田同邓小平的第二次会谈是在 25 日上午进行的。会谈之前,福田仍然在首相官邸的吸烟室迎接了邓小平。"您好,您好!"在互相握手之后,福田对邓小平连日来表现出来的充沛精力表示了浓厚的兴趣,他感叹说:"您真是一位超人,一点倦色都没有。"

邓小平笑着说:"我多次说过,高兴时就不觉得疲倦。"

邓小平还爽快地接受了摄影记者的再一次握手的要求,并且十分亲切地说:"能够见到新闻记者们很高兴,但遗憾的是时间短。"坐在沙发上后,福田再次称赞他是位超人,邓小平对此仍很谦逊地说:"我不过是个兵。在中国,人们把兵称为丘八。"这话的意思,显然是指健康的秘诀在于不摆架子。

会谈中,双方主要就朝鲜局势问题各自阐述了自己的立场,并强调中日两国要进一步加强经济、文化及贸易合作。

10月29日下午,邓小平结束了对日本为期8天的正式友好访问,从大阪乘专机离开日本回国。

1979年2月7日,邓小平在结束了对美国的正式访问,途经日本回国时,再一次在日本拜会了刚刚下野的福田赳夫,并邀请他早日来华访问。

1981年11月,福田赳夫以日本众议员、前首相的身份应邀来华访问,11月2日,邓小平会见了福田赳夫。在会谈中,邓小平高度评价了福田为中日关系所做出的巨大贡献。他充满感情地说,中国人民是不会忘记所有为中日友好作出过努力的人士的。

五年后,1986年4月23日,福田赳夫再次到中国访问。此时,他是日本国际人口问题议员恳谈会会长。邓小平在人民大会堂会见了福田。时隔五年后再次相见,福田赳夫和邓小平都感到分外高兴。

邓小平说,中国对人口的增长实行严格控制,是从我们的切身利益出发的。我们力争在本世纪内把人口控制在12亿。这是中国的重大战略决策。国外有些人希望中国不实行计划生育,这是想让中国永远处于贫困状况。我们认为,实行计划生育可以使中国更快地发达起来。

福田赳夫说,人口问题是目前世界上非常严重的问题。现在世界人口约50亿,以每年9千万的速度增长,预计到本世纪末,世界人口将增至60亿。值得注意的是发展中国家的人口将增加很多。如果不实行人口控制,不搞裁军,世界的经济很难得到恢复。

就这样,他们交谈的话题由人口问题转到了裁军问题。

邓小平说,我们赞成裁军。从当前总的趋势看,军备竞赛还停止不了,关键还是苏美两国。实际上,中国一直在裁军。我们裁减一百万军队,今年内完成。这就是说,我们在两年内就裁减了一百万军队。我们这样做是基于以下的判断:世界局势仍处于紧张状态,但争取和平的力量在壮大。我们认为,有关裁军的会议也是争取和平的会议。过去我们说,战争是不可避免的,现在我们改变了这个观点。根据国际形势的发展趋势,和平是可以争取到的,当然赢得和平需要做一系列工作。

邓小平对福田赳夫说:"据我看,现在两个全球性问题即战争与和平问题和南北问题中,前者看来还可以找到出路,但南北问题到目前还没有可行的建议。"

在谈到国内的情况时,邓小平向福田介绍说,"七五"计划期间的五年是十分关键的。这五年将决定改革能不能成功。他说:"我们这条路是正确的,是必须走的路,没有别的路可走。搞好搞坏要看我们的本事,但我相信我们会成功的。"

邓小平会见日本天皇裕仁

"过去的事情就让它过去"

1978 年 10 月 23 日中午,邓小平前往日本天皇皇宫,在正殿行厅拜会了天皇夫妇。这是中国领导人在第二次世界大战后第一次会见天皇,因此日方人士对这次会见颇为担心,生怕邓小平会代表中国人民当面追究天皇在日本侵华战争中的责任。

然而,会见出乎意料地愉快和轻松。

身穿西服的裕仁天皇首先伸出手去同邓小平及其夫人握手,说:"热烈欢迎,能够见到你们,很高兴。"

邓小平接过话头,微笑着说:"感谢贵国的邀请。"

随后,天皇把皇后向中国客人做了介绍。天皇和邓小平相对而坐,皇后与卓琳并肩坐在一张沙发上。

天皇首先开口说:"您在百忙中不辞远道到日本来,尤其是日中条约签订了,还交换了批准书,我非常高兴。"

邓小平回答说:"中日条约可能具有出乎我们预料的深远意义。过去的事情就让它过去,我们今后要积极向前看,从各个方面建立和发展两国的和平友好关系。"

天皇可能从邓小平诚恳坦率的话语中受到了触动,他松了口气,话也开始多了起来。

"在两国悠久的历史中,虽然一度发生过不幸的事件,但正如您所说,那已成为过去。两国之间缔结了和平友好条约,这实在是件好事情。今

邓小平和夫人卓琳在皇宫拜会裕仁天皇和皇后良子时合影。会见中,天皇离开讲话稿,谈到侵华战争,对自己的战争责任间接向中国人民表示谢罪之意

后,两国要永远和平友好下去。"

　　这段话是天皇离开讲稿所做的"临场发挥"。通常,天皇会见外宾时,日本外务省都要同宫内厅商拟一个简单的讲话提纲,以防初次见面讲错话而造成失礼。在天皇访问联邦德国和美国时,外务省和宫内厅拟就的讲稿中都有对战争感到痛心的话。这次接待邓小平来访,讲稿中虽然没有写有关战争责任的话,但对每一个有良知的日本人来讲,战争责任问题都是客观存在的事实。就中日关系而言,天皇的脑海里大概一直萦绕着战争责任问题,因此才有可能在邓小平的触动之下,讲出原稿上没有、提纲上也没有的心里话来。共同社说:"陛下在首次会见中国最高领导人时使用'不幸的事件'这一措词,是从天皇的战争责任这个角度,间接向中国人民表明谢罪之意。"

　　邓小平点点头:"一点不错,我赞成。"

　　"您身体很好啊。"

　　"我74岁,听说陛下比我稍大一点,身体却很好。这最要紧。"

　　皇后插话说:"北京很美吧?"

"北京还有各种各样的问题,现在正在加紧进行改造。"

"东京也有公害问题。"天皇说。

"看天空,好像在逐渐好起来嘛。北京可差远了。"

尔后,两人又从城市问题谈及植物和历史,越谈越热烈。

会见结束时,天皇和皇后把一张署名的照片和一对银花瓶赠送给邓小平和夫人,中方回赠了一幅画着驴子的水墨画卷和彩色的刺绣屏风。

午餐会是在皇宫内的丰明殿举行的。这里的装饰和布置富丽堂皇,32只冕形灯发射出朵朵"彩云",乍一看去,恍若仙境。

大概是考虑到邓小平曾留学法国,宴会上的菜全是宫内厅大膳科最拿手的法国菜。为了适合中国人的口味,还在汤里加了燕窝。日方还打听到中国人爱吃鸡肉,因此宴会上的肉全是味道鲜美、特色各异的鸡肉。这些都表明,日方为了准备这次宴会是做了周密思考的。

宴会桌上,摆设了紫红和黄色菊花、粉红色小菊和白兰花。饭桌两边,各放了一只插满了满天星、白菊、黄菊和百合的大花瓶。

在宫内雅乐和《越天乐》、《五棠乐急》等轻快优美的乐曲声中,邓小平和天皇、皇太子及福田等人频频举杯,互祝健康。当邓小平说要"子子孙孙、世世代代友好"时,天皇马上接过话头说,"日中两国建立起这样的友好关系,还是历史上第一次。要永远继续下去。"

后来,据一位侍从说,他是第一次看到天皇陛下心情这样愉快。福田首相也非常高兴,他见天皇和邓小平的历史性会面结束得这样圆满,心里像一块石头落了地。他从皇宫一回到官邸,就喜不自禁地自语道:"气氛非常愉快,陛下的心情似乎也很好。"甚至当记者团说:"据说邓副总理比你大一岁"时,福田也没有像平时那样对自己非常忌讳的年龄问题表示抵触情绪,只是轻快地说:"不,邓副总理年轻。我是(明治)三十八岁,邓副总理是明治三十七岁。"

邓小平会见大平正芳

"我们的四个现代化的概念……是'小康之家'"

大平正芳的名字是与中日友好事业联系在一起的。人们不会忘记,在1972年中日关系发展的历史性时刻,大平正芳以田中内阁外务大臣的身份陪同田中角荣首相访华,完成了中日邦交正常化的重任,结束了战后中日两国间的不正常状态。1974年,大平外相再次访华,代表日本政府与中国政府就缔结《中日航空协定》达成协议,并签署了《中日贸易协定》。在福田内阁时期,大平正芳担任自民党干事长,对于缔结《中日和平友好条约》始终予以支持和推动。

1978年10月22日,邓小平以中共中央副主席、国务院副总理的身份对日本进行正式友好访问,并出席互换《中日和平友好条约批准书》仪式。到日本后的第三天,邓小平便专程拜访大平正芳。邓小平高度评价了大平正芳作为外相在中日邦交正常之际所作出的积极贡献,并邀请他借最近的机会访华。对此,大平正芳说:"我对您不忘老朋友,前来访问,表示感谢。并期待正在顺利发展的日中关系以这次邓副总理访问为转机,其势头更加发展。"

大平正芳也没有忘记在座的廖承志的功劳,他说:"我认为在佐藤大使之外还有一位大使,非常有魄力。""廖先生日语说得非常好,又很了解日本的情况。"

邓小平打趣地说:"他只有小学生的日语程度,可是他在中国却是闻名的高级知识分子。"

1979年1月28日下午3点,一架波音707客机飞临日本上空,飞机上坐着前往美国进行访问的中共中央副主席、国务院副总理邓小平。当这架波音707客机飞临日本上空时,邓小平在飞机上给不久前当选日本首相的大平正芳发了一封电报:

一周后,从美国回国时,计划在贵国逗留。我为那时能同阁下及其他日本朋友交谈而高兴。

2月7日,邓小平一行结束了对美国8天的正式访问,乘专机飞抵东京羽田机场,开始对日本进行短暂的非正式访问。

1979年2月,邓小平在结束访问美国回国途中顺访日本,受到日本首相大平正芳(右三)的热烈欢迎

1979年12月5日下午,大平正芳首相和夫人、大来佐武郎外相应邀到中国访问。大平首相是中日邦交正常化以后第一位踏上中国国土的日本首相。对于大平正芳来说,这是战后第三次访华。这时,中国已经打倒了"四人帮",邓小平等老干部已经复出,并开始实行实事求是的路线,人们脸上的表情显得快活起来,局面也很稳定。

12月6日上午,邓小平副总理会见了大平首相一行。对他们前来中国访问表示热烈欢迎。

邓小平说:"大平首相一行这次来中国访问,不仅能够发展中日两国友好合作关系,而且对国际形势将产生重大的积极影响。再过20多天,我们就进入80年代,我希望首相阁下这次访华的成果至少要管上80年代。"

大平正芳说:"日中两国领导人推心置腹地交换意见是很有意义的。日本政府和国民对我们一行这次访华寄予很大的期望。我渴望通过双方富有成果的会谈能进一步加深和扩大日中友好合作关系。"

会见后,邓小平同大平正芳举行了会谈,他们就广泛的问题交换了看法。邓小平坦率地说:"中日双方的立场、观点有不同之处,但这不影响大局。"

关于日台关系,是大平首相最伤脑筋的问题,他向邓小平表示,日本政府会"认真按日中邦交正常化时所定的原则加以处理"。对此,邓小平说:"我很清楚。"听了这句话,大平首相放心了。

在这次会谈中,邓小平第一次提出了著名的"小康"目标。当大平正芳问,中国根据自己独立的立场提出了宏伟的现代化规划,将来会是什么样的情况,整个现代化的蓝图是如何构思时,邓小平略加思索后回答说:

"我们要实现的四个现代化,是中国式的四个现代化。我们的四个现代化的概念,不是像你们那样的现代化的概念,而是'小康之家'。到本世纪末,中国的四个现代化即使达到了某种目标,我们的国民生产总值人均水平也还是很低的。要达到第三世界中比较富裕一点的国家的水平,比如国民生产总值人均1000美元,也还得付出很大的努力。就算达到那样的水平,同西方来比,也还是落后的。所以,我只能说,中国到那时也还是一个小康的状态。当然,比现在毕竟要好得多了。到了那个时候,我们有可能对第三世界的贫穷国家提供更多一点的帮助。那个时候,中国国内市场比较大了,相应的,与国外的经济交往,包括发展贸易,前景就更加宽广了。"

邓小平还向大平正芳谈到:"有人担心,如果中国那时候稍微富一点了,会不会在国际的竞争中起很大的作用?既然中国只是一个小康的国家,就不会发生这样的问题。坦率地说,现在我们的对外贸易总额还不如台湾多。我们发展到台湾现在的国民生产总值人均水平,也不会对国际市场产生什么威胁,因为自己的需要多了。"

1979 年 12 月 6 日,邓小平会见日本首相大平正芳(右三),向客人解释"中国式现代化"的含义,第一次提出"小康"概念

这次访华,是大平正芳政治生涯中最后一次访华,也是他有生之年最后一次同邓小平会见。

大平正芳在访问中国半年之后的 1980 年 5 月 30 日,在日本新宿车站为选举而进行街头演说时突然病倒,6 月 12 日与世长辞。在大平正芳逝世的当天,邓小平致电日本国内阁总理大臣临时代理伊东正义,对大平正芳首相逝世表示深切的哀悼,电文如下:

东京

日本国内阁总理大臣临时代理伊东正义阁下:

惊闻大平正芳总理大臣不幸病逝,不胜哀悼。大平总理多年来为发展日中关系、维护亚洲和世界的和平做出了重大贡献。中国人民将永远缅怀他。

请转致对大平总理的夫人和家属的亲切慰问。

邓小平　卓琳

1980 年 6 月 12 日于北京

邓小平会见铃木善幸

"中日两国人民要世世代代友好下去"

1980年5至7月,日本政局风云突变:先是国会通过对大平内阁的不信任案,大平首相宣布解散众议院;然后大平首相在众、参两院选举激战中突然病逝;最后,7月15日,铃木善幸出人意料地当选为自民党总裁。第二天,铃木内阁便在危机与胜利交织的气氛中诞生了。

国外人士纷纷问:"铃木善幸何许人也?"

原来,铃木是从日本岩手县三陆海边的小港山田町的一个渔家走出来的政治家。岩手县虽然在地理上不起眼,但历史上却出了原敬、斋藤实、米内光政以及东条英机四位首相。为什么岩手县的政治风土能诞生出五名首相呢? 日本人说,三陆的地形,山峦层叠,蜿蜒入海,它说明这里的生活环境多么艰苦,使人感到生活在这里的人们必定都像这高山一样坚强不屈。

的确,促使铃木善幸走上政治道路的原因,正是这里恶劣的环境。1933年3月3日,三陆发生了一场载入历史的海啸。海啸过后,海边横尸累累,房屋大部分被冲毁。

铃木一连跑了3天查看灾情,最后下定决心:要通过政治来拯救渔村,"要振兴渔业就需要政府给予大力支持,我想成为一个能够拿到国家预算的那种人。"故铃木善幸出任首相后,被人称为"渔民宰相"。

铃木从1947年首次当选为众议员,到1980年荣登首相宝座,度过了30多年的政治生涯。他在日本政界被称为党务派,人们说他是拥立池田首相、支持大平首相上台的幕后人物。此外,他还担任过十任自民党总务会长,是公认的、地道的调解能手。

1979年5月,前福田内阁农林相和16次当选为众议员的铃木善幸,应中国政府邀请首次访华。邓小平副总理于31日上午会见了铃木一行。

半年前,邓小平刚刚赴日举行了中日两国交换《中日和平友好条约》仪式。邓小平的访日,在日本引起了轰动,整个日本都沸腾了。人们强烈地感受到在中日两国政府和人民的长期共同努力下,两国关系发生了历史性飞跃,进入了友好合作的新阶段。

日本朋友现在在北京又一次见到邓小平,大家都很兴奋,还沉浸在欢庆《日中和平友好条约》签订的喜悦之中。邓小平也谈笑风生,他再次肯定这个条约进一步巩固了两国的政治基础,从而为经济贸易及其他领域的全面友好合作,开辟了广阔的前景。这个条约也有助于维护亚洲、太平洋地区和世界和平与稳定,具有重要的现实意义和深远的历史意义。

邓小平特别指出:"面对霸权主义在亚太地区的扩张,中国和日本需要进一步发展友好关系和各自加强自己的力量。"

他的这番话并不是一般性地强调中国独立自主的和平外交政策的立场,而是针对日本政府的外交政策而言的。

原来,在1972年9月中日两国政府共同签订的《联合声明》中,曾有一条反对霸权主义的条款:"日中邦交正常化,不是针对第三国的。两国任何一方都不应在亚洲和太平洋地区谋求霸权,每一方都反对任何国家或国家集团建立这种霸权的努力。"

但从1975年开始,两国政府就缔结《和平友好条约》问题进行接触和谈判后,三木内阁因不同意将《联合声明》中反对霸权主义的条款全文写入《和平友好条约》,致使谈判搁浅。

福田内阁上台后,在国内呼声日趋高涨的形势下,重新开始缔约谈判。福田内阁起初仍强调所谓"全方位和平外交"政策(即同任何国家保持友好关系),实际上因为奉行日美基轴外交,又要同苏联在许多问题上合作,所以继续反对在《和平友好条约》中写入反对霸权主义的条款。

中国政府则指出:中日两国都有自己的外交政策,双方应互不干涉对方内政;中日两国反对霸权主义并不是要采取联合行动,针对第三国;事实上,霸权主义威胁着中国,也威胁着日本。经过艰苦的谈判,《中日和平友好条约》终于写上了以下内容:"缔约双方表明,任何一方都不应在亚洲和太平洋地区或其他任何地区谋求霸权,并反对任何其他的国家或国家集团建立这种霸权的努力。"

这次,邓小平又一次提醒日本朋友:"反对霸权主义的力量需要联合起来。"铃木善幸自然明白邓小平的话意所指。他回答说:"日本对亚洲的稳定给予最大的关注。亚洲的和平与稳定是建立在力量均衡基础上的,日本和中国加强合作,对亚洲的安全将发挥作用。"铃木所回答的也并非外交辞令,而是表明了他的基本立场。这一立场在一年后他的内阁的外交政策中得到了体现。

1982 年 9 月,邓小平会见来访的日本首相铃木善幸

1982 年 9 月,应中国政府邀请,日本内阁总理大臣铃木善幸和夫人等对中国进行正式访问,同中国人民一起欢庆中日邦交正常化十周年。中国

政府向日本人民赠送了大熊猫"飞飞",日本政府也赠送给中国人民一对长颈鹿。不论在中国,还是在日本,都洋溢着节日般的喜庆气氛。

9月28日,邓小平在人民大会堂会见了铃木首相等日本客人,邓小平以隆重的仪式接待了日本贵宾。宾主就座后,他以喜悦的心情说:"明天是实现中日邦交正常化十周年,是两国人民值得纪念的日子。铃木首相在这个时候访问我国是很有意义的。"铃木首相面带微笑地不住点头。

邓小平说,中日两国关系能发展到今天,应当感谢田中前首相、大平前首相和铃木首相、樱内外相所作的贡献,同时也要感谢一贯从事中日友好、为两国邦交正常化作出贡献的日本各界人士。

铃木善幸在1972年进行日中恢复邦交正常化的谈判的时候,身任自民党总务会长,是大平外相的挚友。他为统一自民党党内意见,尽了应尽的力量。回想起往事,他感慨万千地说:"应当感谢毛泽东主席、周恩来总理等前人先辈的丰功伟绩,同时应感谢邓小平阁下为发展日中友好关系所作的努力。"

两人共同回顾了十年间两国友好合作的成果。在十年中,两国政府签署了多项实务协定,并签订了《和平友好条约》。在经济、文化、学术等领域加强了交流。两国间的贸易总额增长了10倍,人员往来增长了14倍。由此,为确立永久的友好关系奠定了基础。

邓小平沉思了一会儿,说:"中日关系有许多话可说,概括成一句话就是,中日两国人民要世世代代友好下去。"他重申,发展同日本的关系是中国的长期国策。

铃木首相非常同意邓小平的看法,表示:"日中关系已经进入了成熟的时期,两国在政治、经济和其他广泛领域里需要加强交流和合作。加强日中友好合作关系,对亚洲和世界的和平与稳定有着重大意义。"

铃木善幸还特意加上一句:"希望今后通过双方不断对话以增进相互理解。"这句话虽然说得含蓄,但在座的人都明白,它表达了铃木政府对由"教科书事件"所引起的日中纠纷的反思和道歉。

所谓"教科书事件",指的是日本文部省在审定教科书中篡改侵略历史一事。1982年,日本文部省在审定中、小学历史课本时,篡改侵华历史,把"侵略华北"改成"进入华北",把"对中国的全面侵略"改为"全面进入",甚至把"南京大屠杀"的原因说成是"由于中国军队的激烈抵抗,日军蒙受很大损失,激愤而起的日军杀害了许多中国军民"等。

对此,中国政府严正指出,承认不承认日本军国主义侵华的历史,是中日关系中的一个重大原则问题。后经多次交涉,日本政府于1982年9月上旬表示承担纠正审定教科书的错误。铃木首相在处理这一问题时作了努力,此次访华也多次表示:日本方面痛感日本国过去由于战争给中国人民造成的重大损害的责任,要充分听取中国对教科书问题的批评,日本政府将负责尽快进行纠正。教科书问题虽然已告一段落,但它留给人们的教训是深刻的,确实值得日本政府反思。

铃木首相还向邓小平祝贺中共十二大取得成功。邓小平对此表示感谢,说:"十一届三中全会以来制定的政策,在十二大得到了确认。"

他又向日本客人介绍了中国的情况:"最近几年,我们做了一件很重要的事,就是让年轻一些的同志担任第一线工作。可以说,我们政策的连续性的问题已经解决了。现在,我们党的中央委员会里六十岁以下的同志占很大的比例,以后还要加大这个比例,四五十岁的人要多一些。"

铃木对此次访华与邓小平等中国领导人进行的坦率亲切、内容充实的谈话,感到十分满意。他在庆祝中日邦交正常化十周年的演讲会上热情洋溢地说:"日中两国虽然都是世界上最为古老的民族国家,但是两国国民寻求'丰富多彩的交流与不可动摇的友好'的愿望,应该是万古常青的。据说古代的汤王曾在石盘上刻下了这样一句座右铭:'苟日新,日日新,又日新',日中两国国民的友好关系,也应与这一铭文一样,通过坚定不移的努力以求日新月异。今天为纪念邦交正常化十周年,为进一步发展两国关系,大家在一起树心立志吧。"

这一年10月,铃木善幸首相任期届满,由于难以摆脱增发赤字国债的困境和日美经济摩擦日趋激化,宣布放弃竞选自民党总裁,于11月辞职。当1984年10月23日他再次来华时,身份已是日本前首相,自民党最高顾问。

邓小平此时任中共中央顾问委员会主任,他又一次在人民大会堂会见了铃木善幸和夫人、已故首相大平正芳的夫人等日本朋友。

10月23日这天,正值北京秋高气爽的季节,人们的心情也像这美好的天气一样舒畅。宾主见面后,像久别重逢的老朋友那样握手问候。然后,大家就共同感兴趣的问题开始了愉快的谈话。

话题转入了中国和英国政府即将正式签署的关于香港问题的联合声明。铃木善幸赞扬中国政府根据"一国两制"构想解决香港问题,是中国统一事业的重大成果。他真诚地祝愿中国的统一大业取得新的进展。

"一国两制"是20世纪80年代初中国共产党和中华人民共和国政府为实现祖国大陆与香港、澳门及台湾的统一而提出的一种构想。按照这一构想,中国恢复对香港、澳门行使主权正在变为现实。这一构想不仅顺利解决了中国与英国、葡萄牙之间的历史遗留问题,也为解决当代国际冲突提供了富有创造性的经验,因此,引起了全世界的关注和赞扬。当"一国两制"构想在解决香港、澳门问题获得极大成功时,人们自然更加关注它是否同样适用于解决台湾问题。

当铃木提出这一问题后,邓小平平静而充满信心地说:"我们也提出用'一国两制'的构想解决台湾问题,而且条件可以更宽一些,台湾可以拥有自己的军队。这个方案就是谁也不吃掉谁,双方都不吃亏,对台湾当局来说也没有什么可怕的。"

台湾历来是中国的一部分,任何人只要客观地对待历史都会承认这一点,也相信总有一天中国大陆和台湾会实现统一。但战后以来,出于冷战的需要,美国、日本等政府曾长期支持台湾当局与中国大陆对抗,使得中国的统一问题变得十分复杂。到了20世纪80年代,世界形势虽然发生了很大变化,但祖国统一看来仍困难重重,于是有人猜测,在香港、澳门问题已逐步解决的前提下,中国政府会不会因急于统一而使用武力?

针对这一问题,邓小平发表了自己的看法,他说:"我们解决台湾问题,坚持用和平方式。我在国庆典礼上着重讲了这一点。我们有耐心,但是我们从来没有承诺不用非和平的方式解决,道理很简单,要承诺,和平统一就不可能。"铃木善幸若有所思地点点头。

当话题转向中日关系的发展时,气氛立刻热烈起来,大家对两国关系的迅速发展深感满意。邓小平赞扬铃木善幸为发展两国友好合作关系做了许多工作，铃木善幸也转达了中曾根首相、田中角荣前首相对邓小平的问候。

此刻中日朋友心中所想的，正如铃木后来在一次演讲中所说的："日中友好关系这一棵新树已在苗壮成长，但还是一棵小树，需要在炎热的夏天和霜雪的冬天好好保护这棵小树。让它长出茂盛青翠的树叶，使我们的子孙在这棵巨树的树荫底下，憩息畅游，同享乐趣。让我们为这一目标继续努力吧。"

邓小平会见中曾根康弘

"在发展中日关系这个问题上，我们两家都要看得远一些，广一些"

中曾根康弘是日本著名的政治家。1918 年 5 月 27 日生于日本群马县高崎市。1947 年首次当选为日本众议院议员，开始步入政坛。1949 年，任民主党政务调查会副会长，1952 年后，历任改进党政策委员会副委员长，宣传、情报委员会委员长。1954 年，以国会议员身份出席在斯德哥尔摩召开的世界和平大会，会后访问中国，是中华人民共和国建国后最早来访的日本国会议员之一。

中曾根一直仕途畅通，1954 年，他参与组建日本民主党，任改组局长。自由民主党成立后任副干事长，属河野派，1965 年河野死后，改为中曾根派。1966 年后出任佐藤内阁运输相，防卫厅长官，1972 年两次出任田中内阁通产相。在田中内阁建立前后，中曾根积极参加推进日本邦交正常化的活动，于 1973 年和 1980 年两次访华。1979 年，中国第一个访问日本的领导人邓小平在访日期间，曾同中曾根会晤，这是邓小平与中曾根交往的开端。

1982 年，日本铃木内阁结束后，中曾根继任自民党总裁，并出任内阁首相，执政达五年。成为战后继吉田茂、佐藤荣作之后第三位长期内阁首相。

1983 年 11 月，日中双方在确认了坚持和平友好，平等、互利、相互信赖，长期稳定的四项原则基础上，倡议成立了"日中友好二十一世纪委员会"。1984年3月,中曾根应邀访问中国,受到了中国政府的热烈欢迎。

3月25日,中共中央顾问委员会主任邓小平亲切会见了中曾根,双方进行了100分钟的长谈。

在会谈时邓小平说,在发展中日关系这个问题上,我们两家都要看得远一些,广一些,这对双方都有利。邓小平对中曾根说,我很赞成阁下的话:不要只看近利。

中曾根说,我们两国照各自目前的政策执行下去,两国之间就不会出现矛盾或对立,日中友谊可以世代相传。

邓小平说,东京一别,5年过去了,我现在已经80岁了。

中曾根说,您的身体依然很健康,看不出是80岁的人。

邓小平说,我能够健康长寿,得力于少做工作。我们国家的事情主要靠第一线领导人处理,天塌下来由他们去顶。

这风趣的言谈引起一片笑声。

1984年3月25日,邓小平与来中国访问的日本首相中曾根康弘会谈

会谈话题又回到了中日关系,中曾根首相对中国举国上下的盛情欢迎

表示诚挚的谢意。他说,这不仅是对我本人、我的夫人和安倍外相,而且是对日本全国国民的欢迎。

邓小平说,中日关系发展到现在的水平,我们双方确实都很满意。但是我相信首相阁下也同意,两国的民间经济技术合作还很薄弱,我们欢迎贵国的大中小企业加强同我们合作。我们希望日本政府对他们做一点工作,劝他们看得远一点。中国现在缺乏资金,有很多好的东西开发不出来。如果开发出来,可以更多地提供日本需要的东西。现在到中国来投资,对日本的将来有利。

中曾根说,的确是这样。日中之间官方合作很重要,但是民间交往同样重要。我们要鼓励更多的日本中小企业同中国合作。

邓小平告诉日本首相,中国正同美国一家公司在谈一笔大买卖,这家公司在南海海南岛附近钻探到一个年产相当于 1000 万吨石油的天然气田。他们提议就在海南岛同我们合资兴办一家化肥厂,利用天然气每年生产 700 万吨氨。

在介绍了中国争取在本世纪末把工农业总产值翻两番的目标后,邓小平说,从最近三年的情况来看,这个目标是可以达到的。按照我们的设想,在前十年里,工农业生产每年应递增 6.5% 。实际上近三年已达到 7.2%。前十年实现增长 6.5% 是可以做到的。

邓小平说,我们担心的不是前十年的速度,而是要为后十年的更大的增长率做准备。这种准备包括能源、交通、材料和智力四个方面,这需要大量的资金,我们很缺乏。所以,我们要坚持开放政策,欢迎国际资金的合作。

中曾根表示,在中国的现代化建设方面日本愿意同中国进行合作,并希望在政府间和民间开辟一些新的合作渠道。

在会谈中,中曾根又问及了邓小平的个人经历。邓小平说,谈到我的个人经历,你在毛主席纪念堂的展览室里看到的那张有我在里面的照片是在巴黎照的,那时只有 19 岁。我自从 18 岁加入革命队伍,就是想把革命干成功,没有任何别的考虑,经历也是艰难的就是了。我 1927 年从苏联回国,年底就当中共中央秘书长,23 岁,谈不上能力、谈不上知识,但也可以干下去。25 岁领导了广西的百色起义,建立了红七军。从那时开始干军事这一行,一直到解放战争结束。建国以后我的情况你们就清楚了,也做了大官,也住了"牛棚"。

中曾根又问邓小平,一生中觉得最高兴的是什么?最痛苦的是什么?邓小平回答客人说,在我一生中,最高兴是解放战争的三年。那时我们的装备很差,却都在打胜仗,这些胜利是在以弱对强,以少胜多的情况下取得的。建国以后,成功的地方我都高兴,有些失误,我也有责任,因为我不是下级干部,而是领导干部,从 1956 年起我就当总书记。我一生最痛苦的当然是"文化大革命"的时候,其实即使在那个处境,也总相信问题是能够解决的。前几年外国朋友问我为什么能度过那个时期,我说没有别的,就是乐观主义。

在会谈中,邓小平款款而谈,把自己的经历和戎马生涯都坦诚地介绍给中曾根,使会谈的气氛十分融洽。

中曾根在 3 月 25 日的记者招待会上说,我这次访华的最大目的是落实中日关系的"四项原则"这一基本认识途径。通过与贵国总理的会谈以及同其他领导人的交谈,我可以有根据的说,我们已为达到这些目标采取了坚实的步骤。

中曾根说,中国领导人向他表明了"四化"建设的热情并且强调中国将长期坚持对外开放政策,为了支持中国的现代化建设,日本政府将从 1984 年度起向中国提供第二批贷款。他还说,日本在力所能及的范围里同中国在资金、技术开发调查方面进行合作是日本的方针。

中曾根还强调了两国之间的民间交流,他建议说,到中国的日本人,尤其是青年人,应住在中国主人的家里,去日本访问的中国人也住在日本主人家里,这对增进相互了解将会是卓有成效的。

为了推进日中友好关系的发展,1986 年 11 月 8 日,中曾根再次访华,参加了在北京隆重举行的中日青年交流中心奠基典礼,这项象征着中日两国人民世代友好的工程,是由两国政府共同投资,两国建筑专家联合精心设计的,被列为我国"七五"期间重点建设工程之一,它是中日青年和世界各国青年进行科技文化、体育交流和友好交流的场所。中曾根与中国领导人一起为"中心"奠基培土,并题词"和平友好、平等互利、相互信赖、长期稳定",将题词送给中国青年。

11月9日上午,邓小平以中共中央顾问委员会主任的身份在人民大会堂亲切会见了中曾根首相,双方进行了诚挚、友好的交谈。

中曾根谈到参加日中青年交流中心奠基典礼的感想时指出,我们的一代人对日中友好是坚定不移的,现在的任务是要把这种友好关系推向21世纪以至更远的将来。

邓小平赞同的说,这是百年大计,千年大计。

应中曾根要求,邓小平介绍了有关中国进行政治体制改革的设想。他说,我们越来越感到进行政治体制改革的必要性和紧迫性,但现在还没有完全理出头绪。我们设想,中国的政治体制改革朝着下述三个目标进行。这就是:第一,始终保持党和国家的活力,这个目标不是三五年就能够实现的,能在15年内实现就好了。第二,要克服官僚主义和提高工作效率,我们必须坚持党的领导,这是中国的特点,不能放弃。但是党也要善于领导。第三,要调动基层和人民的积极性,努力实现管理民主化,各方面都要解决这个问题。

当中曾根首相问到马列主义是否仍然是中国的理论基础时,邓小平指出,马克思主义要发展。我们从不把马克思主义当作教条,而是把马克思主义的基本原理同中国的实际相结合提出中国的政策,正因为如此,我们才能够取得胜利。现在我们仍然坚持马列主义、毛泽东思想,这里有继承的部分,也有发展的部分,我们建设有中国特色的社会主义,是真正的坚持了马列主义。我们历来主张世界各国共产党根据自己的特点去继承和发展马克思主义,离开自己国家的实际谈马克思主义,没有意义。所以我们认为国际共产主义运动没有中心,不可能有中心,我们也不赞成搞什么"大家庭",独立自主才真正体现了马克思主义

中曾根首相还问起邓小平从事革命工作的经验,邓小平说,根据我长期从事政治和军事活动的经验,我认为,最重要的是人的团结,再加上坚定的信念,我指的是共同的、万众一心的信念,没有这样的信念,就没有凝聚力,没有这样的信念,就没有一切。

关于中国青年要有理想、有道德、有文化、有纪律的问题,邓小平指出,在"四有"中,我们最强调的,是要有理想,首先要向青年进行有理想、有纪律的教育。没有理想和纪律,建设"四化"是不可能的。许多青年崇拜西方的所谓自由,但什么叫自由他们并不懂,要使他们懂得自由和纪律的关系。有了理想和纪律,任何困难就都能够克服。所以我说,人的因素很重要,不是指普通的人,而是指有坚定信念的人。

邓小平与中曾根还就国际问题进行了交谈,通过这次会谈,使中曾根更加了解中国政策,也加深了对邓小平的印象。11 月 9 日,中曾根在北京举行的记者招待会上说,这次访华取得了丰硕成果,特别是邓主任阐述的中国共产党的基本信念和政策,使我深受感动。只要今后继续坚持和维护指导两国关系的各项基本原则,日中关系就一定能够顺利发展。在发展过程中,两国间可能出现各种变化,也难免会产生一些问题,但只要从大局出发,任何问题都是可以解决的。这个大局就是:加强日中友好合作是维护亚洲稳定和世界和平的基本条件。

在回答关于两国经济合作的问题时,中曾根说,协助中国实现现代化,是日本的一项基本国策,今后也要坚持下去。

他希望中国在扩大出口方面继续作出努力,日本将进一步开放市场。日本还要鼓励企业增加对华投资,他希望中国进一步创造和完善外资的投资环境。

邓小平会见竹下登

"我是热衷于中日友好的一个人"

竹下登的名字对于中国人来说并不陌生，他1987年10月被选为日本第74任首相，1989年6月2日因涉嫌里库路特受贿案而辞去自民党总裁和首相职务，在任期不到两年。但是竹下登并不是日本政坛上昙花一现的人物。他在政坛上奋斗了几十年，是多届内阁和自民党内的重要成员。

竹下登早年追随佐藤荣作，1971年佐藤改组内阁后出任内阁官房长官。1972年转而成为田中派主要骨干，1974年任田中内阁官房长官和自民党第一副干事长。后又任三木内阁和中曾根内阁大藏相。1987年从原田中派中拉出113人成立了竹下派"经世会"，成为自民党内最大的派系，最后终于任自民党总裁，并出任首相组阁。竹下登在对华关系上主张维持和发展同中国的良好关系，他曾多次访问中国。1972年随自民党日中邦交正常化协议会代表团首次访问中国，1990年9月还来北京参加了亚运会开幕式。其间不断来华，受到邓小平等中国领导人的多次接见。

1981年9月8日，几辆高级轿车停在人民大会堂前，从汽车里走出了几位日本人，他们是以日本自民党总务会长、前田中内阁官房长官二阶堂进和前大藏大臣、众议员竹下登为首的一行人。他们登上人民大会堂的台阶，兴致勃勃地前去迎接即将开始的与中国领导人、中共中央副主席邓小平的会见。

1987年1月13日，应我国外交部的邀请，日本自民党干事长竹下登再次访问中国。1987年是中日邦交正常化15年。15年来，日本历届政府、政治家以及许多有识之士和各界人士都为加强和发展日中友好关系作了许多努力,但是在中日关系中也出现了一些不愉快的事情。竹下登此次访华,是代表自民党与中国党政领导人就一些问题互相交换看法。

当天,中共中央顾问委员会主任邓小平会见了竹下登,进行了约1个小时的会谈。会见开始后,竹下登以老朋友的身份向邓小平介绍了随行人员,他说:"这次随我来访的都是比较年轻的政治家,今天能够见到邓先生感到非常高兴。"邓小平马上转向大家,说,欢迎日本新的一代政治家到中国访问。宾主之间的陌生感迅速消失了,大家开始就共同关心的问题发表了意见。

邓小平先向日本客人介绍了中国国内的形势和政策,他说,中国的改革开放已经进入第九个年头,改革开放所带来的巨大变化是世人共睹的。但是在改革开放的过程中,总有一小部分人企图改变中国前进的方向,不时制造动乱。对此,国际上有不同的看法,很多人也担心中国的政策会不会改变,向中国投资有没有风险。

邓小平就此谈了中国政府的立场,他说:"中国将坚持现行的方针政策,特别是改革和开放政策。""没有安定团结的政治局面就不可能搞建设,更不可能搞开放和改革。没有安定团结的政治局面这些都搞不成。我们要有秩序地进行改革,也就是说既要大胆,又要谨慎,要及时总结经验,稳步前进。"

在座的日本政治家都深知邓小平此番话的分量,也清楚地知道了中国领导人的立场。

竹下登同时向邓小平介绍了日本自民党当前需要解决的一些问题,特别谈到了中曾根内阁的防卫政策,这是一个引起世界各国,尤其是亚洲各国关注的问题。

日本战后实行非军事化方针,曾解散了军队。1950年为了填补美军侵朝的空白,以警察预备队形式重新建立起部队。但70年代日本各届政府都奉行"亲美第一,经济第一,逐步有限扩军"的方针,不参加集体防御集团,不派兵出国,防务费不超过国民生产总值的1%。到了80年代,随着日本国力的增强和国际形势的变化,日本的防卫政策从"自立防卫"转向了分担西方军事战略的任务。中曾根内阁则提出"增强军事力量是中曾根政权的政策的主题词"。于是,1986 年日本防卫费突破了国民生产总值 1% 的限额,1987 年度军费预算比上一年度增加 5.2%。

竹下登就日本防卫费同国民生产总值的比例突破了 1% 的问题,向邓小平说明了日本方面的立场。他表示:"我国今后仍将遵守以下三个原则:实行专家防卫;贯彻和平外交;不对近邻国造成威胁。"

邓小平听后直言不讳地表示了他的担忧:"坦率地讲,中国人民非常敏感。对于中国人民来说,'突破'这个词是个问题。数额虽小,可大家现在注意着这一点。"

邓小平的担忧不是没有根据的。亚洲和太平洋地区的国家对二次大战中日本的侵略行径还记忆犹新。现在,随着日本国力的发展,大国主义、国家主义的思想和少数人要重走军国主义老路的思潮又有所抬头。面对日本军事力量的迅速膨胀,人们怎能高枕无忧呢? 关键是,日本政府怎样将加强自卫力量与复活军国主义严格区分开来,用事实使日本人民和亚洲各国人民相信日本不当军事大国。所以邓小平说:"我们衷心希望日本方面慎重处理这个问题。"

邓小平还对最近以来中日关系中出现的一些麻烦谈了自己的看法。他表示,中日友好关系来之不易,双方都应当珍惜这种关系。

竹下登对此亦有同感,当即说:尽管两国间出现一些问题,但今后只要在相互友好的基础上进行对话,任何问题都不难解决。今后,日本将本着日中联合声明、日中和平友好条约、日中关系四原则来发展两国的关系。

日本客人非常欣赏邓小平的坦率作风,认为经过推心置腹的交谈,加强了相互信赖,了解了中国领导人的想法。

竹下登此次回国之后,立即卷入了日本的政治旋涡。他原属自民党内的田中派,1985 年 2 月,竹下登权衡实力后,认为自己该向夺取自民党总裁和首相宝座的目标前进了,于是在田中派内拉出 40 名议员成立了"创政会"。1987 年 2 月田中病倒,中曾根首相任期将满,且不断受到舆论攻击。竹下登当机立断,于 1987 年 7 月拉出 113 名议员成立竹下派的"经世会",成为自民党内最大的派系,也为正式出任自民党总裁扫平了道路。果然,这一年10月竹下登如愿以偿,成为日本政府第74任首相。

1988年8月25日至30日,日本国政府总理大臣竹下登偕夫人应邀对我国进行了正式访问。在与李鹏总理的会谈中,竹下登首相宣布了日本方面继续为中国现代化建设提供帮助的一项具体措施,即日本政府从1990年开始的六年中向中国再提供约8100亿日元的新的政府贷款。

中央军委主席邓小平8月26日上午在人民大会堂会见了日本首相竹下登及其夫人一行。当竹下首相来到人民大会堂时,邓小平高兴地迎上前去,握着竹下首相的手说:"我昨晚赶回北京,专门欢迎首相。"

1988年8月26日,中共中央军委主席邓小平在北京人民大会堂会见日本首相竹下登

邓小平接着说:"阁下任首相后,中日友好关系将会进入一个新的阶段。"

竹下回答说:"能见到中国老一辈政治家,很受鼓舞。"

宾主落座后,邓小平风趣地说:"两国都是在换代之时,我是换下来了,我在悠闲地进行一些海上活动。"

竹下首相听了有些茫然,似乎不理解"海上活动"的含义。邓小平马上笑着说:"我是热衷于中日友好的一个人,所以特意从北戴河赶来同您会见。"

竹下首相方才显出会意的微笑。大家都知道,邓小平有两大爱好,一是打桥牌,二是游泳,这两大爱好显示了他心身两个方面的敏捷健康。此次邓小平是从在北戴河遨游大海的休养中赶来会见日本首相的。

邓小平又说:"我希望我们之间能以首相的来访为起点,建立起一个不亚于田中、大平时代的新关系。我讲田中、大平时代两国的关系较好,是因为两国相互信任。要进一步发展两国关系,也必须建立在相互信任的基础上。"

竹下表示十分理解邓主席讲话的意思。他应当想到,在《中日和平友好条约》缔结十周年之际作为当年缔约人的邓小平是多么珍惜来之不易的中日友好关系。

1977 年 7 月 22 日下午 8 时,北京广播了一条特大新闻:恢复邓小平党中央副主席、副总理和中央军委副主席等职务。9 月 10 日,刚刚恢复工作的邓小平便对日中友好议员联盟访华团表示,要福田内阁早下决心,尽快缔结《日中和平友好条约》。

但后来在谈判过程中,除了"反对霸权主义"条款存在分歧外,还有两大障碍,一是是否废除《中苏友好条约》问题,另一个就是钓鱼岛的领土归属问题。这两大问题使日本政府大伤脑筋,迟迟作不了决定,最后园田外相受命破釜沉舟地同邓小平谈一谈。

1978 年 8 月 10 日下午 4 时 30 分,邓小平同园田会见,对以上两大难题立即作了果断的回答:"中苏友好条约明年 4 月就到期了,我们会采取适当的办法宣布废除;钓鱼岛的问题,搁置它 30 年。

园田后来回忆说:"他在那里态度自若,优哉游哉,我觉得全身像瘫了一样,使劲拍了一下邓的肩膀,说:'阁下,不必说了。'"

由于扫除了两大障碍,很快就于 8 月 12 日签订了《中日和平友好条约》。10 月 23 日邓小平副总理又亲自赴日,举行了《中日和平友好条约批准书》交换仪式。

在《中日友好条约》缔结十周年之际,邓小平意味深长地对日本竹下首相谈到70年代的往事,不仅仅是怀旧,还具有很强的现实针对性。日本舆论这样分析:邓还谈及"田中与大平内阁时代",他希望建立新的友好关系,这种关系同田中、大平时代相比毫不逊色。邓这番话的背景是,对以中曾根内阁时代为中心,两国关系因相继发生教科书问题、参拜靖国神社和防卫费等问题而产生摩擦的情况间接表示不满,要求竹下内阁确立起超过以往的良好日中关系。

接着,话题转向了中国国内。邓小平向竹下登介绍了中国的发展步骤,他指出,中国今后的发展有三个重大的环节,一是在改革方面既要决心大,又要步子稳;二是发展有适当的速度,太快了不行,太慢了也不行;三是如果有国际上的合作,我们渡过难关的能力就更强了。

讲到这里,邓小平对日本向中国提供的经济合作表示感谢,他希望日本加强技术转让和投资方面的合作,特别欢迎日本中小企业到中国来。

邓小平对竹下首相日前宣布的日本政府准备向中国提供的第三批贷款表示了由衷的感谢。这真诚的感谢不仅感动了竹下首相,也引起了日本舆论界的高度关注。日本报纸在报道此次会见时,普遍对邓小平欢迎和感谢日本提供8100亿日元贷款一事感到惊讶,称这是"异乎寻常"的,是"邓第一次对外国首脑致谢辞"。

竹下登说:"中国实现自己的发展计划是可能的,日本将加强同中国的经济技术合作,这对日本也是有利的。"

他对此次访华十分满意,在西安发表的热情洋溢的讲话中说:"世界在政治、经济两个方面正处在巨大变革的时期,当我们考虑到日中两国在今后的国际社会上所占有的比重时,应该说日中关系不单是局限于两国利益的问题,而是太重要了。""大自然现在已经到了开始准备丰收的秋天,我相信日中两国也应该使迄今为止由人们精心培育的花朵和果实开得更好,结出更丰硕的果实。让我们为不仅仅把日中友好的花朵与果实当做两国国民的财富,而是使亚洲和全世界的人们都来分享它,为建设和平与繁荣的世界而共同合作吧!"

邓小平会见金日成

"国家这么大，这么穷，不努力发展生产，日子怎么过"

金日成是朝鲜劳动党和朝鲜民主主义人民共和国的缔造者，他同中国有着特别亲密的关系。金日成的父亲和母亲都是朝鲜著名的爱国志士，1908年金日成的父亲被日本警察逮捕获释后，为了斗争的需要来到中国东北地区进行革命活动。金日成也随父亲来到中国，入抚顺第一小学读书，后来回国。为了光复祖国，14岁的金日成再次告别故乡万景台，来到中国东北，先后在吉林省桦甸县华成义塾和吉林毓文中学读书。他边学习边在学生中发展革命组织，1926年10月组织了朝鲜第一个共产主义革命组织——打倒帝国主义同盟。1930年5月金日成从吉林监狱出狱，立即在伊通县孤榆树组织了朝鲜革命军，后来建立了游击队，与中国抗日武装队伍并肩作战，抗击日本侵略者，同我国老一辈革命家结下了深厚的友谊。在朝鲜解放战争中，又同中国人民志愿军一起打败了美帝国主义。可以说，金日成以自己的革命活动支持了中国革命。

新中国诞生后，他曾多次访问我国，同毛泽东、周恩来、邓小平及我党和国家许多领导人，结下了十分珍贵的友谊。邓小平与金日成的多次交往生动地体现了中朝两国人民用鲜血凝成的友谊和无产阶级的国际主义精神。

1975年4月18日，金日成应邀率朝鲜民主主义人民共和国党政代表团访问中国。已经记不清这是金主席第几次访华了，中国方面和朝鲜方面都将此行作为当时最大的外事活动来对待。当时，邓小平已经重新恢复工

1953年11月,邓小平(右七)等陪同毛泽东(右三)会见来访的朝鲜内阁首相金日成(左二)

作,出任中共中央副主席、国务院副总理。毛泽东向金日成介绍说,小平同志打仗有经验,他也有建设社会主义的经验,你们今后有事情可找小平同志。看得出,毛泽东是非常器重邓小平的。由于周恩来总理的身体状况不佳,就由邓小平全权负责接待朝鲜贵宾的任务。

金日成喜欢坐火车到中国来,离开朝鲜,进入丹东,火车便直达北京。看着车窗外闪过的一幅幅景色,他可以回忆起青少年时代在中国东北大地上度过的时光,又可以直观地了解到中国发生的变化。所以迎接金日成的仪式是在北京车站举行的。

这天,北京车站张灯结彩,红旗飘舞。下午四时,朝鲜贵宾乘坐的火车驶进了车站。恭候在此的邓小平登上列车,亲切问候金日成,并陪同客人走下车厢。在飘扬着两国国旗的车站上,举行了隆重的欢迎仪式。聚集在车站站台上、大厅里、广场上的五千名群众沸腾起来,口号声、欢呼声和锣鼓声响彻车站上空。邓小平陪同金日成,换乘敞篷汽车,驶进天安门广场,

1961 年 7 月 11 日,在中朝友好合作互助条约签字后,邓小平(左二)与刘少奇(左)、周恩来(右)、李富春(中)等同金日成(右二)首相交谈

接受人们载歌载舞的欢迎。金日成说:"中国同志的真诚而热情的接待和充满战斗的友谊,使我们非常感动。"

访问从 4 月 18 日到 26 日,其间毛泽东同金日成进行了十分有意义的会见和亲切友好的谈话,金日成也同周恩来进行了谈话。然后,由金日成率领的朝鲜党政代表团和以邓小平为首的中国党政代表团举行了四次会谈。

中朝双方讨论了进一步发展两党、两国和两国人民战斗友谊的问题,并就国际形势和双方共同关心的问题充分交换了意见。会谈后发表了《中华人民共和国和朝鲜民主主义人民共和国联合公报》。金日成表示,这是中朝关系史上一个划时代的转折,表明两国政府和人民之间的友谊和团结发展到了新的、更高的阶段。

访问期间,邓小平不辞辛苦、兴致勃勃地陪同金日成一行参观了北京和南京的工厂、人民公社和名胜古迹。4 月 22 日宾主乘飞机来到中国历史名城南京。从机场到市区十多里长的大街上,树木碧绿,枝叶挺秀,悬挂着一条条红色欢迎标语和彩旗,构成了一条五彩缤纷的友谊长廊。邓小平陪同金日成乘坐敞篷车,频频向欢迎的群众招手,直至客人下榻的宾馆。

第二天,邓小平又陪客人参观了南京长江大桥和南京无线电厂,晚上还观看了文艺演出。尽管日程安排得如此紧凑,邓小平却丝毫没有倦意。他热情而详细地向金日成介绍有关情况。金日成站在南京长江大桥上,极目远望,心情无比舒畅,他说:"我们把你们的成就看做是自己的成就一样感到高兴。"

9 天的访问结束了,邓小平又到车站欢送客人。金日成在中国受到了真诚而周详的接待。邓小平在 9 天中自始至终地陪同着金日成,不仅加深了中朝两国的友谊,也加深了同金日成的个人关系。

1978 年 9 月 9 日,是朝鲜民主主义人民共和国成立三十周年国庆日,邓小平率中国党政代表团前往朝鲜参加盛大的国庆活动。邓小平曾在1961 年 9 月参加朝鲜劳动党第四次代表大会时访问过朝鲜,这次重返朝鲜,显示了中朝友谊的进一步加深。

8 日上午,满载着中国人民深情厚意的飞机降落在朝鲜首都平壤的机场。机场上充满了友好气氛,中朝两国国旗高高飘扬,红色横幅标语用两国文字写着:"热烈欢迎兄弟中国人民的友好使者。"接着在机场上举行了隆重的欢迎仪式。

邓小平一行到达下榻之处以后,立即前往锦绣山议事堂拜会朝鲜劳动党中央委员会总书记、朝鲜民主主义人民共和国主席金日成。

金日成早已等候在门口,见到邓小平,急忙迎上前去亲切握手,热情拥抱。金日成说:"我很高兴见到您。"邓小平也由衷地说:"我也很想来看望金主席。"金日成与中国客人一一握手就座后,大家开始互相问候,亲切交谈,气氛十分融洽。随后,金日成设宴招待中国客人。席间金日成、邓小平等共叙友谊,宛如一家人的团聚。宴后,邓小平代表中共中央、国务院向金日成赠送了广东枫溪陶瓷三层大型花瓶。这个花瓶高 1.3 米,最大直径48cm,内外有三层,分别雕饰有梅花、花篮和群蝶,象征着中朝友谊之花盛开,欣欣向荣。金日成高兴地观赏着花瓶,对中国同志所送的礼物表示感谢。

这次,邓小平是客人,金日成极尽地主之谊。9 日,他邀请邓小平参加盛大的国庆宴会,晚上陪同中国客人等观看了万寿台艺术团的演出。10日,又邀请邓小平观看平壤各界百万人游行。

12日,中朝双方举行了会谈,邓小平同金日成还单独举行了会谈。会谈是在非常诚挚、亲切、友好的气氛中进行的,双方就共同关心问题广泛交换了意见,会谈富有成果。

1978年9月,邓小平和金日成单独会谈,这是邓小平与金日成之间所独有的方式

在将近一周的时间里,邓小平参加了朝鲜方面举办的各项国庆活动,还参观访问了咸兴市等。他满载着友谊而来,又满载着友谊而归。

访朝回国途中,邓小平视察了东三省以及唐山、天津,率先提出了全党工作重点要转移到四个现代化建设上来的问题。在黑龙江省视察期间,他多次指出:"吸收外国资金,引进外国设备,是发展经济、实现四个现代化的重要举措。我们要大量地吸收外国的资金、新的技术、新的设备。他还指出,目前我们国家的体制还不适应这种现代化建设,总的来说上层建筑不适应新的需求。"

他特别强调，要把受"四人帮"迫害的老干部请回来，但是老干部的任务是培养新人。

在吉林省，邓小平多次谈到要解放思想。他说，这些年来，思想僵化了。毛主席总是提倡开动脑筋，开动机器。林彪、"四人帮"把我们的思想搞僵化了。思想僵化，就不可能实现四个现代化。总之，实事求是，开动脑筋，要来一个革命。

他特别指出，马列主义要发展嘛，毛泽东思想也要发展嘛，否则会僵化嘛。现在世界不断变化，新的事物不断出现，我们关起门来搞建设不行了。我们要完整地准确地掌握毛泽东思想，根据不断变化的情况，提出我们的任务，加速四个现代化的建设。社会主义有优越性的根本表现就是高速度发展社会生产力，所以，我们要加速发展生产力，全党的同志要开动脑筋，解放思想，实事求是，把工作重点转移到四个现代化建设上来。

1982年4月，邓小平访问朝鲜结束时，金日成到车站送行。这是邓小平最后一次出国访问

中朝两国的关系是同志加兄弟的关系，两国领导人就像走亲戚一样，经常来往，商量问题，交流情况，互相支持。1982年4月下旬邓小平和胡耀邦内部访问了朝鲜，同金日成举行了多次会谈。邓小平向金日成介绍了中国的一些情况，其中谈到了香港问题。邓小平说："香港问题现在已经提到了议事日程上来了，因为英国比较急，香港各方的人士都比较急。当前国际上进行投资需要15年的稳定。现在离1997年6月30日刚好还有15年零2个月，所以投资者要看将来怎么变，不大敢投资了。这个问题我

们让他们安了点心,前香港总督麦立浩到北京来,我说要所有外国投资者放心,怎么变都不影响投资者的利益。现在我们定的方针是 1997 年不只是新界,整个香港都收回,英国的盘子是放在能够继续维持英国的统治这点上,这不行。所有中国人不管哪个当政都不会同意。到 1997 年香港、九龙、新界的主权中国全收回。在这个前提下维持香港自由港、国际金融中心的地位等等。"金日成听后表示赞成。

这年的 9 月 16 日,金日成又来到中国进行国事访问。

此刻,正值中国人民欢庆党的十二大取得圆满成功,迎接国庆 33 周年的喜庆日子。首都天安门城楼上挂起大红宫灯,金水桥前和市区主要街道上空,中朝两国国旗和艳丽的彩旗在和煦的阳光下迎风招展。中国党和国家主要领导人一起前往北京车站迎接了金日成主席。

第二天,邓小平前往钓鱼台国宾馆看望金日成主席。金日成在宾馆楼口与邓小平热情握手,互致问候。金主席祝贺中共十二大取得圆满成功,他对邓小平说:"你的大会开幕词和胡耀邦同志的报告,我都看了,讲得很好。十二大是团结的大会,胜利的大会。"

显然,金日成十分关注中国的改革开放,关注中国在新时期的重大变化。邓小平扼要地介绍了中国近年来所取得的成绩和所遇到的新问题,阐述了刚刚结束的中共十二大的主要精神,他感慨地说:"可以说十二大的作用与我们党的七大一样。七大把革命引向胜利,十二大将把建设引向胜利。"金日成十分赞同这个评价。邓小平也由衷地赞扬了朝鲜人民在金日成领导下取得的伟大成就。

金日成此行的一个主要目的,就是来了解和学习中国改革开放的经验,他要求到中国各地去走一走,看一看,"亲眼看看开始了新的进军的兄弟的中国人民波澜壮阔的斗争。"邓小平担负了陪同金主席视察的任务,他建议金日成到四川去看一看,因为金日成虽然多次访华,但还没有去过四川,四川是中国的一个重要省份,十一届三中全会以后认真贯彻党中央各项改革政策,较早地实现了安定团结,工农业生产取得了可喜的成绩。

邓小平陪同金日成去四川访问途中,双方有了更多机会交流看法。邓小平着重阐述了一个思想:一心一意搞建设。

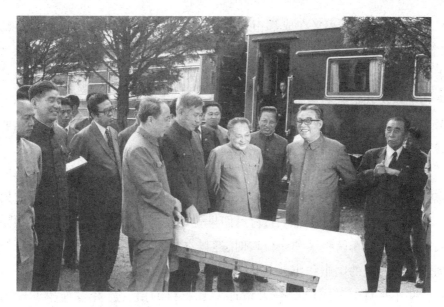

1982 年 9 月 19 日,邓小平陪同金日成赴四川访问途中,在观音山站下车,观看火车穿越秦岭大盘山道示意图

　　他谈道:"我在东北三省到处说,要一心一意搞建设。国家这么大,这么穷,不努力发展生产,日子怎么过? 我们人民的生活如此困难,怎么体现出社会主义的优越性?"金日成似有感触,更加专注地听他说下去。

　　"'四人帮'叫嚷要搞'穷社会主义'、'穷共产主义',胡说共产主义主要是精神方面的,简直是荒谬之极! 我们说,社会主义是共产主义的第一阶段。落后国家建设社会主义,在开始的一段很长时间内生产力水平不如发达的资本主义国家,不可能完全消灭贫穷。所以,社会主义必须大力发展生产力,逐步消灭贫穷,不断提高人民的生活水平。否则,社会主义怎么能战胜资本主义? ……我们干革命几十年,搞社会主义三十多年,截至1978 年,工人的月平均工资只有四五十元,农村的大多数地区仍处于贫困状态。这叫什么社会主义优越性? 因此,我强调提出,要迅速地坚决地把工作重点转移到经济建设上来,十一届三中全会解决了这个问题,这是一个重要的转折。从这以后的实践看,这条路线是对的,全国局面大不相同了。从十一届三中全会到十二大,我们打开了一条一心一意搞建设的新路。"邓小平越说越激动,这番话是他经过了多年的思考才酝酿成熟的。

9 月 21 日,邓小平在成都市人民欢迎金日成主席大会上讲话,他说:"金日成主席同中国有着特别亲密的关系。早年他曾以自己的革命活动支持了中国革命。新中国诞生后,他又多次访问我国,同毛泽东主席、周恩来总理以及我们党和国家许多其他领导人,结下了十分珍贵的友谊。我们两国人民在长期共同斗争中建立的友好关系,也是在两党、两国领导人的密切交往中,不断得到巩固和发展的。"

当天,邓小平陪同金日成主席冒着毛毛细雨来到成都市郊的双流县白家公社顺风大队第二生产队参观农村的沼气。掩映在一片竹林丛中的第二生产队显得格外干净、整洁,村民们早就等候在村口,准备一睹两位领导人的风采。当车队缓缓驶在村口时,迎候在村口的数百名男女老少,都挥动着中朝两国的国旗和花束,高呼"欢迎!欢迎!欢迎金日成主席!"

邓小平对金日成说:"今天请你看看农村的沼气。"经过简单的介绍后,邓小平陪同金日成首先来到队长曹德昌的家中,这是一栋用红砖水泥砌成的二层小楼,共有 8 间房屋,住房面积达 200 多平米,全家 7 口人高高兴兴把贵宾引进宽敞的厨房。金日成站在镶着瓷砖的锅台前,仔细观看使用沼气的炉灶、炉具,还弯下腰仔细检查沼气管子是如何通进来的。沼气灯点亮以后,金日成说:"这个东西很好!"邓小平接着介绍说:"这个东西很简单,可解决了农村的大问题。光这个省,每年就可以节约煤炭 600 多万吨。"

听到这里,金日成转身把随行的平壤市党委责任书记徐允锡叫到面前,要他仔细看看,并说:"这个东西的确很简单。"

顺风大队第二生产队有 27 户社员,以往每年每户平均要烧一吨煤,现在全队建有沼气池 52 个,家家户户做饭都用上了沼气。

从曹德昌家中出来,邓小平说:"再看看沼气池。"他们来到社员周道根家楼后边的一个沼气池旁。当打开池盖时,陪同的四川省委书记谭启龙告诉金日成说:"这里边是人粪、猪粪和杂草,发酵以后就可以产生沼气。"邓小平又介绍说:"沼气能煮饭,还能发电。一家搞一个池子能煮饭照明,几家联起来就能发电。搞沼气还能改善环境卫生,提高肥效。"金日成说:"这个很好。我们朝鲜有条件,有人粪、牛粪,还有草,我们也可以搞。"接着,他又询问了沼气池的造价等问题。在离开这个位于成都市南郊的生产队时,金日成握着双流县委书记王知深的手,兴致很高地说:"看到了你们很好的宝贝。谢谢你们的经验,我们农村要好好推广。"

四川之行给金日成留下了深刻的印象,他在成都市人民举行的欢迎大会上说,邓小平同志尽管各项工作十分繁忙,仍然不顾路途遥远,专程陪同我们来到成都,我对此表示深切的谢意,"我们高兴地看到远离首都的四川省也由于正确贯彻执行了中国共产党的路线和政策,一切都发生了新的变化,正在建设成为一个人民生活幸福美满的地方。"

他又说:"今天,中国共产党提出的社会主义现代化建设纲领是一个革命的路线,它反映了过去经济、技术落后的国家在建设社会主义的过程中必须解决的必然要求。我们认为中国共产党从中国的实际出发进行社会主义现代化建设,根据中国的实际情况,依靠中国人民自己的力量进行一切工作,是完全符合革命发展的合乎规律的要求和符合人民利益的正确的政策。"

金日成还表示,中国现代化建设的胜利,是对朝鲜人民的巨大鼓舞。

邓小平由于要在 9 月 24 日和前来中国访问的英国首相撒切尔夫人会谈,于 9 月 22 日乘飞机回北京,由胡耀邦接替他陪同金日成同志参观访问。

1989 年 9 月 4 日,邓小平向中共中央政治局提出了辞去党和国家军委主席这最后一项职务的请求,以利于尽早实现中央领导班子的新老交替,推动废除干部领导职务终身制。在邓小平同志即将从领导岗位完全退下来之际,于 11 月 6 日最后一次以国家领导人身份与金日成会面并会谈。

这一次,仍然是由邓小平前往北京车站迎接金日成。两位老朋友相会,格外亲切。双方各自通报了国内情况,并就进一步发展两国友好关系和国际形势问题交换了意见。金日成对中国共产党和中国人民坚持四项基本原则,坚持改革开放,为建设具有中国特色的社会主义而进行的努力表示坚决支持。邓小平则对朝鲜劳动党、政府和朝鲜人民为争取祖国自主和平统一、缓和朝鲜半岛局势而进行的斗争表示坚决支持。

1989 年底,世界处于大动荡之中,苏联东欧等一系列社会主义国家发

1989年11月,邓小平同江泽民、李鹏等到北京站迎接来访的朝鲜金日成主席

生了剧变,国际共产主义运动遇到前所未有的挑战。在这场严峻的挑战面前,中朝两国领导人共同表示:要坚持党的领导,继续沿着社会主义道路前进,使人们看到了社会主义事业必将星火燎原的光明前途。

　　人之相知,贵相知心,个人之间是这样,党与党、国与国之间也是这样。正因为邓小平等中国党政领导人与金日成之间存在着心心相通的关系,才使得中朝两党、两国和两国人民之间的友谊和团结具有特别深厚的根基。这种经历了历史考验的亲密关系,将光照千秋。

邓小平会见希思

"如果中国到时候不把香港主权收回来,我们这些人谁也交不了账"

爱德华·希思是英国保守党领袖,前首相。他于1965年当选为保守党领袖。1970年出任首相,至1974年。任内大力推行以欧洲为重点的外交政策,使英国正式加入欧洲经济共同体。1975年2月,保守党领袖选举中,被撒切尔夫人击败。后曾任布朗-希普利控股公司及其附属银行的董事。他曾先后于1974年5月、1975年9月、1977年10月、1979年9月、1982年4月、1983年9月、1985年4月、1987年4月等多次到中国访问。并同邓小平会见,是邓小平交往多年的老朋友。

1974年5月,邓小平(左一)陪同毛泽东会见来访的英国前首相希思(右三)。在谈到香港问题时,毛泽东指着邓小平对希思说,这是他们的事了

1974年5月,刚刚下野的希思以英国前首相的身份首次来华访问,受到了毛泽东主席的亲切接见。当时刚刚恢复工作不久的邓小平副总理参加了毛泽东同希思的会谈,这也是希思第一次同邓小平会面。也正是在这次会谈中,毛泽东把解决祖国统一问题的重任交给了邓小平。

5月25日，毛泽东在同希思的会谈中说，我们只剩下一个香港问题。我们现在也不谈。到时候怎么办，我们再商量吧。他指了指邓小平和在座的年轻同志，意味深长地说，是他们的事情了。那一年，邓小平70岁。可以说从那一时刻起，邓小平从毛泽东主席、周恩来总理的肩上接过了统一祖国的重任，开始考虑祖国统一的问题。

1974年10月2日，邓小平在会见台湾同胞、海外华侨时说，解放台湾有和平方式和非和平方式两种，即使台湾解放，我们也不会把大陆的政策搬过去。这就提出了祖国统一的方式问题。

1975年9月，邓小平在会见希思后不久便遭受了政治生涯中的第三次打击。

1977年10月和1979年9月，希思先后两次来华访问，"文革"后刚刚复出的邓小平同希思进行了会谈。他们的这两次会谈都涉及到了日益临近的香港回归祖国的问题。

香港问题是历史遗留下来的一个问题，长期以来，它一直是笼罩在中英关系史上的一个巨大阴影。

香港（包括香港岛、九龙和新界）自古以来就是中国领土。这块面积为1066平方公里的中国领土，是英国在19世纪通过同清政府签订的三个不平等条约，先后强行割让和租借去的。在英国占领之前，香港地区隶属中国广东新安县（后改为宝安县，今深圳市）管辖。

1840年英国发动鸦片战争，强迫清政府于1842年签订《南京条约》，永久割让香港岛。1856年英法联军发动第二次鸦片战争，1860年英国迫使清政府缔结《北京条约》，永久割让九龙半岛尖端。1898年英国又乘列强在中国划分势力范围之机，逼迫清政府签订《展拓香港界址专条》，强行租借九龙半岛大片土地以及附近200多个岛屿（后统称"新界"），租期99年，1997年6月30日期满。

中国人民一直反对上述三个不平等条约。中华人民共和国成立后，我国政府曾多次阐明我国对香港问题的一贯立场，即香港是中国的领土，中国不承认帝国主义强加的三个不平等条约，主张在适当时机通过谈判解决这一问题，未解决前暂时维持现状。

十一届三中全会以后,中国人民为实现社会主义现代化,实现祖国统一和反对霸权主义、维护世界和平三大任务而奋斗。邓小平提出了按照"一个国家、两种制度"解决台湾和香港问题的构想。

同时,随着1997年的日益临近,英国方面也不断试探中国关于解决香港问题的立场和态度。这表明,解决香港问题的时机已经成熟。正是在这种背景下,1982年4月,希思第五次来华访问,迈出了解决香港问题的试探性的一步。

在同邓小平的会谈中,希思向邓小平谈到了他第一次同邓小平会面的情景,向邓小平提出了香港问题。他说,我记得我第一次见到毛主席和周总理时,你也在场,我们讨论了香港问题。当时毛主席和周总理说,反正到1997年还早哪,还是让年轻人去管吧。现在离1997年只有15年的时间,你是如何考虑在这个期间处理这个问题的?因为很多人都要在香港投资,怎样才能使投资者不担心呢?

1982年4月6日,邓小平会见希思时说,现在是考虑解决香港问题的时候了。如果可能,我们愿意同英国政府正式接触,通过谈判来解决问题

邓小平说,香港的主权是中国的。中国要维护香港作为自由港和国际金融中心的地位,也不影响外国人在那里的投资。在这个前提下,由香港人,包括在香港的外国人管理香港。他说,香港有了地方政府,我们的新宪法有规定,允许建立特别行政区,由香港人自己组成政府,不管是华人、英国人或其他人都可参加,可作政府雇员嘛,甚至成为香港政府的成员都可

考虑,各种制度也不变。

邓小平坦率地对希思说,我们是多年的好朋友了,如果中国到时候不把香港主权收回来,我们这些人谁也交不了账。

希思连连点头说,条约里也写得清楚。

邓小平进而指出,还有新界,包括整个香港,过去是不平等条约,实际上是废除的问题。

随后,英方又经过多次试探,决定就香港问题同我国进行正式谈判。不久,两国政府便开始了国际社会所说的"慑人心魄的反复较量"。

1982 年 9 月,英国首相撒切尔夫人访问中国,中英两国政府开始就解决香港问题进行接触。9 月 24 日,邓小平在人民大会堂会见撒切尔夫人。双方一开始就亮出了分歧。撒切尔夫人对邓小平说:必须遵守有关香港问题的三个条约。条约虽然写在纸上,但任何手段都不可能消除它存在的事实。

针对英方的这种态度,邓小平明确地向撒切尔夫人指出:"主权问题不容讨论。到 1997 年中国要收回的不仅是新界,而且包括香港岛、九龙的主权,这一点是肯定的,不能有别的选择。至于保持香港的繁荣,我们希望取得英国的合作。但这不是说,香港继续保持繁荣必须在英国的管辖之下才能实现。香港继续保持繁荣,根本上取决于在中国收回主权后,在中国的管辖之下实行适合于香港的制度,其中包括政治、经济制度。大部分法律都可以保留,当然,有些要加以改革。总之,香港仍将是资本主义,现行的许多适合的制度要保持。"

撒切尔夫人则声明:"只有中英两国政府就香港今后的行政管理和管治作出明确的安排,能够为香港人民所接受,英国议会相信这些安排是合理的,我才可以考虑主权问题。"

中英两国领导人对于解决香港问题大相径庭的立场,注定了历时两年的谈判的艰难曲折。

中英关于香港问题的谈判分两个阶段。第一阶段从撒切尔夫人访华,至 1983 年 6 月。这一阶段双方主要就原则和程序问题进行会谈。第二阶段从 1983 年 7 月至 1984 年 9 月,两国政府代表团就具体实质性问题进行了22轮会谈。

在头四轮会谈中,由于英方仍然坚持1997年后英国继续管治香港,致使谈判陷入了僵局。在这种情况下,希思于1983年9月第七次来华。

1983年9月,邓小平在北京再次会晤英国前首相希思(左五)。他指出:英国想用主权换治权是行不通的,中国1997年收回香港的政策不会受任何干扰

9月10日,邓小平会见希思,他向希思明确指出:"英国政府想用主权来换治权是行不通的。在香港问题上,我希望撒切尔首相和她的政府采取明智的态度。中国1997年收回香港的政策不会受任何干扰、有任何改变,否则我们就交不了账。我们和英国朋友说,我不解决这个问题,我就是李鸿章。谁不解决这个问题,都是李鸿章。"

他说,核心是1997年收回主权时香港能顺利接收,而不会引起动荡,比较顺当地接收对各方都有好处。英国利益不会受到损害,美国、西欧利益也不会受到损害。所以过渡期有个香港人参与管理的问题。参与管理,不当主角可以,但要开始知道哪些方面的管理。无论政治、经济、商业和金融方面等等,不知道怎么行,一下子拿过来怎么行?所以要逐步熟悉、参与,整个过程就完满了。

他希望今后会谈时不要再纠缠主权换治权问题,要扎扎实实地商量香港以后怎么办,过渡时期怎么办。这对彼此最有益处。如果英方不改变态度,中国就不得不到1984年9月单方面地公布解决香港问题的方针政策。

希思回国后向英国政府传递了邓小平的谈话内容,说服现任领导人改变立场。这年10月,英方传来撒切尔夫人的口信,提出双方可在中国建议的基础上探讨香港的持久性安排。这实际上是放弃了由英国"继续管治香港"的要求。僵局再次打破,会谈得以比较顺利地继续展开。第五、六轮会谈中,英方确认不再坚持英国管治,也不谋求任何形式的共管,并理解中国的计划是建立在1997年后整个香港的主权和管治权应该归还中国这一前提的基础上。至此,中英会谈的主要障碍开始排除。

此后,从1984年4月中旬第十二轮会谈起,谈判主题转入第二议程,即过渡时期的安排及有关政权交接的基本设想。到1984年9月18日,双方就全部问题达成协议,并于9月26日草签了中英《联合声明》和三个附件。至此,为时两年的中英两国政府关于香港问题的谈判圆满结束。1984年12月19日,中英两国政府首脑在北京正式签署了关于香港问题的联合声明。1985年5月27日,中英两国政府在北京互换批准书,《中英联合声明》正式生效。

可以说,香港问题的圆满解决,有希思的一份功劳。他在中间起到了桥梁的作用。就在《中英联合声明》正式生效之际,希思又一次来华访问,邓小平愉快地会见了这位交往了多年的老朋友。在这次会谈中,他们由香港问题的解决谈到了台湾问题,谈到了国际局势,他们的视野更宽、更远了。

在会谈中,希思问邓小平,中英对香港问题的圆满解决是否有利于台湾问题的解决。

邓小平肯定地回答说,是的。香港问题的解决对解决台湾问题是个推动。我们将按解决香港问题的方式解决台湾问题。对解决台湾问题的条件更宽,就是台湾可以保留自己的军队。

希思说,中国为和平解决台湾提出的九点方案是非常合情合理的。

邓小平说,我们提出国共第三次合作解决台湾问题,就是因为我们双方有共同语言,我们都认为只有一个中国。

在谈到中美关系时,邓小平说,中美之间的障碍就是一个台湾问题,这一问题的解决会使中美之间的关系更加密切。

关于中苏关系,邓小平说,中苏之间要实现关系正常化,政治关系要发展,必须要消除三大障碍。消除三个障碍在苏联方面有困难,可以先从解决其中的一个问题做起。但是总要走出第一步。

当希思问到邓小平对美苏裁军谈判的看法时,邓小平说,如果达成协议,我们赞成。协议的实际好处是可以起到缓和气氛的作用。但是,维护世界和平,我们的眼光不能只看着美苏两家的谈判。

希思希望中国更多地发展同西欧的经济贸易关系。邓小平说,我们一直在考虑如何加强同欧洲,包括英国在内的经济联系。我们是作为一项政策加以考虑的。他说,贸易是有来有往的,双方都应该开辟新的途径。他希望欧洲的企业界为中国商品进入欧洲市场创造条件。

1987 年 4 月 17 日,希思第八次来中国访问,这也是他第八次同邓小平会面,他们在会谈中都希望中国和欧洲互相帮助,共同发展,维护世界和平。

邓小平会见撒切尔夫人

"坦率地讲,主权问题不是一个可以讨论的问题"

1982 年 9 月,中英关系史揭开了新的篇章。

英国首相撒切尔夫人的访华,及与中共中央顾问委员会主任邓小平的会晤使历史遗留的中英关于香港问题的解决有了可喜的进展。

玛格丽特·希尔达·撒切尔夫人 1925 年 10 月 13 日生于英格兰林肯郡的格兰琴姆城。1943 年进入牛津大学萨默维尔女子学院攻读化学,曾先后获得牛津大学理学士、文科硕士学位,在校时加入保守党,曾任牛津大学保守党协会主席,毕业后在一家化学企业任研究员。1950 年参加竞选,成为保守党最年轻的女候选人,1959 年当选为保守党下院议员,1961 年到 1964 年,任国民保险部政务次官。保守党于 1964 年下台后,她在 1967 年进入保守党影子内阁,先后担任过社会保险、住房与土地、财经、燃料和动力、运输和教育等方面的发言人。1970 年保守党上台执政,她在希思内阁任教育和科学大臣,并担任枢密顾问官,1974 年保守党再次下台,她在影子内阁先后任环境、财经事务发言人。1975 年 2 月,她与希思竞选保守党领袖获胜,成为英国政党史上的第一位女领导人,1975 年 5 月,又在大选中获胜,成为英国第一任女首相。

撒切尔夫人执政后,采取货币主义的经济政策,主张通过控制货币供应量来抑制通货膨胀,加强市场作用,调动私人企业的积极性,削减政府开支,减少国家对企业的资助,制定控制工会的法规。她以"鲜明的传统保守主义哲学和强硬的经济政策主张"而著称。在对外政策上,她主张加强欧洲共同体,依靠美国和英联邦,并对苏联的威胁采取强硬的态度。1977年撒切尔夫人曾作为反对党领袖访问了中国。1982年9月她再度应邀访华。

9月的北京秋高气爽,景色秀美,气候舒适宜人。22日下午1时20分,一架英国皇家空军专机在北京机场徐徐降落,英国首相撒切尔夫人满面红光,精神焕发地步下飞机舷梯,她看上去雍容华贵,仪态万千,比实际年龄要年轻许多。随访的还有丹尼斯·撒切尔先生、香港总督尤德爵士、首相首席私人秘书巴特勒等一行人。下午4时,中国政府在人民大会堂东门外广场举行了欢迎仪式。这天,首都机场,天安门广场和钓鱼台国宾馆的上空都迎风扬飘着中英两国国旗,天安门东西两侧的十里长街上也挂上了欢迎彩旗。

1982年9月24日,邓小平在人民大会堂福建厅会见撒切尔夫人

撒切尔夫人此次访华的目的是为了加强中英关系,扩大两国贸易。中国方面也希望通过双方的共同努力使两国间的经济、文化以及其他方面的合作得到进一步的加强。同时双方还为一件举世瞩目的大事,即就香港问题的解决进行会谈。

9 月 24 日上午,撒切尔夫人身着一件蓝底红点丝质西装裙,足蹬黑色高跟鞋,臂挎黑色手袋,颈项上带着一条珍珠项链。她先来到人民大会堂新疆厅与邓颖超倾谈片刻,遂即告辞前往福建厅与邓小平会谈。

就在邓小平步出福建厅迎接撒切尔夫人前这短短的时间里,中外记者们为了抓拍到这一具有重大历史意义的最佳镜头,还演出了一幕小小的"闹剧":"记者们为了想占据一个有利位置拍照,你挤我拥地一次又一次骚动。在此期间,某外国电视台一名记者,被北京的一位电视台摄影师的镜头不小心撞了一下,竟然回身一脚踢在那位同行腰部,被踢者也怒不可遏,似乎失去了理智,还以一拳,眼看一出'全武打'即将上演。就在这个当口,福建厅的大门一下子打开了,邓小平步出大厅迎接铁娘子了,大家的注意力顿时集中在这两位领导人身上,一场风波遂自动平息。"当邓小平满面笑容地上前与撒切尔夫人握手问好时,闪光灯"咔嚓"、"咔嚓"闪个不停,记者纷纷抓住时机抢拍镜头。

撒切尔夫人与邓小平一见面就说:"我作为现任首相访华,看到你很高兴。"

邓小平遂答:"是呀,英国的首相我认识好几个,但我认识的现在都下台了。欢迎你来呀!"

接着,宾主双方步入福建厅就坐。邓小平半靠在沙发上,状甚轻松舒适,撒切尔夫人正襟危坐,双手平放在膝上。此时,记者们尚未退场,两人仍是相互寒暄。

撒切尔夫人说:"知道你是刚从外地回来。"

邓小平答:"我是陪同朝鲜主席金日成去了四川。"

撒切尔夫人问:"这次旅行一定很愉快吧?"

邓小平说:"不错,我们在四川吃过好几次川菜,我本身很喜欢川菜,中国是以川菜和粤菜最为著名。"转而又问陪同在侧的港督尤德爵士喜欢川菜还是粤菜。

尤德答道:"两样我都喜欢。不过,我的外交生活正是从四川方面开始的。"

邓小平说:"那么你也是四川人了。"

撒切尔夫人打趣道："尤德爵士的说话很有外交辞令。"她又说："我倒觉得苏州菜风味不错。"这大概是由于她五年前访华时，到过苏州等地参观留下的印象吧。

邓小平接过话来笑笑说："以游客来说，总是到哪里，说哪里的菜好。"

几分钟后，记者被请离场，会谈闭门进行。在友好的气氛中，会谈转入正式话题。双方就香港前途问题进行了深入的讨论，就此问题阐述了各自的立场。

在香港问题上撒切尔夫人始终抱定"有关香港的三个条约仍然有效"的主张，并在来华前就早有声明，大造舆论。因此正式会谈一开始她就提出了这一问题。

作为中国政府的领导人，此时邓小平的回答代表着中华民族的尊严、一个国家的利益，代表着全国人民的希望和海内外炎黄子孙的心愿。他斩钉截铁地说："香港是中国的领土，我们一定要收回来的！"简短的话语明确地表明了中国政府关于收回香港主权的立场。

邓小平向撒切尔夫人表示："我们对香港问题的基本立场是明确的，这里主要有三个问题。一个是主权问题；再一个问题，是1997年后中国采取什么方式来管理香港，继续保持香港繁荣；第三个问题，是中国和英国两国政府要妥善商谈如何使香港从现在到1997年的15年中不出现大的波动。"

邓小平进一步表明："关于主权问题。中国在这个问题上没有回旋余地。坦率地讲，主权问题不是一个可以讨论的问题。现在时机已经成熟了，应该明确肯定：1997年中国将收回香港。……现在，当然不是今天，但也不迟于一二年的时间，中国就要正式宣布收回香港这个决策。我们可以再等一二年宣布，但肯定不能拖延更长时间了。

"保持香港的繁荣，我们希望取得英国的合作，但这不是说，香港继续保持繁荣必须在英国的管辖之下才能实现。香港继续保持繁荣，根本上取决于中国收回香港后，在中国的管辖之下，实行适合于香港的政策。香港现行的政治、经济制度，甚至大部分法律都可以保留，当然，有些要加以改革。香港仍将实行资本主义，现行的许多适合的制度要保持。我们要同香港各界人士广泛交换意见,制定我们在 15 年中的方针政策以及 15 年后的方针政策。这些方针政策应该不仅是香港人民可以接受的,而且在香港的其他投资者首先是英国也能够接受,……我们希望中英两国政府就此进行友好的磋商,我们将非常高兴地听取英国政府对我们提出的建议。这些都需要时间。为什么还要等一二年才正式宣布收回香港呢?就是希望在这段时间里同各方面进行磋商。"

邓小平还说:"我们建议达成这样一个协议,即双方同意通过外交途径开始进行香港问题的磋商。前提是 1997 年中国收回香港,在这个基础上磋商解决今后 15 年怎样过渡得好,以及 15 年以后香港怎么办的问题。"

邓小平的谈话颇具分量,撒切尔夫人表示认真考虑。当时,她是带着英阿马尔维纳斯群岛之战胜利的余威前来中国就香港问题进行谈判的,并幻想可以继续保持英国侵占香港的三个不平等条约。然而,中国不是阿根廷,香港也不是马尔维纳斯群岛。

对于这两位领导人,外电是这样评述的:撒切尔夫人是锋芒毕露,邓小平是绵里藏针。撒切尔夫人尽管受邱吉尔影响极深,有"铁娘子"之称,尽管她坚持"鲜明的传统保守主义哲学和强硬的经济政策",但是在邓小平面前,她毕竟还年轻。

当会谈结束后,撒切尔夫人"落寞地从门口走出,脸色凝重"。她步下大会堂北门石阶,抬眼望见右下方的记者,突然绽开笑脸,转过头来向记者示意,努力的使自己表现出镇定。当她继续往下走时,高跟鞋与石阶相绊,使身体顿失平衡,栽倒在石阶地下,以至皮鞋手带也被摔到了一边。幸好她已将至平地,摔得不重。在一旁的随员及工作人员立即上前将她扶起。撒切尔夫人不愧为铁娘子,起身后神态自若,充分显露出其处变不惊的"女强人"本色。

当天下午,撒切尔夫人在人民大会堂举行了中外记者招待会。她在招待会上说:我同中国领导人在非常友好的气氛中,就许多方面的问题进行了六个多小时的正式会谈。我以极大的兴趣听取了他们对中苏、中美、中日关系和东南亚、中东问题以及我们双边关系包括香港问题的看法。

第二天,撒切尔夫人告诉英国广播公司电台记者戈登·马丁自己同邓小平等中国领导人的"会谈是友好的,我们承认有分歧,但是我们共同的目的大于分歧"。

在中英政府本着友好合作和互相谅解精神的共同努力下,1984年9月26日中英关于香港问题的《联合声明》在京草签,宣布中国政府于1997年7月1日恢复对香港行使主权,英国政府将在同日把香港交还给中国。

1984年12月18日,英国首相撒切尔夫人乘专机抵达北京,对中国进行正式访问,并签署联合声明。同一天,应邀参加联合声明正式签字仪式观礼的101位香港各界人士也从香港来到北京。12月19日,中英关于香港问题的《联合声明》在北京正式签字。采访正式签字仪式的100多名北京、香港和英国的记者,这一天从早到晚忙个不停,中央电视台通过卫星向世界各地直播签字仪式的实况。下午3时,在人民大会堂隆重举行了签字仪式,邓小平出席了这一仪式。《联合声明》的签署,圆满地解决了我国恢复对香港行使主权问题,为香港长期繁荣和稳定提供了坚实基础。

1984年12月19日,邓小平会见前来参加中英关于解决香港问题的《联合声明》签字仪式的撒切尔夫人

在签字仪式结束后,撒切尔夫人讲话,她说,这是一个具有历史意义的时刻,邓小平主任能够出席这个仪式,我感到特别高兴。刚才,我们分别代

表各自政府签署的关于香港前途的联合声明,在香港的生活史上,在英中关系的历程中以及国际外交史上都是一个里程碑。《联合声明》为从现在起到1997年和1997年以后继续保持香港的稳定、繁荣和发展提供了坚实的基础。她在讲话中还赞扬了中国领导人对双方谈判采取的高瞻远瞩的态度。在谈到"一国两制"时,她说,"一国两制"的构想是没有先例的,它为香港的特殊历史环境提供了富有想象力的答案。她说,协议是香港人民今后赖以向前发展的基础,香港会成为一个比现在更加繁荣的地方。今天,我们荣幸地同中国朋友一起,参加一个独特的仪式,我们应该有一种创造历史的感觉,应该有一种自豪感,并对未来充满信心。

邓小平出席中英《联合声明》签字仪式

同日,邓小平在会见撒切尔夫人时说:"香港问题已经有一个半世纪的历史。这个问题不解决,在两国和两国人民之间总存在着阴影。现在这个阴影消失了,两国之间的合作和友好一片光明。"

撒切尔夫人对邓小平这一评价表示完全赞同。她说,回顾我两年多以前初次在这里同您见面以来,我们已经取得了多么大的成就。双方的了解也加深了。撒切尔夫人特别赞扬了邓小平提出的"一国两制"的构想是最具天才的创造。

邓小平说:"这个具有国际意义的构想应该归功于马克思主义的辩证唯物主义和历史唯物主义,用我们的话来说就是实事求是。而这个构想也只有在中国的实际情况下才能提出。"

邓小平强调说,两年来的事实证明这个构想是行得通的。人们担心中国是否会忠实地执行这个协议。我们要告诉全世界人民,中国是信守自己的诺言的。

撒切尔夫人说,她坚信"一国两制"的构想是行得通的。对外开放政策也必将给中国的现代化建设事业带来很大的好处。

邓小平对"一国两制"的构想做了进一步的阐释。他说,我们说两种制度,是因为中国的主体部分,有10亿人口的部分,实行的是社会主义。这个主体是个很大的部分,我们是在这个前提下允许一个小的地区存在资本主义的,因为这种做法有助于发展社会主义经济。我们实行对外开放政策也是因为它有利于发展我国的社会主义经济。

谈到国际问题,撒切尔夫人对当前的核军备、外层空间武器的竞赛表示严重的关切。她请邓小平谈谈他对当前国际形势的见解。邓小平说,我们希望美苏关于裁减核武器的谈判能取得进展,希望能打破僵局,因为这是符合全世界人民利益的。他说,当前战争的危险依然存在,但和平力量也在发展壮大,不仅第三世界而且东西欧的人民都反对战争。他对英国政府和撒切尔首相本人为和平所做的努力表示赞赏。

对于《联合声明》的签署,以及邓小平与撒切尔夫人的会晤,时任中共中央总书记的胡耀邦在会见撒切尔夫人时评价说:"中英关于香港问题的《联合声明》是两国友好关系史上的里程碑。这个里程碑主要是首相阁下和我们的邓小平同志共同建造的,你的同事们和我们中央的其他同志是这项伟大事业的热情赞同者,我相信,这个里程碑是值得我们两国人民和子孙后代永远纪念的。"

对于邓小平和撒切尔夫人的会面,国际舆论给以了高度评价。美国《世界报》月刊5号发表文章,题为《10年风云人物——邓小平和撒切尔夫人》。

文章称："英国首相撒切尔夫人和中国邓小平在政治上可谓代表截然相反的两极。但是,在本刊要世界各地的伙伴刊物的主编、撰稿人和发行人评选本刊创刊 10 年(1978 年至 1988 年)来最代表时代精神的名人时,他们两人出人预料地以同样多的票数当选。撒切尔夫人和邓小平都是这 10 年务实精神的化身。

"撒切尔夫人自 1979 年执政以来一直主张实行自由市场式的资本主义。她摒弃了英国二次大战后实行的社会主义做法,把英国引入自由进取社会,这将她打下的标记一直保持到下个世纪。

"邓小平则给中国共产主义重新定下了定义,采取资本主义方法把中国从毛泽东文化革命引导到市场式的马克思主义,中国人民希望到 21 世纪能使世界上这个人口最多的国家空前繁荣富强。

"本刊国际部负责人,曾在三位美国总统手下当过内阁成员的埃利奥特·理查森在投邓小平的票时说:'他以自己的远见、魄力和技巧发动了一场新型的革命。他逐步地放下了权力,这种做法是前所未有的,其潜在的影响同样空前深远。'参加投票的共有 60 多人,邓小平和撒切尔夫人各得 16 票,里根得 8 票,南非大主教图图得 4 票,阿基诺夫人得 3 票。"

由此可见,邓小平和撒切尔夫人的会谈,在国际社会上的影响之大。

1995 年撒切尔夫人应中国外交学会的邀请访华时,再次肯定邓小平的"一国两制"是中英联合声明的基础。

邓小平会见德斯坦

"美国和欧洲的关系只能是平等的伙伴关系"

1975 年 5 月,邓小平出访法国。13 日上午,邓小平同法国总统瓦莱里·吉斯卡尔·德斯坦会谈,就国际形势、美欧关系等问题交换意见。邓小平指出:"美苏不夺取欧洲是称霸不了世界的。欧洲在政治、经济上的作用和力量,包括在军事上的力量是不可忽视的,条件是欧洲自己能团结起来、强大起来。我们欣赏法国在这方面的立场。"

13 日晚,邓小平出席德斯坦举行的欢迎宴会,并在讲话中指出:"中法两国社会制度不同,但是我们都愿意在相互尊重主权和领土完整、互不侵犯、互不干涉内政、平等互利、和平共处五项原则的基础上发展两国关系。在国际上,我们都反对超级大国垄断世界事务。德斯坦总统曾经说过,要坚持法国政策的独立性。我们赞赏总统先生的这个决心。中国政府一贯主张,国家不论大小,都应一律平等。各国的事情应由各国人民自己来管,任何国家都无权对别国进行侵略、控制和干涉。中国坚决支持西欧联合。法国和欧洲人民可以相信,在他们维护独立和加强联合的事业中,总是能够得到中国人民支持的。正是根据这种精神,最近中国政府同欧洲经济共同体建立了关系。我们希望联合的欧洲将在世界事务中发挥更积极的作用。"

5 月 14 日下午,邓小平同德斯坦举行第二次会谈,就国际经济和能源问题、对发展中国家的援助问题等交换意见。邓小平指出:"第三世界要求改变旧的经济秩序,建立一个合乎现在实际的新经济秩序,这是合理的。

中国政府支持这个立场。坚决维护旧经济秩序的主要有两个国家：美国和苏联。欧洲国家，首先是法国，主张用对话的方式而不是对抗的方式同石油生产国解决能源问题。我们欣赏这一立场。第三世界提出要把石油问题同其他原料问题一起考虑是无可非议的。只要按法国的主张采取对话方式，就能寻求到合理的途径解决原料和能源问题。中国支持法国在这方面的努力。"

1980年10月17日上午，邓小平会见来访的德斯坦。邓小平指出："德斯坦总统提出的'多极政治'是客观现实，多极需要联合，这里面没有什么头头，也不需要一个什么条约，但需要相互协调行动，协调政策。"邓小平还指出："美国和欧洲的关系只能是平等的伙伴关系。"

在谈到中苏关系问题时，邓小平指出："我们废除了《中苏友好同盟互助条约》，后来进行了新的谈判。阿富汗事件出来后，我们就中断了这个谈判，这是从全球战略来考虑的。苏联军事占领一个主权国家，在这种情况下，我们与苏联进行谈判在政治上是不允许的。"

1980年10月17日，邓小平会见法国总统德斯坦，在谈到历史转折时说，真正的转折是1978年12月的十一届三中全会。这次会议确定了我们的方向、路线。这条路线的核心是将工作重点转到四个现代化上来

在谈到中国的国内形势时,邓小平说:"中国是在变化之中,是在朝健康的方向发展。粉碎'四人帮'以后,我们还有一段徘徊时期,徘徊中也有前进。真正转折是1978年12月的十一届三中全会。这次会议确定了我们的方向、路线。这条路线的核心是将工作重点转到四个现代化建设上来。国内有些人曾担心我们的现行路线能否稳定和延续下去。现在我们可以说,这条路线会持续下去,因为只有这条路线符合我们国家和人民的利益。"

邓小平会见希拉克

"我们同法国发展经济关系的原则是'同等优先'"

1975年5月12日下午,在法国访问的邓小平同时任法国总理的雅克·希拉克举行了会谈。

1975年5月,邓小平在外交宫出席希拉克总理举行的欢迎宴会,左为希拉克夫人

在谈到中法关系时,邓小平指出:"随着中法两国政治关系的发展,应当进一步发展两国的经济关系。中国现在还是一个发展中国家,受经济发

展水平的限制,有些问题现在还不可能一下解决,如贸易平衡问题。就我们经济建设的需要来说,我们希望从一些发达国家购买更多的技术和产品,但受到支付能力和条件的限制。随着我们经济建设的发展,这个情况将逐步得到改善。从长远来说,中国同法国发展经济关系有着广阔的前景。我们同法国发展经济关系的原则是'同等优先',就是说,在同其他国家同等条件下,我们首先考虑法国。这也是出于政治上考虑的。"

在谈到欧洲安全问题时,邓小平表示同意希拉克关于欧洲安全与合作会议解决不了安全问题的看法,并指出:"现在世界面临危险,虽然有一些讲缓和、讲安全等表面现象,并不能解决两霸争夺世界和扩军备战的本质。欧洲如不能建立自己独立的防御能力总是危险的。"

中法双方商定:(一)两国外交部长根据需要不定期举行政治会晤;(二)双方成立一个司局级的经济混合委员会,讨论经济贸易关系问题。

12日晚,邓小平出席希拉克举行的欢迎宴会,并在致词中指出:"展望中法两国关系的前景,我们是很有信心的,因为我们之间有许多共同点。我们两国都坚持不懈地捍卫和维护自己的独立,不允许别人对我们发号施令,为所欲为。"

他还指出:"当前总的国际形势是令人鼓舞的,但不能不看到世界还很不安宁,超级大国利用各种手段争夺世界霸权。我们希望有一个较有利的国际条件,以便进行我们的建设事业。但在争取较好的国际条件的同时,我们要对形势的突变作足够的估计,并且要做好切实准备,才能立于不败之地。"

邓小平会见科尔

"中国很重视同西欧的合作,中国最不希望发生战争"

作为战后"德国统一之父"而载入史册的赫尔穆特·科尔真可谓是中国人民的老朋友了。这位知识面很广、政治敏锐、在经济与外交上都颇有建树的德国政治家,曾先后于1974年、1984年、1987年以及1993年四次到我国进行友好访问。科尔对中国在世界上的战略地位一直极为重视,并为推动和发展中德两国之间的政治、经济和文化关系,为密切两国人民的友谊作出了巨大的贡献。

早在他任莱茵兰－普法尔茨州州长时,在中德建交后的两年,即1974年,他就决定要亲眼见见这个东方大国。科尔认为,虽然德国和中国远隔千山万水,但是幅员辽阔的中国对世界具有重要的影响,因为有10亿多人口的中国是世界上人口最多的国家,以经济观点来看,中国是一个巨大的市场。在临行前谈到访华目的时,他坦率地说,中国是世界政治发展中的一个非常大的国家,对我们来说,在对亚洲、对第三世界广大地区实施缓和政策的问题上能够掌握中国领导人的看法的第一手资料是十分重要的。

1974年9月3日,科尔和夫人一行乘专机抵达北京,当天他就和夫人一起兴致勃勃地游览了闻名于世的中国长城,还饶有兴趣地参观了故宫,仔细地观赏了故宫的古建筑及其收藏的稀世珍宝。他亲身感受到了这个世界文明古国所蕴藏的巨大潜力。

1974年9月6日,邓小平接见了他。这是他们的第一次会面。当时,邓小平刚摆脱"文化大革命"初期强加于他的"党内第二号走资派"的指

1974年9月6日,中国国务院副总理邓小平在北京会见来访的联邦德国基民盟主席赫尔穆特·科尔

控,以副总理的身份重新回到中国政治生活的前台,他身着灰色中山服、蓄着平顶头。当体魄高大、皮肤黝黑、总是面带微笑的德国政治家步入人民大会堂会客厅时,邓小平迎上去与科尔热情握手问候。邓小平认为,德意志民族是一个富有创造性的民族,德意志人民曾经对世界历史的发展以及为丰富人类的精神宝库作出过卓越的贡献。他与科尔就当时的世界政治问题、欧洲形势以及德国问题交换了意见。邓小平希望这位声音洪亮、喜欢开门见山发表自己意见和看法的德国朋友,能为中德关系的发展作出自己的努力。

当科尔在广州即将结束他的中国之行时,他用浑厚而响亮的嗓音说:"中华人民共和国是第三世界的重要发言人,她的声音是很有分量的。"他主张两国外交"从正常阶段向更加良好的关系发展"。

后来的事实也确实像人们所期望的那样,由于两国领导人的努力,中德从建交以后,两国关系就一直健康发展。尤其是1982年10月,科尔出任联邦德国总理后,两国关系更是进入了一个全面发展的新阶段。科尔上台不久即宣称,由于"意识到德中两国的共同利益和传统的文化联系,我们愿意进一步发展与中华人民共和国的关系。从此,两国关系不论在政治、经济领域,还是在科技、文化、教育领域,都建立起了友好合作的关系。在政治上,中德两国高级领导人的互访活动增加,并建立起定期就双边关系和重大国际问题及时交换意见的制度。两国部长一级和一般人员的交往显著增加。德国社会民主党主席勃兰特和联邦德国前总理施密特也对中国进行了访问。

在经济上,联邦德国一直是中国在欧洲的最主要的贸易伙伴。1982年中德两国签订了技术合作协定大纲。1984年联邦德国向中国提供的技术合作总额达7650万马克,此后金额逐年增加。从1985年起,两国之间开始了财政合作。与此同时,科尔还放宽了对中国技术转让的条件,两国间经贸也逐渐向多层次发展,从中央一级的合作,逐渐发展到省与州之间、企业与企业之间。两国间的文化交流也日益增多。

因此,在1984年10月7日,科尔决定对中国进行第二次访问时,自然受到中国政府隆重而盛大的欢迎。这次随同来访的有联邦德国经济合作部长于尔根·瓦恩克以及政府其他高级官员、经济界、科技界、文化界著名人士。

10月8日上午9时,人民大会堂东门外的广场上举行了盛大的欢迎仪式,科尔在我国政府领导人的陪同下检阅了中国人民解放军仪仗队。欢迎仪式之后,科尔在会谈中表示,他这次来访就是为了使两国关系在日益密切的基础上长期、深入地向前发展。

联邦德国方面对科尔这次访问中国也极为重视。就在科尔离德来华访问之际,《商业报》发表了科尔题为《开放纲领是建设性政策的榜样》的文章,高度赞扬我国的对外开放政策。

在科尔第二次来华访问期间,邓小平作为中共中央顾问委员会主任会见了他。这次会见是在人民大会堂装饰华丽的福建厅举行的。当科尔一行到来时,迎候在门口的邓小平非常高兴,他与科尔亲切地握手,互致问候,热情地欢迎这位十年前来过中国的"黑大汉"。

邓小平首先向科尔介绍了中国国内的形势,他说:"1978年开的是十一届三中全会,过几天我们要开十二届三中全会,这将是一次很有特色的

1984年10月10日,邓小平会见联邦德国总理科尔(左一)

全会。前一次三中全会重点是农村改革,这一次三中全会则要转到城市改革,包括工业、商业和其他行业的改革,可以说是全面的改革。无论是农村改革还是城市改革,其基本内容和基本经验都是开放,对内把经济搞活,对外更加开放。"

他还说:"我们把改革当作一种革命"。

科尔说:"全世界都在注视着北京,注视着中国的新发展,注视着历史悠久的中国是如何走上现代化道路的。我们高兴地看到,中国坚决地、毫不动摇地实行着对外开放的方针。"

当科尔表示,不但要同中国发展长期的经济技术合作,而且希望两国互派更多的留学生时,邓小平很赞赏科尔的这一想法。科尔关心地询问中国的外交政策,邓小平对他说,中国的对外政策是长期的坚定不移的,中国很重视同西欧的合作,西欧也有很多人热心同中国合作。

邓小平相信,科尔的来访会带动欧洲共同体同中国的合作,并希望两国的合作更加具体化。在谈到国际形势时,邓小平十分坚定的说:"中国最不希望发生战争,中国太穷,要发展自己,只有在和平的环境里才有可能。要争取和平的环境,就必须同世界上一切和平力量合作。"

10月13日科尔一行圆满结束了在中国的访问,在谈到访华感想时,他说,10年以来,中国取得了重大的进步,给他留下了深刻的印象,中国虽然古老,但却时时在展现新的面目。德意志联邦共和国和中国结成的友谊是经过考验的,他对两国关系的前景充满期望和信心。

3年之后,邓小平与科尔又在北京见面了。科尔说:"我很高兴能再次见到您",快满83岁的邓小平也愉快地说:"这是我们第三次见面了。"邓小平半斜着身子靠在沙发上说,我们3年没见面了,3年来总的形势是向好的方向发展,我们党的十三大从政治、经济方面来说,要在重申改革、开放、搞活政策的同时,把政治体制改革提上日程。随着经济体制改革的深入,政治体制不改革就不能相适应,就会阻碍经济体制改革的发展,并且会影响到许多事情。

1987年7月14日,中共中央顾问委员会主任邓小平在北京人民大会堂会见科尔总理

科尔微笑着说,德意志联邦共和国从来都是以十分关注的心情注视着中国的发展。每次都看到中国有巨大的变化,这次来访又高兴地看到中国有许多变化。

在谈到两国关系时,邓小平说,我们发展相互关系要有长远的眼光,不仅要看到本世纪,还要看到下世纪,要长期友好地合作下去。

他说,中德两国之间没有任何冲突,没有任何纠葛,因此,我们长期合作是完全可能的。

科尔完全赞同邓小平的看法。他说,联邦德国决心从各个方面加强同中国的长期、稳定的合作关系。

这次随同来访的就有近 30 位企业家。他们同中国方面谈得很顺利,取得了成果。科尔对目前顺利发展的良好的双边关系感到非常满意。

邓小平微笑着赞扬了欧洲,尤其是联邦德国对中国改革开放的贡献,他认为科尔提出的把中德关系建立在"三大支柱"上的建议是一种聪明的考虑。邓小平满意地指出,现在中国同发达国家的关系一般来说都比较正常了,但是合作得比较好的还是欧洲,尤其是联邦德国对我们更开放一些。

在长达 100 分钟的交谈中,双方不时发出友好爽朗的笑声。

在这之后的 1993 年 11 月,科尔第四次来华访问。这是在他完成了德国的统一大业,使分裂了 40 多年的两个德国和平地实现了德意志人民梦寐以求的民族统一的情形下进行的。这次来访,进一步增进了中德两国人民的友谊。

邓小平会见施密特

　　"过去的国际政治是霸权主义、集团政治,实践证明行不通"

　　赫尔穆特·施密特是国际政治舞台上最著名的政治家之一,曾担任原联邦德国的国防部长、财政部长和政府总理。1975 年 10 月、1984 年秋和1988 年秋,他曾经三次访问中国,并都受到了邓小平的接见。

　　施密特第一次访华时,中国的"文化大革命"还没有结束,邓小平刚刚恢复工作不久。邓小平以副总理的身份接待了施密特,并参加了毛泽东同施密特谈话的整个过程,在他们的会谈中,邓小平虽然自始至终一言未发,却给施密特留下了深刻的印象,也许正是邓小平这种独特的

1975 年 10 月 29 日,联邦德国总理赫尔穆特·施密特(前排左一)率政府代表团首次正式访问中国。当晚,中国国务院副总理邓小平以周恩来总理的名义举行宴会欢迎施密特总理一行

个性深深地吸引了施密特。他后来在回忆初次见到邓小平的情景时说：

"1975 年 10 月，我作为联邦总理对中华人民共和国进行首次正式访问。当时，毛泽东曾简洁地对我说：'我知道苏联将如何发展：将爆发一场战争。'我表示了异议。我虽然不想排除爆发第三次世界大战的可能性，但在西方保持足够的防御能力的情况下，我认为爆发第三次世界大战是不大可能的。然而，毛泽东坚持他的战争不可避免的理论。当时的副总理邓小平赞成他的观点。

"四年以后，即 1979 年 10 月，毛泽东和周恩来的继承人华国锋来到波恩，他对上述预言有分寸地作了补充：'中国将尽一切努力推迟战争的爆发。'

"我从 1969 年出任国防部长以来，就经常研究这些问题。1971 年我曾敦促维利·勃兰特建立波恩与北京之间的外交关系。1972 年秋，早在美国采取这步骤之前很久，这种外交关系就建立了。在我被任命为联邦总理之后，周恩来邀请我访问中国。但当 1975 年秋这次访问成行时，周已重病缠身，我已不能见到他。副总理邓小平代替他做我的东道主。

"邓小平在机场以仪仗队迎接我，一群身穿彩色服装的孩子欢快地呼喊着口号，挥舞黑、红、黄三色小旗。姑娘们佩戴着纸做的大条飘带和花，手里拿着整把的花束，另一些姑娘们在头发上别着颜色各异的花夹。关于邓小平，《科隆市导报》当时写道：'人们认为，邓有时可以毫不客气地批驳一个不全神贯注的、离开话题和思想开小差的谈判对手。联邦总理按理应当喜欢这位已七十高龄、看起来并不引人注目、然而却是很有权威的人物。'不错，我从一开始就喜欢邓小平。

"在毛泽东和我谈话的整个过程中，邓小平一言未发。他坐在沙发椅上将近两小时，没有表示他对整个谈话是如何看的。但是，第二天，他多次提到毛泽东的谈话。在我拜会毛泽东之前，邓小平和我已经进行过一次详细的会谈；此外，我们还在一次或两次宴会上会晤过。在这些会晤中，邓小平请我谈谈我对世界战略形势和经济形势的看法。使他特别感兴趣的是我对欧洲形势所作的分析。"

就在他们这次会谈后不久，邓小平遭受了他长期革命生涯中的第三次打击,他又一次被打倒了。

十年后,当施密特于 1984 年秋再次访华时,中国的历史已揭开了崭新的一页。"文化大革命"已被彻底否定,中国人民正在改革开放的总设计师邓小平的领导下,沿着建设有中国特色社会主义道路阔步前进。时隔十年,时事变迁。此时,施密特已离开当了八年联邦总理的波恩的政治舞台,邓小平已满八十岁了,他也正在为干部队伍的年轻化而呼吁。他们俩人都为能在十年后再次相见而感到由衷的高兴。

1984 年 5 月,邓小平会见德意志联邦共和国前总理施密特

在施密特这次访华期间,邓小平同他进行了长时间的会晤,纵论了天下大势。后来,施密特在他的回忆录《伟人与大国》中,详细描述了他再次访华期间与邓小平会晤的情形,他写道:

几乎是我访问毛泽东十年以后,1984 年 9 月~10 月,我第二次来到中国。这次,邓小平以回忆我们几年前的谈话作为开始会谈的引子。使我感到意外的是,他说:"你当时不同意我们对形势的估计,你是对的。"这真出乎我意料之外。

目前,中国最重要的还是发展经济。但改革的成功与否,主要取决于邓小平。

在所有的私下谈话中,包括在首都以外的私下谈话中,1984 年使我们几乎明显地感觉到,每个人把改善生活状况的希望寄托于谁:第一位是邓小平,第二位是邓小平,第三位还是邓小平。他自己不搞个人崇拜,他大概鄙视个人崇拜。他也不需要为贯彻其政策而推行个人崇拜,因为他是深得人心的,所有的期望都凝聚在他身上。

邓小平是在人民大会堂里,即九年前会见我的同一个地方见我的。在此之前不久,即在 8 月 28 日,他已满八十岁,但他给人留下的印象是神采奕奕,身体极佳,简直可以说充满活力。他在谈话中对答如流,富有幽默感;对谈话的情况了如指掌,思想集中。在一次延长了的午宴上,几乎整个时间都是我们两人坐在一起。这次宴会是小范围的,中国和德国的客人在其他几桌就坐,只有邓的出色的英文女翻译坐在我们的旁边。翻译对邓必须大声说话,这对我倒很有好处。

开场白之后,我感谢他亲自促成邀请我访华,并对他的八十大寿和他显然是极好的健康状况表示了恭维。邓回忆起九年前我们的谈话,然后回过头来谈他的生日:"说到年龄,你知道,老化一直是中国领导人的一个问题,也是苏联领导人的一个问题。但十年至二十年之后,中国将有比较年轻的领导人。我们很清楚,为了实现中国的现代化,我们需要更年轻和更有活力的领导人。需要解决很复杂的问题。你还记得我们在 1975 年的谈话,那次谈话之后不久我就被打倒了。"我回答说:"可是,你又回来了,这是你的幸运,特别是中国的幸运。你到底被打倒了几次?"邓微微一笑说:"当时是第三次,这大概是最后一次了!"

然后他严肃起来,并且很快地言归正传。"我们的外交政策目标是更加坚决地独立于超级大国,这一点也适用于你们的国家。当然,这不是要反对西欧成为北大西洋联盟的一部分,但你们不应该把德国独立的战略丢掉。戴高乐懂得这一点。欧洲同美国的关系应当建立在完全平等的基础上。"

在这一点上,邓小平肯定没有改变他最近十年中的看法。我承认,自从 1974 年以来,世界经济的巨大变化深刻地打击了欧洲国家,以致欧洲的一体化进程受到了损害,从而也使欧洲对美国的独立性受到了影响。

邓把话题引到苏联。"中国谋求改善同苏联的关系,但为此必须首先消除障碍。苏联实行的政策威胁着中国的安全。欧洲形势怎样?"

我回答说:"自从 1976 年以来,我们同苏联的关系也恶化了。这部分地与针对欧洲的 SS—20 导弹有关。但入侵阿富汗这件事也使欧洲震惊。还有其他的原因。我们也希望改善同莫斯科的关系,我们正在敦促限制军备。"

邓说:"我估计,就撤走他们的导弹而言,苏联会不断制造新的困难。不过,美国人也不很明智。他们言行不一。"

"苏联和中国一样是一个社会主义国家,我们之间的关系为什么破裂了呢? 因为苏联不断企图干涉中国的事务,因为莫斯科竭尽全力想控制中国,俄国人想当老大哥。当我们表示反对时,克里姆林宫干脆就撕毁两国的合同。最后苏联完全站在公开反对中国的一边,并企图煽动东南亚国家反对我们。"

我问苏联在越南所起的作用。邓回答说:"你知道,对莫斯科来说,越南是一艘不沉的航空母舰。苏联在那里奉行的是和美国在台湾奉行的相同战略。人们一直称苏联是社会主义国家。但苏联的政策同社会主义政策和马克思主义的基本原则没有多少关系。

"我感到,就其政治目标和在地球上的进攻方向而论,苏联的外交政策与其说是按社会主义的理想行事,毋宁说是按历史上发展起来的俄国扩张主义传统行事。"

"大概是这样,"邓说:"因此我还不信,领导人的变动会改变苏联外交政策的基本路线。你看,中国在越南的独立战争中始终支持越南,先是抗日,而后是抗法,最后是抗美。我们向越南人民提供了价值 200 亿美元的(按当时的价格)的物资,而且是在我们自己需要每一个美元的时候。但几年以后,越南在苏联影响下站到了反对中国的一边,他们把数十万中国人从越南赶出来。以后,又在中越边境一再进行新的侵略。

"后来,在波尔布特犯了严重错误之后,它们占领了柬埔寨。越南这次侵略的目的是要建立大越南联邦,中国不愿意看到越南在这一地区称霸。因此,我们在 1979 年不得不给越南一次教训。为了使我们正确地被理解,我们重复了几次小规模的教训。如果越南继续拒绝从柬埔寨撤军,我们保留再次教训越南的权利。越南这样做受到苏联的完全支持,因此越南占领柬埔寨是我们同苏联关系正常化的三大障碍之一。我们同越南的关系可以从撤军后的那天起正常化。"

接着,邓谈到老挝,但他一再回头来谈柬埔寨问题。很自然,这对北京来说是一个特别棘手的问题。我从西哈努克那里知道,他的作用很多取决于中国。就此,我问了邓,回答是:"我们劝西哈努克,柬埔寨从越南占领下解放以后不要回到社会主义。希望他建设一个和平的、不结盟的国家。如果柬埔寨愿意参加东盟,我们也丝毫不反对。"

当谈话转到日本以后,我说:"按照你们的想法,日本也是一艘不沉的航空母舰。而正因为日本人懂得,他们在苏联面前是无力自卫的,所以,他们对美国的依赖还要增长。这反过来又必然使苏联恼火。在我看来,日本人似乎面临一个长期的困境。一方面,他们想减少自己对美国的政治依赖;另一方面,他们又不愿做得太过分,以便使其他亚洲国家不因日本自我武装而感到不安。"

邓表示,中国同日本有良好关系。如果有什么问题的话,那是因为日本有一些人想把经济上的强大变为政治和军事强国。"中国对此并不十分不安,但你说得对,这使其他国家感到担忧。"

我表示异议,说:"我经常去日本,但我却并未发现有新的日本军国主义,如果你原则上主张日本更多地独立于美国,那么合乎逻辑的,应当允许日本在防卫方面有更多的自主性。"

邓表现激动,并强烈地表示反对。他说:"不,不!如果日本想在世界上成为一个更大的政治因素,这没有问题,它已经是一个重要的经济因素。但如果日本要在军事上寻求更大的影响,那只会在亚洲引起人们的忧虑。简而言之,对日本来说,谦虚一点好。"

尽管邓头脑冷静,对世界形势作了完全切实的估计,但日本过去占领中国的这一段经历对他来说显然也是一个创伤。最后我问邓中国对美国的态度。

"美国的外交政策与苏联的外交政策,有相似的弱点。他们的实际行动同他们口头上说的往往不相一致。没有平等的伙伴关系怎么能起作用呢？中美之间对台湾有分歧，里根有一次说过，台湾是一个潜在的危机，华盛顿在《上海公报》中承认台湾是中国的一部分，但美国的政策一如既往，仍然是摇摆不定的。国会通过一些决议，这些决议所指的方向与《上海公报》完全相悖。实际上他们还总是以两个中国为基础，把台湾看作自己势力范围的一部分。另外，华盛顿视台湾为自己的基地，他们坚持'四个航空母舰'的政策。"这是指台湾、以色列、中美洲和南非。

我问："现在解决香港问题的方式有朝一日能否也成为解决台湾问题的模式？"邓的回答言简意赅："我也这样希望。"

谈了整整一个小时后，我把话题转向中国的军人和邓在军队领导中的作用。他当时兼任党中央军事委员会主席和国家军事委员会主席。虽然他不担任党的最高职务，也不在政府任职，但他是400万军队的事实上的总司令。在我们谈话的时候，正准备举行建国35周年的大规模阅兵式。

邓表示，军队没有问题。不过，很多军队领导的年纪过大。"但是你看，军队需要一位像我这样一位年纪更大的老将作总司令。"但他考虑几年后摆脱这一任务。如果高级军事领导岗位由70岁的人，总司令甚至由80岁的人担任，这是不好的。团长应当由30岁以下的担任，师长也不应大于40岁。

我觉得他说得太年轻了。我插话说，我想像50岁的人当师长也可以。邓反驳说："不，这不行。否则师长以上还有更高的职衔，这些更高级别的人就太老了。就是集团军的首长也不应大于50岁。当然，这只能慢慢来。"

我问将领们的政治态度如何，他说："军队不愿意再有文化革命……我们要使军队现代化，但我们暂时不想为此拿出太多的钱。先进行经济改革，然后再抓军队。

"其实，我们的核武器目前也只是象征性的，无论如何我们的核武器不多。我们注意到，苏联的经济失灵同它过高的军事开支有着密切的联系。"

邓最后谈到即将举行的阅兵式，这是很久以来的第一次阅兵。在庆祝建国之际向公众展示一下中国军队的效能，战士们是高兴的。

几天后,施密特有幸站在天安门城楼一侧的观礼台上,看到了雄伟壮观的新中国成立 35 周年的阅兵式,他后来回忆道:

我看到,在阅兵出色地完成以后,将军们是如何互相庆贺。我们从观礼台上可以看到,他们是怎样在观礼台一侧——观众看不到的地方——相互拥抱。

然后是一片寂静。邓小平出现在天安门城楼上……他走到麦克风前。

他的讲话以简洁的语言表达了他的所有政治目标。邓只讲了七八分钟,同时发给我们的英译稿总共 63 行。国家重新统一的目标在讲话的第一句中就出现,在结束的三句话中又重复了一遍并作了阐述:这个目标"正在深入全体炎黄子孙的心坎"……值得注意的是,讲话结束时要求承认教育、知识和知识分子的作用。总的来看,邓精力充沛地发表了一篇自信的、坚定的讲话。

随后,邓站在一辆敞篷车上接受司令员的报告。接着,他检阅了集合在长安街上的队伍;他大声呼喊致意和接受雷鸣般的回答。当他回到天安门城楼时,阅兵式开始了,世界上恐怕没有别的军队能比这次阅兵表演更加精确。

除了坦克和装甲炮兵之外,1984 年 10 月,这一天在北京展示的首先是导弹(CSS—NX4);一种较老式的、早在 70 年代便已服役的射程约 2000 公里的中程导弹(CSS—2);一种射程为 6000 公里的略为新型的导弹(CSS—3);最后是最新的庞然大物——射程大约为 10000 公里的洲际导弹(CSS—4)。苏联经过西伯利亚的两条铁路——第二条刚刚建成——距北京 2300 公里,莫斯科离北京 9500 公里,旧金山和北京的距离是 10000 公里。在场的世界各国武官亲眼看到了从他们的秘密资料中已经知道的东西,很多国家的其他外交官显然也对此留下了深刻印象——而这无疑正是最高司令的意图所在。阅兵式以后,接着是望不到头、五彩缤纷、扣人心弦和轻松愉快的游行队伍,他们是来自全国各行各业的代表队组成的。

我承认,中国这出自我表演的壮观场面也使我留下了深刻印象。邓小平正处在他政治生涯的顶峰。也许他感到满足的与其说是这一事实本身,倒不如说是他经过不断的斗争的六十年之后,终于能为一个统一的共产主义中国的事业服务了,而且是在各方面都身居最高领导地位。在外交方面,和日本已取得和解;香港正处在重新统一的进程中;同美国的关系已经正常化,里根访问了北京,邓也去过华盛顿。在内政方面,邓使中国的共产主义走向合理化,并从而把它引上了发展经济的道路。毫无疑问,按照邓的意志,中国将来也仍然是一个共产主义的社会。

1988 年 10 月 4 日,84 岁的邓小平在北京再一次会见了来华访问的施密特,在这次会见中,邓小平高兴地向施密特介绍了中国当前改革的一些情况,并就一些国际问题和他交换了看法。邓小平说:"我对国际形势有个想法,请研究国际问题的人考虑,就是是否要提出建立一个国际政治新秩序的问题。过去的国际政治是霸权主义、集团政治,实践证明行不通。霸权主义伸出的手不能不收回了。国际关系要用什么新秩序、新原则来代替?就我个人的知识来说,经得起考验的是和平共处五项原则。五项原则能够为不同制度的国家服务,能够为发达程度不同的国家服务,能够为左邻右舍服务。和平共处五项原则,虽然是亚洲的产物,也适用于全世界。所有国家应该能够接受这些原则。"

此时的施密特,虽然已离开波恩政治舞台多年,但仍是一个很受欢迎的政治家、演说家和评论家,他的政治判断,尤其是他的经济政策分析,在全世界都深受重视。当有人问他谁是当今最重要的政治家时,他说,中国的邓小平在他眼中是"最成功的政治家"。这是因为在"四人帮"造成的动荡之后,邓小平把"10 亿中国人的庞大队伍引导到速度并不慢的改革之路上",这是一个"了不起的成就"。

邓完成了这一杰作,而没有某个人被枪决,或者——像在莫斯科那样——某个人通过自然死亡让开了路。"邓通过自己的示范使老一代自愿退下来"。

邓小平会见胡萨克

"我们要把经历过的好的时期记住,坏的时期忘掉"

中华人民共和国与捷克斯洛伐克共和国自建交后,两国政府之间的关系来往密切,特别是 20 世纪 80 年代,中捷两国关系发展迅速。捷克斯洛伐克共和国总统胡萨克的访问及与中共中央军委主席邓小平的会晤,便是两国关系发展的历史见证。

古斯诺夫·胡萨克是捷克斯洛伐克著名政治家,曾任捷克总书记、共和国总统。1913 年 1 月 10 日生于斯洛伐克的首府布拉迪斯拉发,1929 年加入共产主义青年联盟,在"革命青年运动"中积极工作,1933 年加入捷克共产党,同年入布拉迪斯拉发的考门斯基大学法学院攻读法律,获法学博士学位。

1943 年至 1944 年,胡萨克任斯洛伐克共产党地下委员会委员。曾组织并参加 1944 年的斯洛伐克民族起义。1944 年 8 月斯洛伐克民族起义期间,任斯洛伐克民族议会副主席兼内务部长。1944 年至 1945 年任斯洛伐克共产党中央副主席、1944 年至 1950 年任斯洛伐克共产党中央主席团委员。1945 年至 1946 年任斯洛伐克交通和技术部长。1946 年至 1950 年任斯洛伐克行政委员会主席。

1950 年因受错误指控被撤销一切职务,后被捕并被判处无期徒刑,1963 年平反,恢复党籍,1963～1968 年在斯洛伐克科学院工作。

1968 年 4 月至 12 月,任捷克政府副总理,1968 年 8 月至 1969 年 5 月,任斯共中央第一书记。1968 年 8 月任捷克共产党中央主席团委员,11 月任捷共中央主席团执行委员会委员。1969 年 4 月任捷共中央第一书记。1971 年第一书记改称中央总书记。1971 年 1 月至 1988 年 2 月任捷克民族阵线中央主席,1975 年 5 月任捷克总统兼武装力量总司令。1987 年 12 月辞去中央总书记职务。

1988 年 9 月 3 日至 9 日,胡萨克总统应邀对我国进行正式友好访问。

9 月 5 日上午,邓小平主席会见了胡萨克总统,他把这次会晤,称为"国际共产主义运动老战士之间的见面"。他说,老战士见面总是愉快的。

当胡萨克来到人民大会堂时,邓小平健步向前,同胡萨克热烈拥抱,互致问候。根据礼宾安排,邓小平只和陪同胡萨克总统来访的正式成员握手。而这次,兴致特别高的邓小平主动走到随行的工作人员面前,跟他们也一一握手。

之后,邓小平回到胡萨克身旁。他们满面笑容地站在一大群摄影记者前,让他们有充分的时间拍下老战士愉快见面的镜头。

"现在你们都满意了吧。"邓小平诙谐地跟记者们说着,同时向他们挥挥手,然后同胡萨克一起走进会见大厅。

宾主刚坐定,胡萨克看到邓小平掏出烟卷,马上拿出打火机给邓小平点烟。胡萨克对邓小平:"我知道您的名字至少已经有五十年了。"

两位老一代革命家像拉家常似的越谈越高兴。

胡萨克对邓小平说,我们为共产主义都已奋斗了五十多年,其中有好的经历,也有不好的经历。邓小平马上插话说:"我们要把经历过的好的时期记住,坏的时期忘掉。"

"对,这样才能保持永远乐观。"胡萨克完全同意邓小平的意见。

邓小平告诉胡萨克,他本人也有三下三上的历史。他说:总结历史要采取客观的,实事求是的态度,这样才能得到益处。总结历史,不要着眼于个人功过,而要着眼于开辟未来。"过去的成功是我们的财富,过去的错误也是我们的财富。"

在愉快交谈中,胡萨克称赞邓小平主席在领导中国改革工作方面所起的重要作用。邓小平说:"有好多事都是其他同志干的。"

在谈到双边关系时,两位老革命家都对目前中捷两党、两国的密切关系表示高兴。

邓小平与胡萨克的这次会晤,特别是邓小平发表的谈话,有着极其重要的意义,是作为无产阶级革命家、国家首要领导邓小平的思想的重要内容的体现。

1988年9月5日,邓小平在会见来访的捷克斯洛伐克总统胡萨克时说,马克思说过科学技术是生产力,事实证明这话讲得很对。依我看,科学技术是第一生产力

在这次谈话中,邓小平同志特别就总结历史、开辟未来的问题发表了重要的看法和意见。他指出:"如何评价党的历史这个问题,我们有,你们也有。每个党、每个国家都有自己的历史,只有采取客观的实事求是的态度来分析和总结,才有好处。"

他提出了总结历史的基本原则和正确态度:"总结历史,不要着眼于个人功过,而是为了开辟未来。"

总结我们党的历史，必然有一个科学地、历史地认识毛泽东同志的历史功过问题。毛泽东同志是我们党的伟大领袖，在中国革命斗争中，他将马克思主义普遍原理同中国革命具体实际相结合，创立了新民主主义理论。探索出了一条中国式的革命道路，领导中国人民最终夺取了新民主主义革命的胜利，建立了中华人民共和国。建国后，又领导中国人民继续前进，完成了社会主义三大改造，在中国建立了社会主义制度，并对社会主义建设进行了许多有益探索。所以，毛泽东对中国革命建立的历史功绩是巨大的，也是不容否定的。邓小平在谈话中说道："从 1921 年建党到 1957 年，36 年内他做的好事了不起，是他领导我们取得了革命胜利。我们党总结历史经验不能丢掉毛泽东，否定毛泽东就是否定中国革命的大部分历史。"

当然，毛泽东同任何人一样，也有他的缺点和错误。特别是他的晚年犯了严重的"左"的错误，在社会主义的条件下，他错误地分析了社会的主要矛盾，坚持以阶级斗争为纲的思想，使中国的社会主义建设受到了损失。对此，邓小平说："毛泽东同志从 1957 年开始犯了'左'的错误，最'左'的是'文化大革命'的十年。""毛泽东同志也有他的缺点和错误，但在他的一生中的这些错误，怎么能够同他对人民的不朽贡献相比拟呢？"

在起草《关于建国以来党的若干历史问题的决议》的过程中，邓小平就明确指出，对于毛泽东同志的错误，不能写过头。写过头，给毛泽东同志抹黑，也就是给我们党、我们国家抹黑，这是违背历史事实的。

邓小平在同胡萨克的谈话中，特别提到《关于建国以来党的若干历史问题的决议》，指出这个决议就是公正地、科学地、用马克思主义的立场和观点来总结我们党的历史，评价毛泽东同志的，他指出，对于毛泽东同志的晚年错误，不可过于追究个人责任，而应分析错误的复杂历史背景。毛泽东同志个人当然要对他的晚年错误负主要责任，但我们决不可将错误完全归咎于个人。

在同胡萨克的谈话中，邓以无产阶级革命家的宽阔胸怀和自我批评精神，主动承担责任。他说："从 1954 年起，我就担任党中央秘书长、军委副主席和国务院副总理，1956 年起担任党的总书记，是在领导核心之中。那以后直到'文化大革命'以前我们党犯的'左'的错误,我也有份。不能把错误的责任完全推到毛泽东同志身上。"

党的十一届三中全会以来,我们在总结历史经验,纠正以往"左"的错误,特别是"文化大革命"的错误,并将这些错误与毛泽东的历史功绩和正确思想相区别的基础上,制定了正确的思想、政治、组织路线和一系列政策,使中国的社会主义现代化建设事业的面貌焕然一新,迸发出勃勃生机和活力,党的"一个中心,两个基本点"的基本路线深入人心。

邓小平在谈话中指出:"三中全会确定将工作重点由以阶级斗争为纲转到以发展生产力,建设四个现代化为中心,受到全党和全国人民的拥护。为什么呢?就是因为有'文化大革命'作比较,'文化大革命'变成了我们的财富。"

会见结束后,邓小平设午宴招待胡萨克总统一行。在午宴上,邓小平又说,世界在变化,我们的思想和行动也要随之而变。过去把自己封闭起来,自我孤立,这对社会主义有什么好处呢?历史在前进,我们却停滞不前,就落后了。马克思说过,科学技术是生产力。事实证明这话讲得很对。依我看,科学技术是第一生产力。我们的根本问题就是要坚持社会主义的信念和原则,发展生产力,改善人民生活,为此就必须开放。否则,不可能很好地坚持社会主义。

邓小平会见什特劳加尔

"我们现在的方针政策,就是对'文化大革命'进行总结的结果"

1987年4月26日上午,中共中央顾问委员会主任邓小平会见捷克斯洛伐克总理卢博米尔·什特劳加尔。邓小平指出:"我们现在的方针政策,就是对'文化大革命'进行总结的结果。最根本的一条经验教训,就是要弄清什么叫社会主义和共产主义,怎样搞社会主义。搞社会主义必须根据本国的实际。我们过去固守成规,关起门来搞建设,搞了好多年,导致的结果不好。'文化大革命'当中,'四人帮'更荒谬地提出,宁要贫穷的社会主义和共产主义,不要富裕的资本主义。结果中国停滞了,这才迫使我们重新考虑问题。考虑的第一条就是要坚持社会主义,而坚持社会主义,首先要摆脱贫穷落后状态,大大发展生产力,体现社会主义优于资本主义的特点。"

邓小平还指出:"到下个世纪中叶,我们可以达到中等发达国家的水平。如果达到这一步,第一,是完成了一项非常艰巨的、很不容易的任务;第二,是真正对人类作出了贡献;第三,就更加能够体现社会主义制度的优越性。这不但是给占世界总人口四分之三的第三世界走出了一条路,更重要的是向人类表明,社会主义是必由之路,社会主义优于资本主义。所以,搞社会主义,一定要使生产力发达,贫穷不是社会主义。我们坚持社会主义,要建设对资本主义具有优越性的社会主义,首先必须摆脱贫穷。现在虽说我们也在搞社会主义,但事实上不够格。只有到了下世纪中叶,达到

1987 年 4 月 26 日,邓小平会见捷克斯洛伐克总理什特劳加尔。在交谈中,邓小平阐述了中国实现三步走战略目标的意义

了中等发达国家的水平,才能说真的搞了社会主义,才能理直气壮地说社会主义优于资本主义。"

什特劳加尔 4 月 24 日上午乘专机抵达北京,对我国进行了为期 6 天的正式友好访问。这是 30 年来捷克斯洛伐克总理第一次访华。

邓小平会见雅克什

"我们上下对于改革开放的认识是一致的"

1988年5月25日上午,邓小平会见捷克斯洛伐克共产党中央总书记米洛什·雅克什。

雅克什1922年8月12日出生。1981年起任捷共中央主席团委员、中央书记和中央国民经济委员会主席。1987年12月起当选为捷共中央总书记。

在会谈中,邓小平向雅克什谈到干部年轻化的问题。他说,我们的目标是要真正建立党和国家干部的退休制度,使比较年轻的人担任领导职务,不仅中央是如此,各级也是如此。党和国家各级领导人逐步年轻化,能使党和国家充满活力。年轻人经验不够,但精力充沛,比较容易接受新的事物,新的知识水平也比较高。

在谈到中捷两党关系时,邓小平说,我们两党恢复关系以来,两党、两国和两国人民的友好关系发展是好的。旧账都不算了,没有味道,让我们在新的基础上发展友好关系。

雅克什总书记首先代表捷克斯洛伐克党和国家的领导,对邓小平同志致以亲切的问候,并对邓小平同志的整个工作和全部活动表示崇高的敬意。他说,我们两国在地理上虽然相距遥远,但我们的任务和碰到的问题几乎是共同的。我们在进行经济机制改革,这同中国的经济体制改革是相类似的。我们还要努力实现民主化,让人民更多地参与决策,改变中央机关的工作方针。在干部政策上,我们也在逐步实现年轻化。

1988年5月，邓小平在会见捷克斯洛伐克共产党中央总书记雅克什时说，旧账都不算了，没有味道，让我们在新的基础上发展友好关系

在向雅克什谈到国内正在进行的改革时，邓小平说，我们的方针是正确的，我们上下对于改革开放的认识是一致的，没有什么保守派。这一点要归功于"文革"十年。"文革"十年灾难性的教训对我们是太深刻了，大家都要求改革，所以我们的改革是顺利的。改革开放要贯穿中国整个发展过程。

邓小平还说，建设"具有中国特色的社会主义"，就是要坚定社会主义的发展方向，肯定社会主义的根本内容是发展社会生产力，逐步摆脱贫困。社会主义不是贫穷，而是富裕，这种富裕是共同富裕。

会见结束后，邓小平设宴招待米·雅克什总书记一行。

邓小平会见赫鲁晓夫

"个人迷信要批判,但对斯大林不能全盘否定"

尼基塔·谢米盖耶维奇·赫鲁晓夫是国际政治舞台上最著名的人物之一。自 1960 年中苏两党公开论战、中苏两党两国关系全面恶化以来,赫鲁晓夫的名字在中国更是家喻户晓,人人皆知。

赫鲁晓夫 1918 年加入布尔什维克党。1934 年起任党中央委员会委员。1939 年任中央政治局委员。1952 年任苏共中央主席团委员和中央书记处书记。斯大林逝世后,任苏共中央第一书记(1953～1964)和苏联部长会议主席(1958～1964)。1964 年 10 月,苏联领导集团内部发生分裂,赫鲁晓夫被迫"辞职",此后,靠领取退休养老金生活。1971 年因病逝世。

赫鲁晓夫当政期间,毛泽东、刘少奇、周恩来、邓小平等中国领导人曾先后访问苏联,赫鲁晓夫也曾三次访问北京。在此期间,赫鲁晓夫与邓小平曾有过多次接触。随着中苏两党论战全面展开,冲突日益升级,赫鲁晓夫与邓小平之间也开始了面对面的、针锋相对的斗争。

赫鲁晓夫第一次与邓小平打交道是在 1956 年处理匈牙利事件时,当时,他就领教过邓小平的能力。两年后,赫鲁晓夫在向毛泽东谈到他初次见到邓小平时的情景时苦笑着说:"是啊,我也感觉到这个人很厉害,不好打交道。他观察问题很敏锐。"

在赫鲁晓夫看来,担任中共中央总书记的邓小平在他的同事中"独树一帜",将头发剪得很短,这种发型在中国恰恰又是被称为"小平头"。然而,在欧洲,圣保罗早已肯定这种发式是"给上帝的荣耀",象征着男性的

1954年9月,邓小平(后排右五)同毛泽东、朱德、刘少奇、周恩来、陈云(前排左八至左十二)等在中南海勤政殿与苏联共产党中央第一书记赫鲁晓夫(左七)率领的苏联政府代表团会见时合影

力量与雄伟。

毛泽东曾多次提到邓小平,1957年在莫斯科的时候,毛泽东就对赫鲁晓夫讲自己不想当主席。赫鲁晓夫问他,由谁来接班呢,有这样的人吗?毛泽东说,有,我们党内有好几位同志完全可以,都不比我差。第一个是刘少奇,第二是邓小平、周恩来。

谈到邓小平的时候,毛泽东讲,这个人既有原则性,又有灵活性,是我们党内难得的一个领导人才。

对此,赫鲁晓夫在多年后仍记忆犹新,他回忆道:

"唯一一个毛似乎赞许的同志是邓小平。我还记得毛曾经指着邓对我说:'看见那边那个小个子了吗?他非常聪明,有远大的前程。'我对这个邓小平一无所知。中国人民胜利以后,我曾几次听到有人提起他的名字,但在此以前则从未听说过他。"

1960 年的夏天,中苏之间的分歧与争论已公开化了。经过 1958 年和 1959 年的两次来华后,赫鲁晓夫终于明白以毛泽东为首的中国共产党是绝不会跟着他的指挥棒转动的。他开始把两党之间意识形态上的分歧扩大到了国家关系上,撕毁合同,撤走专家,停止建设项目,使中国蒙受了经济上的巨大损失。但毛泽东为首的中国共产党人并没有吓倒,反而更加坚定的奉行着自己独立自主的方针,与之坚决斗争。

6 月 21 日,在罗马尼亚布加勒斯特召开的各国共产党、工人党会议上,以赫鲁晓夫为团长的苏共代表团突然向各兄弟党代表团散发了苏共中央同日致中共中央的一份"通知",对中共代表团发起了突然的袭击。

这份通知称:"列宁主义若干原则已经过时了",同时对中共代表团大加指责,指责"中国共产党是教条主义……"

这次会议本来是为 9 月将在莫斯科召开的全世界共产党、工人党会议做准备的,但苏共却带了一个坏头,给即将召开的莫斯科世界共产党、工人党会议蒙上了一层厚厚的阴影,也预示着中共代表团将会在莫斯科 9 月的会议上面临一场更严峻的风浪。

布加勒斯特会议后,中共中央认真地研究了国际政治形势的发展变化,并与苏共中央多次信件往来,还广泛听取了其他兄弟党的意见,最后同意先由 26 国党的起草委员会 9 月先在莫斯科共同协商,起草一个会议文件,然后再来召开世界共产党和工人党代表大会。

赴苏参加 26 国党的起草委员会,这副担子的压力是不轻的,要在当时复杂的国际政治背景下既坚定又灵活的执行中国共产党人的正确主张,非得挑选一位智勇双全的帅才不可。

在政治局会议上,毛泽东提议由当时的中共中央总书记邓小平来"挂这个帅",得到了中央的一致赞同。

9 月,邓小平率中共代表团到达莫斯科。他们受到的接待是高规格的,但这并不能缓解两党两国间原则上的分歧以及随之而来的激烈的争论。

实际上,在邓小平还没有到达莫斯科之前,赫鲁晓夫就亲自在克里姆林宫主持了好几次会议,与苏联的最高层领导研究与邓小平谈什么的问题。

会上，赫鲁晓夫不止一次地站起身来说："我要与邓小平亲自谈，他是一个很厉害的人，不过我不会怕他的。他是总书记，我还是第一书记嘛。"

邓小平与赫鲁晓夫的正面交锋，从中国共产党代表团一到莫斯科的当天，就拉开了序幕。

在中共代表团到达的当天晚上，苏共中央为中共代表团举行第一次欢迎宴会。叶卡捷琳娜大厅内一派灯火辉煌，偌大的水晶吊灯透射出明亮的光线，把镶着大理石的客厅地面照得反光耀眼。

1960年11月，前往莫斯科参加苏联十月革命四十三周年庆典的中国党政代表团团长刘少奇（前排左一）、副团长邓小平（前排右二）及彭真（前排右一）等与苏共中央第一书记、苏联部长会议主席赫鲁晓夫（前排左二）合影

在俄罗斯音乐旋律和热烈的掌声中，邓小平和代表团的同志们走进了叶卡捷琳娜大厅。他步伐稳健，神态自若地与等候在大厅前的赫鲁晓夫等苏共领导人一一握手，脸上微微带着笑容，神态中充满了自信和坦荡。

赫鲁晓夫和苏共中央主席团的全体成员都参加了这次欢迎宴会。他们依次而立,每个人的神情各异,但大都保持着一种严肃的表情,当邓小平与他们一一握手时,他们只是礼节性的笑了一下,随即又恢复了严肃的神态。

赫鲁晓夫陪着邓小平一起来到主宾席前就坐,记者们纷纷围上前去拍照。面对众多不停闪亮的照相机镜头,邓小平显得从容大度,坦坦荡荡,而赫鲁晓夫却始终在脸上保持着一种令人捉摸不透的微笑。

几次敬酒刚刚过去,赫鲁晓夫就开始了他的挑战:

"邓小平同志,阿尔巴尼亚劳动党那个霍查老爱自搞一套,弄得国际共产主义运动总是不团结,中国应该有个态度才对。"

他的这席话很显然是从阿尔巴尼亚入手,影射攻击中国共产党。

邓小平放下酒杯,直率但又是诚恳地对赫鲁晓夫说:"赫鲁晓夫同志,阿尔巴尼亚劳动党是个小党,但他们能够坚持独立自主的方针,你应该好好地尊重人家才对,不应该随便向他们施加压力。"

"可他们总和我们过不去。"

"在这一点上我们中国共产党与你们有不同的看法。"

"这不仅仅是苏共和中共之间的分歧问题呀!"赫鲁晓夫脖子红了,声音也大了,"他们拿了我们的金子和粮食,可是反过来还骂我们,说我们是想控制他们,也太不像话了!"

"赫鲁晓夫同志,"邓小平语调不高,"我们一向认为援助是为了实行无产阶级的国际主义义务,而不是为了干涉和控制别人。再说你援助了人家,人家也援助过你嘛!"

"这……"赫鲁晓夫一下子语塞了,涨红着脸半天说不出一句话来。邓小平的这些话打中了他的要害。正是在他的旨意下,苏联刚刚单方面背信弃义地全面撕毁了对中国的援助合同,撤走了专家,中断了几百个正在建设中的大型项目,这种国际交往上罕见的不守信用,已经严重地伤害了中国人民的感情……赫鲁晓夫不再谈援助了,不再谈阿尔巴尼亚的事了,直接把矛头对准了面前的客人。

"邓小平同志,你们中国共产党为什么在斯大林的问题上态度那么前后不一致呢?"赫鲁晓夫的粗暴性格现在又显现出来了。

邓小平显然不买他的账，很干脆地回答说："不对！我们的态度是一贯的。"

"不！你们开始赞成我们，后来却又在反对我们。"

"赞成什么？反对什么？这个原则问题是要说清楚的哟。反对搞个人迷信我们过去赞成，现在也赞成。在我们党的八大上，对这个问题早有明确态度，刘少奇同志向你们的尤金大使讲明了我们党的态度，你问问米高扬同志，他到北京来时，我们对他讲过没有？"

邓小平随即把目光落在一旁的米高扬身上，这位苏联领导人有些不自然地与赫鲁晓夫对视了一眼，忙调开了目光，端起杯子到别处敬酒去了。

赫鲁晓夫气得用手拍打了一下桌子："对斯大林的问题，我们是不能让步的，他是犯下了罪的！"

"不应这样一概而论！赫鲁晓夫同志，我们赞成反对搞个人迷信。斯大林的功绩和错误怎样看待，这不仅关系苏联国内，也关系到整个国际共运。斯大林的错误当然要批评，但成绩也一定要肯定，我们反对的是全盘否定。"

"你知不知道？我们苏共比任何人对个人迷信的体会都更深切，我们受害也最深。"

"个人迷信要批判，但对斯大林不能全盘否定。尤其不允许借反对个人迷信来攻击其他的兄弟党。"

邓小平毫不含糊，把气势汹汹的赫鲁晓夫弄得一下子只有招架之功，无还手之力了。

大厅里乐曲声还在回荡，宴会进行到一半时间了。赫鲁晓夫用指头轻轻弹了弹酒杯，突然他的思维又跳到了另一个问题上，他脖子一直，说道："你知道的，高岗是我们的一位好朋友，可你们中央却清除了他，这就是对我们的不友好。但高岗仍然是我们的朋友。"

"这可是你说的啊！"邓小平的语调一下子变得严厉起来，他抓住赫鲁晓夫这句话里的轻率和不负责任，庄重地说，"今天我们都要把你的这个讲法记录在案的。"

赫鲁晓夫旁边的苏共中央几位领导都不约而同地投来一种极不自然

的目光。但这位说话往往不计后果的苏共中央第一书记话锋一转,思维又跳到了另外的一边了。

"邓小平同志,你们不是喜欢莫洛托夫吗? 你们把他拿去好了,我们把他给你们。但高岗是我们的朋友。"

"赫鲁晓夫同志,你怎么可以讲出这样的话来呢?"

"你们喜欢的人,我们就给你们,这难道不好吗?"

"荒唐! 简直是无稽之谈。"邓小平觉得没必要多谈下去了。

可赫鲁晓夫似乎还觉得语犹未尽,当他还想同邓小平纠缠不休的时候,几位苏共领导人也认为实在太失脸面,忙纷纷站起身端着酒杯上前来为他们的第一书记找台阶下。一阵碰杯和寒暄之后,赫鲁晓夫终于把话题转向了别的事件上。

两天后,苏共中央再次举行欢迎宴会,这次是为迎接 26 国兄弟党的代表团来莫斯科赴会。

在辉煌的大厅内不断响起阵阵的碰杯声中,赫鲁晓夫借敬酒的时机,向中共代表团的康生发起了攻击。

"现在我们在关于国际共产主义运动的许多看法上,与中国同志有分歧。根据中国发表的《列宁主义万岁》这篇文章来看,我们说,中国有许多错误的观点。"赫鲁晓夫说到这儿,用眼角瞟了邓小平一眼,见邓小平似乎很坦然地在听着,他便继续对康生说,"听说这些文章都是出自你的手笔。"

康生刚要说什么,只见邓小平不紧不慢地端着杯子走过去,对赫鲁晓夫说:"赫鲁晓夫同志,关于对国际共产主义运动的看法,是当前各国兄弟党都面临的重要问题。各党都可以有自己的看法,不能以你划线。"

"这种观点我不能接受。"赫鲁晓夫显然又冲动起来了,"你们说社会主义阵营要以苏联为首,但我方提出的意见,你们并不接受。"

"可我们也从没有强迫要求你们接受我们的观点呀!"

"邓小平同志,苏美戴维营会谈你们就唱了反调。"

"我们是唱了反调!"康生冷冷地接过话来说,"没有中国参加签字,你们签字的任何条约对中国都没有约束力的。"

"为首为首,我们为首不是只能出面召集一下会议,这样的为首我们不当了!"赫鲁晓夫脖子又涨红了起来。

"为首也不是老子党,可以随便发号施令,任意规定别的党怎么做。"邓小平显得沉着镇定,与赫鲁晓夫的激动形成了鲜明对比。在此,赫鲁晓夫又一次领教了邓小平的"厉害"。

26 国党的起草委员会经过激烈的争论,在最后达成的协议中,终于拔掉了文件中的一些钉子,删去了中共代表团坚持要求删去的关于"派别活动"、"和平过渡"、"斯大林问题"等章节。最后邓小平同志在会议结束时再次对赫鲁晓夫说:"对于文件中一些提法我们有保留意见,留待 11 月召开的世界共产党、工人党代表会议上再讨论解决吧,为了国际共运的团结,我们已做出了一些让步,这也表明中国共产党的诚意。"

26 国会议后,中苏分歧公开化、激烈化,大辩论达到一个高潮。

在此"山雨欲来风满楼"的形势下,中苏商定于 1963 年 7 月 6 日至 20 日再次在苏举行会谈,中共派出的代表团团长又是总记——邓小平!

1963 年 7 月 5 日的莫斯科是个大晴天,上午 10 点 30 分,以邓小平为团长的中共代表团到达莫斯科,苏斯洛夫在机场迎接邓小平。

这一轮的中苏两党会谈主要是在邓小平和苏共代表团团长苏斯洛夫之间进行,会谈中双方唇枪舌剑,互不相让,但并没有取得任何进展。最后,中苏两党会谈在举行了九次会议后结束,会后发表了双方达成的例行公报。双方商定在另外的时间继续举行会谈。

当天下午 6 时,在叶卡捷琳娜宴会厅主宾席的老座位上,邓小平和赫鲁晓夫又坐在了一张桌边。自然,他们谁也没有忘记两年多之前,也曾在同一场合里两人的交锋。

邓小平襟怀坦荡地举起酒杯对赫鲁晓夫说:"赫鲁晓夫同志,我代表中共中央重申,邀请苏共中央派出代表团参加下一轮在北京举行的两党会谈。"

赫鲁晓夫若有所思地也举起了杯子说:"我们一定派代表团到北京来,一定来。"

"啐"两只高脚玻璃杯碰在了一起,发出清亮的响声。邓小平端起酒来,仰头一饮而尽。赫鲁晓夫看着邓小平,也把杯里的酒慢慢地咽了下去。两人的手握在了一起,邓小平显得从容不迫,坦然若定,而赫鲁晓夫则眯缝起那双不大的眼睛,若有所思。

1963 年 7 月 21 日下午,一架苏制图 – 104 客机在北京首都机场平安降落,邓小平同志为团长的中国共产党代表团结束了这一次的中苏两党会谈,回到了北京,受到了最高规格的迎接。

机场上鲜花如潮,红旗飘舞,数千名首都各界群众聚集在这儿,隆重欢迎中国代表团的抵返,齐鸣的锣鼓号角声久久在天空回荡着。

毛泽东、刘少奇、周恩来、朱德、董必武等党和国家领导人全部在机场迎接邓小平和代表团的全体同志,当邓小平走下飞机后,毛泽东上前与他亲切握手问候。

此时此刻的邓小平手捧鲜花,但他的思绪却难以平静,他的视野在延伸,他深知,他同赫鲁晓夫的较量还没有结束。

邓小平会见戈尔巴乔夫

"结束过去，开辟未来"

　　1989 年 5 月 16 日,中共中央军委主席邓小平同苏联最高苏维埃主席团主席、苏共中央总书记米哈伊尔·戈尔巴乔夫在北京人民大会堂东大厅进行了举世瞩目的历史性会晤。他们宣布,中苏两国关系实现了正常化,从而结束了中苏两国长达二十多年的对抗。他们的这次会晤可谓来之不易。

1989 年 5 月 16 日,邓小平同来访的苏联最高苏维埃主席团主席、苏共中央总书记戈尔巴乔夫举行正式会晤

　　众所周知,苏联是一个超级大国,它与中国有着七千多公里的共同边界。20 世纪 60 年代中期中苏关系破裂后,苏联开始在蒙古人民共和国大

量驻军并在中苏边境地区驻扎重兵,70年代末,苏联支持越南入侵柬埔寨,后又出兵入侵阿富汗,从北、西、南三个方向对我国形成威胁,这是妨碍中苏关系正常化的三个重大障碍。1982年下半年,邓小平派专人前往莫斯科传递信息,在坚持原则的前提下,争取同苏联改善关系。在邓小平的这一决策的推动下,从1982年10月开始,中苏两国政府派出了特使,就消除中苏关系中的三大障碍,实现两国关系正常化问题进行磋商。中方提出,为了实现两国关系正常化,苏方必须消除上述三大障碍,即从蒙古和中苏边境撤军,从阿富汗撤军,促使越南停止侵略柬埔寨并从柬撤军。一时间,中苏关系的发展趋势成为世界关注的热点。

1985年10月,罗马尼亚共和国总统齐奥塞斯库访华,邓小平请他带口信给戈尔巴乔夫,希望中苏之间能够消除三大障碍,早日实现中苏高层领导人之间的见面和对话。邓小平此举充分展示了他作为一个战略家所具有的胆识与智慧。因为中苏之间积怨已久,隔阂颇深,要消除障碍,实现关系正常化,绝非易事。只有洞察国际局势、顺乎时代的发展,才能做出这样的重大决策。

当齐奥塞斯库把邓小平的口信捎到莫斯科时,戈尔巴乔夫是认真对待的。

1986年7月28日,戈尔巴乔夫在苏联远东城市海参崴就苏联的亚洲政策和中苏关系发表讲话。关于中苏关系,他指出:"苏联准备在任何时候任何级别上同中国最认真地讨论关于创造睦邻气氛的补充措施问题,希望在不久的将来苏中边界能成为和平与友好的地区;苏联愿以黑龙江主航道为界划分中苏边界的正式走向;苏联正同蒙古领导人一起研究关于相当大一部分苏军撤出蒙古的问题;1989年底以前苏联将从阿富汗撤回6个团;理解和尊重中国的现代化目标。"

戈尔巴乔夫的这篇讲话无疑是苏联最高领导层发出的一个和解的信号。中国的反应是"有新意,将仔细研究"。

1986年9月2日,邓小平在接受美国记者迈克·华莱士的采访时,对戈尔巴乔夫的讲话作出了明确的答复。他说:"戈尔巴乔夫在海参崴的讲话有点新东西,所以我们对他的新的带积极性的东西表示了谨慎的欢迎。

但戈尔巴乔夫讲话也表明,他的步子迈得并不大。在戈尔巴乔夫发表讲话后不久,苏联外交部官员也讲了一篇话,调子同戈尔巴乔夫的不一样。这就说明,苏联对中国的政策究竟怎么样,我们还要观察。"

华莱士问:"你以前有没有见过戈尔巴乔夫?"

邓小平说:"没有。"

华莱士又问:"您是否想见见他?因为他说过,他愿意同你们在任何时候、任何级别上谈任何问题。您愿意同他进行最高级会晤吗?"

邓小平说:"如果戈尔巴乔夫在消除中苏间三大障碍,特别是在促使越南停止侵略柬埔寨和从柬埔寨撤军问题上走出扎扎实实的一步,我本人愿意跟他见面。"

华莱士说:"越南人今天发表讲话,表示愿意和中国谈判,以便结束中越之间的困难局面。"

邓小平:"越南这种表示至少有一百次了。我们也明确告诉他们,前提是越南从柬埔寨撤出全部军队。柬埔寨问题由柬埔寨四方商量解决。"

华莱士:"所以,就邓小平和戈尔巴乔夫举行最高级会晤来说,球在戈尔巴乔夫一边。"

邓小平:"要越南从柬埔寨全部撤军。对这个问题,苏联是能够有所作为的。因为如果苏联不帮助越南,越南一天仗都打不了。戈尔巴乔夫在海参崴讲话一直回避这个问题。所以我说,苏联在消除中苏关系三大障碍上迈的步子并不大。……我刚才说了,如果苏联能够帮助越南从柬埔寨撤军,这就消除了中苏关系的主要障碍。我再说一次,越南入侵柬埔寨问题是中苏关系的主要障碍。越南在柬埔寨驻军也是中苏关系实际上处于热点的问题。只要这个问题消除了,我愿意跟戈尔巴乔夫见面。我可以告诉你,我现在年龄不小了,过了82了,我早已经完成了出国访问的历史任务。我是决心不出国的了。但如果消除了这个障碍,我愿意破例地到苏联任何地方同戈尔巴乔夫见面。我相信这样的见面对改善中苏关系,实现中苏国家关系正常化很有意义。"

1988年10月,齐奥塞斯库再次访华。邓小平对他说,三年前托你带给戈尔巴乔夫的口信看来有成果,"可能明年能够实现中苏高层会晤。"齐

1989年5月16日,邓小平同戈尔巴乔夫会谈。邓小平强调,几十年风风雨雨的中苏关系,主要是苏联把中国摆错了位置,真正的实质问题是不平等。他表示,讲过去的事,目的是为了前进

奥塞斯库说:"最近一周,我访问了莫斯科。我向你转达戈尔巴乔夫对你的问候。"邓小平也请齐奥塞斯库用电话转达他对戈尔巴乔夫的问候,并说,我们见面时不准备纠缠历史。

果然如邓小平所预料的那样,1989年5月16日,邓小平和戈尔巴乔夫终于在北京会面了。这是自1959年以来中苏两国最高领导人的第一次会晤。当戈尔巴乔夫10点5分来到人民大会堂东大厅门前时,邓小平迎上前去说,我希望同你见面已经有三年了。戈尔巴乔夫说,能够同你见面,感到非常高兴。邓小平望了望眼前一百多位前来采访的中外记者,对戈尔巴乔夫说,世界上都很关心我们的见面。他提议两人握手让记者们拍照。时隔二十多年,当中苏两国领导人的手紧紧地握在一起的时候,会见大厅内顿时响起一阵热烈的掌声。接着,邓小平和戈尔巴乔夫一同步入会晤大厅,举行正式会谈。

整个会谈大约持续了近3个小时,主要是邓小平在发言。他说,三年前,我请齐奥塞斯库同志给你带口信,希望中苏之间能够消除三大障碍,早日实现我们之间的见面和对话。

戈尔巴乔夫表示记得此事,并说,这对我们的思考是一个促进。而且,看起来一切都做得很及时。

邓小平说,中国人民真诚地希望中苏关系能够得到改善。我建议利用这个机会宣布中苏关系从此实现正常化。

此情此景,邓小平自然会想起风云变幻的 20 世纪 60 年代。那时,中苏两党开始了大论战,他曾多次率中国代表团到莫斯科同当时的苏共中央第一书记赫鲁晓夫进行谈判,在那场论战中,邓小平起着举足轻重的作用。如今,事过二十多年,他是如何看待那场争论的呢? 邓小平对戈尔巴乔夫说:

"多年来,存在一个对马克思主义、社会主义的理解问题。从 1957 年第一次莫斯科会谈,到 60 年代前半期,中苏两党展开了激烈的争论。我算是那场争论的当事人之一,扮演了不是无足轻重的角色。经过二十多年的实践,回过头来看,双方都讲了许多空话。……1963 年我率代表团去莫斯科,会谈破裂。应该说,从 60 年代中期起,我们的关系恶化了,基本上隔断了。这不是指意识形态争论的那些问题,这方面现在我们也不认为自己当时说的都是对的。真正的实质问题是不平等,中国人感到受屈辱。"

邓小平对戈尔巴乔夫说,我们这次会见的目的是八个字:结束过去,开辟未来。但是为了开辟未来,就必须结束过去嘛。

接着,邓小平讲到历史上中国在列强压迫下遭受损害的情况,特别是谈到历史上沙俄通过不平等的条约侵占中国的土地,超过 150 万平方公里。他说:"得利最大的是沙俄,以后延续到苏联。""中华人民共和国成立以后,中国同苏联签订了新约。中国同蒙古人民共和国建立了外交关系,达成了协议,划定了边界。后来中苏进行边界谈判,我们总是要求苏联承认沙俄同清王朝签订的是不平等条约,承认沙俄通过不平等条约侵害中国的历史事实。尽管如此,鉴于清代被沙俄侵占的 150 多万平方公里是通过条约规定的,同时考虑到历史的和现实的情况,我们仍然愿意以这些条约为基础,合理解决边界问题。"

戈尔巴乔夫听到这里,脸色都变了,当后来邓小平设午宴招待他时,他还忐忑不安他问邓小平:"您刚才讲到的领土问题是不是要重新进行谈判,这在苏联方面恐怕接受不了。"

邓小平说,你误解了我的意思了,我说那些主要是为了结束过去,对弄清"开辟未来"的概念有好处。谈历史是为了在更坚实的基础上向前进。中国不会侵略别国,对任何国家都不构成威胁。

邓小平在同戈尔巴乔夫的会谈时说,长期以来,我们面临的国际形势是非常严峻的。冷战和对抗的局面一直没有得到缓和。坦率地说,世界的中心问题是美苏关系问题。长期以来,总的局势是军备竞赛,水涨船高。戈尔巴乔夫同志在海参崴的讲话全世界人民都看到了,有新内容。当时还没有"新思维"这个词。

"好像也没有'国际政治新秩序'这个词一样。"戈尔巴乔夫插话说。

邓小平接着说,当时我们看到,美苏军备竞赛可能有一个转折,有一个解决的途径,美苏关系可能由对抗转向对话,这是全人类的希望。这就在中国人民面前提出了一个问题:中苏关系可不可以得到改善。出于这样的动机,才给你带信,时间过了三年多,我们才见了面。

戈尔巴乔夫说,你提出了三个障碍,所以需要三年的时间,每一个障碍得需要一年的时间。

戈尔巴乔夫说,对以前双方关系恶化的历史,苏方认为,自己方面也有过错。至于一些历史问题,情况很复杂,尽管邓主席的看法不是没有根据的,但苏方还有一些不同的看法。

邓小平和戈尔巴乔夫一致表示,过去的事过去了,重点在于应该向前看,在发展两国关系上,多做实事。

在谈到社会主义问题时,戈尔巴乔夫说,过去我们认为,社会主义只有一种模式,现实证明并不是这么一回事。这几年,我们对这一问题进行了分析。我们是设法根据我们国家的具体条件,将马列主义落实到现实生活中。

邓小平对此表示赞成。他说,真正的马列主义者必须依据实际情况认识、继承、发展马列主义。不可能存在一种固定的社会主义模式。世界形势,包括科学技术的发展,日新月异,不用新的思想观点来继承、发展马列主义,就不是真正的马列主义。一切墨守成规,只能导致失败。各国只能根据自己的条件来建设社会主义。

戈尔巴乔夫说,苏联正以极大的兴趣注视着中国发生的事情,并从中学到了有益的东西。

邓小平为中苏两国关系的发展奠定了一个良好的基础,尽管后来苏联解体了,但我们仍同俄罗斯和独联体其它的共和国建立和保持了正常的国家关系。长达二十年的紧张对峙结束后,七千多公里边界线上的人们又恢复了传统的友谊。

邓小平会见比耶迪奇

"我们同你们有共同的信念"

1975年10月6日至9日,邓小平接待南斯拉夫社会主义联邦共和国联邦执行委员会主席杰马尔·比耶迪奇,并举行三次会谈。

6日晚,邓小平主持以周恩来总理名义举行的欢迎宴会并讲话。

7日上午,邓小平在会谈中指出:"我们同南斯拉夫有许多共同点,有许多值得我们共同关心的问题。我们高度评价南斯拉夫政府采取的不结盟政策,高度评价铁托总统讲的'南斯拉夫谁也不怕'这句话。南斯拉夫可以用自己的力量抵抗一切外来势力的干涉、颠覆,甚至是进攻。我们同你们有共同的信念,只要一个民族是团结的,有坚定的信心和明确的方向,任何力量也不能使他们屈服。"

8日上午,邓小平在会谈中概述了近20年来国际形势的重大变化,指出:"毛泽东主席在最近几年仔细研究了国际形势的变化,提出了两个比较重要的看法。一个是关于世界战略的规定和力量划分问题,一个是对战争形势的估计问题。我们对三个世界划分的概念实际上也是我们对世界战略的规定。第一世界同第二世界的关系是复杂的。第二世界同第三世界的关系也是复杂的。但在反对两霸的斗争中,第三世界作为主力军在某些点上有同第二世界建立统一战线的基础。我们认为,战争的危险是增加了,而不是减少了。"

8日下午,在谈到不结盟问题时,邓小平指出:"不结盟运动的基础就是第三世界。第三世界主要指亚、非、拉国家,还有其他地区的发展中国家,基本上是发展中国家这个概念。第三世界是多样的,不结盟国家也是多样的,不同的是,第三世界开不成会,不结盟国家有一个会。我们一直支持不结盟运动,没有任何损害不结盟运动的言行,没有否定它的作用。我们不反对不结盟国家这个概念,这同我们讲的第三世界概念并不矛盾。"

邓小平会见弗拉伊科维奇

"坚持社会主义,是中国一个很重要的问题"

1986 年,南斯拉夫社会主义联邦共和国主席团主席拉多万·弗拉伊科维奇和夫人一行应国家主席李先念的邀请,于 4 月 2 日乘专机抵达北京,对我国进行为期 7 天的正式友好访问。4 月 4 日中午,中共中央顾问委员会主任邓小平会见弗拉伊科维奇。

弗拉伊科维奇 1922 年 11 月 18 日生于伏依伏丁那自治省鲁马区布贾诺弗契村,塞尔维亚族。1940 年参加工人运动,1943 年参加南斯拉夫共产党。1981 年 11 月起当选为南斯拉夫社会主义联邦共和国主席团委员。1984 年 5 月至 1985 年 5 月任联邦主席团副主席,1985 年 5 月起任主席。

在会谈中邓小平指出:"社会主义的任务就是要发展社会生产力,增强社会主义国家的力量,使人民的生活逐步得到改善,然后为将来进入共产主义准备基础。我们现在采取的措施,都是为社会主义发展生产力服务的。坚持社会主义,是中国一个很重要的问题。如果 10 亿人的中国走资本主义道路,对世界是个灾难,是把历史拉向后退,要倒退好多年。如果 10 亿人的中国不坚持和平政策,不反对霸权主义,或者是随着经济的发展自己搞霸权主义,那对世界也是一个灾难,也是历史的倒退。10 亿人的中国坚持社会主义,10 亿人的中国坚持和平政策,做到这两条,我们的路就走对了,就可能对人类有比较大的贡献。"

会见后,邓小平设午宴招待弗拉伊科维奇一行。

邓小平会见卡达尔

"过去的问题一风吹"

卡达尔·亚诺什是匈牙利前社会主义工人党总书记、主席,1987 年 10 月 10 日~14 日对中国进行了正式友好访问。在社会主义国家中,匈牙利是改革的先行者和开拓者之一,经过近二十年的探索、实践,积累了不少的改革经验。卡达尔作为匈牙利社会主义改革的倡导者,自然赢得了中国人民的热爱,受到了中国政府的隆重欢迎。

十月的北京,秋风送爽,天气格外晴朗,真可谓秋色胜春光。天安门广场、宽广的长安街上鲜花似海、彩旗如云。刚刚欢度过国庆节和中秋佳节的京城人民又欣喜地迎来了来自多瑙河畔的匈牙利贵宾卡达尔总书记。

卡达尔是中国人民熟悉的老朋友了。20 世纪 50 年代那场震撼全世界的匈牙利事件,给人们留下了难以抹掉的记忆。卡达尔正是在他的祖国危难之际,被委以重任,组成了匈牙利工农革命政府迅速稳定了局势。1957 年,卡达尔任匈牙利社会主义工人党中央第一书记(1985 年 3 月当选为中央总书记)。从此,匈牙利人民就一直在他的领导下,建设社会主义。

这位出身贫苦,早年当过仪器工人,1931 年参加匈牙利共产党的老党员,在匈牙利事件平息后,认真吸取了这一血的教训。20 世纪 60 年代中期,匈牙利开始全面推行新的经济管理体制改革,改革的目的是要在生产资料公有制的基础上,建立计划经济与市场调节相结合的新的经济管理体制,逐步抛弃 50 年代照搬苏联那套高度集权的经济模式。经济改革的主要内容是在经济领域放宽自由权、主动权,建立有控制的市场经济,搞活企业经营和向西方开放等一系列措施,以促进社会生产力的发展和从根本上提高人民的生活水平。卡达尔倡导和推行的匈牙利经济体制改革,对 80 年代中国的改革开放有一定的借鉴作用。当时中国许多代表团纷纷出国对匈牙利进行实地考察。我国的报刊、广播也频频传来介绍匈牙利改革的消息。

世界舆论对卡达尔的这次访华十分关注。不少报刊评论说,这是一次历史性的访问。但这次访问最具历史性意义的内容要数他与邓小平的会见。1987 年 10 月 13 日上午,中共中央顾问委员会主任邓小平地来到钓鱼台看望老朋友。当两位具有丰富革命经验的老共产党员见面时,他们紧紧地握手,热烈地拥抱,愉快地回忆起三十年前卡达尔两次访问中国时两人会见的情景。

1956 年 9 月 15 日中国共产党召开第八次全国代表大会,卡达尔率匈牙利代表团出席了我党的八大会议。邓小平在党的八大会议上作了关于修改党的章程的报告。这是卡达尔第一次见到邓小平。邓小平在报告中针对当时国际共产主义运动中出现的问题,深刻地、精辟地阐述了党的领导、群众路线,民主集中制等问题,尖锐地指出了执政党在社会主义和平建设时期,面临着的许多新的复杂的问题,这给卡达尔留下了良好的印象。卡达尔在大会上向中国人民在社会主义建设中所取得的伟大成果表示祝贺。

1957 年 9 月 27 日,卡达尔第二次来到中国,是参加中华人民共和国的国庆活动。匈牙利贵宾受到了中国政府隆重而盛大的欢迎。当卡达尔等匈牙利贵宾乘坐的巨型喷气专机着陆时,欢迎的群众中鼓掌声、欢呼声响彻云霄。刘少奇委员长和周恩来总理走到飞机前,在一片欢呼声和军乐声中同走下飞机的贵宾一一握手。卡达尔在周总理的陪同下,检阅了仪仗队。周总理致词欢迎匈牙利政府代表团。卡达尔在机场上答谢说,我们怀着激动的心情,踏上了伟大中国的土地,来到了古老的首都北京。我们不会忘记在匈牙利人民最困难的情况下,中国人民在道义上、政治上和物资上的支持。国庆节前夕,周恩来总理在北京饭店举行盛大的国庆招待会。应邀出席招待会的有来自世界五十多个国家的外宾,卡达尔等贵宾被请上了主席台就坐。

1957 年 9 月,邓小平出席周恩来为欢迎匈牙利总理卡达尔(致词者)访华举行的宴会

10 月 1 日,北京天安门广场举行盛大阅兵和 50 万人的大游行庆祝国庆。在灿烂的阳光照耀下,天安门城楼更加辉煌壮丽。城楼正门上方悬挂着毛主席的巨幅画像,广场正南竖立着孙中山的画像,它的东西两侧红墙前竖立着马恩列斯的画像。广场前一万名工人以红花作底,用黄花组成"国庆"两个大字。卡达尔在天安门城楼上,被安排站在毛主席身旁,在那次访问期间,以卡达尔为首的匈牙利人民共和国代表团全体人员还受到了毛主席的接见。在那次接见中,他第二次见到了邓小平。卡达尔在访问期间,还参观了中国的许多地方,访问了国家机关、社会设施,工业企业、农场和文化机构等。卡达尔受到的这些特殊待遇,充分表达了中国人民对匈牙利人民的友情和国际主义的支持。

光阴似箭,日月如梭,从那以后到 1987 年 10 月他们第三次见面,整整三十年过去了。当年还算得上中年的两国领导人,这时已进入人生的高龄时期。卡达尔更是显得苍老了许多。不过一双眼睛依然炯炯有神,显示出一种坚毅、倔强的性格。两位领导人为再度重逢而感到格外高兴。邓小平对睽违三十年之后重访中国的卡达尔感慨地说:"过去的问题一风吹"。

卡达尔则说:"过去的事情就让它过去吧,匈中关系有美好而可靠的未来。"

针对两党两国历史的许多经验教训,邓小平对卡达尔严肃地说:"回顾我党的历史,中国的新民主主义革命是在纠正'左'的错误之后取得的,其标志是遵义会议纠正了王明的'左'的错误,确立了毛主席的正确领导。在新民主主义革命阶段和社会主义建设初期,毛主席把马克思主义同中国革命实践结合得很好,这是我们经验中正确的方面。"

他说,中国在社会主义建设中的错误主要是"左"。新中国成立以后,前七年发展是健康的,从1957年下半年开始,实际上违背了八大路线,完全脱离了客观实际,"文化大革命"走到极端,"左"的错误时间之长,差不多近二十年。这给我们带来了教训。

邓小平吸了一口烟,变换了一下姿势接着说,从1978年党的十一届三中全会开始,制定了一系列新的方针政策,这些方针政策归根到底就是恢复和坚持毛泽东同志提出的实事求是的思想路线。根据这条思想路线来探索中国怎样建设社会主义。我们现在干的事业是全新的事业。

卡达尔十分用心地听着。邓小平的一番话使他深切地感受到,过去三十年匈中两国都经历了许多事情。虽然两国的具体情况不同,存在着差异,但是作为社会主义国家,在发展过程中又有许多问题是共同的。

匈牙利是个土地面积小,资源贫乏,国内市场狭小的国家。虽然它的农业基础较好,但工业基础薄弱,国家建设所需要的能源、原材料都要依靠进口,产品主要依靠出口。在这样的情况下,如何建设社会主义,一直是摆在匈牙利共产党人面前的一个难题。

震惊世界的匈牙利事件发生后,作为匈牙利共产党第一书记的卡达尔认真总结了惨痛的教训。他认为搞社会主义一定要考虑本国的具体实际情况。匈牙利的实践已经证明50年代的老办法不行了,必须摒弃过去那种教条主义的"左"的错误做法,需要寻找新的道路、积累新的经验,采取科学的、明智的办法治理国家、重建匈党。作风民主、求实、不走极端的卡达尔上台后,在经济上调整了国民经济发展方针,纠正了盲目发展重工业、轻视轻工业的错误做法,采取压缩基建投资、降低积累比重等措施,大力发展农业,重视消费品工业的发展。在发扬民主上,他认为社会主义民主是一个重要的问题,社会主义民主就是要让群众参与决策,因而他高度重视恢复和重建多种联系群众的渠道,发挥工会和爱国人民阵线的作用,尽可能地团结更多的人。他把拉科西当年的口号:"谁不同我们在一起,就是我们的敌人。"改为"谁不反对我们,就和我们在一起"。

他尊重匈牙利人民的民族感情,并注意疏导狭隘的民族主义情绪。在国内形势逐渐稳定之后,以卡达尔为首的匈牙利社会主义工人党决心改革在50年代按照斯大林模式建立起来的经济体制。匈牙利的经济体制改革是早在60年代中期开始的。匈党采取循序发展、小步前进的方针,主要措施是在公有制基础上把计划管理与商品货币关系、市场机制的作用结合起来,充分利用各种经济调节手段,把国营企业搞好,如扩大企业经营自主权,使企业成为自主经营自负盈亏的经济实体。这些措施有力地促进了经济的发展。1968~1973年匈牙利国民经济以平均6%的速度增长,人民消费水平以每年5%~6%的速度提高,同时,整个经济结构也得到了改善。这一时期是匈牙利经济改革的"黄金时代"。

但是,从70年代中期起,由于国际经济形势的变化,匈党没有及时调整国内经济发展战略、外债太高以及国内经济改革同经互会体制的矛盾等原因,严重影响了匈牙利经济的正常发展,匈牙利经济陷入困境。面对严峻的经济形势,经过反复酝酿,1984年匈牙利党中央提出了新的一轮改革设想。然而改革新措施并没有使匈牙利经济出现好转。到了80年代后期,经济形势更加恶化。国民经济持续低速增长,外债总额人均负债2000美元,物价上涨,人民生活水平下降。这时,社会上许多人不再认为改革是经济步步繁荣、生活不断改善的象征,而仅仅是通货膨胀、失业、物资短缺和社会风气败坏。这样一来,新的一轮改革就陷入了新的更加严重的困境。

随着经济形势的日趋恶化,群众不满情绪也日渐增长,政治上的不稳定因素随之增长,社会矛盾激化,党的威信下降。卡达尔认为,匈牙利近二十年的经济体制改革走上了一条充满困难、有时甚至是坎坷的、前人未曾

1987 年 10 月,邓小平在会见匈牙利社会主义工人党总书记卡达尔时说,我们之间过去的问题一风吹,一切向前看

走过的道路。从那时起,匈党就一直感觉到生活不断提出一些等待解决的新问题,而且是一些按老框框无法解答的问题。正是在这种情况下,他第三次来到中国。卡达尔对 1978 年中国共产党召开了历史性的全会,能面对现实、制定新的、正确的政策表示赞赏。他想最后亲眼见见这个历史悠久的东方大国,最近这些年发生了什么变化。

1987 年 10 月,当时的中国即将召开党的十三次全国代表大会,大会将总结 1978 年党的十一届三中全会以来,我国改革开放的实践经验并在此基础上进行创造性的理论概括,阐述我国处在社会主义初级阶段这一十分重要的问题,以不断深化对社会主义的再认识。卡达尔认为两国在建设社会主义过程中都面临着共同的或类似的问题,目前都在根据各自的具体情况进行社会主义改革,因此,匈中两党之间交流经验是非常重要和有益的。

邓小平说,究竟什么是社会主义,社会主义怎么搞,我们经过多年的思索,认为贫穷不是社会主义,发展太慢也不是社会主义。否则社会主义有什么优越性呢?社会主义发展生产力,成果是属于人民的。就中国来说,首先要摆脱贫困,我们的分配原则,是按劳分配,我们的目的是共同富裕。我们的任务是发展生产力。我们要加快社会主义建设,体现社会主义的优越性。我们要改革,要寻找我们应该走的道路和步伐。改革涉及政治、经济等所有领域。我们设想改革分三步走,现在第一步的目标已经达到,这增强了我们的信心。我党的十三大将加快改革的步伐。不仅加快经济体制改革,政治体制改革要提到日程上来。

邓小平停顿了一下,接着说,我们走过的道路是曲折的,错误是难免的,但我们力求不犯大的错误。

卡达尔也向邓小平介绍了匈牙利自20世纪60年代以来改革的情况。他说,只有改革才能把社会主义事业推向前进。我们坚持从实际出发建设社会主义,不搞教条。

邓小平对卡达尔的话表示赞同,他强调说,关键是,第一,我们都坚持社会主义,坚持社会主义道路,也就是坚持马克思主义。第二,我们都按自己的不同特点走自己的路,不能照搬外国模式,更不能丢掉自己的优越性。共产党的领导,民主集中制都是我们的优越性。我们的党政要分开,要有制约,但无论如何也是党的领导。总之,我们要坚持社会主义制度的优越性,坚持四项基本原则。

卡达尔极为欣赏中国领导人所强调的在实际活动中,把改革和开放政策及坚持社会主义建设的四项基本原则,看作是相辅相成和不可分割的部分。

在谈到这次访问感想时,卡达尔说,三十年之后他再次来到中国,他为匈中两国各个方面的关系都得到了恢复而感到由衷的高兴。匈中两国虽然幅员、人口等具体情况不同,但面临的不少问题是相同的。改革是我们共同的事业,我们都在加速改革。中国对匈的改革感兴趣,但我们的经验有正反两个方面。我们也高度评价中国改革的经验。社会主义中国的发展不只是中国人民的事业，而是每一个拥护社会进步的人的基本利益所在。他希望中国在社会主义道路上取得更大的成就。

卡达尔回国后不久，匈牙利发生剧变，标志着卡达尔时代的结束。但是邓小平与卡达尔这次会见时有关社会主义理论与实践的对话却发人深省、意味深长。

邓小平会见雅鲁泽尔斯基

"我们两国原来的政治体制都是从苏联模式来的"

　　1986 年 9 月,北京金色的秋天,天高气爽、景色宜人,正是迎接外宾的最美丽的季节。波兰统一工人党中央第一书记、国务委员会主席沃伊切赫·雅鲁泽尔斯基应中国政府的邀请,于 9 月 28 日前来我国进行工作访问。他是 20 多年来,波兰来我国访问的第一位最高领导人。随同雅鲁泽尔斯基来访的有统一工人党中央政治局委员、中央书记奇莱克,政治局委员、政府内务部长基代查克和部长议会副主席沙瓦伊达等 50 余人。

　　雅鲁泽尔斯基一行是 28 日中午乘专机从平壤抵达北京的。当时的国务委员兼外交部部长吴学谦、中波政府经济贸易和科技合作委员会中方主席、煤炭工业部部长于洪恩,以及波兰驻华大使兹·邓鲍夫斯基到机场迎接。我国的少年儿童手持鲜花、穿着漂亮的衣裙、颈上系着鲜艳的红领巾,当波兰贵宾走下飞机时,他们十分有礼貌地向雅鲁泽尔斯基敬礼、献花。机场上奏起了两国国歌,整个场面洋溢着中国人民对波兰贵宾热烈欢迎的友好气氛。

　　雅鲁泽尔斯基身材高大、有着典型的军人风度,由于眼睛有病,常年戴着一副墨镜,因而使人更加感受到他身上那股子军人的威严。雅鲁泽尔斯基 1923 年 7 月 6 日出生于波兰卢布尔省库罗瓦市的知识分子家庭。第二次世界大战爆发后,波兰被德国蹂躏长达五年之久,首都华沙几乎被夷为平地。但是波兰人民并没有被法西斯的野蛮屠杀所吓倒,他们用各种方式同敌人展开了艰苦的斗争。雅鲁泽尔斯基于 1943 年加入了在苏联组织起来的波兰武装军队。战后又参加了为巩固人民政权而进行的剿匪斗争。他于 1947 年加入了波兰工人党(统一工人党前身),在波兰人民军中历任政治部主任、总参谋长、国防部长。1983 年任国防委员会主席、战时武装力量总司令。雅鲁泽尔斯基还积极参与波兰的政治生活,1971 年当选为党中央政治局委员,1981 年 10 月当选为党中央第一书记。

雅鲁泽尔斯基这次访华正是在最好的时候。一方面,正值我国国庆前夕,北京已披上了节日的盛装,大街小巷打扫得干干净净,处处摆满鲜花。同时,为了欢迎雅鲁泽尔斯基一行,是日,北京首都机场、天安门广场以及钓鱼台国宾馆上空中波两国国旗迎风招展,天安门广场附近的东西长安街一带也都挂满了五颜六色的彩旗,这就更增加了北京喜庆的气氛,整个北京城格外的宏伟美丽。另一方面,中波两国政府官员的接触和互访正日益增多,中波两国的友好关系有了顺利发展,两国各个领域里的合作也正在不断加强。

雅鲁泽尔斯基的来访恢复了两国间中断多年的最高级别的接触,因此,波方极为重视雅鲁泽尔斯基这次对中国的访问。在来访前夕,波兰政府机关报《共和国报》为此专门发表了署名文章,介绍中国在农业、工业、商业和服务业进行改革所取得的振奋人心的成果。文章说,"中国的改革是一个分阶段的漫长过程","但是迄今已取得的成果表明,大规模改革所带来的好处是显而易见的"。文章还称赞"中国的改革具有历史意义",是"中国的第二次革命",它已引起全世界的关注,这不仅因为中国地大人多,还因为正在进行的这场经济试验规模大、范围广。中国的经济改革"具有市场计划经济的性质,是在社会主义经济领域内进行的并有助于加强社会主义"。文章认为,到 20 世纪末,中国不仅会实现工农业生产年总产值翻两番,而且会缩小同世界最发达国家之间的距离。

中国方面对雅鲁泽尔斯基的这次来访也作了很高的评价。《人民日报》专门发文介绍了波兰人民共和国、雅鲁泽尔斯基以及 20 世纪 80 年代以来,两国人民在各个领域友好合作关系的发展情况。

邓小平是在雅鲁泽尔斯基来访的第二天上午在人民大会堂会见波兰来宾的。当波兰贵宾出现在会客厅时,他满面笑容地迎上去与雅鲁泽尔斯基一行亲切握手问好,对雅鲁泽尔斯基的来访表示最真诚的欢迎。宾主寒暄了一阵后,即进入会谈正题。

邓小平用浓重的四川口音与雅鲁泽尔斯基讲起了有关中国建国30多年来的一些情况。邓小平神情严肃,但语重心长地说,中国建国30多年来,我们取得了一些搞社会主义正反两方面的经验。但是,究竟什么是社会主义?究竟有否穷的社会主义?这些问题过去我们解决得不好。"文化大革命"中甚至讲什么穷的共产主义。在共产主义社会要实行"各尽所能,按需分配"。要是很穷,拿什么来分配?如果我们把建设搞好了,就能体现社会主义制度比资本主义制度优越,否则我们就没有资格这样讲,更谈不上我们的理想——进入共产主义社会。

1986年9月29日,邓小平会见波兰统一工人党中央第一书记、国务委员会主席雅鲁泽尔斯基

雅鲁泽尔斯基专心致志地听着,脸色凝重,对邓小平的讲话深有同感,他边听边思索着。

邓小平停了一下,接着说,中国目前的任务是摆脱落后状态。现在,国际上许多朋友说中国的情况不错,但我们不能陶醉在现有的成绩上面,这只是一个起步。我们现在制定了一个战略目标,准备在下一个世纪用三十至五十年的时间,接近发达国家的水平。到那个时候,我们才能说,人口众多的中国对人类做出了贡献。

邓小平半靠在沙发上与雅鲁泽尔斯基交谈着，似乎显得较为轻松怡然。雅鲁泽尔斯基则腰背挺直，头略微向前昂起，双手平放在沙发的扶手上，他的背和脖子有些僵硬，这可能与他打仗受过伤有关。当邓小平说完上述这番话后，他说，我们祝贺你们实行新政策后取得的伟大成就。波兰人民以极大的兴趣关注着中国同志们所实行的符合中国社会主义建设具体条件的宏伟的现代化纲领，所有的社会主义国家都在注视着你们的发展。随后他向邓小平介绍了波兰近几年的状况。

邓小平对雅鲁泽尔斯基说，中波两国对许多问题的看法是一致的，但是，由于两国的具体情况不同，实行改革的具体方法也不同。

邓小平谈到中国的政治体制改革时说，我们两国原来的政治体制都是从苏联模式来的。看来这个模式在苏联也不是很成功。各国的实际情况是不相同的。我们现在提出政治体制改革，是根据我国的实际情况决定的。政治体制改革总的目标是三条：第一，巩固社会主义制度；第二，发展社会主义社会的生产力；第三是发扬社会主义民主，广大人民的积极性。而调动人民积极性的最中心的环节，还是发展生产力，提高人民的生活水平。生产力发展了，人民积极性调动起来了，社会主义国家的力量就增强了，社会主义制度就巩固了。

邓小平接着说，当然啰，我们目前所做的一切都是试验，一个伟大的试验。我们要勇于探索，悉心精诚，有错必纠。小错误是不可避免的，但要避免犯大错误，我们两国之间要加强合作。我们实行开放政策，是向所有国家、包括所有的社会主义国家开放。

波兰贵宾表示十分感谢中国朋友对在波兰困难时期所给予的同情和支持，包括80年代以来友好地协助波兰解决某些经济需要。波兰人民将永远牢记中国人民的深情厚意。

中波同属社会主义国家，在我国刚刚成立不久，波兰即与我国建立了外交关系。因此，中国人民也一直友好地关注着波兰人民在社会主义事业中的每一个成就。20世纪80年代以来，两国的关系有了迅速的恢复和发展。1984年两国签订了为期十年的经济、科技合作协定，并成立了两国政府经济、贸易和科技合作委员会,签订了两国历史上第一个领事条约。1985 年两国政府又签订了 1986~1990 年长期贸易协定。

在平等互利的贸易中,中国主要向波兰提供大米、茶叶、猪肉、棉花等,波兰则向中国提供机械设备、汽车、钢材等。除了这些传统的换货贸易外,在生产合作、技术转让方面两国的交往也有所发展。科技合作领域日益宽广,涉及到煤炭、电力、铁路、农林、轻工、化工、卫生等数十个部门。双方都希望进一步寻求经济合作的新形式。

在这次访问中,雅鲁泽尔斯基对中国领导人说,政治上相互尊重、经济上平等互利是发展中波两国友好关系的原则。在这种原则基础上发展起来的中波关系将是很有生命力的。

邓小平变换了一种姿势,转动了一下刚毅有力的宽肩,与雅鲁泽尔斯基交换了对国际问题的一些看法。邓小平语气平缓而坚定地说,我们认为战争是可以避免的。我们实行的是独立自主的外交政策,这有利于和平,有利于制约战争。我们要利用目前的和平环境,不利用这段时间太可惜了。

雅鲁泽尔斯基赞同邓小平的这些见解。他认为中波两国在国际舞台上为和平、进步以及为社会主义事业协调行动将会具有重要意义。他对中国领导人说,他这次访华是件很大的事情,他同中国领导人进行的有意义的交谈是 30 多年来第一次。他说,我们之间有很多相似的地方,也有不同点。中波之间交流经验是有益的。波兰对中国的改革计划持友好的支持态度,他真诚地希望中国人民在社会主义改革开放中取得更大成绩。

最后,邓小平缓缓站起身,与客人握手告别,祝波兰贵宾在中国的访问愉快顺利。

邓小平会见吕贝尔斯

"我们不打美国和苏联的牌,我们也不让别人打我们的牌"

　　1987年5月10日至16日,荷兰王国首相吕贝尔斯在外交大臣范登布鲁克的陪同下,应邀来我国进行正式访问。

　　吕贝尔斯是荷兰历史上最年轻的首相,在荷兰最受欢迎的政治家中一直名列榜首。他于1939年5月出生于鹿特丹附近一个企业家的家庭。从小用功好学,富有竞争心。1962年毕业于鹿特丹经济学院。毕业后从事经济理论研究,经常在经济专业报刊上发表文章,成为年轻的经济学家。1963年,其父去世,他和兄弟接管了父亲的机械公司,做财务经理。扎实的经济知识和超凡的活动能力使他很快便在企业界崭露头角。他先后担任荷兰基督教青年雇主协会主席、荷兰基督教雇主协会主席等职,并曾担任同工会谈判的资方代表。他积极主张工人参加企业管理,被誉为"开明和进步"的现代派青年企业家。

　　1973年出任登厄伊尔中左联合政府经济大臣,时年34岁。在任此职的四年里,他的经济金融知识和领导组织才能得到充分发挥,深受天主教人民党的器重而受到重点培养。1977年当选议会第二议员,翌年即升任基督教民主联盟议会党团主席。任期内在消除内部意见分歧以及改善与工党关系等方面做出了成绩,威望进一步提高。1982年11月,基民盟和自由党组成中右联合政府,43岁的吕贝尔斯出任首相,成为荷兰历史上最年轻的首相。连任两届后,又于1989年11月在同工党组成的中右政府中再次出任首相,是荷兰当政最长的首相。

吕贝尔斯勤于思考,擅长运筹,尤以善于调和矛盾而闻名于荷兰政界。他代表了荷兰政治的中间力量,既能同右翼党合作,又为左翼党所接受,同时在合作中予以牵制,贯彻执行本党的政策主张。自从他出任首相以来,荷兰政局比较稳定,经济形势好转,严重的财政赤字和失业得到相当的缓和。在对外关系方面,于1984年2月恢复了同中国的大使级外交关系。1984年6月,在部署中程核导弹的问题上避免了党内分裂和政府危机,基本上保持了同北约其他国家的一致,赢得了国内外好评。

1987年5月12日上午,中共中央顾问委员会主任邓小平在人民大会堂会见了吕贝尔斯首相,他高度评价了荷兰人民在建设国家中表现出来的艰苦奋斗的精神。

1987年5月12日,邓小平会见荷兰首相吕贝尔斯。他指出,我们奉行独立自主的和平外交政策,这有利于和平

荷兰是个低洼之国,这与它的国名(the Netherlands)字面上的译义是

一致的,其国土约有 40% 低于海平面以下。荷兰人民世代与海水搏斗,筑堤围海,挖渠排水,填海造田,才取得了这片土地。从 20 世纪 20 年代以来,荷兰又实行大规模围垦须德海的计划。1932 年在须德海的出口处建成了长达 30 公里的大坝,把它变成了不受海潮影响的内海。1940 年以来,须德海又分段围垦,大部分工程已完成。1953 年南部的莱茵河、马斯河等河流的三角洲地区发生特大水灾后,又在那里修建了拦河防御工程,大大增强了抵御自然灾害的能力。

因此,邓小平说,荷兰人民"艰苦奋斗的精神了不起。中国有句话,叫做'愚公移山',这是我们民族的一个传统,你们称得上是'愚公移海'。中国的人均耕地面积在世界上是比较少的,你们比我们更少,但是搞得很好,成为一个农产品大国,我们要向你们学习。"

邓小平说:"欢迎你第二次到中国来。"吕贝尔斯曾在 1973 年访问过中国。那时,中国正在进行"文化大革命","四人帮"当权横行,人民心情沉闷,甚至可以说在忧虑之中,整个社会处于停滞状态。"文化大革命"结束后,又经历了两年徘徊时期,中国的经济建设并没有走上正规。

吕贝尔斯对邓小平说,现在故地重游,看到中国已经发生了很大的变化,中国已变得非常活跃。

邓小平介绍说:"中国真正活跃起来,真正集中力量做人民所希望做的事情,还是在 1978 年底党的十一届三中全会以后。从那时到现在的 8 年多时间,我们四个现代化的新长征走了第一步。"

邓小平指出,我们取得这些成就的原因主要是确定了一心一意搞经济建设的方针,实行了改革开放的政策。

接着,邓小平又向贵宾介绍了我国的奋斗目标。他说:"我们的目标是到本世纪末,就是再过 13 年,达到一个小康社会的水平。"到那时,中国的综合国力将大大增强,就可以为人类做更多的事情,在解决南北问题方面也可以尽更多的力量。

他说,虽然要实现新的奋斗目标会更困难些,但是我们人民的精神面貌肯定会比现在更好,加上我们的政治情况比较稳定,资源丰富,这是我们实现今后目标的有利因素,我们有这个雄心壮志。

吕贝尔斯说,荷兰一向十分关注中国在政治和经济上发生的重大变革。这次陪同他访华的经济代表团是由一些荷兰企业界的高级代表人物组成,他们对同中国进行长期合作抱有巨大兴趣。他希望荷中两国进一步扩大和加强在政治、经济、高新技术和基础设施等各个领域的合作。

在谈到国际问题时,邓小平指出,欧洲是决定和平与战争的关键地区。在过去相当长一个时期里,我们同东欧关系不正常,现在我们根据客观的判断,认为西欧和东欧都是维护和平的力量。东欧、西欧都需要发展,越发展和平力量越大。要打第三次世界大战,任何一个国家都没有能力,只有两个超级大国才有资格发动。我们希望有一个联合、强大、发展的欧洲。只要欧洲,包括东欧和西欧,不绑在别人的战车上,战争就打不起来。基于此,争取比较长一点的和平时间是可能的,战争是可以避免的。关于这一点,我们两国的观点一致。1978 年我们制定的一心一意搞经济建设的方针,就是建立在这样一个判断上。在过去相当一段时间里,我们同东欧关系不正常是不应该的。

邓小平认为,欧洲比较开放一些,特别是技术上开放,我们比较满意,当然不是完全满意,所以我们确定的政策是同欧洲,包括西欧和东欧,发展友好合作关系,这不仅是立足于中国自身的发展,也是为了维护世界和平。我们对荷兰,对整个欧洲共同体的政策都是一样的。

邓小平重申,中国奉行独立自主的和平外交政策,这有利于和平。他说,我们不打别人的牌,就是说,不打美国或苏联的牌。我们也不让别人打我们的牌。

吕贝尔斯首相对欧洲问题也有一些独到的见解。他的外交思想主张在维系欧美合作的前提下更大发挥欧共体的作用。他认为东欧和前苏联的不稳定是对西欧安全的最大威胁,主张通过加强经济、贸易关系帮助他们渡难关。1990 年底,他在欧共体都柏林首脑会议上提出建立旨在利用西方的资金和技术开发前苏联和东欧国家能源的"欧洲能源共同体"的建议,受到各方欢迎,并以此为基础制定了"欧洲能源宪章"。1991 年下半年荷兰担任欧共体主席国期间,吕贝尔斯同外交大臣奔走于各国之间,协调各方立场,为推动签署"欧洲联盟条约"起了一定作用,受到国内外好评。

邓小平与吕贝尔斯在对待国际问题的看法上有相同点。吕贝尔斯表示荷兰一定要在维护世界和平方面做出自己的努力。他还认为,国际政治间问题要一步一步地解决,以达到缓和的目的。中国在这方面处于重要的地位。

另外,邓小平还向荷兰贵宾详细介绍了中国共产党的奋斗历程和当前的国内形势。最后他说:"我们现行的方针政策不会有任何变化,开放政策只会更加开放。不但本世纪如此,中国达到中等发达国家水平以后还会如此,以后更是如此。中国是稳定的。过去我们多灾多难,党和国家经过许多波折,有些事情人们难以理解也不奇怪,但我们自己是有清醒估计的。"

12 日下午,吕贝尔斯首相在北京举行了记者招待会,在发言中,他进一步肯定了在同邓小平和其他中共领导人会谈时所阐述的一些看法。

邓小平会见特鲁多

"我们这样的一些国家采取独立自主的外交政策是十分重要的"

1979 年 9 月 25 日上午,邓小平会见加拿大前总理皮埃尔·埃利奥特·特鲁多(1968.4.20～1979.6.4 和 1980.3.3～1984.6.30 在任)。1973 年特鲁多以总理身份访华时,周恩来和邓小平曾经接待过他。邓小平今天很高兴地同这位老朋友见面。会见时,邓小平感谢特鲁多先生为发展中加友好关系作出的努力。邓小平指出:"特鲁多先生在任职期间促成中加建交,为促进中加两国人民的相互了解,做出了宝贵的贡献。"

在谈到中国国内情况时,邓小平说:"你上次到中国来,正是'四人帮'横行的时候。那时我刚出来工作,当时毛主席已经高龄,周总理担负了全部工作,所以'四人帮'把矛头对准了他。他们千方百计地破坏他的计划,破坏他的政策,千方百计污蔑他、打击他。周总理工作累得很,是累病了。他得了癌症,又因为劳累,他的健康很快恶化了。1974 年到 1975 年,我实际掌管了全部工作,因此我又成了'四人帮'的主要障碍。他们集中力量打击我,一年左右我就被他们搞下去了。"

在谈到中苏关系问题时,邓小平指出:"中苏会谈是我们在照会中主动提出来的。废除中苏同盟条约后,两国之间总要在新的基础上商谈两国关系,总要有个新的基础、准则,这就要消除两国关系中的障碍。各国对中苏两国关系中的障碍问题有不同的解释,我们讲的障碍是霸权主义,是苏联直接威胁我们,或者在中国的邻国部署武力威胁中国,我们坚信马克思主义。我们相信,凡是谋求霸权,凡是一国欺负、控制另一个国家,就不是马克思主义。马克思主义主张国际主义,认为有义务援助其他国家,却无权控制别的国家,干涉别国内政,剥削别的国家。中苏谈判要谈起来看,也许是'马拉松'式的谈判。"

1983年11月29日上午,邓小平再次会见时任加拿大总理特鲁多。在谈到防止核扩散问题时,邓小平说:"我们不搞核扩散,我们也没有这个本事。我们的立场是要发展一点核武器,但是有限的。我们的钱要花在工业、农业、教育和科学事业方面。从长远来看,中国拥有核武器只是象征性的。如果中国在这方面花的力量太多,也会削弱自己。"

在谈到中国的外交政策时,邓小平强调:"我们这样的一些国家采取独立自主的外交政策是十分重要的。从60年代我们就一直赞赏法国戴高乐总统在国际事务中采取的独立自主的政策。在70年代,我们认为战争的危险主要来自苏联,当时我们同西方,包括美国、欧洲采取了更接近的政策,这是按照当时的实际情况决定的。近几年有点变化,苏联还是咄咄逼人,但美国最近的几手表明,对美国也不能忽略。对美国我们还要继续观察。这几年它搞的几手应该引起我们的注意。我们认为,有资格打第三次世界大战的只有美苏两家,没有别人。这是近几年我们对事物观察后的看法。这种独立自主的外交政策更有利于争取和平。"

1990年7月11日上午,邓小平会见加拿大前总理皮埃尔·特鲁多。邓小平指出:"到我们这个年纪总要考虑后事,十年前我就考虑交接班的问题,一直到去年才完成换代的事情。他们已经把领导班子建立起来,一年来证明他们是胜任的,我很放心,也很高兴。去年以来一些国家对中国实行制裁。我认为,第一,他们没有资格制裁中国;第二,实践证明中国有抵抗制裁的能力。中国的特点是建国四十多年来大部分时间是在国际制裁之下发展起来的。尽管东欧、苏联出了问题,尽管西方七国制裁我们,我们坚持一个方针:同苏联继续打交道,搞好关系;同美国继续打交道,搞好关系;同日本、欧洲国家也继续打交道,搞好关系。这一方针,一天都没有动摇过。中国永远不会接受别人干涉内政。要求全世界所有国家都照搬美、英、法的模式是办不到的。我们不在乎别人说我们什么,真正在乎的是有一个好的环境来发展自己。只要历史证明中国社会主义制度的优越性就够了,别国的社会制度如何我们管不了。可以设想一下,如果中国动乱,那将是个什么局面? 一打内战就是血流成河,还谈什么'人权'? 一打内战就是各霸一方,生产衰落,交通中断,难民不是百万、千万而是成亿地往外面跑,首先受影响的是现在世界上最有希望的亚太地区。这就会是世界性的灾难。所以,中国不能把自己搞乱,这当然是对中国自己负责,同时也是对全世界全人类负责。外国的负责任的政治家们也会懂得,不能让中国乱。中国提出这样的问题是为了引起大家警惕,是为了提醒各国决定对华政策时要谨慎。"

邓小平还说:"我的目标是活到1997年。我想到自己的国土香港去走走,哪怕一个小时,证明'一国两制'可以行得通。"

邓小平会见朗伊

"改革首先要打破平均主义,打破'大锅饭'"

戴维·拉塞尔·朗伊,是新西兰独立后最年轻的总理。为了发展新西兰同中国的友好关系,曾先后于1981年、1984年和1986年三次访问中国。在他第三次访问中国时,受到了中共中央顾问委员会主任邓小平的友好接见。

朗伊,1942年8月出生于奥克兰奥塔胡的一个医生家庭,祖籍德国,1963年迁居新西兰。早年在家乡受教育,1960年入奥克兰大学攻读法律,获法学学士学位。1967年赴英国,在伦敦的保险公司、银行等处任职。期间对英国的政治发生兴趣,常到议会大厦旁听议员辩论。后回国从事律师业务。1970年重进奥克兰大学,获法学硕士学位。在校期间加入新西兰工党。1970年—1977年,在奥克兰开办律师事务所,在奥克兰法庭任律师、法务官,成为当地人们熟悉的人物,一度被誉为"穷人的律师"。1977年11月在奥克兰的曼杰尔选区的补缺选举中当选为议员。1979年11月当选为工党副领袖。1983年当选为工党领袖和工党议会党团领袖。1987年10月以17席的多数击败执政八年半的新西兰国民党,成为新西兰独立后最年轻的总理,并兼任教育部长和安全情报部长。

在总理任期内,朗伊进行了大规模旨在活跃经济和市场的改革。外交方面,强调新西兰的独立性,积极支持建立南太平洋无核区,反对外国军队入侵阿富汗和柬埔寨。重视发展社会福利,主张社会各界共同致力于克服国家面临的经济困难。

1986 年 3 月 22 日,应我国政府的邀请,新西兰总理朗伊对我国进行正式访问。

28 日上午,邓小平主任在人民大会堂会见了新西兰总理朗伊。

当新西兰贵宾步入人民大会堂时,年逾八十的邓小平健步走到大厅门口,和他们紧紧握手,表示欢迎。这时早已等候在那里的中外记者围上前去,他们紧张工作的状态与邓小平轻松自如的神态形成鲜明的对照。

这是本年度以来,邓小平第二次会见外国朋友。第一次是 3 月 25 日会见丹麦首相施吕特,他的连续两次外事活动,起到了很好的辟谣作用。因为前不久,香港传说邓小平病了,给香港的稳定造成了一定的影响。

会见是在友好和谐的气氛中进行的。两位领导人纵论天下大事,畅谈中新友谊,把朗伊总理的这次访问引向了高潮。

1986 年 3 月 28 日,邓小平在会见新西兰总理朗伊时说,我们奉行反对霸权主义,维护世界和平的外交政策,我们这种独立自主的外交政策

邓小平首先向朗伊总理介绍了中国 1978 年以来的改革开放的情况。他说:"我们的改革是从农村开始的,在农村先见成效。但发展不平衡。有 10% 左右的农村地区还没有摆脱贫穷,主要是在西北干旱地区和西南

的一部分地区。"他强调:"我们的政策是让一部分人、一部分地区先富起来,以带动和帮助落后的地区,先进地区帮助落后地区是一个义务,我们坚持走社会主义道路,根本目标是实现共同富裕,然而平均发展是不可能的。过去搞平均主义,吃'大锅饭',实际上是共同落后,共同贫穷,我们就是吃了这个亏。改革首先要打破平均主义,打破'大锅饭',现在看来这个路子是对的。"

农村改革如此,城市经济体制改革也是这样。起初有些人怀疑,或者担心,这是正常的。他说,要通过事实来说话,让改革的事实去说服他们。

邓小平总结说,过去我们取得的成绩是可喜的,但毕竟是新的长征路的起步。

接着他说:"我们的现代化建设要取得成功,决定于两个条件:一个是国内条件,就是坚持现行的改革开放政策。如果改革成功,会为中国今后几十年的持续稳定发展奠定基础。还有一个是国际条件,就是持久的和平环境。我们奉行反对霸权主义、维护世界和平的外交政策。谁搞和平,我们就拥护;谁搞战争和霸权,我们就反对。我们同美苏两个超级大国都改善关系,但是他们哪件事做得不对,我们就批评,就不投赞成票。我们不能坐到别人的车子上去。我们这种独立自主的外交政策,最有利于世界和平。问题的关键是中国的现行政策不能变,无论对内还是对外政策都不能变。我相信,只要坚持现行政策,搞它几十年,中国会发展起来的。"

朗伊说,我们祝贺中国在过去几年所取得的伟大成就。新中两国在这段时间里也有较大的进展。我们希望两国在贸易、畜牧业等方面的合作能进一步扩大。

邓小平也高兴地说,中新两国关系很好,我们欢迎朗伊总理经常到中国来看一看。

会见菲格雷多

"我们接受你们发展快的经验,但也避免债务过多的教训"

1984 年 5 月 29 日上午,中共中央顾问委员会主任邓小平会见巴西总统若昂·菲格雷多。菲格雷多 1918 年 1 月 15 日出生于里约热内卢市的一个军人家庭。1978 年 10 月,当选为国家总统。菲格雷多是第一位访问我国的巴西总统。

邓小平在讲话中指出:"中国的对外政策,主要是两句话。一句话是反对霸权主义,维护世界和平;另一句话是中国永远属于第三世界。现在世界上问题很多,有两个比较突出。一是和平问题。现在有核武器,一旦发生战争,核武器就会给人类带来巨大的损失。要争取和平就必须反对霸权主义,反对强权政治。二是南北问题。这个问题在目前十分突出。发达国家越来越富,相对的是发展中国家越来越穷。南北问题不解决,就会对世界经济的发展带来障碍。解决这个问题当然要靠南北对话,但这还不行,还要加强第三世界国家之间的合作。"

在谈到中国对外政策时,邓小平指出:"中国的对外政策是独立自主的,是真正的不结盟。中国不打美国牌,也不打苏联牌,中国也不允许别人打中国牌。中国对外政策的目标是争取世界和平。在争取和平的前提下,一心一意搞现代化建设,发展自己的国家,建设具有中国特色社会主义。我们的目标是,到本世纪末人均达到 800 美元。这是雄心壮志。它意味着到本世纪末,国民生产总值达到一万亿美元。到那个时候,中国就会对人类有大一点的贡献。中国是社会主义国家,国民生产总值达到一万亿美元,日子就会比较好过。更重要的是,在这样一个基础上,再发展三十年到五十年,我们就可以接近发达国家的水平。我们诚心诚意地希望不发生战争,争取长时间的和平,集中精力搞好国内的四化建设。"

1984年5月29日,邓小平会见巴西总统菲格雷多

在谈到中国国内情况时,邓小平指出:"我们很注意学习你们的经验,也注意你们的教训。你们的经验就是我们所说的开放政策,发展速度快。不到十年时间发展到现在这个程度,不容易。你们的教训是债务太多。据说你们在解决这个问题上有能力,我们很高兴。我们接受你们发展快的经验,但也避免债务过多的教训。"

菲格雷多和夫人于5月27日到京,5月30日圆满结束了对我国的正式友好访问,乘专机离开北京回国。

邓小平会见拉·甘地

"现在世界上有两件事情要同时做,一个是建立国际政治新秩序,一个是建立国际经济新秩序"

1988 年 12 月 19 日至 23 日,印度共和国总理拉吉夫·甘地应国务院总理李鹏的邀请,对我国进行正式访问。这是 34 年来印度总理首次访华,在中印两国及国际上都引起了强烈的反响。

1988 年 12 月,邓小平会见拉吉夫·甘地

拉·甘地访华期间,受到了中央军委主席邓小平的友好接见。84 岁的邓小平握着 44 岁的拉·甘地的手说:"欢迎你,我年轻的朋友。"他接着说:"从你的访问开始,我们能够恢复朋友关系。两个领导人将成为朋友,两国将成为朋友,两国人民将成为朋友。"

随后,邓小平问拉·甘地:"你同意这样看吧。"甘地回答说:"我同意这样看。"在甘地看来,他同邓小平的友好会见标志着他的访问达到了高潮,这显然是他期待的一种象征。

当时,美联社记者报道说:"印度年轻的总理 21 日会见了中国年迈的政治家。新德里与北京麻烦的关系突然间似乎成了过去的事情。政治僵局已经打破。"

拉吉夫·甘地是印度前总理英迪拉·甘地的长子,贾瓦哈拉尔·尼赫鲁的外孙,印度国大党(英迪拉·甘地派)主席,印度共和国著名的政治和国务活动家。1944 年 8 月 20 日,他出生于孟买。1948 年随其母从北方邦勃克瑞市迁往德里外祖父尼赫鲁的总理府,曾就读于英国剑桥大学、伦敦"帝国"科技学院和德里飞行学校。1968 至 1980 年在印度航空公司任民航驾驶员。1980 年 6 月,其弟桑贾伊因飞机失事身亡后,他便放弃了飞行生涯,开始步入政坛。1981 年当选为印度国大党印度议会人民院议员。1981 年任印度国大党全国委员会总书记之一。1984 年 10 月 31 日,英迪拉·甘地遇刺身亡后,他当选为印度总理和国大党主席,同时兼任科技部、原子能部、航天研究部和人事部部长。他是德里无核武器和非暴力世界原则宣言的作者之一,是提出和平倡仪的六国集团领导人之一。

一位印度作家在他写的《拉吉夫·甘地——一个英勇的形象》一书的序言中这样描述道:"他从其外祖父尼赫鲁和母亲甘地夫人身上继承了强烈的民族主义精神,又生具其尼赫鲁家族的领袖才能。他具有科学气质,重视发展技术,勇于推行各项计划,以消除印度的贫困落后。所有这些优秀品德,使众人对他翘首以待,寄有厚望。"

中国人民也对他努力改善中印关系寄予了厚望。

拉·甘地没有辜负中国人民的厚望,在中印关系中断 34 年后,来到了北京。

12月21日上午,已是84岁的邓小平在人民大会堂会见了印度总理拉吉夫·甘地。整个会见是在诚挚和谐的气氛中进行的。

邓小平说:"中国和印度都是亚洲具有古老文明的国家,也是世界上两个人口最多的发展中国家。中印两国人口加在一起超过18亿,占世界人口1/3还多。我们两国对人类负有共同的责任,我们应该利用现在和平的国际环境,发展自己。人们都在议论说下一个世纪是'亚太世纪',好像这个世纪就要到来。我不同意这个看法。其实,真正的'亚太世纪',要等到中国、印度和其他一些邻国发展起来,才算到来。"

他还说:"当前世界上主要有两个问题,一个是和平问题,一个是发展问题。和平是有希望的,发展问题还没有得到解决。人们都在讲南北问题很突出,我看这个问题就是发展问题。""所以,应当把发展问题提到全人类的高度来认识,要从这个高度去观察问题和解决问题。只有这样,才会明了发展问题既是发展中国家自己的责任,也是发达国家的责任。历史证明,越是富裕的国家越不慷慨,归根到底,我们要靠自己来摆脱贫困,靠自己发展起来。主要靠自己,同时不要闭关自守,可以多方面找朋友。我们欢迎发达国家同我们合作,也欢迎发展中国家相互之间的合作,这后一种合作是非常重要的。特别是人口众多的发展中国家要有自己的良好政策。中国执行改革开放政策,争取在五十到七十年时间内发展起来。中印两国如果发展起来了,那就可以说我们对人类做出了贡献。也正是在这个伟大的目标下,中国政府提出,所有发展中国家应该改善相互之间的关系,加强相互之间的合作。中印两国尤其应该这样做。这是我国政府的想法。"

拉·甘地也回顾了中印两国发展关系的历程。他说,历史上我们两国曾友好相处,给中印两国人民留下了美好的回忆。但由于在边界问题上的分歧,两国关系史上也曾出现过彼此疏远的时期。他希望中印两国向前看,把以前的友好关系重新恢复起来,这样对两国政府和人民都有好处。

会谈中,邓小平提到了1954年拉·甘地的母亲陪同她的外祖父尼赫鲁总理访华时的情景,他说:"那时候我们两国之间的关系非常好。中间相当一段时间的情况是彼此不愉快的,忘掉它!一切着眼于未来。"拉·甘地对此表示同意。他说,希望两国关系能恢复到以前那样。

邓小平还回忆说:"我 1978 年访问尼泊尔时,曾见到了你们的外长,我请他带信给你母亲:我们应该改善关系,我们没有理由不友好,没有理由不改善我们之间的关系。这以后,两国之间就有了一些接触。但真正开始改善关系的,是你这次来访,所以要谢谢你。"

关于世界总的局势,邓小平提出:"各国都在考虑相应的新政策,建立新的国际秩序。"他说:"世界上现在有两件事情要同时做,一个是建立国际政治新秩序,一个是建立国际经济新秩序。"关于国际政治新秩序,"我认为,中印两国共同倡导的和平共处五项原则是最经得起考验的。这些原则的创造者是周恩来总理和尼赫鲁总理。这五项原则,它非常精确、干净利落、清清楚楚。我们应当用和平共处五项原则作为指导国际关系的准则。我们向国际社会推荐这个原则来指导国际关系,首先我们两国之间的关系要遵循这些原则。而且我们同各自的邻国之间的关系也要遵循这些原则。"

拉·甘地也说,现在世界上的紧张局势虽然有所减少,但仍然存有霸权主义、集团政治。国际政治新秩序应该以和平共处五项原则为基础。除此之外,我们认为,现在的经济秩序是附属关系,是对发展中国家不利的秩序,在建立国际经济新秩序领域里,我们可以共同努力。

最后,拉·甘地深情地说,印中之间多年的分歧并没有减少我们之间的共同纽带,我们两国曾进行了争取政治独立的斗争,现在又正在进行争取经济独立的斗争。他认为,中国的现代化建设是一场新的伟大革命。

同日下午,拉·甘地总理在人民大会堂举行了记者招待会。他称这次访华是两国关系中的一个"新开端",与中国领导人的讨论为两国建立和平、稳定和合作的关系打下了基础。

在记者招待会上,他还特意提到与邓小平的会见。他说:"邓小平给我留下了深刻的印象。我们对谈及的几乎所有问题都看法一致。我发现,他谈到的几乎每一件事都是我们过去四十年中为之努力的事,那就是努力争取建立不依附于任何集团,不把对抗作为解决办法的一种新的政治秩序,努力争取建立一种比较公平合理的新经济秩序。"

他充满希望地说:"我们一致同意,我们能够也应该向前走。我们已经奠定了两国建立和平、稳定、合作关系的基础。"

邓小平会见李光耀

"集团政治已到了该结束的时候了"

李光耀祖籍中国广东省大埔县，1929 年 9 月 16 日出生于新加坡。1959 年 6 月担任新成立的新加坡自治政府总理，时年三十几岁，是世界上少有的年轻总理之一，并在新加坡连续执政达三十年之久。

1978 年 11 月，邓小平在新加坡受到李光耀总理的热情欢迎，他是李光耀迎接的第一位访问新加坡的新中国领导人

李光耀一直十分重视中国在亚洲及太平洋地区的地位和作用。在同

中国的交往中,他不仅是一位友好使者,还是中国的"真正的朋友,而且是个诤友"。他曾先后于1976年、1980年、1985年和1988年四度访问中国,在后三次的访问中,他都受到了邓小平的接见。邓小平也于1978年访问新加坡,受到了李光耀的热烈欢迎。同邓小平的四次会见,给李光耀留下了深刻的印象。

1978年11月12日,邓小平抵新加坡进行正式友好访问。这次访问也是对李光耀总理1976年访华的回访。这也是他们两人的首次会面。同日,李光耀在总统和总理官邸设宴欢迎邓小平。邓小平在宴会上发表了热情洋溢的讲话,称赞新加坡人民在李光耀总理领导下,在发展国民经济方面取得了显著的成绩。他说,1976年5月,李光耀总理访问中国,为中、新两国友好关系的发展作出了积极的贡献。他相信通过两国领导人的互访,两国的友好关系和两国人民的深厚情谊将会得到进一步发展。中国政府和中国人民坚决反对任何国家在世界任何地区谋求霸权,同时一再郑重声明,中国现在不称霸,将来强盛起来也永远不称霸,永远不做侵略、干涉、控制、威胁、颠覆其他国家的超级大国。

在这次访问期间,邓小平和李光耀还分别于12日和13日举行了两次会谈,就共同关心和感兴趣的问题,特别是就东南亚的形势交换了意见。他们都认为,进一步发展中国和新加坡两国之间的贸易关系有着广阔的前景。他们强调对霸权主义在非洲、中东、亚洲特别是对东南亚地区的侵略行径要提高警惕。

邓小平在新加坡访问期间,十分注意新加坡这些年发生的重要变化,得到了很大的启发,他让人们注意研究"新加坡现象",并下决心克服一切阻力,实行对外开放。

1979年1月下旬,邓小平在访问美国时说:"太平洋再也不应该是隔开我们的障碍,而应该是联系我们的纽带。"李光耀总理在他的官邸里看到邓小平访美的电视报道后说,我感到中国的大门再也关不上了。

到1980年11月,李光耀总理第二次访华时,中国已进入了一个改革、开放的新时期。11月11日,邓小平同李光耀进行了会谈。李光耀十分赞赏中国共产党十一届三中全会有关四个现代化和改革开放的基本国策,认为"中国四个现代化成功对整个亚洲及地处东南亚的新加坡都有好处。中国经济成长将为整个区域制造稳定和刺激贸易与投资。""中国繁荣了，各国就多了一个好的贸易伙伴。"

1985年9月，李光耀总理第三次访华。这也是他和邓小平的第三次会面。

李光耀说，同五年前访华时相比，邓小平主任的身体更健康，精神更饱满，思路更敏捷了。

邓小平说，中国的事情安排得顺当，因此他的心情很好，无忧无虑。

李光耀接着说，这样我理解了，你们有很多人，您有强有力的臂膀，因此您那样的轻松自如。

李光耀说，从上次访华以来的五年中，中国的变化很多，是向好的方向发展。

邓小平说，国内情况比较好。

邓小平还向李光耀介绍了正在召开的中国共产党的全国代表会议的情况。他说，这次会议将使中央领导机构的成员年轻化。这项工作七年前就开始了，但那时还不够理想，所以这次要进一步调整，这件事情以后还要继续下去。

在谈到柬埔寨问题时，邓小平指出，越南说要在五年内全部撤出侵柬越军，但它的条件是要消灭民柬的抵抗力量。有人认为越南的态度有所松动，事实上越南不会放弃吞并柬埔寨的政策。越南把几十万越南人移居柬埔寨的做法比以色列在约旦河西岸建立定居点更加恶毒。邓小平希望东盟国家同中国和国际社会进一步加强合作，创造政治解决柬埔寨问题的条件。

在这次访华期间，李光耀提出，中、新两国发展经济合作应采取循序渐进的方法，"先集中在几项合作项目上期望在一二年内见效，两三年内在新领域达到更高目标。"

1988年9月17日李光耀第四次访华，在会见过程中，邓小平向客人介绍中国国内形势时说，中国十年发展十年改革成绩是不错的。当然，在良好的发展过程中也有一些问题。我们对存在的问题是谨慎对待的。现在正总结十年的经验,制定进一步发展的政策。规划和措施也要进一步落实。邓小平认为,出现这样那样的问题是我们预料之中的事。因为我们缺乏经验,但本领是可以学会的,其中包括向新加坡学习,我们的总目标是不会改变的。

邓小平询问李光耀这次来访有何观感,李光耀说,这次访问与上次时隔三年,我发现中国发生了很大的变化。

的确,在这次同李光耀的会谈中,邓小平关于国际事务敏锐而独到的见解给李光耀留下了深刻的印象。

邓小平在同李光耀的会谈中强调指出,集团政治已到了该结束的时候了。霸权主义也到了该结束的时候了。目前世界从对抗转向对话,由紧张转向缓和的趋势今后还会发展。其中的道理就是超级大国谁也不敢发动战争,谁搞霸权主义,谁侵略别的国家,最终都得收缩回来。绝对优势也没有用,到头来还得搞和平共处五项原则。

李光耀听完邓小平的谈话后,以十分钦佩的心情说,您对国际事务富有经验,对当前国际形势的论断和对中国对外政策基本原则的阐述非常重要。

邓小平会见奥恩

"我们希望看到东盟各国加强团结和协调"

达图·侯赛因·宾·奥恩是马来西亚第三任总理,亚统前主席、国民阵线前主席。1922 年 2 月 12 日生于柔佛州新山市,贵族出身。其父奥恩·加法尔是马来西亚民族统一机构(简称亚统)的创始人。

邓小平与侯赛因的结识与交往始于 1978 年 11 月。11 月 9 日,邓小平应邀访问马来西亚,11 月 10 日,邓小平以副总理身份拜会了侯赛因总理,与侯赛因举行了首次会谈,双方就国际形势,特别是影响东南亚局势的许多问题初步交换了意见。邓小平说,中国的外交政策除了同一切国家发展经济、文化等方面的友好关系以外,就是如何推迟战争的爆发,只要我们做得好,就可以延缓战争的爆发,这就是我们处理一切国际事务的依据。最近我们同日本签订和平友好条约,我们对待越南问题,都是按照整个国际形势的发展来处理的。

11 月 11 日,邓小平与侯赛因在马来西亚总理府进行了第二次会谈,双方就国际形势,双边关系和共同关心的问题继续交换了意见,双方都主张在和平共处五项原则的基础上发展国与国之间的关系。邓小平与侯赛因一致认为,一个国家的社会制度,只能由这个国家的人民来选择。反对任何国家或国家集团在任何地区寻求和建立霸权。双方希望中马两国之间的友好关系进一步发展,增加两国在政治、经济、科学、文化和其他方面的友好往来。邓小平表示,热切希望总理阁下在明年春暖花开的时候,来中国进行友好访问。侯赛因总理非常高兴地接受了邀请。

在同一天,邓小平与夫人卓琳还访问了侯赛因总理的家庭,并与其家人进行了亲切的交谈。

1979年5月2日,侯赛因和夫人到达北京,对中国进行正式友好访问,邓小平前往机场迎接,同侯赛因总理和夫人热情握手。

5月3日上午,邓小平与侯赛因进行了亲切友好的会谈。3日晚,邓小平宴请了侯赛因一行,双方都在宴会上发表热情讲话。邓小平在讲话中指出,大小霸权主义在东南亚地区大大加快了扩张的步伐。他希望东盟各国加强团结和协调,为捍卫亚洲和东南亚地区的和平作出更大的努力。

邓小平在讲话中着重谈到了东南亚局势。他说:"我们热爱和平。但是,当今世界是一个多事之秋。大小霸权主义狼狈为奸、互相勾结,在东南亚地区大大加快了扩张的步伐。它们公开践踏国际准则,充分暴露了它们所作的诺言和保证的虚伪性,从而引起了人们的严重关切和警惕。"

邓小平赞扬了马来西亚在捍卫东亚地区和平所作的贡献,他说:"马来西亚和其他东盟国家主持公道,反对用武力占领一个主权国家,要求外国军队撤出柬埔寨,这完全是正当的行为,无可非议。中国政府和中国人民一如既往,坚决支持东盟各国为保卫国家独立和主权而作出的一切努力,并希望看到,东盟各国加强团结和协调,为捍卫亚洲和东南亚地区的和平做出更大的贡献。"

在谈到中马关系问题时邓小平说,五年前,马来西亚已故的敦·拉扎克总理前来我国访问,与已故的周恩来总理一起签署了中马建交联合公报,从而实现了中马关系正常化。在中马建交五年之际,达图·侯赛因总理阁下前来我国进行正式友好访问,这在中马关系史上有着新的重要意义。

邓小平指出,尽管中马两国的社会制度不同,但我们都认为,发展中马关系,是符合两国人民根本利益的。中马两国面临着类似的任务和问题。我们都致力于维护亚洲和东南亚地区的和平,反对外来势力的干涉;主张建立新的国际经济秩序,保护发展中国家的合理经济权益。可以说,中马两国之间的合作领域是很广阔的。

邓小平还向侯赛因总理介绍了我国当时的经济建设情况,他说:"当前,我们正在进行国民经济计划的调整,使经济建设的步子迈得扎实些,速度更快一些。中国经济建设的总方针并没有改变,我们要根据中国的特点和具体情况,走自己的现代化建设道路。我们愿意同一切友好国家进行经济、贸易、技术合作,我们也希望从外国,当然也包括马来西亚,学到一些有益的建设经验。"

侯赛因总理在讲话中指出:"我们马来西亚和东盟国家都对印支地区的冲突和紧张局势深感忧虑。我们非常关心由于有其他成员的介入而扩大冲突。我们要不惜任何代价避免这一冲突。东盟外长曾发表声明呼吁撤出所有的外国军队,用和平的方案解决冲突。东盟在联合国安全理事会提出了一个可被接受的方案,来恢复这一地区的和平和安定。"

侯赛因阐述了对地区安全问题的看法,他说:"我愿意强调的是,东盟所采取的行动,完全是为了这地区的利益。东盟国家所采取的行动是朝着和平解决印度支那冲突的一个积极贡献。这将有助于实现我们在东南亚建立和平、自由和中立地区的目标。"

他说:"假如国家之间互相采取亲善的政策,避免干涉他国的事务,和平解决所有纠纷,这将使我们这一地区得到很大利益。东盟提出的在东南亚建立区域和平,自由和中立应该得到超级国家的支持。"侯赛因表示,我们将继续使东盟更坚强和更团结地来抵抗摆在面前的挑战。

就中马友好关系问题,侯赛因总理说,邓小平副总理去年11月对马来西亚的访问,为进一步加强我们两国的友好关系开辟了道路。我们今天上午的讨论同我们在吉隆坡一样,是本着诚挚的精神进行的。

侯赛因在谈到已经存在于马中两国的良好贸易关系时说,我们两国的贸易和经济关系将继续得到发展和加强。正当中国推进它的现代化计划、马来西亚加快它的工业化计划的速度的时候,双方扩大贸易往来的机会增加了。

侯赛因说,中国在国际经济关系中发挥作用,实现国际经济秩序,是我们的愿望。中国作为一个亚洲国家在发展这一地区国家公平的贸易关系中可以发挥有益的作用。我们之间的经济关系必须本着相互帮助和合作的精神,目的在于实现一个公平的经济体系,使所有亚洲国家受惠。

5月4日,邓小平与侯赛因以及中马双方有关人员,再次举行了会谈。双方就两国友好交往和合作关系问题进一步交换了意见,双方表示,愿为两国友好合作的发展而努力。

5月5日,侯赛因总理在人民大会堂宴会厅举行了告别宴会,邓小平及夫人卓琳应邀出席了宴会。

侯赛因在宴会上祝酒时说,他对有机会同邓小平副总理就国际形势中的重大问题以及东南亚形势和双边友好关系进行讨论和交换意见感到荣幸。他说:"我相信,马中两国友好关系将会得到发展。""我们必须采取勇敢的态度面对现实,我们都希望和平与稳定。"我们将把这次访问中留下的美好记忆带回去。

邓小平在讲话中说:"几天来,我们双方在诚挚坦率的气氛中就进一步发展两国友好合作关系和共同关心的国际问题进行了有益的会谈,广泛地交换了意见。在许多问题上,我们有着共同的看法,无疑这将有利于我们在国际事务中的相互合作和支持。"他说:"我们对当前的国际形势,特别是东南亚局势表示深切的关注,我们愿意为维护一个和平、稳定的东南亚而进行不懈的努力。巩固和发展两国友好关系是我们共同的意愿,我们深信:在总理阁下访华后,中马两国人民的友谊将得到进一步加强;双边的经济、文化、教育往来将会日益增多。"

邓小平祝愿马来西亚政府和人民在建设自己国家的事业中,在加强东南亚国家联盟的团结和合作,实现东南亚中立化的努力中,不断取得新的成就。

5月6日,侯赛因总理离开北京赴上海访问,邓小平到机场欢送,临上飞机前,邓小平对侯赛因说,希望我们两国领导人今后多多来往,以加深我们两国的相互了解和友谊。侯赛因总理说,我相信,我们两国的友好关系一定会不断增进。

邓小平与侯赛因总理的互访,增进了中马两国政府的相互了解种信任,积极推进了两国友好关系和亚洲和平事业的发展。

邓小平会见差猜

"中泰两国关系是不同社会制度国家发展友好关系的典范"

差猜·春哈旺自 1988 年 8 月担任泰国总理以后,于 1989 年两次访问中国,邓小平都接见了他。

1989 年 3 月 17 日上午,邓小平在会见差猜时指出:"泰国是中国在东南亚最好的朋友,中泰两国合作的潜力在下个世纪将得到充分的发展。很高兴苏哈托总统下决心恢复中国和印尼的关系,随着中国和印尼恢复外交关系,新加坡同中国的关系也会有新的发展。这样,中国和整个东盟将建立比较完全的关系。"

1989 年 10 月 26 日上午,邓小平又会见了差猜。在谈话中,邓小平指出:"中泰两国关系是不同社会制度国家发展友好关系的典范。最近一个时期,我多次向国际上的朋友们说,应该建立国际经济新秩序,解决南北问题,还应建立国际政治新秩序,使它同国际经济新秩序相适应。"

在谈到巴黎七国首脑会议决定制裁中国问题时,邓小平说:"中国搞社会主义,是谁也动摇不了的。我们搞的是有中国特色社会主义,是不断发展社会生产力的社会主义,是主张和平的社会主义。只有不断发展社会生产力,国家才能一步步富强起来,人民生活才能一步步改善。只有争取到和平的环境,才能比较顺利地发展。中国要维护自己国家的利益、主权和领土完整,中国同样认为,社会主义国家不能侵犯别国的利益、主权和领土。过去两个超级大国主宰世界,现在情况变了。但是,强权政治在升级,

1989年10月26日,邓小平在会见泰国总理差猜时说,中国搞社会主义,是谁也动摇不了的。世界上最不怕孤立、最不怕封锁、最不怕制裁的就是中国

少数几个西方发达国家想垄断世界,巴黎七国首脑会议就体现出来了。他们的决策人至少有两点对中国认识不清。第一,中华人民共和国是打了二十二年仗建立起来的,建国后又进行了三年抗美援朝战争。第二,世界上最不怕孤立、最不怕封锁、最不怕制裁的就是中国。还可以加上一点,外国的侵略、威胁,会激发起中国人民团结、爱国、爱社会主义、爱共产党的热情,同时也使我们更清醒。"

在谈到退休制度问题时,邓小平说:"我现在尽量不管事了,日常事务少过问。我不赞成终身制,多次提倡退休制度。退休制度提倡了多年,自己未办到说不过去,我心中始终存在一个疙瘩。我现在的奋斗目标是全退,要求同志们理解。"

邓小平会见吴奈温

"搞改革就是一种探索,探索需要勇气"

邓小平曾多次与缅甸总统吴奈温(1974－1981年在任)进行会谈。

1975年11月11日至15日,邓小平接待来访的吴奈温,并就中缅关系、东南亚局势、台湾等问题举行三次会谈。

11日晚,邓小平主持以周恩来总理名义举行的欢迎宴会,并在讲话时指出:"中缅两国在建交后共同倡导了和平共处五项原则,友好而圆满地解决了中缅边界问题,为国与国之间通过友好协商解决边界问题树立了良好的范例。"

12日上午,邓小平在会谈中指出:"我们一向认为,任何国家的革命采取外国的样板,不可能解决问题,应依靠自己的力量自力更生地进行斗争。各国政府对他们面临的国内问题,根据自己的情况去处理,这是各国的内政,是各国自己的权利,中国不干预。"

在谈到东南亚中立化的问题时,邓小平指出:"我们支持东南亚国家要求结束美国基地的立场,支持马来西亚、菲律宾、泰国提出的把东南亚变成和平、中立、自由的地区的立场。他们要扩大东南亚联盟,要把印度支那三国包括进去,我们也支持。我们真心希望东南亚各国在和平、中立、自由、不结盟的基础上联合起来。"

1977年9月17日,邓小平同来访的吴奈温举行会谈,通报美国国务卿万斯访华、南斯拉夫总统铁托访华、中日关系和中国国内的情况。在谈到铁托访华问题时,邓小平说:"铁托这次访问很成功。过去我们吵过架,现在双方都说过去的事算了。我们谈得很好,双方的关系有较好的发展。"

在谈到中日关系时,邓小平指出:"在日本促进签订中日和平友好条约的力量发展很快,现在就剩下在条约中写入反霸条款问题。日本政府没有理由反对把中日联合声明中已有的条款写到中日友好条约中去。看来福田下决心也难,如果他真的下决心,我们欢迎。"

在谈到中国国内情况时,邓小平指出:"'四人帮'对国民经济的破坏很厉害,损失也很大。我们要把损失的时间夺回来,破坏了的恢复起来,要花不少力气。"

1978 年 1 月 26 日上午,邓小平乘专机离开北京前往缅甸访问。下午,抵达缅甸首都仰光,受到吴奈温总统和吴貌貌卡总理等缅甸领导人的欢迎。邓小平在机场发表书面讲话,指出:"中缅两国山水相连,自古以来就是友好邻邦。近年来,我们两国的友好关系又有了新的发展,这完全符合两国人民的利益和共同愿望。我们这次来缅甸访问,正像两国领导人历次访问一样,是为了进一步巩固和加强我们两国人民的传统友谊和两国的友好关系。"

1978 年,在行将结束对缅甸的访问前,举行答谢宴会,感谢吴奈温总统(左二)、山友将军(右一)等的热情款待

1 月 27 日上午,邓小平同吴奈温会谈。在介绍中国国内情况时,邓小

平说:"'四人帮'的破坏是不可想像的,他们的理论概括起来就是:不劳动的是'英雄',不读书的是'英雄'。结果生产下降了,工厂机器被破坏,管理制度也没有了,学生的成绩很低。粉碎'四人帮'后,广大群众的积极性起来了。我们现在正在抓教育。为了提高教育质量,推迟了半年招生。这次高考中发现了一些了不起的人才。许多人抵制'四人帮'的压力,自学完成了全部大学的课程,有些可以直接当研究生,个别的还可以当研究员。还有一些十五六岁、十七八岁的青年可以上大学。"

1980年10月21日上午,邓小平和李先念同缅甸总统、国务委员会主席吴奈温会谈,就国际形势中的一些重大问题交换意见。在会谈中,邓小平指出:"我们对吴奈温总统在发展中缅友好关系、在国际事务和亚太地区事务中所起的积极作用表示赞赏。在当前国际局势非常动荡的时候,中缅两国领导人经常见面,交换意见,是很重要的。我们两国在国际事务中有很多一致的看法,多年来我们一直合作得很好。"

随后,邓小平和李先念、邓颖超设午宴招待吴奈温。

1980年10月,邓小平会见并设午宴招待来访的缅甸总统吴奈温。图为邓小平、李先念(左一)、邓颖超(左二)与吴奈温总统(左三)步入宴会厅

1985年5月4日晚,邓小平会见并宴请应他本人邀请来访的吴奈温。邓小平还将陪同会见的李鹏、田纪云介绍给客人,说:"你这次来,除了看望老朋友,还会结识新朋友。这两位在我们中央是比较年轻的。我们各级的领导班子都要逐步年轻一些。老同志要把位子让出来,让比较年轻的干

部接替。这项工作要长期抓下去。"

在介绍中国改革的情况时,邓小平指出:"我们进行的改革也包括军队,我们准备减少100万军队,节省点钱来搞建设。我们压倒一切的中心任务就是搞社会主义四个现代化建设。我们的对外政策就是反对霸权主义,维护世界和平。这符合世界人民的愿望,也是我们四个现代化建设的需要。根据这一方针,解决国际间的问题,解决我们同国际间的问题,也解决我们自己的问题,如香港问题、台湾问题。我们的对外政策有了一个调整。我们过去曾说过建立'一条线'的反霸统一战线,现在不搞那些,执行独立自主的外交政策。国际上一切和平力量都是我们的朋友,谁搞霸权主义,我们就反对谁。我们也不搞集团政治,不依附任何集团。这一政策对于维护和平比较有利。中缅两国是和平共处五项原则的发起国,也是执行五项原则的典范。"

7日上午,邓小平前往钓鱼台国宾馆看望吴奈温。在谈话中谈到台湾问题时,邓小平说:"我们正在设法解决台湾问题。台湾的蒋经国身体不好,一旦去世,会出现什么情况,很难估计。我们主张一个中国,蒋经国也主张一个中国,这是我们的共同点,是我们和谈的基础。我们主张用和平方式解决台湾问题,但实在不行,也只好动武。我们不能承诺不用武力解决。台湾问题将如何发展还很难预料。台湾出现独立怎么办?台湾永不和谈怎么办?台湾出现外国军队、外国力量占领又怎么办?我们怎么能够承诺不用武力!台湾问题是中国实现统一的问题,我们解决台湾问题是从整个民族利益考虑的。"

9日上午,邓小平到钓鱼台国宾馆为吴奈温送行。在告别时,邓小平说:"你是我们的老朋友,欢迎你过一段时间再来走走亲戚,看看中国有没有新的变化,看我们的经济体制改革是否成功。搞改革就是一种探索,探索需要勇气。中国正在进行的城市改革,比农村的改革复杂得多,也确实有风险。城市改革进行半年了,势头不错。今年明年后年是改革关键的三年。如果改革成功了,就会为中国经济长期稳定的发展打下非常坚实的基础,还可以向第三世界提供一些经验。"

邓小平会见吴山友

"中国和缅甸是真正按和平共处五项原则确立国家关系的典范"

1984年10月31日上午,中共中央顾问委员会主任邓小平会见缅甸总统、缅甸国务委员会主席吴山友(1981－1988年在任)。

1984年10月31日,邓小平会见缅甸总统吴山友

邓小平说,中国和缅甸是真正按和平共处五项原则确立国家关系的典

范。他强调说:"从国际经验看,和平共处五项原则具有强大的生命力。"

邓小平接着说,处理国与国之间的关系,和平共处五项原则是最好的方式。他指出,其它方式,如"大家庭"方式、"集团政治"方式、"势力范围"方式,都会带来矛盾,激化国际局势。

他接着说:"进一步考虑,和平共处用之于解决一个国家内部的问题,恐怕也是一个好办法。我们提出的'一个国家,两种制度',也是一种和平共处。我们允许台湾、香港保留资本主义制度,而大陆10亿人口坚定不移地搞社会主义。"

吴山友说:"我们两国不仅是和平共处五项原则的倡导国,而且真正执行了这些原则。和平共处五项原则已为越来越多的国家所承认和接受。"

双方愉快地回顾了两国关系的发展和两国领导人的友好交往。

邓小平说:"中国和缅甸的关系一直是好的。缅甸和我国最早解决了边界问题。我们两国领导人的多来多往,是两国友好关系发展的标志。今后,我们两国要发展各个领域的合作关系。"

吴山友告诉邓小平,吴奈温主席已非常高兴地接受了访华邀请。邓小平说:"我同吴奈温主席是老朋友了,我期待着他来中国访问。"

会见在亲切友好的气氛中进行。吴山友总统的主要随行人员参加了会见。会见时在座的有国务委员兼外交部长吴学谦。

11月7日,吴山友结束了对中国为期10天的正式友好访问,乘飞机离开广州回国。

邓小平会见加尧姆

"现在我们一心一意地搞经济建设"

1984年10月26日上午,中共中央顾问委员会主任邓小平会见马尔代夫总统穆蒙·阿卜杜勒·加尧姆。加尧姆生于1937年12月29日。1978年当选为总统。1983年再次担任总统。这是加尧姆总统、也是马尔代夫国家元首第一次访问中国。

邓小平向加尧姆介绍了中国社会主义经济建设的经验。

邓小平指出:"我们取得的成就,如果有一点经验的话,那就是这几年来重申了毛泽东同志提倡的实事求是的原则。中国革命的成功,是毛泽东同志把马克思列宁主义同中国的实际相结合,走自己的路。现在中国搞建设,也要把马克思列宁主义同中国的实际相结合,走自己的路。"

加尧姆赞扬说:"这是非常明智的做法。"

邓小平说:"这是我们吃了苦头总结出来的经验。"

加尧姆接着说:"我们都是人,不可能不犯错误。"

邓小平说:"是这样。今后我们可能还会犯错误。但是第一不能犯大错误;第二一发现问题不对就赶快改。"

他说:"我们建国35年来取得的成就是大的。但中间经过了一些波折,耽误了一些时间。最大的波折是'文化大革命'。如果没有这些波折,中国的面貌肯定不一样了。但五年多来,我们改变了过去'左'的一些政策。现在我们一心一意地搞经济建设。五年中,我们取得的成就超过了预想。看来,我们确定的在本世纪末工农业年总产值翻两番的目标,是可以达到的。"

加尧姆说:"我相信,通过你们的巨大努力,你们的目标一定能达到。"

1984年10月26日,邓小平会见马尔代夫总统加尧姆时说,中国属于第三世界,将来发展起来了,还是属于第三世界,永远不做超级大国

邓小平强调:"为了使中国发展起来,实现我们的宏伟目标,需要一个和平的国际环境。所以,我们是热爱和平的。"

加尧姆说:"我们十分有兴趣地关注中国的建设成就和经验。你们的成就对第三世界国家是一个鼓舞。"

邓小平坚定地说:"中国永远属于第三世界。我们曾多次讲过,将来我们发展起来了,还是属于第三世界,永远不做超级大国。"

加尧姆说:"中国在国际事务中同第三世界站在一起,在联合国和国际论坛上作用也很大。"

邓小平说:"安理会常任理事国,中国算一个。中国这一票是第三世界的,是名副其实的属于第三世界不发达国家的。"

加尧姆于10月24日到京,28日离京,圆满结束访问。

邓小平会见艾尔沙德

"穷朋友互相帮助是靠得住的"

侯赛因·穆罕默德·艾尔沙德是孟加拉国第 10 任总统。1930 年 2 月 1 日生于朗格普尔县。1983 年 12 月任孟加拉国总统。1986 年 10 月再次当选为总统。

艾尔沙德在担任总统期间,强调发展民族经济、兴修农田水利,进行局部土地改革。工业上实行"混和"经济政策,鼓励私人和外国投资,保护民族工业。对外在尊重各国独立主权、领土完整和互不干涉内政的基础上与所有国家发展友好关系,主张外国军队撤出阿富汗和柬埔寨。1985 年 12 月在达卡召开的南亚区域合作联盟首脑会议上,艾尔沙德当选为南盟第一任主席。1987 年获联合国人口基金奖。曾参加联大特别裁军会议,英联邦国家首脑会议,第七次不结盟国家首脑会议,第二届联合国最不发达国家问题大会。

艾尔沙德总统十分重视发展同中国的友好关系,1975 年后多次访问中国。

1982 年 11 月 27 日,应中国政府邀请,艾尔沙德将军到达北京,以孟加拉国国防部长会议主席身份对中国进行为期 6 天的正式访问。

11 月 29 日,中共中央顾问委员会主任邓小平在人民大会堂会见了艾尔沙德将军。

在会见大会厅门口,邓小平同艾尔沙德亲切握手,表示欢迎。邓小平说,中孟两国都是发展中国家,穷朋友互相帮助是靠得住的。我们之间的关系是相互信赖、相互支持的关系,我们双方在国际事务中的见解是一致的,两国间的合作要长期发展下去。

艾尔沙德感谢中国政府和人民对孟加拉国人民怀有十分亲切友好的感情。他说,我这次来访就是要同中国领导人重叙友谊,我同贵国总理举行的会谈取得了满意的结果,双方在国际问题上取得了一致的看法。

邓小平在谈到我国经济建设发展前景时说,经济调整正在顺利进行,将为我国 90 年代的经济发展打下比较坚实的基础。正在召开的五届人大五次会议将审议发展国民经济的第六个五年计划。可以相信,我国的经济将稳定协调地向前发展。在当今世界经济不景气的情况下,中国经济的发展是良好的。

邓小平与艾尔沙德将军的会谈是在特别亲切、友好、谅解和坦率的气氛中进行的,双方都十分坦诚地介绍了自己国家的政策,并在捍卫主权和反对霸权主义,确保区域及世界和平稳定的问题上取得了一致意见。

艾尔沙德的这次访华取得了丰硕成果,正如他当晚举行答谢会上所说的那样,他与中国领导人进行的会谈是全面性的,有教育意义的并特别富有成果。艾尔沙德说,我在访问期间,亲自看到了中国为人民的昌盛而取得的巨大进步。

艾尔沙德将军在这次访问期间,在北京与中国方面签订了新的经济贷款协定,并决定成立联合经济委员会,这对加强两国的友好合作起着积极的促进作用。

1985 年 7 月 4 日,应李先念主席的邀请,艾尔沙德总统抵达北京,开始对中国进行为期 6 天的正式访问,这是继 1982 年之后的再次访华,也是艾尔沙德 1983 年担任孟加拉国总统后的第一次访华。

艾尔沙德总统在同李先念的会谈中说,他这次来访,将会见老朋友、结识新朋友,并就重大的地区和全球性问题以及进一步加深和扩大双边关系同中国领导人交换意见。他表示相信,孟加拉国和中国一直是,而且将继续是可信赖的好朋友。

艾尔沙德还强调加强南南合作的重要性,他对中国为促进第三世界国家之间的合作表示的兴趣和所作的努力表示感谢。

在会谈中,艾尔沙德还高度赞扬了中国领导人在建设有本国特色的社会主义事业中,提拔年轻和有才干的领导人,和使知识分子在社会中发挥重要作用方面,在自力更生,对外开放的基础上继续加速社会主义现代化进程的方面取得的成就。

7月6日,邓小平亲切会见了艾尔沙德总统,宾主就进一步发展中孟两国友好合作关系等问题进行了轻松愉快的交谈。

邓小平说,中国和孟加拉国历来是朋友,没有任何分歧,希望两国关系继续发展。

艾尔沙德对邓小平说,他1982年访问中国以来已两年多,他这次访问同中国领导人进行了非常有益的会谈。他认为,他对中国的访问非常成功。

邓小平在向艾尔沙德和其他孟加拉国客人介绍中国国内情况时说,干部逐步年轻化是我们的战略决策。包括军队在内,干部都要实现年轻化。我们的军队要减员100万,一些岁数比较大的要退下来,这件事情是不容易的。但是我们的军队向来服从大局。我们相信,这个工作会顺利完成的。最近几年,党和政府系统的干部逐步年轻化也进行得很有成效,体制改革包括干部逐步年轻化,是一个很大的改革。

邓小平还着重指出,目前我们主要进行两个方面的改革,一是干部年轻化,二是经济体制的改革。这两个都重要,但是干部年轻化最重要。干部年轻化,包括干部的知识化,需要有大批精力充沛,具有专业知识的人才能带动我国经济的发展。我们要做的事情很多,但这两件是关键,目前我们的工作进行得比较顺利,这是因为得到了人民的赞同和支持。

艾尔沙德对邓小平说,你是中国老一代的革命者,但有现代化的思想,你为中国制定了现代化的目标,为中国指引了新的发展方向。

邓小平说,事情都是大家做的,我一个人没有那么大的通天本领。

艾尔沙德说,中国的发展对我们是很重要的。中国的稳定意味着我们这个地区的稳定。我们希望中国在维护世界和平和缓和国际紧张局势方面起着更大的作用。

邓小平说,随着中国经济的发展,中国与第三世界的合作将更加广阔。中国永远属于第三世界。

他重申,中国永远不做超级大国,这是已故毛泽东主席和周恩来总理制定的国策。现在我们还是执行这个政策。

艾尔沙德总统对此次会谈所取得的成果表示非常满意,他在人民大会堂举行的记者招待会上说,他对中国的访问和与中国领导人的会谈有利于进一步加强和巩固两国之间的友好关系。

为了进一步密切孟中两国的关系,并促进南南合作,1987年7月2日,艾尔沙德总统再次访华。

7月4日,中共中央顾问委员会主任邓小平亲切会见了艾尔沙德总统,这是他们之间的第三次见面。会见在人民大会堂举行。当艾尔沙德总统一行来到会见厅时,身着浅灰色中山装的邓小平走上前去,同艾尔沙德及其主要随行人员一一亲切握手。

艾尔沙德高兴地告诉邓小平,他与贵国主席、贵国总理就双边问题和世界形势进行了非常成功的讨论,谈得很好。孟加拉国关注中国的改革、开放政策,看到了中国取得的成就,这些成就给中国人民带来了巨大利益。

邓小平说,中国和孟加拉国是好朋友,两国领导人也是好朋友,可以交心,我们在一系列重大问题上的看法是一致的。

在向客人介绍中国的情况时,邓小平说,我国几年来的发展情况表明,凡是搞改革、开放的地方都是成功的。现在国际上有一种议论,说中国改革的步子放慢了,政策要变。说放慢步子还有些根据,说政策要变就没有根据了。去年和今年我们继续在搞改革、开放,但步子放得稳重了些。现在看来,一年多的时间里步子太慢了一点,所以,我们现在提出要大胆一些,改革、开放的步子迈得更大一点,我们的发展就会更快一点。

邓小平向艾尔沙德一行又详细介绍了中国方针政策的两个基本点。他说,搞社会主义现代化建设是基本路线。要搞现代化建设使中国兴旺发达起来,第一,必须实行改革、开放政策;第二,必须坚持四项基本原则,主要是坚持党的领导,坚持社会主义道路,反对资产阶级自由化,反对走资本主义道路。这两个基本点是相互依存的。搞现代化建设、搞改革、开放,存

1987年7月4日,邓小平会见来访的孟加拉国总统艾尔沙德

在"左"和右的干扰问题。"左"的干扰更多是来自习惯势力。旧的一套搞惯了,要改不容易。右的干扰就是搞资产阶级自由化,全盘西化,包括照搬西方民主。西方民主那一套我们不能照搬,中国的事情要根据自己的实际情况办。中国正是根据自己的实际情况,建设有中国特色的社会主义。

邓小平还向艾尔沙德总统介绍了即将召开的党的十三大的重要内容,他说,我们即将召开的党的十三大,主要有两个内容:第一,把政治体制改革提到议事日程上来;第二,使我们领导层比较年轻化一些。这两件事都不容易,但是非干不可。改革不是一年两年的事情,政治体制改革如能在十年内搞成功就很了不起了。领导层年轻化要达到比较理想的状态,恐怕要十年时间。

艾尔沙德在听完邓小平的详细介绍之后,也向邓小平介绍了孟加拉国的情况和政府所采取的一些政治、经济措施,他说,孟加拉国是根据自己的实际条件来发展的。

邓小平说，这好，孟加拉国发展自己要根据孟加拉国的实际情况，中国建设社会主义也要从中国的实际出发，决不能照搬外国的做法。

就共同关心的世界和平问题，邓小平说，我们都是第三世界国家，希望世界和平，现在看来第三次世界大战短时期内不会打。当然战争的危险仍然存在，但是可以争取相当长一段时间的和平。如果世界和平的力量发展起来，第三世界国家发展起来，可以避免世界大战。第三世界国家应当利用这段时间发展经济，逐渐摆脱贫困落后状况。我们两国要为维护世界和平和加快各自国家的发展而共同努力。

邓小平与艾尔沙德会谈的内容十分广泛，宾主都坦诚以待，不仅详细介绍了各自的国情而且就共同关心的世界和平问题广泛的交换了意见，取得了一致的看法。

通过艾尔沙德总统的多次访华，增进了中孟两国和两国人民之间的相互了解和传统友谊，把中孟友好关系推到一个新的高度，也积极推进了南南合作和世界和平事业的发展。

邓小平会见阿基诺

"对南沙群岛问题，中国最有发言权"

　　1986 年 2 月，科拉松·阿基诺当选为菲律宾总统，这是菲律宾第一位女总统。1988 年 4 月，科拉松·阿基诺来华访问，受到邓小平的亲切接见。

　　在 4 月 16 日同科拉松·阿基诺的会谈中，邓小平对阿基诺夫人说，就是退休了，你来，我还会，也应该见你。不但你和我们国家领导人之间的关系，而且我们也有一种特殊的亲戚关系，我们中间有一些疙瘩，不难解开。

　　邓小平这里所说"疙瘩"主要是指关于南沙群岛的争议问题，邓小平一直设想通过共同开发来解决这个争议。邓小平对阿基诺夫人说："对南沙群岛问题，中国最有发言权。南沙群岛历史上就是中国领土，国际上很长时间对此并无异议。抗日战争结束不久，南京国民党政府派海军舰队去南沙群岛海域巡逻，随即对南沙群岛最大的岛屿太平岛派了驻军，并修了一个小飞机场。当时联合国没有提出任何异议，世界上其他国家也都没有提出异议。世界上有权威的地图标明南沙群岛一直为中国所控制，菲律宾舆论界也提到过这一点。我经过多年考虑，认为要真正解决这个问题，可在承认中国主权条件下，各方都不派部队，共同开发。那些地方岛屿很小，住不了人，不长粮食，无非有一些石油资源。有关近邻国家可以组成公司，共同勘察、开发。中国有权提出这种建议，只有中国建议才有效。这样就没有争端，用不着使用武力。在南沙群岛问题上，并不是找不到一个切实可行的解决办法，但这个问题毕竟是个麻烦的问题，应通过协商找到对和平有利、对友好合作有利的办法。"

1988年4月,邓小平同来访的菲律宾总统阿基诺夫人(左一)亲切交谈

在会谈中,邓小平对国际问题的分析、对亚洲问题的独到的见解,尤其是他谈笑风生、平易近人、幽默机智的风采更使科拉松·阿基诺久久难忘。在后来回忆起她同邓小平的这次会谈时,科拉松·阿基诺用了六个字:友好、愉快、幽默。

她回忆说:1988年4月16日邓小平主席和我在友好、愉快、幽默的气氛中进行了50分钟的会晤。会晤在人民大会堂福建厅举行。近百名中外记者早就聚在那里等候。会晤时,记者们被允许旁听了10多分钟。

邓小平向我介绍了中国的发展和建设情况。他强调指出,中国希望世界和平,希望地区和平,特别希望同亚洲国家、东盟国家发展友好关系,成为更好的朋友。

他衷心希望中菲两国都抓紧利用和平的国际环境发展自己的经济。他不仅希望菲律宾繁荣、稳定、富强,而且希望东盟国家都能发展起来。

我介绍了菲律宾的发展情况后说,我看到了中国的改革取得了很大成功,希望从中学到东西。

入座后,我就对邓小平说:"你看上去非常健康。"

邓小平回答说:"我84岁了。去年,我提出完全退休,大家不赞成。我现在是半退休。"

我说:"我很高兴你没有完全退休。否则,我不可能有这样好的机会同你见面。"

邓小平笑着说:"即使我退休了,我也会同你见面的。因为中菲两国和两国人民是好朋友,而且还有着特殊的亲戚关系。"

邓小平对我说:"你当选为菲律宾总统后,处境比较困难,但你处理得很好,使菲律宾由动乱走向比较稳定。我相信你会干得很好。中国希望有一个稳定、繁荣、富强的菲律宾。"

他还说:"我们之间有一些疙瘩不难解决。特别是你在国内非常繁忙的情况下抽出时间来访问中国,我们非常感谢。"

我谈到菲律宾局势时说:"经历了五次政变后,我仍旧是菲律宾总统。这一事实可以告诉全世界,我们的局势是稳定的。"

我们高度评价和平共处五项原则,认为这一原则十分重要,经得起时间的考验,富有生命力。双方一致表示将积极努力,进一步发展两国的友好合作关系。

上午10时,当我来到福建厅时,身穿黑色中山装的邓小平健步走上前来握着我的手说:"欢迎你,我很高兴见到你。"接着,邓小平问:"你的女儿呢?"

当我的两个女儿从随行人员队伍中走到邓小平跟前时,邓小平微笑着问:"你们可不可以叫我邓爷爷啊?"

两个女儿都点了点头。邓小平高兴地说:"那我们就认亲了。"

这时,聚集在厅门口的记者们立即用笔或手中的相机录下了这一动人的场面。

会晤开始后不久,邓小平问我:"我能抽烟吗?"

我说:"我不能对你说不能抽,因为我不是你这个国家的领导人。但在我们菲律宾内阁开会时是不能抽烟的。"话音刚落,厅内爆发出一阵笑声。

邓小平接着说:"在七届人大的一次会议上,我违反了一个规则。我习惯地拿出一支香烟,一位代表给我递了一张条子,提出了批评。我马上接受,没办法。"说完,他爽朗地笑了。

邓小平会见穆加贝

"把自己孤立于世界之外是不利的"

中国和非洲国家同属第三世界,中国人民为非洲国家的民族解放和建设事业做出了重大贡献。两大洲人民之间建立了深厚的友谊和友好的合作关系,国事访问也非常频繁。

非洲许多国家的领导人曾访问中国,中国也曾多次派代表团访问非洲。1963 年 12 月至 1964 年 2 月周总理等人非洲十国之行,是我国有史以来第一位访问非洲的政府领导人。这次访问,增进了我国同非洲国家的相互了解和信任,开创了我国对非洲外交工作的新局面。周总理等人的非洲之行,标志着我国同非洲国家的关系进入一个新的时期。

之后,中国同非洲国家之间的关系飞速发展。我国同非洲国家在政治、经济、文化等方面的联系日益密切,非洲朋友称中国是他们的"患难之交"和"真正的朋友"。

1981 年 5 月 12 日,应中国政府的邀请,津巴布韦共和国总理罗伯特·穆加贝和夫人一行乘专机到达北京,开始对我国进行正式访问。

这是津巴布韦独立后政府首脑第一次正式访问中国。

津巴布韦是于 1980 年 4 月 18 日宣布独立成立津巴布韦共和国的。它位于非洲东南部,地处内陆,面积约 39 万平方公里。8 至 10 世纪时,当地社会已达较高发展水平。19 世纪末为英国殖民者侵占,并将其命名为南罗得西亚。1923 年成为英国"自治领地"。1965 年 11 月,史密斯白人种族主义当局片面宣布"独立",企图永远统治津巴布韦。1966 年 4 月,津巴布韦人民打响了反对白人种族主义政权的第一枪,开展了争取民族主义的武装斗争。1980年4月18日,津巴布韦在独立的当天,就与我国建立了外交关系。

罗伯特·穆加贝是津巴布韦共和国的第一任总理。他于1924年2月出生于索尔兹伯里以西库塔玛地区一个农村木匠家庭,属马绍纳部族的塞祖鲁族。

穆加贝在学生时代就对殖民当局的种族歧视政策不满,曾经接触过一些非洲民族主义者,受到思想启蒙。1960年,他参加了民族独立运动,先后担任津巴布韦民族民主党和津巴布韦非洲人民联盟宣传书记。1963年8月,他退出津人盟,另创建津巴布韦非洲民族联盟,并担任总书记。

1976年10月,津巴布韦人盟和津巴布韦民盟联合组成津巴布韦爱国阵线,穆加贝任阵线的两主席之一。1977年8月,正式当选为民盟主席。1979年9月,作为爱国阵线的领导人,他前往英国伦敦参加由英国主持的罗得西亚各方制宪会议,就津巴布韦的独立选举问题达成协议。1980年2月,津巴布韦举行独立大选,津民盟获胜,穆加贝出任总理并组织政府,并于4月18日宣布津巴布韦独立。

穆加贝执政一年多来,结合津巴布韦的实际,重视恢复和发展国民经济,强调种族和部族和解与民族团结。在对外方面,以他为总理的津巴布韦政府奉行不结盟政策,努力发展同各国的友好关系,坚决支持南非和纳米比亚人民反对种族主义的正义斗争。

他曾三次访问过我国,每次访问都受到邓小平的友好接见。

1981年5月15日上午,时任中共中央副主席的邓小平第一次会见了穆加贝及其主要随行人员。双方在友好和谐的气氛中进行了长谈。

邓小平首先介绍了我国社会主义建设的经验和教训。他说:"建国32年来,我们虽然走了一些弯路,但总的来说,我们所取得的成绩是伟大的,我们所走的道路是正确的。我们相信,我们现在采取的政策是正确的,我们对未来充满着信心。"

邓小平还说:"成绩是我们自己干出来的,错误也是我们自己犯的。只有通过认真总结经验教训,才能发扬成绩,克服缺点,使我们在前进的道

1981年5月15日,邓小平会见津巴布韦总理穆加贝时,谈到我们正在做一件重要的事情,即正确地评价毛泽东和毛泽东思想。这个问题解决了,有利于我们以后更好更快地发展

路上少犯错误,把自己的国家建设得更好。"

穆加贝暗自对邓小平充沛的精力和独到的见解感到非常吃惊,敬佩之情进一步加深。他坦诚而又详细地向邓小平介绍了当前南部非洲的一些情况,并表示津巴布韦希望同中国进一步加强友好合作关系。

邓小平听完穆加贝的介绍后,对津巴布韦独立一年来所取得的成就表示赞赏。他说:"津巴布韦目前的政治、经济形势都很好,这同阁下您执行了正确的政策和努力是分不开的。"

他希望津巴布韦人民在建设自己国家的事业中,继续取得新的胜利。他还希望中津两国进一步加强合作,通过相互交流情况,互相取长补短,能够使我们取得成绩的经验和犯错误的教训成为双方共同的财富。

会见结束后,邓小平设午宴招待了穆加贝和夫人等津巴布韦贵宾。

时隔4年之后,1985年8月25日,邓小平又会见了穆加贝。

邓小平虽然已经81岁了,但身体依然很健康,精神矍铄,思维敏捷。两位领导人一见面,就握手致意,互相问候。

穆加贝首先回顾了他1981年来中国访问时的情况。他说:"我当时所到之处,你们的人民告诉我,你们在纠正错误。"

邓小平接着说:"我们做的那项工作叫'拨乱反正'。我们用马列主义、毛泽东思想总结了建国以来的经验教训,清理了'左'的错误,完成了拨乱反正,我们开始继续前进。"

然后,邓小平又向客人介绍了我们拨乱反正的原因。

他说:"从中华人民共和国成立,到毛泽东主席逝世这段时间,我们做了大量的工作。特别是从新民主主义革命转变到社会主义革命,搞了土改,搞了第一个五年计划的大规模工业化建设,搞了对农业、手工业和资本主义工商业的社会主义改造,事情做得非常好。"但是,"1957年开始有一点问题。问题出在一个'左'字上。反对资产阶级右派是必要的,但是搞过分了。'左'的思想发展导致了1958年的'大跃进'和人民公社化运动,这是比较大的错误,使我们受到惩罚。"一直到"'文化大革命',走到了'左'的极端,极左思潮泛滥。"给我国的社会主义事业造成极大损失。因此,为了纠正极左思潮,就必须拨乱反正。但是,拨乱反正并不是否定过去的一切,而是在坚持四项基本原则的基础上发展生产力,改善人民的生活。

说到这里,邓小平略停了一下,接着又提高声音强调指出:"中国要发展生产力,对经济体制进行改革,是必由之路。你在1981年来访时,我国农村的改革已经有了成效。有了农村改革的经验,现在,我们转到城市经济体制改革。城市经济改革就是全面的改革,它比农村经济改革复杂得多,难免出差错,冒风险。我们意识到这一点。但是,我们有充分的信心。不过,要证实我们城市经济体制改革的路子走得对不对,还需要三五年的时间。"

当翻译把邓小平的这段话翻译完后,穆加贝点头表示同意。他说:

"很高兴有机会再次同您就一些问题交换看法。"然后他又请邓小平谈一谈对外开放问题。

邓小平首先总结了中国过去几百年的经验教训,指出:"闭关自守只会导致落后。中国要建设社会主义,必须实行对外开放。但是,我们现在讲的对内搞活、对外开放是在坚持社会主义原则下开展的。社会主义有两个非常重要的方面,一是以公有制为主体,二是不搞两极分化。公有制包括全民所有制和集体所有制,现在占整个经济的90%以上。同时,发展一点个体经济,吸收外国的资金和技术,欢迎中外合资合作,甚至欢迎外国独资到中国办工厂,这些都是对社会主义经济的补充。""我们可以学到一些好的管理经验和先进的技术,用于发展社会主义经济,这样做不会也不可能破坏社会主义经济。"

说到这里,邓小平再次强调说:中国的对外开放,对内搞活经济,决不会导致两极分化,也不会形成一个资产阶级。"如果导致两极分化,改革就算失败了。"

穆加贝又问,怎样才能保证中国的改革开放不会脱离社会主义方向呢?

邓小平回答说:"我们社会主义的国家机器是强有力的。一旦发现偏离社会主义方向的情况,国家机器就会出面干预,把它纠正过来。开放政策是有风险的,会带来一些资本主义的腐朽东西。但是,我们的社会主义政策和国家机器有力量去克服这些东西。所以事情并不可怕。"

这次谈话长达100分钟。邓小平侃侃而谈,毫无倦意。最后,他进一步总结了中国社会主义建设的经验和教训,作为谈话的结尾。他说:"中国革命取得成功,就是因为把马列主义的普遍原则用到自己的实际中去。在社会主义建设方面,我们的经验有正面的,也有反面的,正反两方面的经验都有用。要特别注意我们'左'的错误。'左'的错误带来的损失,历史已经作出结论。我们都是搞革命的,搞革命的人最容易犯急性病。我们的用心是好的,想早一点进入共产主义。这往往使我们不能冷静地分析主客观方面的情况,从而违反客观世界发展的规律。中国过去就是犯了性急的错误。我们特别希望你们注意中国不成功的经验。外国的经验可以借鉴,但是绝对不能照搬。"

邓小平的话说的可谓语重心长,耐人深思。

穆加贝总理感激地说:"中国沿着社会主义道路前进,这使他很受鼓舞。"并表示"津巴布韦人民在建设自己国家的事业中愿同中国人民加强联系,互相学习。"

1987 年 1 月 20 日,邓小平在人民大会堂第三次会见了穆加贝。

这次他们更是老朋友了。寒暄过后,谈话很快就转入正题。

邓小平深有感触地说:"搞社会主义必须立足于中国的实际,并据此制定自己的政策。"

然后,他进一步解释说:"八年来我们取得成功,主要是因为我们政策的制定立足于中国的实际情况,立足于我们自身的努力。我们的目标是现实的,提高人民生活水平是个长期奋斗的过程。建国以来我们犯的几次错误,都是由于要求过急,目标过高,脱离了中国的实际,结果发展反倒慢了。搞社会主义可不是一件容易的事。"

邓小平在听完穆加贝总理介绍津巴布韦国内的情况后指出:"一个国家要取得真正的政治独立,必须努力摆脱贫困。而要摆脱贫困,在经济政策和对外政策上都要立足于自己的实际,不要给自己设置障碍,不要孤立于世界之外。根据中国的经验,把自己孤立于世界之外是不利的。"

邓小平还说:"要得到发展,必须坚持对外开放。对内改革,包括上层建筑领域的政治体制的改革。中国执行开放政策是正确的,得到了很大的好处。如果说有什么不足之处,就是开放得还不够。我们要继续开放,更加开放。"

他强调指出:"对外开放决不会影响我们的社会主义制度。因为我们有正确的政策。教育人民坚持四项基本原则,这就为我们事业的健康发展从根本上提供了保证。"

穆加贝总理十分赞赏中国的对外开放政策,非常同意邓小平的观点。他说:"中国的对外开放政策已经产生了非常明显的效果。"

邓小平与穆加贝还就南部非洲局势等问题交换了意见。穆加贝说:"国际社会对南部非洲人民正义斗争的支持正在出现新的高潮,整个形势朝着越来越有利于南部非洲人民的方向发展。废除种族隔离制度,实现纳米比亚独立是大势所趋,人心所向,任何抗拒这一历史潮流的行径都将遭到彻底的失败。"

邓小平也强调说:"中国支持南部非洲人民斗争的立场是一贯的,是不会改变的。"

穆加贝总理对中国人民对非洲的大力支持表示赞赏,并希望进一步加强津中两国人民的友好合作。

然后,两位领导人在愉快和谐的气氛中握手道别。22 日,穆加贝一行起程回国,结束了对中国的访问。

邓小平会见穆塞韦尼

"我们最大的失误是在教育方面"

乌干达总统约韦里·卡古塔·穆塞韦尼1944年生于乌干达南方省安科莱区基亚马特镇。1972年组建民族救国阵线。1981年2月创建人民抵抗军,任司令。1985年1月任全国抵抗运动临时主席。1986年1月25日全国抵抗军夺取政权,29日出任总统。穆塞韦尼于1989年3月21日至25日对我国进行国事访问。

1989年3月23日上午,中央军委主席邓小平会见穆塞韦尼。

1989年3月,邓小平会见来访的乌干达总统穆塞韦尼

在谈到中国的建设经验时,邓小平说:"中国过去在很长的时间里处

于封闭状态,经济发展受到限制,直到 1978 年底我们党的十一届三中全会,才把这个问题恰当地解决了。从那时到去年底的十年里,中国有了可喜的成就,经济发展和人民的生活水平都上了一个台阶。发展中也出现了新的失误,但主要的还是我们的成就,这是我们的根本观点。我们现在的问题是通货膨胀,物价上涨得太快,给国家和人民都带来了困难。我们已经注意到了这个问题,准备用两年或更多的时间来解决问题。我们的一条经验是,发展顺利时要看到出现的新问题,发展要适度,经济过热就容易出毛病。总之,制定一切政策,要从实际出发。只要注意这一点,就不会犯大错误。"

邓小平还指出:"我们最近十年的发展是很好的。我们最大的失误是在教育方面,思想政治工作薄弱了,教育发展不够。我们经过冷静考虑,认为这方面的失误比通货膨胀等问题更大。最重要的一条是,在经济得到可喜发展、人民生活水平得到改善的情况下,没有告诉人民,包括共产党员在内,应该保持艰苦奋斗的传统。坚持这个传统,才能抗住腐败现象。所以要加强对人民进行思想政治工作,提倡艰苦奋斗。这是中国从几十年的建设中得出的经验。"

在谈到国际问题时,邓小平说:"现在国际形势趋向缓和,世界大战可以避免,非洲国家要利用这一有利的和平国际环境来发展自己。要根据本国的条件制定发展战略和政策,搞好民族团结,通过全体人民的共同努力,使经济得到发展。我很赞成你们在革命胜利后,不是一下子就搞社会主义。我和许多非洲朋友谈到不要急于搞社会主义,也不要搞封闭政策,那样搞不会获得发展。我们最大的经验就是不要脱离世界,否则就会信息不灵,睡大觉,而世界技术革命却在蓬勃发展。"

邓小平会见穆巴拉克

"中东问题的最后解决要靠阿拉伯世界的团结"

中国和埃及同是世界上两个文明古国。中国有长城,埃及有金字塔,这是两个古老文明国家的象征和骄傲。无论在过去,还是现在,中埃两国有许多相似之处,有过类似的遭遇,面临相同的任务。两个古老文明的国家加强政治、经济、文化交流与合作具有特殊的意义和作用。

埃及朋友经常提起 1956 年在埃及遭受三国联军入侵,埃及人民处在最困难的时刻,中国人民伸出了援助之手的佳话。对此,他们非常感激。他们也为中国援建的开罗国际会议中心大厦感到骄傲和自豪。周恩来总理曾三次访问埃及,李先念主席、杨尚昆主席、李鹏总理等党和国家领导人也曾先后访问过埃及。埃及总统穆巴拉克曾六次访问中国,他说:"中国人民在埃及人民的心中享有特殊的地位。"

穆罕默德·胡斯尼·穆巴拉克,1928 年 5 月出生于下埃及米努夫省穆赛利赫村。1949 年和 1950 年先后毕业于埃及军事学院和空军学院。历任轰炸机旅旅长、空军基地司令和空军学院院长。1969 年 6 月,任空军参谋长。1972 年 4 月,任空军司令。同年 5 月兼任国防部副部长。1974 年 2 月,晋升为空军中将。1975 年 4 月起任埃及副总统。1978 年 7 月起任埃及执政党民族民主党副主席。他是埃及共和国一位出色的领导人,对推动和加强中埃两国关系的进一步发展作出了重大贡献。

穆巴拉克总统是邓小平的老朋友,他曾热情地邀请邓小平可以在任何时候访问埃及,去看看埃及古老的文明和对中国怀有崇慕之情的埃及人民。

邓小平与穆巴拉克的友谊建立在 1980 年初。

1980 年 1 月 5 日下午,阿拉伯埃及共和国副总统胡斯尼·穆巴拉克和夫人一行,乘专机到达北京,开始对我国进行为期 5 天的访问。

国务院副总理邓小平和夫人卓琳及人大常委会副委员长乌兰夫等前往机场迎接。邓小平等人站在飞机舷梯旁,恭迎远方的客人。当穆巴拉克副总统走下舷梯后,邓小平握着他的手说:"欢迎您!"

穆巴拉克副总统也说:"我很高兴再次访问你们这个伟大而友好的国家。"

这是穆巴拉克第二次访问中国。穆巴拉克第一次访问中国是 1976 年 4 月 18 日。访问期间,穆巴拉克受到了中国领导人毛泽东、朱德等的接见。那时邓小平正受到批判。

双方领导人寒暄过后,穆巴拉克在邓小平、乌兰夫等人陪同下,检阅了中国人民解放军陆海空三军仪仗队,然后,穆巴拉克一行下榻于钓鱼台国宾馆。

1 月 6 日上午,国务院副总理邓小平同埃及副总统穆巴拉克在人民大会堂举行了会谈。

会谈是在诚挚友好的气氛中进行的。

会谈开始时,穆巴拉克副总统说:"我真诚感谢中国领导人对我们热情友好的接待。我这次受萨达特总统的委托,将就中东局势和其它国际问题向中国领导人阐明埃及的立场,并同你们交换意见。"

邓小平说:"在国际事务中的许多问题上,我们的看法是一致的或是近似的。在当前国际风云变幻多端的情况下,我们两国领导人在一起交换意见是很必要的。"

然后,两国领导人就国际和国内关心的问题交换了意见。

当天晚上,邓小平设晚宴欢迎埃及贵宾。在宴会讲话中,邓小平说:"最近,苏联悍然派兵大规模入侵阿富汗,粗暴地干涉这个第三世界的不结盟国家和伊斯兰国家的内政,严重地威胁着亚洲与世界的和平与安全。"

邓小平说的苏联悍然入侵阿富汗是指 1979 年 12 月 27 日,苏联武装出兵阿富汗,打死阿富汗总理阿明及其全家成员,阿明政府被推翻,组成了以巴布拉克·卡尔迈勒为首的傀儡政府的事件。

苏联的侵略行径立即遭到了全世界的强烈反对。

1979 年 12 月 30 日,中国政府发表声明,强烈谴责苏联霸权主义行径,坚决要求苏联停止对阿富汗的入侵和干涉,撤出一切武装部队。

因此,这次穆巴拉克访问中国的目的之一就是就中东局势与中国领导人磋商。

在宴会讲话中,邓小平强烈谴责了苏联的霸权主义行径,进一步表明了中国政府的立场和态度。他指出:"今天的世界更加紧张、更加动荡。特别是中东和海湾、东南亚以及南部非洲已经成了举世瞩目、危机四伏的'热点'。事实证明,那个自称为阿拉伯和第三世界人民'天然朋友'的超级大国,正是当今世界动荡不安的主要根源。"

他说:"苏联这一行动,是它为南下印度洋、控制海上通道和攫取石油产地,迂回包抄欧洲,谋求世界霸权而采取的一个严重步骤,也是它对外侵略扩张政策的明显的升级,是公然对联合国宪章和国际关系准则的践踏,是对一切坚持独立主权和领土完整国家的严重挑衅。"

苏联的倒行逆施,不仅激起阿拉伯人民的英勇抗击,而且引起世界上所有主持正义的国家和人民的无比愤慨和同声谴责。邓小平说:"中国政府和人民将同阿拉伯人民和一切爱好和平、主持正义的国家和人民一道,为挫败苏联的侵略和扩张而斗争。"

邓小平在讲话中指出,面对霸权主义的侵略、威胁和种种阴谋,作为维护中东和非洲地区和平的一支重要力量的埃及人民,进行了坚强不屈的斗争。他说:"我们高度评价埃及政府对苏联侵略阿富汗的暴行所采取的严正立场。我愿借此机会重申,在反对霸权主义、维护世界和平的神圣事业中,中国政府和人民将始终站在埃及人民、巴勒斯坦人民、阿拉伯各国人民以及全世界人民一边,永远是他们最可信赖的朋友和兄弟。"

在谈到中东问题时,邓小平指出:"形势的发展越来越有利于阿拉伯人民和巴勒斯坦人民的正义事业,相信你们的目标一定能实现。"

最后,邓小平重申,中国政府和人民坚定不移地支持埃及人民、巴勒斯坦人民和阿拉伯各国人民的正义斗争。"我们一贯主张,以色列必须撤出它占领的阿拉伯领土,巴勒斯坦人民的民族权利,包括建立自己国家的权利应该得到恢复。这是中东问题得到公正解决的必要条件。"

穆巴拉克在讲话中谈道:"面对目前世界上发生的一些以亚洲的中心地区、中东和非洲为舞台的极为严重的事件,我们不能袖手旁观,因为这不仅损害了所有第三世界国家的战略安全,而且破坏了国际大家庭奉行的处理国与国之间以及各国人民之间关系的许多原则,威胁着发展中国家的稳定和安全;使这些国家以及其它许多国家产生紧张感和不安感,而此刻他们正十分需要集中力量进行建设和发展,以便在工业和技术方面缩小同发达国家的差距,开发自然资源和人力资源,从而为本国世世代代人民带来最充分的安全和繁荣。"

穆巴拉克还高度赞扬了中国在国际舞台上所奉行的政策。他说:"人民中国倾其全力支持反对帝国主义控制和国际剥削的解放运动。人们将来书写当代世界生活中这一严峻时期的历史时,一定会提到:伟大的贵国曾经根据原则和信仰,无私地支持第三世界各国人民的斗争,提供了她力所能及的物质和道义支持,她从不采取别人使用的手段,向第三世界人民施加压力,或者乘人需要支持和援助时而从中谋取私利。"

1月9日,穆巴拉克一行离开北京抵达沈阳访问。邓小平、乌兰夫等到机场送行。

1983年4月1日,穆巴拉克再次访华。

中共中央顾问委员会主任邓小平在人民大会堂会见了他。两位领导人见面时,紧紧握手,互相热情问候。

邓小平说:"您是第一位来我国访问的埃及总统,我们热烈欢迎您。"

穆巴拉克上次访华是以副总统的身份来的。1981年10月6日,埃及总统萨达特遇刺身亡后,穆巴拉克当选为埃及总统。自任总统以来,他主张"举起这两位伟大埃及领导人(纳塞尔和萨达特)正确行动的旗帜,同时避免在这两个时期出现的消极因素"。提出了"埃及第一"的口号,要求全国人民为了埃及的利益团结合作,保证平等对待各派势力,注意团结反对

1983年4月,邓小平会见来访的埃及总统穆巴拉克

派,并采取了一系列重要措施。他还注意团结同阿拉伯国家及其它世界国家的友好合作关系。

穆巴拉克总统说:"我们两国人民长期以来保持着兄弟般的情谊,两国的友好合作关系一直在友好地向前发展。"

邓小平点头表示同意,并进一步指出:"中东问题的最后解决要靠阿拉伯世界的团结。我们希望阿拉伯各国加强团结,希望埃及在这方面发挥更大的作用。"

穆巴拉克也随即应道:"阿拉伯各国的团结在不断加强,埃及决心加强同其它阿拉伯国家之间的关系。"

另外,两位领导人还就其它感兴趣的问题交换了意见,并共同祝愿中埃两国关系日益增进,步步提高。

会见后,邓小平设午宴招待了贵宾。

穆巴拉克总统这次访华,引起世界各国的高度重视。新闻界对中国政府对穆巴拉克访华的态度,也非常感兴趣,并给予了极高的评价。

1990年5月13日,埃及总统穆巴拉克再次来到中国访问。

这时邓小平已辞去他最后一个职务——中央军委主席,退休了。穆巴拉克非常想见到邓小平,邓小平满足了他的这一要求。

穆巴拉克对邓小平说:"非常高兴能见到您,您是我的老朋友啦,我每次来必须要见到您。

邓小平饶有风趣地说:"我们个人之间是老朋友,前两三天香港报纸说

1990 年 5 月 13 日,邓小平对来访的埃及总统穆巴拉克说,本来我已经退休了,不再见客人了,但是个别的老朋友不见也不好

我已经'不在了',我很高兴你见到的是一个活人。"

邓小平用手指了指他身旁的三女儿毛毛说,我耳朵不行,所以我还带了个耳朵来,这是我女儿。

穆巴拉克说:"我看到您身体健康,我也很高兴,祝您长寿。"

邓小平说,谢谢,本来我已经退休了不再见客人了,但是个别的老朋友不见也不好。

邓小平会见门格斯图

"搞社会主义要靠自己的实践"

应中华人民共和国国家主席杨尚昆的邀请,埃塞俄比亚总统门格斯图·海尔·马利亚姆于1988年6月20日至26日对中国进行了国事访问。访问期间,邓小平于6月22日上午在人民大会堂福建厅会见了门格斯图和他的随行人员。会见持续了一个多小时。

邓小平向客人介绍了中国社会主义现代化建设的历史及其经验教训,以及中国正在进行的改革开放的基本情况。

他说,"1949年,中国结束了屈辱的历史,中华民族站起来了。建国后的前7年我们搞得不错。"

但是,"从1957年下半年开始,我们就犯了'左'的错误。特别是'文化大革命'十年浩劫,中国吃了苦头。'左'的错误使中国处于停滞状态,主要表现在生产力不发展,人民生活没有改善。"

邓小平说,中国过去的教训就是对外封闭,搞了闭关自守,对内搞以阶级斗争为纲,忽视发展生产力,制订的政策超越了社会主义的初级阶段。在"文革"的十年中,什么叫社会主义,没有搞清楚;什么叫马克思主义,也没有搞清楚。

他说,"现在,我们坚持马克思主义、列宁主义和毛泽东思想。从经验教训中,我们已经了解到什么是马克思主义。马克思主义的另一个名字叫共产主义,这仍然是我们要永远坚持的信条。"

他说,共产主义有两个阶段。初级阶段是社会主义,社会主义阶段是

1988年6月22日,邓小平在会见埃塞俄比亚总统门格斯图时说,现在国际形势看来会有个比较长时间的和平环境,即不爆发第三次世界大战的环境。我们都是第三世界国家,要紧紧抓住经济建设这个中心

一个很长的历史阶段。社会主义的任务是发展生产力,逐步改善人民的生活,创造物质条件,进入共产主义。共产主义社会要各尽所能,按需分配。各尽所能是清楚的,而按需分配,如果没有极端丰富的物质,怎么能按需分配呢?物质极端丰富、创造能按需分配的条件,这个任务要在社会主义阶段完成。所以,社会主义社会最重要的任务是发展生产,逐步创造物质极为丰富的条件。

邓小平对客人说,"1978年我们党的十一届三中全会对过去作了系统的总结,提出了一系列新的方针政策。中心点是从以阶级斗争为纲转到以发展生产力为中心,从封闭转到开放,从固守成规转到各方面的改革。"

邓小平称,"1978年以来,我们又开辟了建设有中国特色社会主义的全新的事业。"十年来,中国的发展速度是不慢的。中国政策的连续性保证了生产将以比较合适的速度发展。

谈到当前中国改革开放面临的形势时,邓小平说,"形势逼人,迫使我们进一步改革开放。还需要过好几个关,现在碰到的最大的关是价格制度和工资制度的综合改革。""现在,我们正在闯这个关,打算用五六年的时间。闯这个关有很大风险,但我们有信心闯过这一关,敢于闯本身就说明我们有信心。闯过这一关是为下一世纪中国的发展创造条件。"

邓小平说,在闯关期间,可能会有失误,要及时总结经验,但决不能后退了。"我们前进的道路并不平坦,但是我们相信这十年好的形势能够继续发展下去。我们对此寄予希望。"

邓小平还向门格斯图表示,中埃两国都是贫穷国家,都在搞社会主义。搞社会主义要靠自己的实践,对外国的经验绝不能照搬。

邓小平还说,埃塞俄比亚是非洲的重要国家。长期以来,埃塞俄比亚人民有着为争取独立而斗争的光荣传统。我在青年时代就知道你们的国家,当时叫阿比西尼亚,进行了英勇的抗击意大利法西斯侵略者的正义战争。这样的民族现在面临着经济困难,相信你们会克服困难的。我衷心希望你们把发展生产力、调动人民的积极性作为中心。现在国际形势看来会有个比较长时间的和平环境,即不爆发第三次世界大战的环境。我们都是第三世界国家,要紧紧抓住经济建设这个中心,不要丧失时机。

门格斯图在会见中说,埃塞俄比亚是中国真诚的朋友。祝愿中国的社会主义事业获得成功。

不久,法国记者费朗索瓦·夏泰宁便以《邓小平教授上社会主义课》为题,对邓小平同门格斯图的这次会谈作了报道,从而使邓小平的这次谈话很快为世界各国的朋友所了解。费朗索瓦·夏泰宁在这篇报道中写道:

观察家们注意到,在一个多月的时间里,已经半退休了的中国强有力的人物邓小平又出来了(22日),向一位外国马克思主义领导人发表了一通关于社会主义的讲话。

邓小平这次是向埃塞俄比亚总统门格斯图谈话。他向客人——一位莫斯科的盟友谈到中国人民从1956年到1979年20多年"吃了苦头",观察家们认为,对于一个还不到40年的政权来说,20年已经很长了。

邓小平谈社会主义的教训,看来目的在于提醒那些已选择马克思主义道路的第三世界领导人,要防止在执行马克思主义学说时出现严重僵化的危险。

观察家们认为,他要求那些领导人要选择最适合自己国情的社会主义的形式的同时,远离某种模式(意指苏联模式),也不要模仿中国的做法。

在这方面,邓小平从意识形态上为中国的发展努力进行了辩护,他说,"按需分配"的马克思主义原则只有在产品极其丰富的先决条件下才有可能实行。

邓小平不只是向非洲国家元首上了这样的课,在间断了很长时间之后又重新访问中国的一些东欧国家领导人也听说过邓小平这些赞扬社会主义方面的实用主义的大段讲话。

但在观察家看来,这些讲话的主要目的还是要在国内应用。面对由于他当权时提倡经济改革而造成的物价上涨,这位中国强有力的人物认为,不时地提醒一下毛泽东逝世之前以及他本人重新掌权以前的情况比这更糟是有益的。

邓小平会见尼雷尔

"中国不会放弃社会主义"

朱利叶斯·克·尼雷尔是坦桑尼亚联合共和国总统,是非洲著名的政治活动家。

坦桑尼亚联合共和国是东非一个贫穷落后的国家。它是坦噶尼喀和桑给巴尔在 1964 年 4 月联合组成的。中国和坦桑尼亚的友谊渊源流长。早在一千多年以前,两国人民就有了友好往来。在坦噶尼喀独立以前,尼雷尔就致力于增进中坦友谊。坦桑尼亚联合共和国一成立,中国政府就与它建立了正式的外交关系。中坦两国虽然相隔遥远,但两国人民都曾遭受过封建主义和殖民主义的压迫,在长期的反帝反殖民主义斗争中,互相支持、互相鼓舞,结成了战斗情谊,尤其是在坦桑尼亚人民希望能够得到外国的资本和技术合作,以便更快地建设祖国的时候,中国人民在自己国内也需要大量资金发展经济的情况下,却无私地、不附加任何条件地向年轻的坦桑尼亚联合共和国提供了无息贷款、合作与技术援助。因此,相似的历史遭遇以及目前面临的建设自己家园的共同任务把两国人民紧紧地联系在一起了。坦桑尼亚人民渴望了解中国的社会主义发展情况,希望从中国的经验中得到益处。

尼雷尔总统正是基于这一目的多次访问中国。第一次来华访问,中国就给他留下了终生难忘的美好印象。

那是 1965 年 2 月 17 日,当他的总统专机在飘扬着中坦两国国旗的北京首都机场上降落时,机场上响起了一片欢呼声,乐队高奏坦桑尼亚和中国国歌,礼炮齐鸣 21 响。尼雷尔总统由刘少奇主席和周恩来总理陪同,检阅了陆海空三军仪仗队。少先队员向全体贵宾献了花。坦桑尼亚贵宾在一片锣鼓声和口号声中绕场一周,同欢迎的群众见面,在乘车从机场前往西郊迎宾馆的路上,沿途受到了数十万人的夹道欢迎。

　　1968 年,尼雷尔总统再次访问中国,然而他与中国伟人邓小平的第一次见面却是在 1974 年 3 月 24 日。那天,首都北京洋溢着中坦两国人民友谊的热烈气氛。当尼雷尔总统乘坐的专机在一片欢呼中降落时,我国领导人周恩来、叶剑英、李先念、邓小平迎上前去,跟尼雷尔总统热情握手,拥抱。这时,尼雷尔总统第一次认识了这位身着深色的毛式干部服、个子矮

　　1981 年 3 月 24 日,邓小平会见坦桑尼亚总统尼雷尔。在谈到对毛泽东和毛泽东思想的评价问题时,邓小平说,现在,不仅国际上,我们国内也有人说我们在搞"非毛化"。如果真搞"非毛化",那就要犯历史性错误

小,但肩宽体阔、刚毅有力的中国副总理。在以后几天访问的日子里,他在与周恩来总理的会谈中,又见到了这位由于"文化大革命"的政治"地震"而被打倒七年,现在刚刚复出工作一年多的邓小平。初次见面,邓小平那坚定、稳重以及多年来的革命经历与政治磨难使他炼就出的坦荡胸怀,给尼雷尔总统留下了深刻的印象。

1981 年 3 月 22 日尼雷尔总统又一次访问中国。促使他第四次来华的主要原因是自 1974 年他访问后,中国发生了巨大的变化,与他在前三次访问中建立了深厚友谊的毛泽东主席、刘少奇主席、周恩来总理都相继过世。1978 年中国共产党召开了十一届三中全会。全会批判了"两个凡是"的错误方针,确立了解放思想、实事求是的思想路线,果断地作出了把工作重点转移到社会主义现代化建设上来的战略决策。这次全会标志着中国的发展道路将发生重大的转折。尼雷尔总统渴望同中国新领导人进行广泛的接触和交谈,以便更直接地了解中国在新时期采取的与过去根本不同的新政策,因为他始终认为,中国的经验对坦桑尼亚很重要,很实用。

24 日上午,时任中共中央副主席的邓小平会见了尼雷尔总统及其主要随行人员。他们互相握手问候,为再次见面而高兴。邓小平对尼雷尔说:"中国和坦桑尼亚建交以来一直是很好的朋友"。尼雷尔听后高兴地说:"我们同中国一直保持着友好的关系"。随后邓小平向尼雷尔介绍了中国国内政治经济形势和实行的改革开放新政策。尼雷尔说,听了你的介绍后,我更加了解你们了,我对你们所采取的政策很有信心。他认为中国在回顾总结过去所走过的路程,从中分析什么是正确的,什么是错误的,然后选择出好的发展政策。

在这次访问期间,尼雷尔参观了四季青公社。由于当年坦桑尼亚遭受了 40 年来未有的大干旱。尼雷尔对公社的水利设施特别感兴趣。他详细地询问了这些水利设施的灌溉情况。他还参观了公社的蔬菜温室和幼儿园,并到社员家里作客。另外他还到北京工业大学第一分校参观了实验工厂、电子计算机实验室等。

这次访问使尼雷尔亲眼看到了中国发生的重大转变,也使他亲身感受到了中国人民对坦桑尼亚人民的情谊不但没有变,反而有增无减。中国政策的变化对尼雷尔震动也很大。回国之后,在他的领导下,坦桑尼亚革命党和政府在认真总结本国经验教训的同时,也采取了一系列的调整改革措施。

1985年8月19日,尼雷尔总统决定再次访问中国,这是他任职23年以来最后一次以总统身份访华。照他自己的说法,他这次来北京的原因很简单,就是要亲自向我国致谢和告别。他要感谢在他任总统的整个期间,中国政府所给予的持续不断的和慷慨的道义上的支持,特别是历史使他有幸与20世纪两位最伟大的领袖毛泽东和周恩来亲自交谈,使他从中获益匪浅。

尼雷尔认为,和中国相比,坦桑尼亚确实是一个很小的国家。然而,无论是在中国给予坦桑尼亚巨大的经济援助和技术援助中,还是双方在国际会议的交往中,中国从来没有一丝一毫要左右坦桑尼亚政策或损害坦桑尼亚主权和尊严的企图。中国为坦桑尼亚提供的援助怎么形容都不过分。没有中国的慷慨援助,就不会有坦赞铁路,没有中国的援助,他们争取民族独立解放的时间可能会更长。中国帮助他们建立起了最大的水稻农场,中国派遣了成千上万第一流的工程技术人员和医务工作者跟坦桑人民并肩战斗,为发展坦桑尼亚工农业生产作出了自己无私的奉献。

尼雷尔说,坦桑尼亚感谢中国,并不仅仅因为中国向坦桑尼亚提供了经济援助,还因为中国一贯积极地实际地支持非洲为摆脱殖民主义和种族主义,取得彻底解放而进行的持续不断的斗争。他非常敬佩中国。

中国人民又一次热情地欢迎了这位为实现整个非洲大陆的民族解放而作出了卓越贡献的坦桑尼亚人民的杰出领袖。邓小平以中共中央顾问委员会主任的身份又一次会见了尼雷尔。在交谈中邓小平对尼雷尔说,1981年你来北京时,我向你介绍了当时我国拨乱反正的情况,现在看来,我们坚持马列主义、毛泽东思想,处理"文化大革命"的问题是做对了,取得了安定团结的局面。我们现在正在做两件事情。第一件事是进行经济改革。通过改革,我们取得了国民经济持续稳定发展的局面。另一件事是把我们的干部队伍搞得更年轻一些,这一步走好了,就更能保证我们政策的连续性。

邓小平对尼雷尔风趣地说:"你们最近也开了一个会议,作出了新的人事安排。我们想到一块儿去了。"

尼雷尔说,今年10月坦桑尼亚举行大选时,他将辞去总统职务,专任坦桑尼亚革命党主席的职务,直到1987年。

邓小平笑着说:"这样做非常高明。这样的事情在世界上并不多。"

尼雷尔说:"我很高兴你能理解我们的这一做法。"

在尼雷尔谈到国际上对中国进行经济体制改革的议论时,邓小平说:"世界上对我国的经济改革有两种评论。有些评论家认为改革会使中国放弃社会主义。另一些评论家则认为中国不会放弃社会主义。后一种看法比较有眼光。我们所有的改革都是为了一个目的,就是扫除发展生产力的障碍。"

他还说:"我们总的原则是四个坚持,坚持社会主义道路,坚持人民民主专政,坚持共产党的领导,坚持马列主义、毛泽东思想。这已经写进中国的宪法。问题是怎么坚持。是坚持那种不能摆脱贫穷落后状态的政策,还是在坚持四项原则的基础上选择好的政策,使社会主义生产力得到比较快的发展?十一届三中全会决定进行改革就是选择好的政策。改革的性质同过去的革命一样,也是为了扫除发展社会生产力的障碍,使中国摆脱贫穷落后的状态。从这个意义上说,改革也可以叫革命性的变革。"

邓小平说,我们的改革只是一种试验,如果成功了,可以对不发达国家的发展提供某些经验。

尼雷尔总统说:"我相信你是正确的。我也认为,建设社会主义必须采取灵活的办法。"他认为,中国是第三世界的重要一员,中国的强大,也就是第三世界的强大。中国的改革成功了,就可以对国际社会作出巨大的贡献。他诚恳地表示坦桑尼亚人民热切希望学习和借鉴中国经济体制改革和经济建设的新经验。

邓小平热情地说:"再过三年,中国会有比较明显的变化。总统可以经常来中国看看,作为朋友总是常来常往好。"

1989 年 11 月 23 日,邓小平对来访的坦桑尼亚革命党主席尼雷尔表示,中国坚持社会主义,不会改变

尼雷尔说:"我辞去总统职务后,有更多的时间,就可以常到中国来,到更多的地方去看看。"

从那以后,尼雷尔确实不辞劳苦又多次来到中国,又多次见到邓小平。

1987 年 4 月,身为南方委员会主席的尼雷尔来到北京,在他来访的第二天,邓小平就又会见了他。老朋友见面分外亲切。尼雷尔向邓小平介绍了南方委员会的工作。邓小平十分赞赏尼雷尔所从事的工作。他说,中国积极支持南方委员会的成立,从促进发展中国家的合作。

尼雷尔说,这个委员会需要第三世界的支持,特别是中国的支持。

在他们谈到南北关系时,邓小平对尼雷尔说,发展中国家不摆脱贫困,发达国家要发展也会受到障碍。解决的办法是南南之间发展合作,加强南北对话。同时，只有在南方国家自己发展的基础上，这种对话才比较容易。

邓小平认为，目前世界上带全局性的问题有两个："一个是战争与和平问题；一个是南北问题。世界和平是有希望的，但战争的危险仍然存在。现在和平的力量有了很大的发展，制止战争的力量在增长，制止战争的主要力量是第三世界。但是，人类要发展，不解决南北问题是不行的。"

尼雷尔赞同邓小平对国际问题的精辟分析。

邓小平会见姆维尼

"改革是大家的主意，也是人民的要求"

阿里·哈桑·姆维尼是坦桑尼亚共和国前总统。他曾见过邓小平三次。

1973年10月，姆维尼作为坦桑尼亚卫生部长来华访问，在这次访华期间，他第一次见到了邓小平。那时，邓小平刚从江西回到北京，恢复工作不久。

1985年4月，距他上次访华12年之后，姆维尼再次访问中国，此时，中国和世界，他和邓小平都已经发生了巨大的变化。姆维尼已经是坦桑尼亚副总统兼桑给巴尔总统；邓小平也已经是影响中国乃至世界的几大风云人物之一。

老朋友相见，自然而然地便谈到了他们第一次会见时的情形。

邓小平对姆维尼说，你是1973年秋天来中国的，我那年2月从江西回到北京。"文化大革命"把许多老干部打倒了，关进了"牛棚"，我也在江西呆了几年。

姆维尼说，"我对那次访问的情况至今记忆犹新，我们这次来想多看看，多听听，因为中国的改革特别引人注目，你是这场改革的设计师。"

邓小平谦逊地说："改革是大家的主意，也是人民的要求。"

邓小平还向姆维尼谈到了新中国成立以来所走过的曲折道路。他说："建国后，我们在农村进行了土地改革和合作化，在城市进行了对资本主义工商业的社会主义改造，都干得很好。1957年后，'左'的思想开始抬头，逐渐占了上风。1958年'大跃进'，一哄而起搞人民公社化，片面强调

1985 年 4 月 15 日,邓小平会见坦桑尼亚联合共和国副总统姆维尼时说,城市改革比农村改革更复杂,而且有风险。我们确定的原则是:胆子要大,步子要稳

'一大二公',吃大锅饭,带来大灾难。'文化大革命'就更不用说了。1976年粉碎'四人帮'后,还徘徊了两年,基本上还是因循'左'的错误,一直延续到 1978 年。从 1958 年到 1978 年整整 20 年里,农民和工人的收入增加很少,生活水平很低,生产力没有多大发展。1978 年人均国民生产总值不到 250 美元。这年年底召开了党的十一届三中全会。我们冷静地分析了中国的现实,总结了经验,肯定了从建国到 1978 年 30 年的成绩很大,但做的事情不能说都是成功的。我们建立的社会主义制度是个好制度,必须坚持。"

在谈到建国以来最主要的经验教训问题时,邓小平说,关键是要搞清楚什么是社会主义和如何建设社会主义。他说,贫困不是社会主义。不发展生产力,不提高人民的生活水平,就不能说是搞社会主义。在总结经验的基础上,我们确定了一系列的政策。国内政策主要有两条:政治上发展民主,经济上进行改革,相应的还有社会其它领域的改革。

邓小平在向姆维尼介绍了中国经济发展的远景规划之后说,要实现我们的目标,就要尊重社会经济发展的规律。我们提出了对外开放和对内开放的方针。在当今世界,任何国家搞闭关自守,就不可能发展。我们要实现到本世纪末翻两番的目标,不开放不行,不加强国际交往不行,不引进发达国家的先进经验、科学成果和资金是不行的。对内开放就是改革。城市改革很复杂,而且有风险,特别是我们的经验不足,我们的社会过去闭塞,造成信息不通。城市改革每走一步,每项措施,都影响千家万户。但是有农村改革的成功经验作借鉴,加上我们有清醒的认识,可以避免大的错误。我们确定了一条原则:胆子要大,就是要坚定不移,步子要稳,发现问题就赶快改。

邓小平说:"现在我们干的是中国几千年来从未干过的事。这场改革不仅影响中国,而且会影响世界。""我们相信会成功的。我们不靠上帝,而靠自己努力,靠不断总结经验,坚定地前进。"

姆维尼对邓小平说,他这次来中国访问,是要从中国的经验中学到尽可能多的东西。今天的谈话使他获益匪浅。的确,社会主义并不是要大家来平分贫困,而是应当促进生产上的革命,从而让人民得到实惠。

邓小平说,我相信,你们也会好起来的。中坦之间的关系是老朋友、老战友的关系。

1987年3月,姆维尼再次来华访问。此时,他已经是坦桑尼亚联合共和国总统。邓小平在人民大会堂会见了他。

姆维尼在会谈开始时对邓小平寒暄说:"时隔两年后我们又见面了,看到您很健康,我很高兴。"

邓小平开玩笑说:"一只耳朵失去听觉,引退的日子已经到来。""除了耳聋之外,健康上没有大问题。"

邓小平又说:"不久就83岁了。按中国人的说法,73和84岁是人生中的两个坎。"

姆维尼说:"您活到100岁没问题。"

邓小平风趣地回答说:"我多次说要活到香港归还的1997年。这是我的愿望。1997年我93岁,我希望访问香港。"

应姆维尼的要求,邓小平介绍了中国的国内情况。他说:"党的十一届三中全会以来我们制定的方针,第一条是坚持四项基本原则,第二条是搞社会主义四个现代化建设。我们确定了两个阶段的目标,就是本世纪末达到小康水平。实现这两个阶段的目标,需要两个条件,一个是国际上的和平环境,另一个是国内安定团结的政治局面,使我们能够有领导有秩序地进行社会主义建设。据此,我们制定了一系列政策,主要是开放、改革、搞活。离开了开放就发展不起来。这是一整套相互关联的方针政策。"

邓小平说:"有人说我们改变了方针政策,那是一种误解。""八年来,我们取得了建设的经验和可喜的成果,这证明坚持四项基本原则、坚持改革和开放的政策是正确的。"

姆维尼对邓小平说,你把你们的路线和方针介绍得非常清楚。你们的经验值得我们学习和借鉴。

邓小平强调说,要说借鉴的话,一定要结合本国的实际来考虑问题,解决问题,不能照抄照搬。

姆维尼听到邓小平的这番话,连连点头称是。他望着眼前这位健康、乐观、自信的老人,一股敬佩之情油然而生,他暗暗感叹,他真不愧是一位备受瞩目的伟大人物啊!

邓小平会见邦戈

"我们不要求第三世界照搬我们的经验"

中国和加蓬共和国于 1974 年 4 月建交,在加蓬总统哈吉·奥马尔·邦戈执政期间,两国的友好合作关系不断得到发展,两国政府和民间的友好往来,日益开展。

加蓬共和国总统、国家元首哈吉·奥马尔·邦戈,1935 年 12 月 30 日生于加蓬上奥韦省府弗朗斯维尔附近的莱科尼县勒韦村,巴太勒族人,信奉伊斯兰教。1952—1958 年在布拉柴维尔技术学校攻读贸易专业。1958—1960 年在法国空军服役。1960 年加蓬独立后,邦戈入外交部任职。1962 年起相继任总统办公室副主任、主任,1963 年 2 月后兼管新闻、旅游及国防工作。1965 年 9 月任总统府负责国防和协调的部长级代表,1966年 11 月任负责协调、国防、计划、新闻和旅游的政府副主席。

1967 年 3 月当选为共和国副总统,同年 11 月前总统病逝,按宪法规定,邦戈继任总统,并兼任总理和外交、国防、新闻部长。1973 年 2 月在普选中当选为总统,此后在 1979 年、1986 年两次蝉联。

邦戈执政以来,为了稳定局势,发展民族经济,扩大国际影响,制定了一系列切实可行的政策。对内强调民族团结和国家统一,通过"自动化"的开放政策,大量吸收外国经验,引进先进设备,发展民族经济。在国际事务中,主张谋求国际和平与合作,一贯奉行反帝、反殖、反霸和不结盟政策,捍卫民族独立和国家主权,支持非洲民族解放运动。注意发展同第三世界国家的友好合作关系,呼吁建立新的国际经济秩序,尤其重视同阿拉伯国家的团结。邦戈自执行"全方位外交政策"以来,维护了国家主权和尊严,赢得了国际声誉,提高了国际地位,从而促进了国家的稳定与经济发展。为此,邦戈曾于 1986 年获哈马舍尔德基金会和平、合作、团结奖。

邦戈总统重视同我国发展友好合作关系,自 1974 年两国建交以来,他先后七次访问中国,是中国人民熟悉的老朋友。

邦戈的七次访问中国,受邓小平接见的就有四次,两位国家领导人对中加两国的友好关系做出了巨大贡献。

邓小平同邦戈的第一次见面是在 1974 年出席特别联大的会议上,当时,邓小平任中国国务院副总理,邦戈任加蓬共和国总统,这次会晤促成了中加两国迅速建立外交关系。

邦戈总统首次来中国访问时,受到了邓小平副总理的热情接待。

1974 年 10 月 4 日,邦戈应我国政府的邀请,前来进行国事访问。当晚,国务院副总理邓小平以周恩来总理的名义举行盛大宴会,热烈欢迎加蓬共和国总统邦戈和夫人及其随行人员。

宴会在人民大会堂举行,宴会厅里并排悬挂着加蓬共和国国旗和中国国旗。当邦戈总统和夫人及随同来访的政府副总理莱昂·梅比亚梅等加蓬贵宾由邓小平副总理等陪同步入宴会厅时,乐队奏迎宾曲。

在充满热烈友好气氛的宴会上,邓小平副总理首先讲话。他在讲话中代表毛泽东主席、董必武代主席、周恩来总理、代表中国政府和人民,向邦戈总统和夫人以及全体加蓬贵宾,表示热烈的欢迎。他说,近年来,加蓬政府在邦戈总统的领导下,为建设自己的国家作出了不懈的努力,取得了显著的成就。加蓬政府为第三世界团结反霸事业作出了积极努力。他说,在反帝、反殖、反霸的斗争中,中加两国人民是同一条战线上的战友。他指出,邦戈总统来我国访问,揭开了中加友好关系史上的新篇章。

邦戈总统在讲话中指出,他这次访问中国,有助于进一步加强加、中两国人民之间的友好关系。他说,这种关系之所以存在,是由于我们两国的历史上有一些共同点。我们都有过殖民遭遇,我们的人民都为摆脱受奴役状态而进行了各种形式的斗争,我们的经济状况都不太发展,但我们两国都为摆脱这种状况作出了巨大的努力。他说,我相信,我们对贵国的访问以及双方代表将在各级进行的会谈,必将为持久的、更加密切的合作奠定基础,以利于我们两国人民。

邓小平与邦戈的首次会谈,为中国和加蓬共和国的友好关系及往来开辟了良好的开端。

1978年12月4日至6日,邦戈总统应中国政府邀请来中国进行第四次访问。他的这次来访,同我国领导人就国际形势和双边友好合作关系问题进一步交换意见。

12月5日下午,邓小平副总理前往宾馆,亲切会见邦戈总统。旧友重逢,格外亲切,两人久久拥抱,互致良好的祝愿。随后,邓小平副总理同邦戈总统进行了愉快的交谈。

邓小平热烈赞扬近些年来中国同非洲友好合作关系的发展,他指出,友好关系的发展符合中国人民和非洲人民的心愿。中国同非洲之间来往增多不仅有助于加强我国人民同非洲人民的友谊,而且有利于世界人民团结反霸和维护和平的事业。

邦戈指出,加蓬和中国在经济、科学、政治和外交方面有着最友好、最富有成果的关系。加中关系之所以十分良好是由于我们有许多共同的观点,他希望两国之间加强业已存在的合作。

这次会见,进一步促进了中加两国的友好合作关系的发展。

邓小平与邦戈的第三次会晤是在1983年10月8日。当时,中国的改革已取得了一定的成功,国内发生了重大变化,加蓬共和国刚刚结束三年临时发展计划,经济取得重大发展。这次,邓小平以中共中央顾问委员会主任的身份,在人民大会堂与邦戈总统亲切会晤,共叙友情。

过去近十年中的多次会晤,使两位领导人建立了亲密的友情。今天老朋友再次见面,都感到十分高兴。邦戈亲切地询问邓小平的身体情况。

邓小平说:"还可以,我现在少管日常工作,主要由比较年轻的同志来管。这几年的实践证明,他们管得不错。"

邦戈说:"我在这次访问中看到,中国确实有很多年轻干部在领导岗位上工作。"

邓小平说,我们的党是个老党,中国革命经历时间长,老干部多。因此,干部年轻化的问题不是一下子可以解决好的,我们准备再用几年时间解决这个问题。

邓小平对加蓬政府和人民在邦戈总统领导下在国内建设中取得的成就表示高兴。

宾主还就共同关心的问题交换了意见。

邓小平与邦戈的最后一次会见是在 1987 年 2 月 18 日。中国在进行了几年改革后,取得了巨大的进步,并积累了宝贵的经验,加蓬的发展也取得了不少经验。因此,这次会谈内容主要是双方借鉴经验、相互交流,共同发展。

1987 年 2 月,邓小平会见来访的加蓬共和国总统哈吉·奥马尔·邦戈

会见在人民大会堂福建厅进行,随同邦戈来访问的加蓬总理莱昂·梅

比亚梅、国务部长兼外交和合作部长马丹·邦戈等政府高级官员参加了会见。国务委员兼外交部长吴学谦,陪同团团长、卫生部部长崔月犁及其他有关部门负责人会见时在座。

邓小平同邦戈总统就我国改革情况及国家发展道路等进行了交谈。

邓小平首先强调指出:"中央的人事变动决不会改变我们既定的方针政策,而只会把党的方针政策执行得更好。总之,我们一切照旧下去。"

他说,中国搞的是社会主义四个现代化,如果只说四个现代化,而不讲社会主义,就离开了问题的本质,也就是离开了中国的发展道路。这是一个非常重要的问题。

邓小平说,这几年中国发展得很好。国家有发展,人民生活确实有提高。"我们对自己的发展充满信心,我要求我们的工作做得更细致一些,经常总结经验教训。"

邓小平说,希望中国能够为第三世界的发展创造一些前人未有的经验,也就是一个非常落后的国家如何发展起来的经验。"我们不要求第三世界照搬我们的经验,决不能照搬,而是借鉴,借鉴有用的东西。"

邦戈总统说,加蓬始终注视着中国的发展,中国的经验对加蓬有借鉴的价值。

邓小平高兴地对邦戈说,"你是第六次来中国了。我们一直是好朋友。"

邦戈说,加蓬也遇到了困难,但也是能够克服困难的。他说:"中国的成就比我们更大。每一次来,我们都能看到中国所取得的新的成就。"

这次会晤,双方对各自的国家有了进一步的了解,大大推动了中加两国友好关系的发展。正如邦戈所说:"访问北京之所以令人兴趣盎然,这无疑是因为我们可以在这里讨论问题,能够同许多杰出的人士进行接触,而且还能够怀着高兴的心情再次探索贵国丰富的文化艺术宝库。"

他说,中国人民伟大的创造精神,中国社会的稳定及其无与伦比的进步能力,这一切给他留下了深刻印象。

邓小平和邦戈的多次会见,大大推动了中加两国关系的友好发展,两位国家领导人在两国关系史上写下了重要的篇章。

邓小平会见希萨诺

"你们依据自己的条件可否考虑现在不要急于搞社会主义"

　　若阿金·阿尔贝托·希萨诺,1939 年 10 月 22 日生于莫桑比克南部加托省的希布托县马莱伊塞村的一个农民家庭。中学时期就开始受民族主义思想的教育,积极从事学生运动。1962 年同莫桑比克著名的民族主义者蒙德拉纳等人一起创建了莫桑比克解放阵线,从此揭开了莫桑比克人民民族武装斗争的新篇章。1963 年,任莫解阵主席萨莫拉的秘书,任莫解阵中央委员会执行委员会和军事委员会、教育书记、新闻宣传书记。他具有外交才干,通晓葡、英、法和斯瓦希里语。1975 年 6 月莫桑比克独立,希萨诺出任第一任政府外交部长,直至总统萨莫拉去世。1986 年 11 月被选为党的主席、总统和武装部队总司令。

　　希萨诺素以"务实"、"开明"而著称。他出任总统后,强调捍卫和巩固民族独立和国家主权,保卫已经取得的革命成果,实行国内和平和安宁。在经济领域,呼吁人民全力以赴投身到恢复国家经济的战斗中去,实行生产自救。主张企业部门必须改善提高效益,建立严格的工资政策。他要求政府部门、国家机关和工厂企业精简人员,国家在经济战线将开展打击一切不法行为的斗争。

　　在对外政策方面,希萨诺重申,莫桑比克以争取和平、进步,同世界各国和谐相处为基本出发点。他强调,为了发展地区合作和努力减少该地区国家对南非的经济依赖,莫桑比克将在南部非洲发展协调会议中继续发挥积极作用,并同前线各国一起为根除殖民主义和种族主义而努力。对于莫桑比克与南非的关系,希萨诺强烈谴责南非当局在该地区顽固实行好战政策,同时强调莫南两国1984年签订的《恩科马蒂条约》继续有效,莫桑比克将一如既往地严格履行条约规定,并要求南非方面也能够按约施行,停止对莫桑比克全国抵抗运动的支持。他还表示希望同邻国发展友好合作关系。

希萨诺执政期间,功绩显著,因此而荣获"蒙德拉纳"一级勋章,"九·二五"一级勋章。

为进一步加强中国和莫桑比克两国的友好关系,希萨诺总统应国家主席杨尚昆的邀请,于1988年5月16日至20日对我国进行了正式友好访问。

1988年5月,邓小平会见来访的莫桑比克人民共和国总统若阿金·阿尔贝托·希萨诺

5月18日上午,邓小平主席和希萨诺总统在人民大会堂会晤,宾主双方进行了友好的会谈,就进一步加强和发展两国的友好合作关系广泛而深入地交换了意见。

希萨诺总统说,多年来,中国对莫桑比克人民的正义斗争和建设事业给予了极大的支持,我们对中国为非洲统一取得实际结果,特别为非洲的解放作出的贡献表示赞赏。

接着,希萨诺总统详细介绍了莫桑比克的国内情况。他说,近一年多来,莫桑比克在各方面都进行了有效的调整和改革,对战胜自然灾害和发展经济作出了各种努力,对南非及其支持的反政府武装的侵犯和破坏进行了坚决的斗争,使莫桑比克国内局势趋向和平和稳定,国民经济得到恢复和发展。

希萨诺最后说道,我们知道中国很关注莫桑比克,同样莫桑比克也很关心中国。

邓小平主席对希萨诺总统的话表示赞同,高度评价希萨诺总统为莫桑比克民族独立和国家富强而领导莫桑比克人民进行的斗争和不懈的努力,希望中莫两国加强交流与合作,共同发展。

邓小平接着详细介绍了我们国家自党的十一届三中全会以来的发展情况,对我们近十年来走过的路,进行了回顾和总结。

邓小平在谈话中首先肯定了近十年的成绩:"我们对近十年的发展是比较满意的,这十年搞对头了。"

接着他向客人介绍了十三大的精神和我们改革开放的决心。他说:"十三大决定,不仅要继续贯彻执行我们既定的方针政策,而且要进一步改革开放。按照这些方针政策搞下去,我们相信会获得成功。另一方面也有风险,不会一帆风顺。但我们必须走改革这条路,有问题及时妥善解决,不能停滞,停滞是没有出路的。"

接下来,邓小平着重谈了他对社会主义建设的基本认识和看法。他说,我们党的十一届三中全会的基本精神是解放思想、独立思考,以自己的实际出发来制定政策。因为在中国建设社会主义这样的事,马克思列宁的本本上都找不出来,每个国家都有自己的情况,各自的经历不同,所以要独立思考。不但经济问题如此，政治问题也如此。

他说，我们过去照搬苏联搞社会主义的模式，带来很多问题。我们现在要解决好这个问题，我们要建设的是具有中国特色的社会主义。

邓小平认为，建设社会主义一定要打破头脑中的框框。不要把自己置于封闭状态和孤立地位。要重视广泛的国际交往，在交往中趋利避害，这叫对外开放。对内也要开放搞活，不要国家一成不变的框框。

邓小平还诚恳地向莫桑比克朋友建议："你们依据自己的条件可否考虑现在不要急于搞社会主义。确定走社会主义方向是可以的，但首先要了解什么叫社会主义，贫穷绝不是社会主义，要讲社会主义，也只能是符合莫桑比克实际情况的社会主义。"

最后，邓小平强调指出，要紧紧抓住合乎自己的实际情况这一条。所有别人的东西只是参考。世界上的问题不可能都用一个模式解决。中国有中国自己的模式，莫桑比克也应该有莫桑比克自己的模式。

可以看出，邓小平这个谈话中重点强调的是他的一贯思想：解放思想，独立思考，根据本国的实际情况建设社会主义。这实际上也是邓小平建设有中国特色的社会主义理论的一个精髓。我们知道，马克思主义作为科学，是无产阶级和劳动人民认识和改造世界的强大思想武器，建设社会主义必须以马克思主义为指导原则。同时，为了少走弯路，更好更快地建设社会主义，学习和借鉴外国成功的、先进的经验也是非常必要的。但更重要的是要面对现实。由于现实社会主义都是建立在经济文化落后的国家，而不是马克思主义创始人所设想的建立在资本主义高度发展的基础上，何况，社会主义实践还不断涌现出马克思、恩格斯所处时代根本不可能预料到的新情况和新问题。所以具体到每个国家，如何建设社会主义的问题，就不可能从马克思主义的书本里面找到现成的、统一的答案。

国际共产主义运动史，尤其是我国探索社会主义道路中曲折的历史，已经反复证明：不从实际出发，思想僵化保守，或者教条主义地理解马克思主义的某些结论，不敢越雷池一步，或者盲目追求社会主义的单一模式，生搬硬套，都会使社会主义事业遭受严重的挫折。前事不忘，后事之师。邓小平善于总结历史经验，寻找解决问题办法。他正是在深刻反思社会主义革命和建设历史的基础上,提出要解放思想、独立思考。只有解放思想、独立思考,才能摆脱对马克思主义原理的教条式理解,才能从过去固守的框框中解脱出来,深入实际,积极探索,开拓创新,制定出适合本国情况的有效政策,使社会主义沿着正确的轨道前进。因此,邓小平提出解放思想,独立思考,是符合马克思主义本质要求的,是依据现实情况,以新的思想观点去继承发展马克思主义。

邓小平以无产阶级革命家、战略家的眼光,对如何建设社会主义的问题,提出了自己的独特见解,赢得了莫桑比克总统希萨诺的敬仰。他表示,邓小平的思想是科学的、正确的,不仅对建设中国社会主义具有巨大指导作用,而且也为莫桑比克的发展道路提供了借鉴。

他高兴地说,这次来中国访问,收获很大,得到了许多,这对中莫两国关系的发展是极为有益的,将增进两国政府的友好合作,增强两国人民的真诚友谊。希望以后还来中国访问,能看到中国更新更大的变化,获得更多的借鉴经验,以促进中莫两国关系的进一步发展。

邓小平会见比亚

"中国搞社会主义,强调要有中国的特色"

1987 年,喀麦隆总统、喀麦隆人民民主联盟全国主席保罗·比亚总统应李先念主席的邀请,于 3 月 25 日抵京对中国进行为期七天的国事访问。比亚总统 1982 年 11 月起任共和国总统,1984 年 1 月在提前举行的总统大选中连任。这是比亚担任总统以来首次访华。3 月 27 日上午,邓小平会

1987 年 3 月 27 日邓小平会见喀麦隆总统比亚

见保罗·比亚。

邓小平指出:"我们评价一个国家的政治体制、政治结构和政策是否正确,关键看三条:第一是看国家的政局是否稳定;第二是看能否增进人民的团结,改善人民的生活;第三是看生产力能否得到持续发展。不要光喊社会主义的空洞口号,社会主义不能建立在贫困的基础上。各国情况不同,政策也应该有区别。中国搞社会主义,强调要有中国的特色。我们坚信马克思主义,但马克思主义必须与中国实际相结合。只有结合中国实际的马克思主义,才是我们所需要的真正的马克思主义。"

在谈到农业问题时,邓小平说:"农民积极性提高,农产品大幅度增加,大量农业劳动力转到新兴的城镇和新兴的中小企业。这恐怕是必由之路。总不能老把农民束缚在小块土地上,那样有什么希望?"

邓小平与记者访谈录

邓小平与《中国的双星》作者卡尔逊的会面

　　埃文斯·福代斯·卡尔逊是美国海军陆战队的军官。抗日战争期间，曾担任美国驻华大使馆的海军武官。他是邓小平投身革命以来会见的第一位外国将领。1940 年，卡尔逊出版了《中国的双星》一书，在这本书中，卡尔逊详细描述了他与邓小平第一次见面的情景。这也是西方人撰写的首次介绍邓小平的书籍。

　　1937 年 7 月 7 日，抗日战争全面爆发。中国共产党为了全民族的利益，经过多方努力，实现了第二次国共合作，开创了团结抗日的新局面。按照国共双方的协议，中国工农红军改编为国民革命军第八路军。8 月 25 日，中共中央革命军事委员会主席毛泽东、副主席周恩来、朱德发布命令，宣布中国工农红军改名为国民革命军第八路军，将红军前敌总指挥部改为第八路军总指挥部，以朱德任总指挥、彭德怀任副总指挥，叶剑英任参谋长，左权任副参谋长，红军总政治部改为第八路军政治部，任弼时任主任，邓小平任副主任。9 月 6 日，改编后的八路军迅速奔赴抗日前线。朱德总指挥率八路军总部从云阳镇出发，邓小平与任弼时、左权等一起，与之同行，经陕西蒲城、澄城、合阳，在韩城芝川镇渡过黄河。不久，中共中央军事委员会于 1938 年 1 月任命邓小平为八路军一二九师政委，与师长刘伯承一起率领这支部队转战在太行山区，担负着领导华北敌后抗战和敌后抗日根据地建设的任务。

　　抗日战争爆发不久，美国海军陆战队的军官卡尔逊第三次来到中国，担任美国驻华大使馆海军武官。在此后的 18 个月里，他对中国各个抗日战场进行了认真的考察。

　　1937 年冬天，卡尔逊第一次来到华北；1938 年夏天，他从延安出发，又一次进入华北敌后。这两次华北之行历时数月，足迹遍及五省。为了使卡尔逊能够进一步了解抗战实况，毛泽东指示刘白羽、欧阳山尊等人陪同卡尔逊到华北敌后各抗日根据地进行考察。卡尔逊一行到南宫后，邓小平、徐向前、宋任穷前去看望，并进行了座谈。这位个子瘦高、脸被晒得黝黑的上校军官，向邓小平问了许多有趣而又奇怪的问题，邓小平都十分巧妙、准确地作了回答。邓小平的精明敏锐、犀利谈锋和领导魅力给卡尔逊留下了十分深刻的印象。他在《中国的双星》一书中详细描述了他同邓小平这次见面的情景。他回忆道：

经过5天的艰难旅行，我们来到了南宫。很高兴再次见到徐向前，他还像我们在辽城见面时一样的谦和、笑容可掬，但是他瘦了，看起来很疲倦。

这是一个水果之乡。我们停留两天时间，在谈话时，小鬼们就端来桃子等水果。朱德的副政委邓小平（当时，邓小平任八路军总政治部副主任——编注）正在这里视察，他也参加了谈话。

这里有冀中地区缺少的一种沉着的信念。我分析其中的差别断定这是由于这里的领导者不露声色的自信。这些八路军坚信自己，在为生存而斗争的漫长岁月里，他们考虑了社会、经济和政治的全盘问题。他们的想法明确、清晰，对自己的军事战略和运用它的能力深信不疑。

徐向前告诉我说："那是在9月，这个地区一些城镇的代表来到我们师在辽城的司令部，请求帮助他们组织游击队。当时我们在山西正忙得不可开交。仅派了3个受过训练的人员同他们一起回去，但没有携带武器。几周后，又派了24人，到了1月，又调去了4个连的部队。这些力量足以把巨鹿和南宫的人民群众组织起来，为我们在这里建立一个根据地。3月，宋任穷带来了一个骑兵团，扩大了根据地的范围。4月，在上党堡打败了日本鬼子之后，我带着主力部队来到了这里。"

"你们怎么在上党打败日本人的？"我问。他回答说："那时3月31日，大约3000名日本鬼子的一个纵队随同一列载有180辆卡车的火车向前推进，通过一个关口进入山西。我们向其侧翼突然发起攻击，打死了近千名日本兵。最精彩的是我们烧毁了他们的全部卡车。"

在我们谈话时，邓小平一直在吃着水果。这时他向后靠在椅背上，活跃地谈了起来。

他说："抗日救国十大纲领是：1.打倒日本帝国主义；2.全国军事的总动员；3.全国人民的总动员；4.改革政治机构；5.抗日的对外政策；6.战时的财政经济政策；7.改良人民生活；8.抗日的教育政策；9.肃清汉奸卖国贼亲日派，巩固后方；10.抗日的民族团结。"

他列举这些纲领时，我暗自用在山西和河北观察到的事实一一对照。我看到了应用每一条纲领的实际事例。自从离开晋西的黄河以来，我所到之处都在强调发展统一战线。

雨季开始了，持续两天的瓢泼大雨延误了我们的行程。这也使我有更多的机会与徐向前、邓小平二人交谈。

参加八路军以前，邓是个工人（原文如此——译注）。他在法国呆了几年，考察那里的工人运动。他身材矮小，胖墩墩的，身体很结实，头脑敏锐。

一天下午，我们讨论了国际政治的整个领域，他熟悉情况的广度令我吃惊。有一件新闻弄得我目瞪口呆。

他说："去年，美国向日本人提供了他们从国外购进的武器的一半以上。"

"你能肯定吗？"我问道。我了解，美国人的情况是偏向受侵略的中国一方的，我在内地访问的8个月当中，当考虑到这个问题时，总是想当然地认为，美国人民会拒绝把战争物资卖给一个侵略国家的。多么极端的无知啊！

"是的。"他肯定地对我说，"消息来源是战争第一年年底美国的新闻电讯。"我很尴尬，我说："必是电讯搞错了。"我不能相信美国人会有意地介入我在过去一年中看到的中国人遭受的杀戮和蹂躏。

徐向前走了进来，谈话转到了当地的形势。我向他了解这个地区的现状。

"日军只占据铁路沿线的城镇和我们南边的大名。这一带的土匪已经消灭。但是南面情况不大妙，不过还好，大名与黄河间的5个县有个不错的领导人。他叫丁树本。我们给了他一些帮助。"

他想知道我打算如何回到汉口去。

"我想在山东了解一些情况，"我回答，"然后希望能找到一条穿过黄河和郑州以西地区的路线。"

"如果你难以找到护送部队，就再回到这里来，"他说，"我总能找出办法让你通过的。"后来，我用上了他的许诺。

据当年陪同卡尔逊去太行根据地的欧阳山尊回忆："我们是从延安出发，经过晋西北，晋察冀，到冀中，然后冀中由吕正操同志派人把我们护送到南宫。不久，邓小平到了南宫。我们谈过好几次，特别是谈到一个国际问题就是美国对中国人民同情这个问题，卡尔逊提到美国人民是倾向八路军的，倾向于中国共产党的。小平同志提出来一个问题，关于美国把废钢铁卖给日本。因为日本自己原料很缺，而炼钢需要废钢铁，要废钢铁才能炼出钢来。日本没有，是美国供给它，我记得当时说是美国把一半的废钢铁卖给日本，另外一半卖给其他一些国家，而这些国家又转口卖给日本，当时是这样说的。这个事情使卡尔逊很震惊，他不相信，他说：'不啊，美国人民是同情你们中国的，你这个消息确实吗？'小平同志说是确实的，而且指明这是你们美国一个新闻社报道的。"

卡尔逊回到美国后不久，还真的去查了资料，证实了邓小平说的话。不久，他辞职退役，认真研究起中国共产党和八路军的战略思想，撰写了《中国的双星》一书。

邓小平会见印度尼西亚《人民日报》代表团和越南《学习》杂志代表团

1964 年 9 月 28 日下午,在人民大会堂福建厅,中共中央总书记邓小平接见了印度尼西亚共产党中央机关报《人民日报》代表团团长、《人民日报》总编辑奈巴霍,和代表团团员尤里亚梭、巴罗托、阿马赞、沙姆蒂埃尔、苏约诺以及越南《学习》杂志代表团团长、越南《学习》杂志总编辑武遵和代表团团员、《学习》杂志政治组组长阮春容,经济组组长黎中越,并同他们进行了亲切友好的谈话。

邓小平在谈到国内情况时说:"过去我们犯了教条主义的错误,把指标定得太高了。我们从农民身上拿走过多粮食,伤了农民的元气。搞加快工业化,伤害了基础。事实提醒了我们,于是我们搞了三年的调整。今后,在农业方面,我们要做些扎实的工作。"

邓小平还特别谈到了干部参加劳动的问题。他指出:"工业战线学大庆,农业战线学大寨,全国学解放军。学解放军,是学政治思想第一。大寨、大庆最大的特点是干部与群众密切联系,直接参加劳动和革命干劲加科学精神。革命,是革大自然的命,革技术的命。在政治思想领域里,是革资本主义和封建主义的命。但是,单有革命干劲还不够,还要有科学精神。干部参加劳动,是我们搞社会主义的一个标准。劳动能改变人的思想。干部参加劳动,就不会变懒,就能以普通劳动者的身份去工作和斗争,与群众的关系就会更密切,对生产的领导就会更具体,实现领导与技术的结合,促进生产的迅速发展。干部有了劳动的习惯,就不会去贪污、浪费、侵占别人的劳动成果。"

在谈到中国现行的教育制度时,邓小平告诉客人:"我们现在的教育制度有一部分是照抄资本主义的,有一部分是照抄苏联的。如果继续下去,学生中就会出现资产阶级分子。如果把劳动与教育结合起来,就可以避免这个问题。我们要发展半工半读学校,培养学生们的劳动习惯。在工厂、农村,让工人、农民也学习文化,把脑力劳动与体力劳动的差距缩小。共产主义要消灭差别,其中包括消灭脑力劳动与体力劳动的差别。"

接见时在座的,有吴冷西、姚溱、邓力群、许立群、范若愚、王力、陈浚、张上明等。

接见以后,邓小平设宴招待印度尼西亚《人民日报》代表团和越南《学习》杂志代表团的全体同志。

印度尼西亚《人民日报》代表团是应我国《人民日报》的邀请于9月23日来中国参观访问的,先后访问了北京、内蒙古、成都、重庆、武汉、上海、杭州、广州,10月27日离开广州经香港回国。越南《学习》杂志代表团于9月23日到达中国,访问了北京、延安、西安、重庆、长沙、上海、杭州、广州等地后,11月5日离开广州回国。

邓小平会见阿拉伯也门
共和国新闻代表团

　　1973 年 8 月 27 日上午,国务院副总理邓小平会见了由团长穆罕默德·阿里·拉巴迪率领的阿拉伯也门共和国新闻代表团,双方进行了亲切友好的谈话。

　　邓小平在介绍国内情况时说:"第一条是人口很多;第二条是地方很大;第三条是经济还很落后,是正在发展中的国家;第四条我们还是第三世界的朋友;第五条,作为地广人多的国家,我们对世界应当有自己的贡献,但我们自己还是一个落后的、发展中的国家,贡献还很小,不相称。"

　　在谈到援助问题时,邓小平强调:"毛泽东主席经常教导我们,援助是相互的,没有单方面的援助。离开国际的革命的援助,中国革命要取得胜利是不能设想的。至于中华人民共和国建立后,在国际斗争中,在反对帝国主义、新老殖民主义的斗争中,在我们的建设中间,也同样取得了世界各国人民的支持。我们能进入联合国,也包括了你们的支持在内。至于政治上、道义上的支持,从来都是相互的,不能说哪个多,哪个少。"

　　在谈到当时正在举行的美苏会谈是否会带来国际和缓局面时,邓小平说:"我们不相信有什么和缓。有时候在形式上看起来有所和缓,实际上是在准备新的、更激烈的争夺。只要这两个超级大国是帝国主义,而且是超级的帝国主义,这种形势就变不了。"

　　参加会见的有代表团团员苏菲安·艾哈迈德·巴拉提、艾哈迈德·穆罕默德·沙比特、阿卜杜勒·卡里姆·侯赛因·哈苏萨、穆罕默德·祖贝迪,阿拉伯也门共和国驻中国大使阿卜杜·奥斯曼。首都新闻界等有关方面负责人邓岗、王揖、顾文华、晏鸿亮、沈定一、鞠庆东等也参加了会见。

阿拉伯也门共和国新闻代表团是应邀于 8 月 23 日来我国访问的,先后访问了北京、唐山、沙石峪、延安、西安、南京、杭州、上海等地,9 月 13 日离开上海回国。

邓小平会见尼日利亚新闻工作者代表团

1973 年 8 月 28 日上午,国务院副总理邓小平会见了由团长恩沃凯迪率领的尼日利亚新闻工作者代表团全体成员,并同他们进行了亲切友好的谈话。

邓小平谈到中国国情时说:"我国同尼日利亚一样,都是发展中国家。经过 24 年的努力,有一点成绩。但工业现代化水平、科学技术现代化水平,比资本主义发达国家恐怕要差 20 年左右,相当于西方世界 50 年代的水平。要使我国成为一个比较发达的社会主义国家,还要几十年时间。"

在谈到国际形势时,邓小平指出:"我们不相信武器现代化就能战胜一切。但准备是很重要的,有备无患。不称霸,这是我们立国的原则。我们中国现在说不上是超级大国,就是将来发展起来了,按照毛主席教导也永远不称霸。我们的愿望是,我们第三世界国家都发达起来,很好地团结起来,向帝国主义和新老殖民主义斗争。"

参加会见的代表团团员是:阿雷奥耶·奥耶博拉、奥宗巴、查尔斯、伊格内修斯·奥古、阿利尤·哈亚图、菲利普·阿德德吉、雅库布·阿里。尼日利亚联邦共和国驻中国大使萨努西也参加了会见。会见时在座的首都新闻界和有关方面负责人有王揖、戴征远、张政德、王珍、温业湛、马杰先等。

尼日利亚新闻工作者代表团是应中国新闻界的邀请于 8 月 18 日来我国访问的,先后访问了北京、沈阳、鞍山、长沙、广州、杭州、上海,9 月 8 日晚上离开上海回国。

邓小平会见委内瑞拉记者

　　1973 年 9 月 2 日上午,国务院副总理邓小平会见了委内瑞拉记者圣地亚哥·巴莱罗和胡利奥·纳瓦罗·马尔索,同他们进行了友好的谈话。

　　在回答对方提出的什么是真正的马克思主义的问题时,邓小平指出:"作为一个社会主义国家,最根本的就在于它是不是坚定地相信工人阶级、贫下中农和一切劳动人民;在于它在国内是不是坚持社会主义的所有制,坚持彻底地消灭人剥削人的制度,并且不断地创造条件向共产主义前进;在于它在国际政策上是不是坚持无产阶级的国际主义,即要坚持和援助世界上被压迫民族和被压迫人民的斗争,而不要去控制人家,剥削人家,把别的国家和人民看作是低人一等,自己当老子,别人都是儿子。不要到处去扩张,把军队派到世界各地方去耀武扬威,在别的国家派驻军队,建立军事基地。要看是不是坚持反对新老殖民主义,反对霸权主义。当然,还有其他的。符合这样的,就叫真马克思主义,不符合这样的,就是假马克思主义、真修正主义。"

　　新华社副社长张政德,有关方面负责人李言年等也参加了会见。

　　委内瑞拉记者是 8 月 15 日到达广州的,先后在广州、长沙、韶山、杭州、上海、无锡、南京、北京进行了参观访问,游览了名胜古迹。9 月 5 日上午离开广州回国。

邓小平会见越南新闻代表团

1973 年 12 月 25 日上午,国务院副总理邓小平会见了由武玉交率领的越南新闻代表团全体成员,宾主进行了亲切友好的谈话。

在对方说去大寨参观了几个公社时,邓小平说:"全国学大寨,学得好的还是少数。事物总是有上、中、下三种状态。好的少,坏的说来也少,中间状态的最多。如果全国有 1/3 接近大寨的状态的话,那我们的粮食问题就可以解决了。我们不是要跨纲要吗?长江以南亩产要达到 800 斤,长江至黄河之间要达到 500 斤,黄河北的要达到 400 斤。能够达到这个水平就好了,粮食问题就可以解决了。给你们看的那些都是达到这个水平的,或者超过这个水平的。我们还有一些地区,亩产只有百多斤,特别是西北地区。所以,你们还可以看一点不好的。那些中间状态的,实际上也应该算到坏的方面,因为它不革命,不进步,故步自封,没有革命精神了。我们自称是发展中的国家,事实也是这样,要赶上西方世界先进水平,还要几十年的时间。但有希望就是了。"

越南民主共和国驻中国大使馆参赞黎俊,越南通讯社驻北京记者黎思荣,参加了会见。会见时在座的有新华通讯社副社长邓岗,外交部新闻司副司长王珍。

越南新闻代表团是应中国新闻界的邀请于 12 月 18 日到达北京,进行友好访问的。

邓小平会见刚果新闻工作者代表团

1974 年 5 月 20 日上午,国务院副总理邓小平会见刚果新闻部长洛朗·芒恩率领的刚果新闻工作者代表团,宾主进行了亲切友好的谈话。

在谈到中东局势时,邓小平指出:"从两霸争夺的形势来看,中东问题一下子解决不了。就阿拉伯人民、巴勒斯坦人民的斗争来说,如果以色列不从所有占领的地方退出去,如果巴勒斯坦人民的合法权利得不到解决,中东问题也是解决不了的。特别从战略上讲,中东、波斯湾是两霸争夺欧洲的一个侧翼。两霸争夺,不争夺欧洲是不可能的。欧洲的经济地位是最发达的,政治上是非常重要的,总的军事力量也是非常强大的。"

在谈到苏联问题时,邓小平指出:"社会主义阵营在 50 年代末期,实际上已不存在了。苏联同东欧的关系,是阵营内正常的关系吗?不是。是掠夺与被掠夺、剥削与被剥削、控制与被控制的关系。赫鲁晓夫上台后,对中国的关系,也要变成控制与被控制、剥削与被剥削的关系,他们的手段就是威胁。现在一百万军队放在我国边境也是想要起这个作用。其实,没有什么用处,我们并不在乎这一点。"

在谈到中国与刚果的关系时,邓小平指出:"我们都是发展中的国家,我们需要做的事情还很多,我们两国在国际斗争中互相合作得很好,相互合作,相互支持。以后的事情还很多,还要相互支持,相互配合。"

参加会见的代表团团员是阿尔方斯·孔巴－布卡、吉尔贝·马拉佩、帕斯卡尔·阿梅亚－恩古亚、吕克·马隆加、让·马坦扎拉。会见时,刚果驻中国大使伊图阿在座。首都新闻单位负责人鲁瑛、解力夫、杨兆麟,外交部新闻司副司长晏鸿亮、非洲司副司长赵源和工作人员谢燮禾等也在座。

刚果新闻工作者代表团是应中国新闻界邀请前来访问的,4 月 30 日到达北京,5 月 22 日离开北京回国。

邓小平会见日本记者友好访华代表团

1974年6月3日上午,国务院副总理邓小平会见以甲斐静马为团长、佐藤重雄和菅荣一为副团长、饭冈邦辅为秘书长的日本记者友好访华代表团,同他们进行了亲切友好的谈话。

在谈到国际问题时,邓小平指出:"三个世界的划分同过去两个中间地带的划分是一致的,但也有变化。过去所谓中间地带就是讲两个阵营之间的中间地带。两个阵营,一个是以苏联为首的社会主义阵营,一个是以美国为首的帝国主义阵营,现在都变了。社会主义阵营变了,但是还有社会主义国家,中国就是社会主义国家。还有几个社会主义国家,但是不存在社会主义阵营。帝国主义阵营也变了。同样,超级大国同资本主义发达国家(包括日本在内)之间的矛盾,也发生了变化,同样存在欺负与被欺负、掠夺与被掠夺,特别是控制与反控制的关系。美苏两霸争夺世界不仅威胁着第三世界,同样威胁第二世界的发达国家,这是一个很大的变化。"

在谈到中日关系问题时,邓小平指出:"我们对田中首相和大平外相对中日关系的发展所做的努力,给予积极的评价。我们的愿望,田中和大平也有这个愿望,就是早日签订和平友好条约,达成各项业务协定。既然日本大多数人民拥护中日友好,事情虽然会有曲折,但总会成功的。困难还会有,困难不是来自我们方面,也不是来自日本人民方面。困难来自于那么一小部分人,'青岚会'、'台湾帮',还有一些希望日本恢复军国主义的势力。既然日本大多数人民拥护中日友好,事情虽然会有曲折,但总会成功的。"

在谈到中国与东南亚国家的关系时指出:"多年来,我们想同东南亚五国建立关系或改善关系。他们也都存在这样强烈的愿望。他们过去怕我们有两大问题。(一)华侨问题;(二)是我们支持被压迫民族和被压迫人民的革命斗争问题。华侨问题,我们十多年前就确定了对华侨的方针,就是不赞成双重国籍,鼓励华侨加入所在国国籍。愿望保留中国国籍的华侨,我们要保护他们的正当权益,同时,劝告这些华侨遵守所在国的法律。支持革命斗争,这是我们历来的国际主义原则。如果哪一个国家同我们建交,拿这个做条件,那是不行的。所谓支持,无非是道义上、政治上支持,怕什么呢? 至于国内人民要核武装斗争,或者造反,那是它的内政。任何一个国家采取什么制度,那是各国人民自己的事。"

新华社社长朱穆之、副社长邓岗,《人民日报》负责人陈浚以及有关方面负责人和工作人员晏鸿亮、谢文清、吴学文等参加了会见。

代表团是应中国首都新闻界的邀请来我国进行友好访问,在 5 月 30 日晚到达北京的。代表团 6 月 10 日乘火车离开北京,前往大寨、延安、西安、洛阳、长沙、韶山、上海、广州参观访问,然后回国。

邓小平会见扎伊尔新闻工作者代表团

1974年6月18日上午,国务院副总理邓小平会见了由扎伊尔人民革命运动政治局委员、扎伊尔通讯社社长、全国记者协会主席姆帕努·姆帕努·比班达率领的扎伊尔新闻工作者代表团全体成员,宾主进行了亲切友好的谈话。

在谈到农业问题时,邓小平说:"现在中国的农业情况,只能说是克服了旧中国饿肚子的现象,粮食够吃了。我们的人口多,要解决这方面的问题,确实不是很容易的。我们的农业发展潜力很大,但还需要我们作很大的努力。例如,我们的农业机械化程度很低,我们的化学肥料使用也很低。使工业供给农业更多的机械、更多的化肥。就这么一件事,够我们奋斗许多年。"

扎伊尔驻中国大使恩古武卢·卢邦达和夫人参加了会见。新华通讯社社长朱穆之、副社长邓岗,外交部新闻司司长彭华,《人民日报》负责人陈浚,中央广播事业局负责人张振东,会见时也在座。

代表团于6月14日乘飞机到达北京,先后访问了北京、大寨、上海等地,参观了工厂、人民公社、医院,游览了名胜古迹。6月26日上午乘机离开北京回国。

邓小平会见赞比亚共和国新闻代表团

1974 年 8 月 16 日上午,国务院副总理邓小平会见以赞比亚联合民族独立党中央委员利塔纳为团长、赞比亚新闻广播部部长姆瓦南希库为副团长的赞比亚共和国新闻代表团全体成员,同他们进行了亲切友好的谈话。

当对方表示要向中国学习时,邓小平说:"谈到学习,应该是相互学习。任何一个民族都有自己的长处,也都有自己的短处。任何一个民族都有别人值得学习的东西。至于援助,也是相互援助。"

赞比亚驻中国大使馆临时代办柏萨参加了会见。参加会见的还有新华通讯社社长朱穆之、副社长邓岗,《人民日报》负责人陈浚,中央广播事业局副局长李哲夫,外交部新闻司副司长王珍、非洲司副司长李珩等。

赞比亚共和国新闻代表团是应首都新闻界的邀请,前来我国进行友好访问的。8 月 13 日下午乘飞机到达北京,先后在北京、河北省唐山地区、天津市,参观了工厂、人民公社、煤矿、油田,同新闻单位进行了座谈,交流了经验。代表团在北京还游览了名胜古迹。8 月 22 日离开北京后,访问了上海、杭州、长沙、广州等地,参观了韶山毛主席旧居和毛主席早年在广州主办的农民运动讲习所旧址。8 月 28 日上午离开广州回国。

邓小平会见日本《读卖新闻》
编辑局长谷川实雄一行

　　1974年8月20日上午,国务院副总理邓小平会见日本《读卖新闻》编辑局长谷川实雄等一行,同他们进行了友好的谈话。

　　在谈到中日关系时,邓小平指出:"在田中首相、大平前外相访华时,签订中日两国联合声明,建立了两国的正常外交关系。田中首相、大平前外相的这个行动是具有政治远见的,是符合我们两国人民利益的,首先是符合日本人民利益的。近两年来,两国关系的发展是良好的,是正常的。当然,障碍是有的,不仅过去有,现在有,将来还会有,但只要两国政府坚持联合声明的立场,两国关系是会得到进一步发展的。两国政府只要采取相互理解、互相尊重、共同协商的态度,剩下的问题会得到解决的,麻烦的事情总可以克服的。从我们方面来说,希望两国的关系再发展得快些。"

　　参加会见的有外交部新闻司司长秦加林、亚洲司副司长王晓云以及马毓真、王效贤等。

邓小平会见加拿大新闻代表团

1974年10月1日上午,国务院副总理邓小平会见了由加拿大通讯社主席罗斯·芒罗率领的加拿大新闻代表团全体成员,同他们进行了友好的谈话。

在谈到台湾问题时,邓小平指出:"台湾总是要回到祖国怀抱的。我们当然希望我们这一辈能解决这个问题,如果我们这一辈不能解决,我们下一辈总要解决。在国际上我们历来反对'两个中国'、'一中一台'的谬论。尼克松总统到中国来访问,中美发表了上海公报,里面就有这条原则,就是承认只有一个中国。美国赞成这样一个根本的立场,我们双方才达成建立联络处的协议。联合国也是在驱逐了蒋介石的代表之后,我们才进入的。至于用什么方式实现统一,我们当然希望通过和平谈判来解决这个问题。但如果和平方式不能解决怎么办?恐怕只有非和平方式,不能放弃非和平方式。至于什么时间解决,我们没有时间表,还要看。"

在谈到参加奥运会问题时,邓小平说:"这不取决于我们。只要不取消蒋帮在奥运会的代表权,我们就不进去。如果今天早上9点驱逐蒋帮代表,10点我们就进去。那时就参加奥运会的全部活动。这是我们的一贯立场,参加亚运会也是这个立场。"

在谈到接班人问题时,邓小平表示:"这是个重要问题。所谓接班人不仅高级领导,各级领导都有这个问题。毛主席过去规定了接班人的条件,就是要搞马列主义,不要搞修正主义。选择社会主义的接班人,不仅领导上要考虑,更重要的是由群众鉴别,从思想上、政治上来解决接班人的问题。从组织上我们也采取了一些措施,就是各级领导机构采取老中青相结合。老中青相结合是我们长远的制度,要坚持这个制度。"

　　加拿大驻中国大使苏约翰和夫人参加了会见。会见时在座的有新华通讯社社长朱穆之，首都新闻单位、外交部新闻司的负责人和工作人员陈浚、毛德厚、王珍、姚伟、卢国华等。

　　加拿大新闻代表团是应首都新闻界邀请前来我国进行友好访问的，于9月28日晚上乘飞机到达北京。

邓小平会见日本共同社
加盟社社长友好访华团

    1974年10月12日上午，国务院副总理邓小平会见日本《神户新闻》社社长光田显司率领的日本共同社加盟社社长友好访华团全体成员，同他们进行了友好的谈话。

    在谈到中国国内情况时说："中国是以农业为主的国家。解放后，长期以来，北方的粮食要依靠南方的支援。现在基本上改变了这种状况。不过，农业、工业还是落后，所以我们属于第三世界，是发展中国家，不过有希望就是了。"

    在回答中国是不是要成为第三世界的领导者时，邓小平指出："中国宣布是第三世界的一员，永远不充当第三世界的领导。领导当不得啊！现在我们没有条件当什么领导、什么超级大国。我们只有一点点钢，粮食刚够吃，科学技术水平很低。问题是中国从2200万吨钢发展到一亿吨的时候，中国翘不翘尾巴。毛主席教导我们，永远不要称霸，这是根本。"

    参加会见的有新华通讯社社长朱穆之，有关方面负责人和工作人员邓岗、丁拓、刘福平、吴学文、沈根荣等。共同社驻北京记者中岛宏也参加了会见。

    友好访华团在华期间，参加了我国国庆庆祝活动，并先后访问了长春、沈阳、上海、西安等地，参观了工厂、学校、人民公社，游览了名胜古迹。访华团于10月14日下午乘飞机离开北京回国。

邓小平会见法国地方大报集团访华团

邓小平曾先后两次会见法国地方大报集团访华团。

1974年10月16日上午，国务院副总理邓小平会见法国地方大报集团主席让－雅克·基洛茨率领的法国地方大报集团访华团全体成员，同他们进行了友好的谈话。

在谈到中国的国防问题时，邓小平指出："我们的国防方针，除了建立一支有效的国防军外，主要是立足于全民皆兵。我们的国防开支，在国家财政预算上的比重不大。我们军队搞生产，搞建设，比如修铁路、桥梁等，好多工程由军队来做。我们很多数量的部队，粮食可以自给，副食品可以自己生产。军队自己劳动，收入也不少。除了经济意义，节省国防开支外，更大的意义就是同群众结合，军队始终保持劳动人民的本色。"

会见时在座的，有《人民日报》负责人潘非，外交部新闻司副司长王珍，工作人员侯贵信、汪华等。

1977年10月26日上午，国务院副总理邓小平又一次会见了让－雅克·基洛茨为团长的法国地方大报集团访华团。

在谈话中，邓小平指出："中国政府反对霸权主义，有三个办法：第一，有精神准备和物质准备。第二，破坏它的全球战略布局，打乱它的战争时间表。第三，不搞绥靖主义。"

邓小平表示："由于我们还处于发展阶段，是发展中国家，特别是在经济贸易方面还要发展，我们不仅同法国而且同国际上的经济往来也会逐步发展。我们想把世界上一切先进成果统统拿到手，但我们历来考虑到自己的支付能力，我们接受延期付款的方式。人们都说中国是个大国，其实只有两点大，一是人口多，二是地方大。就发展水平来说，是个小国，顶多也是个中小国家，连中等国家都算不上。发动战争，中国是没有资格的，中国在若干年后强大起来了，四个现代化实现了，只要我们还是社会主义国家，就不会发动战争。如果那时我们发动战争，就变成了社会帝国主义国家。社会主义国家，不论大小，不管它发达到什么程度，永远属于第三世界。所以毛主席为我们制定的对外政策和路线是永远不称霸。"

在回答对劫持飞机和绑架问题的看法时，邓小平强调："我们从来不赞成。不但我们不赞成，马克思、列宁都是反对这点的。这不是革命，不是马列主义。我们总是谴责这种行动的。"

法国驻中国大使阿尔诺参加了会见。外交部新闻司司长钱其琛、西欧司副司长徐维勤，会见时在座。

邓小平会见美国报纸主编协会
代表团和美联社董事长保尔·米勒

　　1975年6月2日上午,国务院副总理邓小平会见尤金·帕特森为团长的美国报纸主编协会代表团和美联社董事长保尔·米勒,同他们进行了坦率、友好的谈话。

　　在谈到美国政府提出杰拉尔德·福特总统访华一事时,邓小平指出:"我们抱着这样一个态度:福特总统要来,我们欢迎,来谈问题也可以,不谈问题也可以,谈得拢也可以,谈不拢也可以。至于福特总统的访问是否带来中美关系的某种前景,这是要由福特总统去考虑、去决定的问题。"

　　随后,双方就中美关系问题、中国国内问题等交换看法。

　　邓小平指出:"中美之间的分歧点当然很多,但也有若干共同语言。中美两国之间的关键问题是台湾问题。我们的立场很清楚,要实现中美关系正常化,台湾问题只能采取日本方式解决,具体地说,就是美国从台湾撤军,同台湾废约、断交。其他方式,我们不能考虑。如果美国政府考虑还不成熟,我们也可以等一等。总之,'两个中国'、'一个半中国'和'一个中国,一个台湾'的立场,我们都是不能接受的,变相形式的这种立场,我们也不能接受。我们也知道,有的人有这么一种设想,就是把台湾在美国的大使馆变成一个联络处,这实际上也是一种变相的形式,这个我们不能考虑。台湾问题是中国统一的问题,这是一个主权问题。不能设想中国人民会同意以任何形式把台湾从中国国土上分割出去,这不可能。中美之间的关系,一定要遵循上海公报的原则,中国只有一个,不能采取别的立场,不能从上海公报的立场后退。至于用怎样的方式解决台湾问题,这是一个内政问题。我们尽力采取和平方式解决。"

邓小平又指出:"总的说来,我们发展社会主义经济,建设国家,是按照毛主席的指示分两步走。第一步是用十年左右的时间,把中国的工业、农业、科学技术这些方面建成独立的比较完整的体系,使各方面都有比较好的发展。第二步是在这个世纪的末期达到现代化水平。所谓现代化水平,就是接近或比较接近现在发达国家的水平。当然不是达到同等的水平。在这个时期内还办不到,因为中国有自己的情况,首先是人口比较多。但还有 25 年的时间,我们有信心达到比较接近通常说的西方的水平。要做到这一步,我们要付出很大的努力。为此,我们当然要有国内的条件,我们也希望有比较好的国际条件。"

会见时在座的有《人民日报》负责人鲁瑛、中央广播事业局副局长李哲夫、新华社负责人彭迪,外交部美大司副司长唐闻生、新闻司副司长王珍等。

邓小平会见日中记者会友好访华团

　　1975 年 7 月 21 日上午,国务院副总理邓小平会见以新井宝雄为团长、菅荣一为副团长、藤川魏也为秘书长的日中记者会友好访华团,同他们进行了友好的谈话。

　　邓小平就国际形势和签订中日和平友好条约等问题发表了意见。

　　他指出:"当前国际形势概括起来讲就是天下大乱,形势大好。表现在第三世界的兴起,美苏两霸面貌的日益暴露,第二世界同两个超级大国之间控制、反控制斗争的不断发展以及第二世界同第三世界之间对话的增加。一方面是两霸加剧在世界范围内的争夺,另一方面是第三世界正朝着赢得彻底的民族独立和解放、发展民族经济的方向发展。"

　　邓小平还指出:"中日友好是大势所趋。现在中日两国关系的焦点就是和平友好条约,我们是希望早日签订的。关键在于是否写进反霸权条款,而在中日关系方面也始终还有一个台湾问题。我们总是把反对霸权当作一个原则,不能让步,因为它有实质的政治内容。把它写进去,不仅是应该的,也是必要的。反对写反霸权内容的无非是三种人:一种是想复活军国主义,一种是怕苏联,还有一种是想搞外交权术。总有一天要签订这个条约,我个人有这个信心。不仅是中国,而且日本大多数的人也是赞成的。总有一天日本政府会愿意的。实在不愿意,那也没关系,我们可以等。"

　　会见时在座的有王珍、丁拓、胡若木、魏玉琴等有关方面负责人。

邓小平会见新西兰新闻代表团

1975 年 9 月 5 日上午,国务院副总理邓小平会见克罗斯为团长的新西兰新闻代表团,同他们进行了友好的谈话。

邓小平介绍了中国的内外政策。在谈到中国对外贸易的前景时,邓小平指出:"随着中国国民经济的发展,对外贸易一定会发展,但中国情况同别国不同。第一,我们经济不发达,可供我们出口的东西不多;第二,我们采取自力更生的路线,根据每年具体情况,外贸额有高有低,但总的来说有发展;第三,我国国内市场大,首先要作很大努力满足国内需求。等我国轻重工业都发展了,那时的外贸前景就好了。"

在谈到核军备竞赛问题时指出:"中国对核武器的立场讲了好多年。第一,我们提出所有拥有核武器的国家承担义务不首先使用核武器。第二,要使世界各国,不管有核国家还是无核国家,也不管大小,各国平等参加,共同达成协议,彻底销毁核武器。我们并不提倡核扩散,但我们更反对核垄断。现在世界上都提出建立无核区的主张。但这些主张不如我们的这两条有意义。我个人看,现在反对核武器应把重点放在反对美苏两霸继续拼命搞核军备竞赛方面。"

新西兰驻中国大使韩瑞思参加了会见。会见时在座的有《人民日报》负责人鲁瑛和其他有关方面负责人彭迪、王珍、吴凡吾等。

邓小平会见美联社董事会代表团

1977年9月6日下午,国务院副总理邓小平会见基恩·富勒为团长的美联社董事会代表团,同客人进行了友好的谈话。

在谈话中,邓小平指出:"文化大革命中,中国的教育受到了林彪、'四人帮'的干扰,学生学习质量降低,教材水平大大降低,使我们的教育从小学到大学都受到相当大损失。现在打倒了'四人帮',就有可能真正按照毛主席的道路走了。要提高教材质量,现在是认真研究的时候了。从小学到大学都要按照毛主席制定的教育路线真正实践起来,真正能够造就人才,就是不上大学的,也要成为有文化的劳动者。"

邓小平还指出:"过去'四人帮'不提倡搞生产,认为搞生产就是'唯生产力论',就是'不革命',就是'走资本主义道路'。他们反对按劳分配原则。所谓按劳分配,就是多劳多得,少劳少得,不劳不得。现在,我们要恢复按劳分配的原则。我们是实行低工资政策,要实行好多年。随着经济的发展,才能逐步提高工资。我们采取低工资政策还因为有个城乡关系问题,如果工资过高,农村生活水平不能很快提高,会吸引许多农村劳动力进入城市。即使我们的工业更发达,国家收入更多,也要照顾城乡关系,不能相差太多,当然差距总还是会有的。要按劳分配,要有差别,但差别不能太大。群众反对'四人帮',主要是反对他们不让劳动,不让提高劳动生产率,不鼓励劳动有贡献的人,不让他们多收入一点,不让那些在艰苦劳动条件下劳动的人多收入一点。这是违反马克思主义,违反社会主义原则的。对外贸易是随着我们经济发展而发展的。我们历来提倡自力更生,但并不是像'四人帮'解释的那样,什么东西都要自己搞,连世界上先进的东西都不接受。为什么不接受世界上先进的东西？这是人类共同的成果。"

邓小平在谈到万斯访华时表示："万斯访华有一个成果，就是万斯来了，这是你们美国现政府第一次派高级官员来中国。但是他带来的中美建交的方案，是一个后退的方案，就是'倒联络处'的方案。美国政府同意我们的三个条件，'撤军、废约、断交'的前提，但还要在台湾设立相应的机构。所以，我们还是重申中美关系正常化的原有立场。台湾问题是中国的内政，什么方式、什么时间解决台湾问题，是中国的内政，外国人无权干涉。中国政府力求通过和平方式解决台湾问题。中国自己解决台湾问题时会考虑到台湾的特殊条件。"

在谈到中美贸易问题时，邓小平指出："我们历来的态度是，不附带任何条件的贸易还是可以发展的，但中美关系正常化不解决，总有限度。"

在回答被打倒后的处境时，邓小平说："我比较安全。有毛主席保护，专门指定人和部队保护我。我被罢了官后，毛主席为了不让'四人帮'掌握主要的权力，把华国锋主席提到主要的领导岗位。这以后，'四人帮'搞得更厉害了，这就创造了解决问题的条件。现在人们总是问，这个问题为什么不早一点解决？早一点解决不可能，因为'四人帮'的问题要有一个暴露过程，等他们暴露更充分后，才能解决。毛主席一去世，'四人帮'就跳出来，这样解决的条件就成熟了。"

参加会见的美国客人有：代表团团长、美联社社长兼总经理基恩·富勒和夫人，美联社董事会董事长、佐治亚州《亚特兰大宪章报》和《亚特兰大日报》社长杰克·塔弗，第一副董事长、密苏里州《圣约瑟夫新闻报》和《圣约瑟夫报》发行人兼社长戴维·布雷德利和夫人，第二副董事长、弗吉尼亚州诺福克市兰德马克通讯公司董事长弗兰克·巴顿和夫人，董事会财政委员会主席、《芝加哥论坛报》董事长兼发行人斯坦顿·库克和夫人，董事会执行委员会委员、《华盛顿邮报》公司董事长凯瑟琳·格雷厄姆女士，执行委员会委员、华盛顿州斯波坎《发言人评论报》发行人兼社长威廉·考尔斯第三和夫人，执行委员会委员、《费城星期日晚报》董事长罗伯特·泰勒和夫人，财政委员会委员、华盛顿州《每日新闻》社长兼发行人约翰·小麦克莱兰和夫人，财政委员会委员、加利福尼亚州《长滩独立报》和《新闻电讯报》主编兼发行人丹尼尔·里德和夫人,董事会董事、《纽约时报》董事长兼社长和发行人阿瑟·奥克斯·苏兹贝格,董事、密苏里州《墨西哥纪事报》主编兼发行人罗伯特·怀特第二和夫人,美联社副社长兼总编辑路易斯·博卡迪和夫人。

会见时在座的有新华社社长朱穆之、副社长穆青,外交部新闻司司长钱其琛、美大司副司长唐闻生,有关方面负责人彭迪、钱行、杨翊等。

美联社董事会代表团是应新华社邀请前来我国进行访问,于8月30日晚上到达北京的,在访问了北京、内蒙古、上海、长沙、韶山、桂林、广州后回国。

邓小平会见英籍华人作家韩素音

1977 年 9 月 29 日上午，邓小平和全国人大常委会副委员长邓颖超会见英籍华人作家韩素音女士，进行了亲切的谈话。

在谈到"四人帮"的问题时，邓小平指出："'四人帮'把老干部都叫'民主派'，说'民主派'必然是'走资派'，'走资派'必然是反革命。这是他们篡党夺权的第一个纲领。他们还有第二个纲领，即把知识分子打成'臭老九'。以上两种人加起来为数就不少了。还有别的帽子，打击面就更宽了。'四人帮'带给我们的真是一场灾难！"

在谈到评《水浒》的情况时，邓小平指出："毛主席并不是针对任何问题讲的。那时他眼睛不好，找人读书，有一次找人读《水浒》，在读的过程中毛主席有些评论，说《水浒》好就好在暴露了投降派。宋江同高俅的斗争实际上是地主阶级内部的斗争，但《水浒》中有革命派，宋江混进去篡夺了领导权，使农民运动走向投降的道路。《水浒》好就好在这里。金圣叹做了一件坏事，把一百二十回改为七十一回，把暴露宋江投降的一些情节去掉了。所以，如真正了解作者的思想，暴露宋江，应该恢复一百二十回或一百回。毛主席评《水浒》就是这么一个过程，并不是针对哪个人的。后来，'四人帮'歪曲毛主席评《水浒》的意思。1975 年农业学大寨会议期间，江青以批《水浒》为名，实际上就是批'民主派'、'走资派'和'投降派'。她想借此名义转移会议方向。我报告了毛主席，毛主席听了我的汇报说：简直放屁，文不对题，不要听她的话。我马上打电话制止了。'四人帮'就是干这种事情。他们说宋江夺权把晁盖架空，实际上他们首先是说周总理把毛主席架空，后来又说我把毛主席架空。这完全是'四人帮'自己制造的。"

在谈到科研问题时,他指出:"'四人帮'的干扰,耽误了我们好多时间。60 年代我国的科学技术水平同世界水平差距不大,1964 年我国爆炸了原子弹,这是科研水平的集中表现。世界科学技术在 60 年代末期 70 年代初期有个突飞猛进的发展。各个科学领域一日千里地发展,一年等于好几年,甚至可以说一天等于几年。一个新东西发明出来,可以带动其他方面走得很远。一个新粒子的发现,一种新的理论的出现,会发生深远的影响。1975 年我曾讲过,同日本相比我国落后了 50 年。那时我老想抓科研,结果不仅没有抓上去,反而我自己被抓下去了。其他方面恢复起来比较容易,教育和科研方面就不是这样,这里存在一个要后继有人的问题。抓科研不抓教育不行,要从小学教育抓起。中国人是聪明的,再加上不搞关门主义,不搞闭关自守,把世界上最先进的科研成果作为我们的起点,洋为中用,吸收外国好的东西,先学会它们,再在这个基础上创新,那么,我们就是有希望的。如果不拿现在世界最新的科研成果作为我们的起点,创造条件,努力奋斗,恐怕就没有希望。我们还要吸收世界先进的工业管理方法,要搞科研,搞自动化。我们的设备能力不小,但生产落后,这是一个组织管理问题。过去,我们很多方面学苏联,是吃了亏的。我们的潜力很大,但有个组织管理问题,归根到底是科学研究要走在前面。"

会见后,邓小平和邓颖超设午宴招待韩素音。

参加会见和宴会的有廖承志、王炳南、熊向晖、劳辛、王珍、单达圻、邢泽、经普椿。

韩素音女士及丈夫陆文星先生应中国人民对外友好协会邀请于 8 月底来我国进行友好访问,先后访问了大寨、阳泉、大庆、哈尔滨、成都、重庆、上海等地,会见了一些专业画家、工人、农民业余画家。在北京时,韩素音夫妇瞻仰了毛主席遗容并献了花圈。陆文星先生已提前离开我国。韩素音女士在北京参加了国庆节庆祝活动,10 月 2 日离京前往广州出境。

邓小平会见美国作家索尔兹伯里

哈里森·埃文斯·索尔兹伯里是美国著名作家,曾任美国文学艺术学会主席、全美作家协会主席。他于 1908 年 11 月出生于美国明尼苏达州明尼阿波利斯市。1925 年中学毕业后,曾就读于明尼苏达大学,主修化学。后退学,从事新闻记者工作。第二次世界大战期间,他曾深入前线,遍访苏联广大地区。著有《列宁格勒被困九百天》等作品。曾获得国际普利策新闻奖,并被许多大学授予名誉博士学位。

索尔兹伯里对中国怀有浓厚的兴趣。1972 年以后,他曾多次访问中国。1977 年,他在北京见到了邓小平。很显然邓小平富有活力的精神面貌给他留下了深刻的印象,他曾经说,邓小平"强有力的步伐曾使我浑身震动。"

1984 年,索尔兹伯里为了写作反映中国红军长征的书《长征——前所未闻的故事》,专程来到中国。他不顾年迈有病,沿着当年红军长征的路线进行实地采访。并访问了胡耀邦、李先念、杨尚昆、肖克、姬鹏飞、肖华、杨成武、余秋里等老一辈革命家。

1985 年 10 月,该书在美国出版,立即引起轰动。在这本书中,索尔兹伯里采用了他最擅长的叙述个人轶事的见闻的方法,详尽而生动地再现了史诗般的长征历程,倾注了他对中国革命和长征精神的崇敬之情,形象地描绘了毛泽东及其战友们的精神风貌。在这本书中,他也用较多的笔墨描写了邓小平。在书中,他用敬佩的口吻写道:

从长征过来的人中,没有一个像邓小平那样有气魄。邓多年来稳步地、几乎出奇地上升。尽管他屡屡被打倒,但都能再次爬起来,沉着应战。长征后,他曾担任刘伯承师长的第一二九师政委。这支部队参加了对国民党和日本人的作战,后作为第二野战军,把蒋介石赶出了大陆。1949 年 10 月 1 日,当毛主席宣告人民共和国诞生时,他站在天安门城楼上一个不显眼的地方。随后,邓成了毛在中国广大西南地区的总管。1952 年,他来到北京,他参与一切重要工作:党的总书记、政治局委员。对他来说,这些职务都不在话下。1957 年,他陪同毛泽东访问莫斯科,与尼基塔·赫鲁晓夫摊牌。在国内,他的工作是主管农业、工业和教育。

邓小平没有变。他还是襟怀坦白,性情直率,老老实实。他觉察到了"大跃进"的灾难,就直言不讳地指出来。

邓小平传奇性的三落三起的政治生涯和他面对政治上的多次打击所表现出来的乐观、豁达的精神风貌深深地吸引着索尔兹伯里,他在《天下风云一报人》一书中,以"邓小平的三起三落"为题,专章介绍了邓小平。谈到邓小平"三蹶三起"的政治生涯,这位资深的新闻记者也不禁感慨万端,他说:

想当年我第一次访问中国时,"邓小平"当时并不是响当当的名字。诚然,此人我听说过,深知是"文化大革命"的一大目标;刘少奇主席被称为"头号走资派",邓小平是第二号人物,两人被指控为合谋要将中国从共产主义倒退到资本主义,等等。

情况就是这样。在我几十万字的访华笔记中,竟没有关于邓小平的这一项,我过去从未问过一句邓小平的事。偶尔提及,也只附在刘少奇名后罢了。在我那本《去北京及以远的地方》书末的《索引》里连"邓小平"三字也没有,回首 1953 年 3 月时,我怎么也料不到尼基塔·赫鲁晓夫会继承斯大林;同样,我在 1972 年 5 月,当然也无法预见邓小平会接毛泽东的班。

此后,每当我见猎心喜,又想要发表预言时,就提醒自己记起这个教训:高层政治绝无规范板眼可循。偶然性往往致科学的民意测验为之失灵。谁在 1978 年就能知道 1988 年谁会被选为美国总统?

在 1972 年的中国,没有人愿意谈论毛泽东百年之后会发生什么事,而我的结论是:可能由周恩来继承,因为当时周恩来正精力旺盛,没有谁听说他已身患癌症;毛泽东当时则已步履蹒跚,形容呆滞,衣衫弛漫,只是张口对天坐在扶手椅里。我想,周恩来一定已把全国的日常工作大部分接过去了,而毛泽东不久则将撒手而去。但是,毛泽东后来竟掌权达四年之久,而周竟先于他8个月作古。

我原以为周恩来会有时间从容地收拾"文化大革命"留下的烂摊子,然后,长征一代的事和人也将随之终结。我当时认为,接班的一代势必来自有很大能量的上海领导层,因为这些人是"文化大革命"的始作俑者。

随后,我在上海见到了一位叫朱永嘉的,更加强了我的上述看法,他长一头黑发,一身剪裁合体的毛式制服,风度翩翩,思路敏捷,谈锋犀利,我估计他年约三十二三岁。他的头衔很多,其中一个看似平常却很重要,这就是上海市革命委员会常委,换言之,他是上海高层领导之一,地位仅次于日后被称为"四人帮"的一伙。

朱永嘉谈话时,眼睛直视着我。看得出来,他由于身居要职,所以能直言不讳,熟悉情况。我们在公园饭店(现名和平饭店)的米黄为底、金碧为饰的餐厅里吃饭。1949年前,这家饭店是上海一流的英式公寓饭店,如今虽不免有些迟暮的感觉,仍不失为四星级的标准。我们吃得很好,餐巾洁白,银器照人,侍者来去无声,一盘接一盘上菜。最精彩的要数一道素菜,上面摆着两只用冬瓜雕成的野禽,这种手艺在"文化大革命"前的上海就是绝技。宴会过后,套间小坐,摆着新鲜水果、上等雪茄、白兰地酒。朱悄悄对我说:"我可以告诉你'文化大革命'期间发生在上海的一些事,我一直在这里活动,没有到过别处。整个'文化大革命'是从这儿开始的,这话千真万确。"

他回顾历史说,这场汹涌澎湃的革命是1870年巴黎公社以来影响深远的一场革命。

朱永嘉说的是想入非非的那老一套。倘若接受他的基本前提,即刘少奇早在1927年大革命时期起就是"潜伏的内奸",那么,其他问题自然不在话下。但是,这个前提也和斯大林式幻想的前提一样离奇,可以说是同一块料子上剪下来的。朱的故事充满《奥赛罗》悲剧的味道,我在莫斯科时对这种病态性妄念已充分领教。那就是斯大林和他那伙杀人刽子手雅哥达、叶若夫、贝利亚之流拼凑出来的一幕黑暗惊险剧。而此刻朱永嘉却又一本正经地向我介绍他这个令人屏息的故事。

据我回忆,朱永嘉的谈话没有涉及邓小平,证之笔记亦然。

朱和他的上海同伙的野心终未得逞,原因很多,但最重要的却与当时人不在沪的小个子邓小平有关。1976年9月9日毛泽东逝世后,谁能走赢这一局难分难解的残棋呢?结果终以"上海帮"和江青的就缚了事。而朱永嘉本人却是在"四人帮"覆灭一幕中演完了压轴戏才下台的。

毛泽东去世之初,局势发展奇速。谁都清楚:问鼎政权,现在正是时候。毛的遗孀江青于此觊觎日久,早已纠集力量作好准备,但是,那批老革命家,那些长征过来仍然身居要津的少数人,广大军人及一位叫华国锋的态度模棱的政治人物,也在积极准备,不敢怠慢。

北京的老革命家们借用了中国古典文学作品《三国演义》里的谋略,以迅雷不及掩耳的手段,于1976年10月7日晚一举将江青和她的三个上海同伙逮捕归案,其行动机密,除核心老革命家外,绝无人知。此时,上海的第二梯队的头头们正严守岗位,待命行动,虽不无疑虑,却蒙在鼓里。他们随即一个个被看来可信的种种借口召到北京,随后被置于老革命的控制之下。

关于朱永嘉最后情况的细节,大部分是英国驻北京大使馆的罗杰·加赛德综合各方消息告诉我的。我说不准朱永嘉随后的命运如何,很可能仍在北京狱中。

这个妄图在毛泽东逝世之后篡夺权力的胆大妄为集团的野心就此破灭。中国政治的复杂高深莫测,我的观察力只能到此为止。但我早已看出朱永嘉一伙是狂妄之徒。我幸而言中。

不过,我心中设想的情况一件也未出现,他们的设想也没有兑现。真正出现的乃是一出中国式的歌剧《埃伊达》。谁成了毛泽东的接班人?不是上海的那群野心家,不是想当中国的新女皇的江青,也不是那个行动迟缓、缺乏魅力的华国锋。听说毛泽东去世前不久,曾莫名其妙地指定华为接班人(给他写了"你办事,我放心"几个字)。

当时一跃而登最高位的不是别人,而是邓小平,即1972年时众人绝口不提的那个人。

对于1972年我的人物相册上没有邓小平这一页我无须感到歉疚,因为有好几年(自邓小平1966年蒙受侮辱离开北京以来),中国的报纸上就没有提过他一个字。邓消失了,如同头号"走资本主义道路的当权派"刘少奇。除了中南海官府禁苑之外,谁也不知这两人的消息,他们从地球上灰飞烟灭了。

当年第一次访问中国时,我可说无知到了家,甚至连问题也提不出来。只是在1984年我沿着长征路迹采访时,见到了刘少奇、邓小平、毛泽东的许多故人,才有了一个大致的了解。邓小平的东山再起,其离奇变幻,即使通查中国的古籍也找不出第二件。1972年暮春我刚到北京时(以下是邓小平的女儿——小名毛毛1985年向我透露的),邓的精神开始振奋。回忆他1966年以在囚忍辱之身,和妻子卓琳在北京,日夜受到严讯,备受折磨,接着便不容分说将邓夫妇连同邓的衰年继母塞进一架飞机,武装押送到江西省会南昌。到后,经省长一番训话,随后被送到附近的新建县一所"文革"以来被废弃了的步兵学校旧址。

邓小平一家被关进一栋砖房,这里原是步校校长的住宅,在这穷乡僻壤,他们不准同卫兵以外的人说话,和上级也不通气,几乎不名一文,唯有挺着活下去。邓在附近一家拖拉机厂担任技术工作,这是他第一次世界大战后在法国勤工俭学时学到的手艺;妻子干普通工人的工作,清洗电线。他们在屋旁开了一块菜地,养鸡、卖蛋,计划攒点钱把孩子们接到身边。为给锅炉添煤,邓小平动辄要砸碎10公斤左右的大煤块。

邓小平的五个孩子这时分散在四面八方。长子邓朴方聪颖过人,原在北京大学学物理,四年级时,在"文革"中被红卫兵从四楼推下,导致腰以下全瘫,当时不给治疗,关在北京北郊一个破招待所里。他每日仰面躺着,用细铁丝编篮子,以此卖钱度日。

1971年朴方奉准来到父母身边,但仍不给医疗的方便,于是邓小平便自己动手给儿子洗澡,按摩腿背。这年,小女儿毛毛也来同住了。邓家永远不会忘记1971年11月5日,这一天,卫兵把邓夫妇带去出席一次党员会。他们不知道会发生什么事,说不定又是一次批斗会。孩子们等得心焦如焚。中午,父母回来了,一言不发,表情严肃。毛毛看到妈妈递了个眼色,就跟着走进厨房,虽有卫兵们守在屋子里,妈妈还是抓住毛毛的手,在手心里写了四个字："林彪已死"。接着,她把一个手指头放在嘴唇上。卫兵走后,邓小平极为兴奋,说:"林彪不死是无天理,老天也容不得他。"

局面开始松动了。看守邓家的林彪一帮的官员们被换走了。新来的人来访时彬彬有礼,对过去官方的粗暴表示歉意。他们撤走武装警卫。1972年4月,朴方被获准去北京治疗,毛毛同行。

邓小平一家人就这样生活在这所红砖房子里。自己种园子,邓每晚读一点允许他带来的书,有时是马克思主义的书,有时不是;他从收音机里听晚间新闻,留心时事,十分细心。

1972年12月,他们有一段假期——到新建县西南200里的井冈山去参观旅行,那是朱德和毛泽东开始聚集衣衫褴褛的队伍的地方,后来形成了第一支共产主义红军部队。邓小平参加过红军长征、抗日战争和最终打败蒋介石的战斗,1949年10月1日,他和毛并肩站在天安门城楼。

参观井冈山之后,邓小平和家人又回到新建县旧营房里,重度安静的生活,黄昏时分,落日在院子里照出长长的人影,毛毛从窗户里看到父亲又出来散步了,他绕着院子来回走,每次40圈。他微微低头,背着双手,走在已为他的足迹踩平了的红土小径上,日复一日,不断地沉思。

毛毛回忆说:"看那种又快又踏实、急速的步子,我心里想,他的信念、想法和决心也许变得更明确、更坚定了,随时都可以投入战斗。"

毫无疑问,邓小平当时是在思考中国的未来:如何使国家拨乱反正?一旦他重上领导岗位,应该采取哪些步骤?

1973年4月的一天傍晚,人民大会堂里为西哈努克亲王举行宴会。宴会并无特殊之处,这样招待西哈努克是常有的事情。这一方面是给他打气,一方面也是对付越南和柬埔寨复杂的政治局面的一种策略。宴会一如往常,只是多了一位客人:邓小平。这个小个子(邓身高约五英尺)又出来了。没有任何解释,对以前曾宣布的他是叛徒、坏人、毒草之类的结论也没有撤销。邓只是走了进来,坐在桌边,就好像长住乡居一朝回转似的——情况正是这样,不过另有别义而已。除去周恩来,也许再没有人对中国问题了解得比邓小平更深的了。自从他在老家碑坊村呱呱坠地以来,中国地方很少有他不曾到过的。那个村子距四川广安县郊几英里,在重庆以北

60 英里。

也没有谁在宦海波涛中沉浮得如此频繁。邓小平身材不高,但1977年我终于见到他时,他简直如橡皮球一般充沛有劲,我想象得出他在心爱的篮球场上会是什么样子,恐怕连六七英尺的大汉也能对付。几年以后,一个俄国人告诉我邓小平和苏联理论家米哈伊尔·苏斯洛夫(身材高瘦)在50年代后期的一次邂逅。两人就苏联式和中国式的马克思主义孰优孰劣发生了争论。苏斯洛夫是莫斯科的首席辩士,可是邓小平也很熟悉马克思。事后,赫鲁晓夫跟毛泽东说:"你们的小个子难倒了我们的大个子。"毛泽东笑了,"可别低估我们的小个子,此人曾带领第二野战军,一举击败了蒋介石,使蒋丧师百万。"邓当时是第二野战军的政委,刘伯承是司令员,两人合作取得了淮海战役的胜利,从而使蒋介石的失败成为定局。

轻视这位小个子是人们常犯的错误。邓的精力像永远使不完似的,他如果来到一个地方,这个地方的空气会立即改观,如遭电击。1973年我见到他时,他强有力的步伐曾使我浑身震动。他跟我握手,那股劲儿,一直达到我的肩膀。

每次邓小平在政治上被击倒之后,他总是重又站起身来——此事屡见不鲜。许多人都谈到邓小平曾三次被打倒。1926年他从法国达莫斯科(他一度在莫斯科中山大学学习,和蒋介石的儿子蒋经国是同班同学;60年后邓追忆此事,说蒋经国"这人不错")学成回国后,被派往靠越南边境的一个很棘手的地区。他两次卷入党内斗争,但终于无事,于是又逐步得到提升。

长征前夕,邓因受诬告被捕(其真实原因是他支持毛泽东,但控告邓的人不敢公开攻击毛泽东),挨了打,受到监禁,每天只给一碗饭,一杯水。他不承认有罪(30年后"文化大革命"中也是这样),于是又打。一天,他回牢房途中偶遇一位熟悉的女共产党员,便对她说:"我快饿死了。"她买了两只鸡,煮了让卫兵送给他吃。迫害邓的那伙人剥夺了他的职务,派他到荒无人烟的地区去执行任务,想借此害死他,诬告邓的主谋劝邓的妻子和邓离婚,改嫁他人。

邓小平多次被打下去,以这一次最危险。然而他还是活下来了,当时他的敌人怕他投靠蒋介石，因此又把他当作普通士兵让他归队了。长征开始时，邓和其他士兵一样，扛着背包：20磅重的粮袋，40磅的子弹，外加步枪，传说邓曾编入5000人的挑夫队，负重200磅行军，看来不准确。但无论如何，邓那一路的负担是够重的，幸好当年巴黎雷诺工厂和法国火车上司炉的劳动早已锻炼了他。毛毛所看到的父亲在兵营院子里迈着一圈又一圈轻快的步伐，正是长征锻炼的结果，那些年里他学到了很多东西。

1974年我听到有关邓小平的第一个评论是：他行动迅速。我的中国朋友对我说："有时他的行动过快，我目前担心的正是这个，他可能会出问题的。"当时，邓小平刚刚成为周恩来的第一副手。

果然，他不肯像蜗牛那样爬行，正像他改不了他的四川辣子脾气一样。毛泽东批评说，邓是聋子，却故意坐在房里后边，为的是不听他的指示。但毛泽东也说过，邓是"绵里藏针"，尖锐、温和兼而有之，是"少有的能干人"。邓很有主意，遇到难题他总能找到可行的办法。他是一个好战士，对抗苏联的好战士。"人才难得嘛"，毛泽东这样说他。

邓小平的确行动迅速，这可能和他的身材有关，他认为在法国留学那几年使他生长受影响。当时他当工人，每天往往只有一杯牛奶、一个羊角酥充饥。不过，他从此爱上了羊角酥。1974年他去美国出席联合国大会，归途经巴黎，买了上百个羊角酥，带回国分赠周恩来和其他当时和他同在法国的同志。

我逐渐知道了更多关于邓小平的事情。他是在很不得意的时候参加长征的。不过，后来又走运了。1935年，毛泽东取得领导权时，把邓从基层提拔了上来，使他重新登上个人升迁的漫长道路，1935年10月，长征结束时，他已经是毛泽东所信任的年轻助手了。1944年至1945年，他在著名的一二九师任刘伯承的政委，在抗日战争中起了重要作用。第二次世界大战结束时，该师扩为第二野战军，准备与蒋介石作战。1949年，毛泽东宣布人民共和国成立，提名邓为中国南部广大地区的地方长官。但谁也没有料到，这一路的一再升迁，反而使他1966年一跤跌得更重。1974年，他东山再起，从生病的周恩来手上接管了政府。1976年周恩来逝世，他再次坠入深渊。要不是毛泽东刚好逝世，他肯定早就完蛋了。

夏洛特曾问一位中国官员,他们为什么如此尊重邓小平这位上上下下那么多次的人? 那位官员回答说:"这正是我们信任他的原因!"

1976 年是他的生死关头;他像启明星一样坠落了,他能否活下来,谁也不能肯定。他有一个有利条件:跟红军老战士关系都很好。邓小平重新掌权后,拿不定主意要不要当中央军委主席,曾谦让说:"应该由你们军人来当!"但是军人们笑着说:"你也是我们当中的一员嘛!"当邓备受江青迫害时,曾受到广州和华南军区司令员许世友的保护。许是红军中最强悍的司令员之一。在军中被称为铁甲车。邓在广东时,还得到省委书记韦国清的支持,不过,如果江青获胜,这一切也就没用了。军队暂时保护了他。他在北京时,得到叶剑英的暗中支持。叶在军队里的地位仅仅次于卧病的朱德。其他坚定分子也秘密站在邓一边,包括后来成为国家主席的李先念。

1976 年,中国的三大领袖相继去世——周恩来逝世于 1 月,朱德元帅于 7 月,毛泽东于 9 月。邓不搞个人崇拜,走遍中国,看不到邓的画像和塑像。邓的老家旧居住着三户人。没有关于邓的纪念馆,没有邓主席的小红本语录,不在墙上题词,也不写诗。他不接受采访,拒绝别人为他写传记,他不愿引人注目,不喜欢别人像对毛那样吹捧他。他天生平易近人,他喜欢玩桥牌,从延安时代就养成了这种癖好,这都是由埃德加·斯诺和安娜·路易斯·斯特朗这些美国人传进去的,不过,邓不是一般的玩角儿,他可是世界级的,每战必胜。他每周和一些老朋友,如万里,玩上两三次桥牌。

邓说过:"我玩桥牌时,思想集中,这样,脑筋就可以得到休息。"邓还喜欢游泳。他对朋友说:"我能游泳,尤其在大海里(北戴河的黄海),这说明我身体健康,我能玩桥牌,说明我还头脑清醒。"他在法国时,爱上了足球,有一次曾把上衣当了,去买一场大赛的门票。近来就只在电视里看比赛了。七十五岁以前,他每天都洗冷水澡。毛泽东也喜欢游泳,冷水浴和体力锻炼在中国是和革命活动紧密相连的。毛泽东早期写过一篇谈体育锻炼的文章。

邓小平出身于健壮的客家血统。客家人是汉族中的一个小分支,许多世纪以前,从北方移民到南方,散居香港和广东一带,人数很多。他们一般身材都很矮小,皮肤偏黑、面色红润。客家妇女头戴有边的灯罩形帽子,邓出身中农家庭,父亲领导过一支地方自卫部队。

以上就是 1972 年时无人提起的那个小个子的背景。这个人绝不是一个可以常处人下的人物,毛泽东逝世后,他用了大约两年时间上升到最高领袖的地位。他当日在兵营院子里每天散步 40 圈时推敲出来的实用而大胆的计划,现在要付诸实现了。那是一种快行道计划,打破了共产主义和中国的常规。从某种意义上说,他在两者中更近于中国式,也就是中共传统称谓的中国式的马克思主义。它是一种特殊的马克思主义,即按照中国的需要而实践的共产主义(这正是斯大林和他的继承者不喜欢、不信任中国的原因之一)。

邓小平说过:"不管黑猫白猫,抓住耗子就是好猫。"他的意思是:为了使中国在 2000 年达到技术合理化,准备采纳不管哪里来的技术、办法、发明创造和意见。如果这样做要放弃毛的蓝蚂蚁式的公社而代之以个人耕作和个人利益的办法——好,那就这样做吧。我在循着长征路线深入中国内地的过程中,看到了效果:兴旺的市场城镇,雨后春笋般新盖的私人房屋,密如柳枝的电视天线,涂红嘴唇的姑娘匆匆来往于稻田之间运谷子,5000 年来,农村从没见过那么多的钱。如今的口号是:"让农民富起来——让中国强起来"、"致富光荣"。

邓向外资敞开大门,搞私人企业、合资企业、"经济特区"(中国和外国企业家可以自由贸易的地区,经营方式颇像香港,而与 1949 年以来中国大陆的作法大不相同)。

上海、天津、沈阳出现了新的股票市场,私营贸易、私营商业、私营餐馆、私营美容室、私营船舶公司,与工厂工人们订立生产合同。形势发展之快大有使中国喘不过气来之势,甚至邓小平自己也可能没有料到。中国官方英文报纸张上刊登股票市场的消息,还有桥牌栏目、美容指导、高级国际型饭店、十三陵附近的高尔夫球场等等。说实话,这也使我大吃一惊。与此同时出现了大量贪污、腐化、卖淫、黑市场、走私外国色情书籍、录相带等,不一而足,我初次看到邓小平领导下的中国的新面貌时,不禁为之眼花缭乱,我发现蓝蚂蚁般成百上千的农民弯腰在稻田里远看分不清男女的现象已经不见了,江青的八个粗糙的样板戏(包括《白毛女》、《智取威虎山》、《红色娘子军》等)的哀伤调子谁也听不到了。

邓小平愈挫愈奋的个人魅力使索尔兹伯里发出了由衷的叹服,他断言,邓小平"能使中国腾飞。"他说:

我想不出有谁比邓小平更合适来领导中国通过捷径来克服"文革"造成的破坏,激励11亿中国人完成"新长征"了。

我不敢说邓小平是否能完成所有的目标,但我敢说中国没有人比他更胜任这项任务。1986、1987年这两年,中国发生了动荡,邓小平精选的主要助手胡耀邦被迫辞职,几位自由思想、较有才干的作家受到一些冲击,对青年也进行了约束,并对经济过热现象刹了车。当时我并不觉得邓受到威胁,更可能的是,邓和他的红军老同志们决定,在中国猛地腾飞之前把它往回拉一把。

我有点相信新的模式是从务实的角度出发的。尽管邓在政府中发言权最大,但他领导的毕竟是各方人士共同参与的政府。我无须担心老党员们在深圳看了在中共清教主义庇护之下的港式夜总会、舞厅生活之后,会起而反对邓。相反,在我看来,他们是替邓完成了任务,他们支持邓,不反对他。

因此,我认为中国将继续走邓的路线,这是他在江西被软禁时于庭院散步时精心规划出来的。这条路线使他近年来三次被选为《时代》杂志的封面人物(其中一次摘用我写的《长征》书中片段作配合文字),还出现在《成功》杂志颁发的1985年杰出人物奖的名人录上,后者是美国的年轻经理们办的,为此,我替《成功》写了一篇短文介绍邓,标题是"中国的首席行政负责人"。

他确实有成就,是一位地道的首席行政负责人,我敢打赌,他能使中国腾飞,走向某种新型经济,仍称社会主义,却吸收了很多自由贸易成分,其目的在于使中国得以稳步跻于那些蒸蒸日上的太平洋流域经济诸强之列,如日本、朝鲜、台湾、香港、新加坡,而21世纪正是属于他们的。

邓小平回答尼泊尔等各国新闻记者的提问

1978年2月4日上午,在尼泊尔首都加德满都,国务院副总理邓小平同尼泊尔首相比斯塔会谈结束后,回答了尼泊尔记者和美联社、路透社、法新社、塔斯社、《朝日新闻》、《读卖新闻》记者提出的问题。

在谈到南亚形势问题时,邓小平指出:"我们希望南亚所有国家不论大小,都能根据和平共处五项原则平等相待、友好相处,互不干涉内政。"

在谈到中印关系问题时,邓小平说:"我们注意到印度愿意同中国改善关系,我们也希望同印度改善关系。中印双边关系的改善需要双方共同作出努力。"

邓小平是于2月3日乘专机到达尼泊尔访问的。在尼泊尔,邓小平受到了热烈欢迎,并会见了尼泊尔国王比兰德拉和王后艾什瓦尔雅。2月6日上午,邓小平乘专机离开加德满都回国,圆满地结束了对尼泊尔的4天正式友好访问。

邓小平会见索马里新闻代表团

　　1978年3月13日上午,国务院副总理邓小平会见阿卜迪卡西姆·萨拉德·哈桑为团长的索马里新闻代表团,并同他们进行了亲切友好的谈话。

　　在谈话中,邓小平指出:"国际上都说我们是一个大国,苏联甚至说我们是超级大国。我们的大,只表现在两个方面,一是地方大,一是人口多。按生产和科学水平来说,我们同你们一样,只能算是一个小国。就是到有6000万吨钢的时候,我们也还是一个弱国。按日本、联邦德国、法国、美国的人均水平,我们应当有几亿吨钢。你说强什么呀?所以说,牛皮不能吹大了。当然,到有6000万吨钢的时候,总比现在好得多了。人口多、国家大,有自己的困难,所以我们要更加努力。"

　　邓小平说:"中索两国人民是好朋友,两国人民在任何时候都是友好的。他表示相信,在西亚德总统领导下,索马里人民团结一致,一定能够取得反霸斗争的胜利。"

　　索马里驻中国大使卡欣参加了会见。会见时在座的有中央广播事业局局长张香山、副局长顾文华,新华社副社长缪海棱,《人民日报》秘书长郭渭,外交部新闻司副司长王珍、非洲司副司长李珩。

　　索马里新闻代表团是应首都新闻界的邀请前来我国进行友好访问,于2月27日早晨到达北京的。代表团在我国期间曾前往上海、长沙、韶山、大寨参观访问,3月14日乘飞机离京回国。

邓小平会见美国共产党（马列）
中央机关报《号角》编辑部代表团

  1978 年 5 月 2 日上午，中共中央副主席邓小平会见丹尼尔·利昂·伯斯坦为团长的美国共产党（马列）中央机关报《号角》编辑部代表团，同他们进行了亲切友好的谈话。

  在回答关于"四五"天安门事件的真相问题时指出："天安门事件是广大群众热爱周总理、悼念周总理的活动，是合情合理的。天安门事件绝不是什么反革命事件。我是因为天安门事件被撤职的。我出来工作这个事实本身就把结论反过来了。说我是天安门事件的总后台，其实那时候我和任何人都没有接触过。"

  会见时在座的有《人民日报》总编辑胡绩伟、秘书长郭渭，中联部局长李肖白等。

  代表团是应《人民日报》邀请来我国进行友好访问，于 3 月 30 日上午到达北京的。代表团在华期间瞻仰了毛主席遗容，先后访问了北京、胜利油田、济南、上海、杭州、广州、海南岛、大寨、阳泉、太原、延安。5 月 5 日乘飞机离京回国。

邓小平会见美国合众国际社访华代表团

1978 年 5 月 19 日上午,国务院副总理邓小平会见罗德里克·比顿为团长的美国合众国际社访华代表团,宾主进行了友好的谈话。

在谈话中,邓小平指出:"我们准备吸收世界先进技术,包括美国在内。这个事情做得好,可以促进两国关系的发展,对正常化也有益处。"

在谈到核电站建设时,邓小平指出:"我们自己在搞核电站,也准备买一点技术和设备。我们能源丰富,有油、有煤,水利资源也非常丰富。核电好是好,但很花钱,我们的重点还是发展水电、火电。"

在谈到中国是否进口粮食时,邓小平说:"现在我们进口粮食,主要是从品种调剂考虑,当然与我们粮食生产还不够发达也有关系。像我们这样一个人口众多的国家,靠进口粮食解决短缺问题是不可能的。根据品种调剂,在若干年内还会有进有出。"

在回答中国是否采取措施限制人口增长问题时,邓小平指出:"这些年来一直在采取措施,节制生育。在这方面,有些地区做得不错,有成绩,但农村差一点。一些节育费用都由国家补贴,比如说一些药品都由国家供应。我们力求每年的人口增长速度小一些,但总还要增长。人多有人多的好处,但人多也有人多的麻烦。中国是一个落后的国家,但是一个有希望的国家。"

谈话时在座的有新华社社长曾涛,新华社、外交部美大司、新闻司负责人彭迪、林平、钱其琛等。

美国合众国际社访华代表团是应新华通讯社邀请,于 5 月 17 日中午到达北京的。

邓小平会见日本广播协会代表团

1978年6月5日上午,国务院副总理邓小平会见坂本朝一率领的日本广播协会代表团,同他们进行了亲切友好的谈话。

在回答坂本朝一提出的有关签订中日和平友好条约的问题时,邓小平说:"我们双方只要从全球战略和政治的观点出发,中日和平友好条约的签订就比较容易解决。日本人民和日本大多数政治家懂得这个道理。我们两国间不管过去发生过什么曲折,但我们是休戚相关的,要世世代代地友好下去。在政治上体现出来,就是尽快地签订中日和平友好条约。我相信,我们两国发展合作的前景是良好的。我们要向你们学习的地方很多,我们要实现四个现代化需要朋友的帮助。"

邓小平还指出:"我们的电化教育才开始,我们这方面不发达。在人民中拥有的电视机数量比较少,要加强这方面的发展。我们现在要解决教育问题,电化教育是一个重要手段。'四人帮'的干扰在工农业上有破坏、有损失,但最大的损失在科学教育方面,这方面耽误了十一二年的时间。我们要实现四个现代化,不抓紧科学教育不行,科学教育不采用现代化的方法也不行,电化教育这个手段是重要的措施之一。当然,这项工作根据我们现有条件开始做了,我们要采取措施加快步伐。"

日本驻中国大使佐藤正二,日本广播协会驻北京记者丰原兼一,参加了会见。会见时在座的有中央广播事业局局长张香山、副局长李连庆,有关方面负责人罗青、王枫、阮若琳等。

日本广播协会代表团于5月下旬到达中国,先后访问了北京、上海、重庆、西安,并应邀出席由中央广播文工团演出的专场音乐晚会。代表团于6月5日下午乘飞机离京回国。

邓小平会见泰国记者访华团

1978年6月7日上午,国务院副总理邓小平会见蓬沙·巴耶威清为团长的泰国记者访华团,同他们进行了亲切友好的谈话。

邓小平指出:"中国同泰国、同东盟各国都要发展友好关系。我们一贯支持东盟五国建立和平中立区的政策,这个政策是一个好政策。我相信,中泰两国在各个领域里的发展前景都是非常好的。"

在回答中国向西方开放是否担心会受到西方腐朽思想和生活方式影响时,邓小平说:"不担心这个问题。毛主席过去说过,他开始读孔夫子的书,以后学的是资本主义,但他终究是一个共产主义者。归根到底,要看我们的事情搞得好不好。如果人民都知道我们自己走的社会主义道路是正确的,那么,什么影响也不怕。至于有些人,就是没有外国人来,他也会受影响的。人们的眼界开阔些好,这样鉴别是非的能力只能增强,不会减弱。"

泰国驻中国大使格森·格森西参加了会见。会见时在座的有新华社社长曾涛、秘书长杨家祥,外交部新闻司副司长王珍等。

泰国记者访华团是6月5日到达北京对我国进行友好访问的,于6月28日回国。

邓小平会见扎伊尔新闻代表团

1978年6月14日上午,国务院副总理邓小平会见莫科洛·瓦·姆庞波率领的扎伊尔新闻代表团,并同他们进行了亲切友好的谈话。

邓小平说,扎伊尔反抗苏、古雇佣军两次入侵的斗争是正义的,蒙博托总统做得对,扎伊尔人民做得对,中国政府和人民站在扎伊尔一边,坚决支持扎伊尔人民的斗争。世界上支持扎伊尔斗争的国家和人民也是对的。

扎伊尔驻中国大使图马·瓦库参加了会见。会见时在座的有中央广播事业局局长张香山、副局长金照,《人民日报》副总编辑潘非,新华社负责人彭迪,外交部新闻司司长钱其琛。

扎伊尔新闻代表团于6月11日下午到京,6月27日离开我国。

邓小平会见奥地利
中国研究会代表团

1978年8月6日上午,国务院副总理邓小平会见奥托·雷施为团长的奥地利中国研究会代表团,同他们进行了友好的谈话。

在谈到中国人口问题时,邓小平指出:"这个事情也有一个习惯的势力,特别是农村。中国历史上就以多子多孙为幸福。我们建国以后就提出了人口问题。现在,我们国务院、各级地方政府有专门的机构管这个事情,包括宣传。我们采取了一些具体措施,节制生育的药品、手术都是免费提供。这个事情我们搞了很多年了,所以现在有一点成绩,但还要努力,还要做很多工作,特别是说服工作,这个事情搞命令主义是不行的。如果能够做到不再增长,这就了不起了。但是,下这样决心的人不算很多,这同生活水平、文化水平有关。人口增长过快并不反映经济发达,而是反映经济落后。"

在回答关于中国吸收外国技术、设备和资金的问题时,邓小平指出:"吸收外国的技术,一般采取过去很多国家采取的方式,实行国际交往,吸收外国好的东西来发展自己。用银行贷款的方式也可以,用这样的方式来购买我们需要的设备和技术,用其他方式也可以。"

在回答如何看待不结盟国家运动的问题时,邓小平指出:"三个世界划分的理论与不结盟运动没有冲突。我们历来认为不结盟运动是重要的。我们希望不结盟运动发展起来,这有利于和平,有利于反对霸权主义。"

在回答关于扩建大学和提高教学质量问题时,邓小平指出:"我们的学校不但数量少,而且质量低。在这方面,我们要大力发展。现在中国的事情还是科学、教育重要。"

奥地利驻中国大使葛德乐参加了会见。会见时在座的有对外友协会长王炳南、副会长楚图南、常务理事朱子奇，中国驻奥地利大使俞沛文，外交部西欧司副司长齐宗华等。

邓小平会见日本新闻界
各社评论负责人访华团

1978 年 9 月 6 日上午，国务院副总理邓小平会见内田健三为团长的日本新闻界各社评论负责人访华团。邓小平对在中日和平友好条约签订后第一批来访的日本新闻界朋友表示欢迎，并回答了他们提出的有关当前国际形势、缔约后日中经济技术交流、贸易往来和日中友好关系的发展前景等广泛的问题。

在谈到即将访问日本时，邓小平指出："这次访问，主要是交换中日和平友好条约批准书，同时也答谢所有的朋友们。"

在谈到中日缔结和平友好条约的意义时，邓小平指出："首先是从政治上肯定两国的友好关系，并成为发展两国关系的新起点。这些年来，两国间的交往相当频繁，经济贸易发展也不错，还签订了航海、航空和渔业等协定，但政治上还有一点缺陷。条约缔结后，这个缺陷就弥补了。其次是对亚洲、太平洋地区的和平、安全、稳定有很大作用。反对霸权主义，对世界也有重大意义。反霸条款确定后，我们的共同语言就更多了。"

常驻北京的日本记者也参加了会见。会见时在座的有外交部新闻司副司长王珍，亚洲司副司长王晓云。

日本新闻界各社评论负责人访华团包括日本 13 家报社、通讯社、广播电视的负责评论的主编，是于 9 月 4 日抵达北京的。

邓小平会见泰国新闻代表团

1978 年 10 月 3 日上午,国务院副总理邓小平会见颂汶为团长的泰国新闻代表团,同他们进行了亲切友好的谈话,并愉快地回答了他们提出的问题。

邓小平指出:"中国总的面貌还是落后的。解放以后,我们基本上解决了吃饭问题,但不能说农业问题已经解决了,或者比较好地解决了,更不能说已经现代化了。概括地说:农业还落后,我们还要努力。从我们的经验来看,解决农业问题比解决工业问题更难。马克思讲过,农业是基础。世界上有很多国家的经验也证明了这一点。所以,毛主席提出以农业为基础,工业为主导,首先抓农业。我们研究了世界上一些发达国家的经验,为什么它们的工业能够发展,主要是它们的农业有基础。农业解决得不好,要拖工业的后腿。特别像我们这样一个人口众多的国家,靠进口粮食解决吃饭问题不行。现在,我们全国学习大寨就是要尽快把农业搞上去,但单是大寨的经验也是不够的,主要学大寨的精神,学大寨的科学态度。既然学它的科学态度,就是要因地制宜。中国这么大,每个省的情况都不同,一个省那么大,各个地区也不同。我们搞农业,主张每个地区独立思考,一切从实际出发,因地制宜。搞农业机械化,这个地区的机械同那个地区的机械不同,有它的地区特点,不然就不适用。所以,现在讲解决农业机械化问题同过去的概念不同。"

邓小平又指出:"中国现在是名副其实的第三世界国家。中国实现了四个现代化,那个时候是不是属于第三世界国家?我们的发展方向决定了我们的国家仍然是社会主义国家。如果那个时候我们的根本方向变了,那就是我们变质了,那我们就应公开号召世界人民同中国人民一起把中国打倒。我们就是本着这种精神来教育我们的下一代。总之,社会主义同霸权主义是水火不相容的。"

泰国驻中国大使格森西参加了会见。会见时在座的有新华通讯社副社长李普。

代表团是在访问了昆明、成都、太原、大寨以后,于9月30日到达北京的。代表团在京期间,参加了中国国庆庆祝活动。

邓小平会见德意志联邦共和国新闻代表团

1978 年 10 月 10 日上午,国务院副总理邓小平会见格奥尔格·内格韦尔为团长的德意志联邦共和国新闻代表团,并愉快地回答了他们提出的问题。

德意志联邦共和国新闻代表团是应我国首都新闻界的邀请,于 10 月 8 日到达北京的。

邓小平指出:"中国在历史上对世界有过贡献,但是长期停滞,发展很慢。现在是我们向世界各国学习的时候了。我们过去有一段时间,向外国学习先进的科学技术被叫作'崇洋媚外'。现在大家明白了,这是一种蠢话。我们派了不少人出去看看,使更多的人知道世界是什么面貌。关起门来,固步自封,夜郎自大,是发达不起来的。由于受林彪、'四人帮'的干扰,我们国家的发展耽误了十年。60 年代前期我们同国际上科学技术水平有差距,但不很大,而这十几年来,世界有了突飞猛进的发展,差距就拉得很大了。同发达国家相比较,经济上的差距可能是 20 年、30 年,有的方面甚至可能是 50 年。到本世纪末还有 22 年,22 年以后,世界是什么面貌?包括你们在内的发达国家,在 70 年代的基础上再向前发展 22 年,将是什么面貌? 我们的现代化,要在本世纪末达到你们现在的水平已不容易,要达到你们 22 年后的水平就更难了。所以要实现四个现代化,就要善于学习,大量取得国际上的帮助。要引进国际上的先进技术、先进装备,作为我们发展的起点。"

当客人问到中国实行开放政策是否同过去的传统相违背时,邓小平说:"我们的做法是,好的传统必须保留,但要根据新的情况来确定新的政策。过去行之有效的东西,我们必须坚持,特别是根本制度,社会主义制度,社会主义公有制,那是不能动摇的。我们不能允许产生一个新的资产阶级。我们引进先进技术,是为了发展生产力,提高人民生活水平,是有利于我们的社会主义国家和社会主义制度。至于怎么能发展得多一点、好一点、快一点、省一点,这更不违背我们的社会主义制度。"

德意志联邦共和国驻中国大使魏克德参加了会见。参加会见的德意志联邦共和国新闻代表团团员是:卡尔－海因茨·布林克曼博士、弗里茨·乌尔里希·法克博士、奥斯卡·费伦巴赫、汉斯·迪特尔·耶内、约尔根·克勒尔迈尔博士、拉尔夫·勒曼、汉斯·施米茨、迪特尔·施罗德、特奥·佐默尔博士、伯恩哈德·韦尔德霍夫。会见时在座的有《人民日报》总编辑胡绩伟、秘书长郭渭,新华通讯社副社长李普,中央广播事业局副局长李连庆,外交部新闻司司长钱其琛等。

1978年10月10日,邓小平会见德意志联邦共和国新闻代表团,指出,中国20世纪末实现的四个现代化,不是西方发达国家20世纪末的现代化,甚至于达不到西方发达国家20世纪70年代末的水平

邓小平在日本出席"西欧式"记者招待会

1978 年 10 月 25 日下午 4 点,一次为世人瞩目的记者招待会在东京日比谷的日本记者俱乐部拉开了序幕。

今天的主角是邓小平。他面对的 400 多名记者们分别来自时事社、共同社、路透社、合众国际社、美联社、法新社、德新社等著名通讯社,都是些提问尖锐、毫不留情的"主儿"。据信,这还是中华人民共和国领导人在出访时第一次同意以"西欧方式"公开会见记者。

正因为是第一次,所以善于猎奇的西方记者们大多希望能从这位共产党领导人的即席发挥中找出些破绽来。

但是,邓小平让他们很感满意地"失望"了。

他一入席,就给人一种沉着、自信、充满活力的感觉。

"如果我的回答有错误,请大家批评。"在概略性地谈了中日和平友好条约缔结的意义、反霸问题和中国的内外政策后,邓小平摊开双手,微笑着来了这么一句。

会场活跃起来。4 台转播用的电视摄影机和 30 多台远镜头照相机在忙碌地运作,按快门、作记录的声音接连不断。

日本时事社记者率先提问:"在刚才的讲话中,您说由于霸权主义存在,就有世界大战的危险。不过,我国采取全方位外交,要同所有国家友好相处。你认为两国对世界形势的认识有没有分歧呢?"

既然日本记者把其政府一直在躲躲闪闪的反霸问题在这种场合端了出来,邓小平也就毫不客气,简明扼要地表了态:"反对霸权主义是中日和平友好条约的核心。因为我们要和平友好,谋求亚洲太平洋地区的和平与安全,谋求世界的和平与安全,不反霸是不行的。""按照中日和平友好条约包含的意义来说，我想，如果有人把霸权强加在日本头上，恐怕日本人民也不会赞成。”

既然邓小平的回答在设身处地地为日本人民和世界和平着想，这位日本记者也就不好再说什么，只得信服地点了点头。如果说，邓小平在23日晚福田首相举行的欢迎宴会上还是含蓄地谈到中日联合反霸的话，那么，今天的讲话就真可谓毫无掩饰、明明白白了。这表明，中国共产党领导人虽然在此之前几乎没有像这样会见过新闻记者，但在巧妙地运用新闻界来宣传自己在一些正式场合不便表达的思想上，丝毫也不逊色于那些天天会见记者的西方领导人。

当一位记者提出亚洲紧张的局势的中心在朝鲜和越南时，邓小平以其独特的广阔视野，由此谈及了被人为分裂的国家实行统一的问题：“我们历来认为，人为地把一个国家一分为二，分割开来，这个问题迟早要解决。两个越南的问题解决了。尽管越南现在反对我们，但是，它解决自己国家的统一，这是正义的。除‘两个朝鲜’之外，还有两个德国，‘两个中国’，是不是还有一个一国有百分之一的日本的问题。这些问题总是要解决的。十年解决不了，一百年，一百年解决不了，一千年总能解决了吧！这种民族的愿望，这个潮流是不可抗拒的。”对于这个讲话，日本《朝日新闻》评论说，它充分显示出了邓小平真不愧为伟大人物的风度。

日本记者还提出了“尖阁列岛”的归属问题。尖阁列岛，中国称“钓鱼岛”，是台湾省的附属岛屿，属中国领土，甲午战争后被割让给日本。1972年9月，田中访华时，曾要求周恩来总理明确该岛的归属权。当时，为了不让这个一时难于解决的问题成为中日邦交正常化的障碍，周总理表示：“现在还是不要讨论，地图上又没有标，出了石油就成了问题了。”对此，日方也表示同意。

1978年8月10日，园田在北京又同邓小平讨论了这个问题。当时，正值双方就中国渔民在该岛周围海面捕鱼问题进行交涉后不久，日方想趁日中和平友好条约缔结之机，一鼓作气地要求中国承认该岛属日本领土。

据园田事后接受《周刊文春》记者采访时回忆，他是这样向邓小平提出问题的：

1978年10月25日下午,邓小平在日本记者俱乐部的记者招待会上,诙谐雄辩,语惊四座

"说真的……还有一个问题……如果我这个日本外务大臣不提的话,就无脸见江东父老……"。

"听我这样一说,邓小平就讲:'我理解,理解你,你尽管讲嘛。'于是,我鼓起勇气指出,尖阁群岛自古以来就是我国领土,再发生以前那种'偶发事件',我无法交待。"

"邓小平微笑着摊开双手,说:'上一次是偶发事件。渔民追起鱼来,眼睛里就没有别的东西啰。那种事情再也不会发生,绝对不会发生。'我当时真提心吊胆,只求老天保佑。万一从邓小平嘴里说出'不是日本领土','是中国领土',我就完了。"

"他挺了挺身子……然后说'一如既往,搁置它20年、30年嘛。'换句话说,他的意思是日本现在有效地控制着,就让它维持现状。"

"他讲这句话时,态度自若。我可受不了。使劲地拍了一下邓的肩膀,说:'阁下,不必说了。'"

"他在那里优哉游哉,我觉得全身像瘫了一样。"

今天,邓小平的神态更为自若。他说:"'尖阁列岛'我们叫钓鱼岛,这个名字我们叫法不同,双方有着不同的看法,实现中日邦交正常化的时候,我们双方约定不涉及这一问题。这次谈中日和平友好条约的时候,双方也约定不涉及这一问题。""倒是有些人想在这个问题上挑些刺,来障碍中日关系的发展。我们认为两国政府把这个问题避开是比较明智的。这样的问题放一下不要紧,等十年也没有关系。我们这一代缺少智慧,谈这个问题达不成一致意见,下一代总比我们聪明,一定会找到彼此都能接受的方法。"

本来,当日本记者提出这一微妙的困难问题时,会场内刹那间紧张了起来,大家都屏住呼吸,等着看邓小平怎样回答。他们怎么也没想到邓小平竟把许多国家多年来一直为此大动干戈的领土归属问题以如此容易、如此巧妙的中国式方法给"解决"了。于是,会场又恢复了轻松的气氛。

在回答有关中国的现代化问题时,邓小平充分让西方记者们领略了他那坦率、务实和开放的风格。他说:"我们所说的在本世纪末实现的现代化,是指比较接近当时的水平。世界在突飞猛进地前进,那时的水平,例如日本就肯定不是现在的水平,我们要达到日本、欧洲、美国现在的水平就很不容易,要达到22年以后的水平就更难。我们清醒地估计了这个困难,但是,我们还是树立了这么一个雄心壮志。"为了要实现现代化,"要有正确的政策,就是要善于学习,要以现在国际先进的技术、先进的管理方法作为我们发展的起点。首先承认我们的落后,老老实实承认落后就有希望。再就是善于学习。这次到日本来,就是要向日本请教。我们向一切发达国家请教。向第三世界穷朋友中的好经验请教。相信本着这样的态度、政策、方针,我们是有希望的。"

就在他谈到要承认落后的时候,他突然说了一句饶有风趣的话:"长得很丑却要打扮得像美人一样,那是不行的。"记者们对这一尖刻的自我评价发出了哄堂大笑,但他们也不得不承认,这种态度正是中国重新崛起的希望所在。

26日,日本各大报纸都在显著位置报道了这次会见。《东京新闻》说,

出席东京日本记者俱乐部举行的记者招待会。在回答日本记者提出的有关钓鱼岛问题时,邓小平指出,中日双方对此确实有不同看法,但在中日邦交正常化和《中日和平友好条约》签署时,双方约定不涉及这一问题

邓小平"既诙谐,又善于雄辩,有时还岔开话题,很有谈话技巧——这位'矮个子巨人'真是名不虚传"。《每日新闻》以《邓副总理首次举行"西欧式"记者招待会》为题评论邓小平说:"既不显威风,也不摆架子,用低沉而稳重的声调和温和的口吻发表谈话……始终笑容满面地谈日中友好和世界形势。一想起被称为'长生鸟'一再倒台和上台的坎坷的人生,就令人觉得他是一个多么难得的'人材'。"

记者招待会结束后,邓小平前往新大谷饭店举行盛大的答谢宴会,用精美的中国菜、北京的"五星啤酒"、青岛的红葡萄酒和上海的"熊猫牌"香烟热情款待了包括福田首相、保利和安井议长在内的各界日本人士,从而结束了对东京的访问。

10月29日下午,邓小平结束对日本的正式友好访问,从大阪乘专机回国。离开日本前,对日本记者发表谈话时,邓小平指出:"由于日本政府和各界朋友的热情接待和精心安排,我们圆满地完成了各项友好访问活动,中日双方互换了条约批准书,庄严宣告中日和平友好条约生效,我们共同完成了一件具有重大意义的历史任务。这次访问,使我们亲身感受到广大日本国民对中国人民的深厚情谊。我们也高兴地看到伟大的日本人民在经济建设和科学技术方面取得的巨大成就。我们深信,在中日和平友好条约的基础上,双方之间的友好合作关系必将取得更广阔的发展。"

邓小平是应日本政府邀请于 10 月 22 日乘专机抵达日本的。这是中华人民共和国成立后中国国家领导人第一次访问日本。

邓小平会见日本新闻代表团

1978年11月2日上午,国务院副总理邓小平会见广冈知男为团长的日本新闻代表团,同他们进行了热情友好的谈话。

邓小平见到日本新闻界朋友很高兴,他认出了代表团中有他在东京时遇到过的日本朋友。他说,我要借此机会再次感谢日本新闻界朋友们在我访日时给予的照顾。并说,中日和平友好条约正式生效,这是中日关系发展的新开端,两国人民还要继续努力。

邓小平还就他访日成果和今后中日关系的发展阐述了他的看法,并回答了日本朋友提出的问题。

广冈知男团长说,邓副总理访问日本是战后访问日本的外国领导人中取得最大成功的一次。他说,这是因为在日中两国人民内心里有着要友好的基础。

日本驻中国大使馆临时代办伴正一参加了会见。会见时在座的有中央广播事业局局长张香山、新华社副社长李普、《人民日报》秘书长郭渭、外交部新闻司长钱其琛、亚洲司副司长王晓云等。

日本新闻代表团是应我国外交部邀请前来进行访问,于10月30日到达北京的。

邓小平在曼谷出席记者招待会

1978 年 11 月 8 日晚上,在泰国曼谷,国务院副总理邓小平出席记者招待会。

在讲话中谈到华侨问题时,邓小平说:"我国政府一向赞成和鼓励华侨自愿选择泰国国籍,凡是取得泰国国籍的,就自动失去了中国国籍,他们就应当尽泰国国民的义务。对那些还保留中国国籍的华侨,我们希望他们遵守泰国的法令,尊重泰国人民的风俗习惯,同泰国人民友好相处。他们的正当权益应当得到保障。"

随后,在回答记者提问时,邓小平说:"中国人民一贯反对全球性霸权主义,也反对区域性霸权主义。中国一贯支持东盟和平、自由、中立的政策。东盟坚持这个政策、坚持本身的团结,是亚洲、太平洋地区和平、安定的一个因素。"

在回答中国是否向东盟国家提供经济援助时,邓小平指出:"我们也是一个发展中国家,我们国家很穷。中国过去对第三世界国家的援助是有限的。我们相信,随着四个现代化的发展,我们有可能较多地帮助世界发展中的国家。中国和东盟应该建立互相援助、互相支持的关系,中国将在力所能及的范围内同东盟国家发展贸易和科技方面的交往。"

在回答有关中国同泰国共产党关系问题时,邓小平指出:"我们不仅在同泰国的关系中,而且在同东南亚国家的关系中,都存在一个同那个国家的共产党的关系问题。这样的问题是历史形成的,既然是历史形成的,就不可能在一夜之间解决。我们同东盟各国首先是相互谅解,认为这样的问题不妨碍我们建立相互关系、发展相互关系。在这样的谅解下,我们实现了关系正常化,建立了外交关系。就中国来说,把党和党的关系同国家之间的关系区别开来,使这样的问题不影响我们发展国家间的友好关系。事实上,我们正是同泰国政府达成了这样的谅解,才建立了外交关系,而且发展了两国的关系。这是很可喜的。还可以说,正是在这样的基础上,我们将继续加深我们的友谊,加快发展我们之间政治的、经济的、科学文化的和其他领域的关系。中国不隐讳自己的观点。我们认为,国家与国家、人民与人民之间交朋友,要讲真话,要相互谅解,才能发展相互合作。说假话,虚伪,甚至出卖灵魂,是得不到友谊的。"

泰国总理江萨和外长乌巴蒂出席了记者招待会。黄华外长和张伟烈大使也出席了这次历时45分钟的记者招待会。

邓小平是于11月5日抵达泰国开始访问的,这是中华人民共和国领导人第一次访问泰国。11月9日,邓小平结束对泰国的访问,飞往吉隆坡,对马来西亚进行访问。

邓小平会见美国
专栏作家罗伯特·诺瓦克

    1978 年 11 月 27 日上午,国务院副总理邓小平会见美国专栏作家罗伯特·诺瓦克,回答有关当前国际形势和中美关系等方面的问题。

    在谈到中美关系问题时,邓小平指出:"如果站得高一点看,不管中国政治家或美国政治家,都认为两国关系早点实现正常化好,越早越好。如果说中日和平友好条约的签订,首先是亚洲、太平洋地区和平、安全和稳定的因素的话,我想中美关系正常化,对全球的和平、安全和稳定比中日条约的意义更大。"

    在谈到中国实现四个现代化面临的主要障碍时,邓小平指出:"障碍是技术力量不够,管理水平太低。但我们相信中国人不蠢,可以学会。我们正在采取一些措施,派尽可能多的人去各国学习。"

    在回答中国现在是否也正在考虑对政治制度进行某些改革,比如采用西方那种竞选制度、干部通过选举产生等问题时,邓小平指出:"整个制度我们同西方不一样,你们叫议会制,我们是人民代表大会制,这个制度不会改变。我们现在制度中存在的上层建筑不适应生产力发展的状况要改变。工人参加管理的方式要改进,要用经济规律来管经济。我相信,现在的制度如果搞得好,在某些方面加以适当改革,我们这个制度比你们那个制度做起事来要便利得多。我们过去有些东西是学苏联的,那些东西看来是落后了。"

    在回答中国是否采用南斯拉夫工人自治的形式问题时,邓小平指出:"国与国的情况有很多不一样,各有各的特点,各有各的发展体制。当然,我们要研究他们的经验,但是不能简单地吸收别人的经验,要根据自己的条件来决定。根本的一点,是要承认自己落后,承认现在很多方法不对头,需要改,要承认这一点,并且找出适当的方法。"

在谈到对毛泽东、毛泽东思想的评价时,邓小平指出:"中国人民都知道,没有毛泽东主席就没有新中国。这个历史是抹不掉的。毛主席从来就提倡把马列主义的真理同中国革命的具体实践相结合,不是照抄照搬某句话。毛主席历来反对本本主义。我们对待毛泽东思想也是一样。你们大概注意到了,我们提倡要完整地、准确地掌握和运用毛泽东思想。因为有些问题毛主席在世时不可能提出。按照马列主义的原理,我们不能要求任何伟大的人物、伟大的领袖每句话在任何时候都是适用的。"

在回答一些大字报批判了一些人是否是一个信号,说明不久将要把他们开除出政治局时,邓小平指出:"不会。对一个人的评价不能只看他一段时间的表现。我们现在开的会主要是议论如何实现四个现代化的问题,但现在也确实想把过去有些冤案、错案和群众不满意的东西清理一下。群众对有些犯了错误的同志,可以进行批评。这些批评我看基本上是对的。我们对有些问题也要清理一下。搞四个现代化,这是我们会议的中心问题。"邓小平还指出:"凡是错误的都要纠正。有些人一提到纠正就怕,好像一提纠正就是针对毛主席的。这个看法就错了。现在,有人对我们进行的'实践是检验真理的唯一标准'这个理论问题的讨论有议论。我认为,有这些争论是好事,千篇一律倒是僵化的表现。你们的报纸有多少不同的议论!我们过去的报纸办得太单调,所以现在一有争论就有人以为是'权力之争'了。这是过去简单化形成的这么一种印象。"

会见时在座的有外交部新闻司司长钱其琛,美大司副司长唐闻生。

邓小平会见美国友好人士斯蒂尔

1978年11月28日上午,国务院副总理邓小平会见美国友好人士斯蒂尔,并回答了这位美国朋友提出的广泛的问题。

邓小平指出:"粉碎'四人帮'以后,我们现在最好的现象是,从中央到地方的领导人一心扑向四个现代化。总的方向、大的方针是一致的,至于在一些细节上、具体问题做法上,有这样那样的看法是正常的。现在我们恢复毛主席提出的'百花齐放、百家争鸣'的方针,允许有不同意见,让不同的意见讲出来,这才真正是稳定的表现、有信心的表现。"

在谈到中美关系时,邓小平指出:"现在中美关系的焦点恐怕不是三个条件问题。美国方面要中国承担不使用武力解放台湾的义务,这不行。在实现关系正常化上,我们最大的让步就是允许采取日本方式,美国可在台湾继续投资,继续保持它的经济利益。我们多次讲过,台湾归还中国,实现祖国统一,在这个前提下,我们将尊重台湾的现实来解决台湾问题。台湾的社会制度同我们现在的社会制度当然不同,在解决台湾问题时,会照顾这个特殊问题,'中华民国'的名称要取消,它可以成为地方政府。根据现实情况,可以保留它的资本主义制度。"

在谈到西藏问题时,邓小平说:"毛主席曾经采取了照顾西藏特殊条件的政策。人民解放军解放西藏,但那里还存在达赖喇嘛的农奴社会。那时我们就跟达赖喇嘛说,西藏地区在相当长的一段时间内不搞土地改革。我们履行了这个诺言。一直到达赖喇嘛跑了,我们才搞了土地改革。达赖可以回来,但他要作为中国公民,现在还叫'独立国的领袖'行吗?对于台湾和西藏的上层人士,我们的要求就一个:爱国。而且我们提出爱国不分先后。"

对外友协副会长谢邦定等会见时在座。

斯蒂尔 1946 年曾作为美国记者访问过延安。毛泽东当时会见了他，同他进行了谈话。之后，毛泽东写下了《美国"调解"真相和中国内战前途——和美国记者斯蒂尔的谈话》一文。

邓小平会见来华的 27 名美国记者

1979 年 1 月 5 日上午,国务院副总理邓小平会见在中美建交之际来华的 27 名美国记者。这些记者代表美国各通讯社、报纸、杂志和广播电视公司。

邓小平在会见开始时说:"首先,我欢迎美国新闻界朋友在中美建交的时候来我国访问。中美建立外交关系,为我们两国人民在各个领域进行友好交往开辟了广阔的前景。我愿意借此机会,通过你们向美国人民转达良好的祝愿。你们在中美建交之际专程来华采访,这有助于增进两国人民互相了解。你们的报道在这方面会起到良好的作用。我很高兴,在我访问美国之前同你们见面。现在,我愿意就围绕中美建交这个问题回答各位提出的问题。"

美联社记者罗德里克:邓副总理先生、黄华先生,我代表美国新闻团首先向你们表示感谢,感谢你们在百忙之中抽出时间来会见我们。今天,我们这支队伍相当大,但是在八年以前只有三个人,那是在美国乒乓球队访问北京的时候。当时,周恩来总理曾答应两国的记者可以有更多的来往。这里,我想为在新的一年里的发展,向你们表示感谢。

我的问题是:你们已经表示愿意邀请戈德华特参议员到中国访问,讨论统一中国的问题,也就是台湾问题。戈德华特参议员到现在为止还没有表示接受访华的意见,这是不是意味着你愿意在华盛顿同戈德华特参议员谈这个问题?

邓小平:不在华盛顿讨论这个问题。我如果有机会见到他,我会当面邀请他访问中国。主要的是,我们希望戈德华特先生了解中国。

合众国际社记者克拉布:副总理先生,在中国现代化的过程中,你们将需要从美国、西欧、日本引进广泛的技术。就日本而言,你们准备用煤炭、石油等自然资源换取他们的技术。不知道在同美国的交流中,你们打算如何支付引进美国广泛技术,例如,美国钢铁公司和伯利恒钢铁公司技术的费用? 比如说,你们是打算靠银行贷款,还是向美国出售自然资源?

邓小平:为了实现四个现代化,我们愿意同科学技术、工农业比较发达的国家进行合作。我们愿意采取多种形式,同他们进行合作,其中包括银行贷款、补偿贸易,也包括其他方式。在这个问题上,我们历来认为,美国在相当多的领域里处于领先地位。我们欢迎美国像西欧和日本一样,参与这个竞争。我们相信,我们两国,特别在建交之后,在这方面的发展有广阔的前景。我补充说一点,在两国关系正常化之前,我们曾经说过,由于两国关系还没有正常化,在这方面存在着某种障碍。现在由于两国实现了关系正常化,这个障碍排除了。

美国广播公司记者劳瑞:副总理先生,这是我们对你们进行的第一次电视采访,我们希望今后将有更多的机会进行这样的采访。关于台湾问题,你多次讲到这是中国的内政。但是亚洲有一些地方感觉到,使用武力来解决台湾问题,将会产生某种不稳定影响。中国对于使用武力解决台湾问题采取什么态度? 在这个问题上有没有时间表?

邓小平:我们多次声明,台湾回归祖国,完成祖国的统一大业,这完全是中国的内政。正是在这个基础上,我们实现了同美国关系的正常化。当然,在双方达成建交协议的时候,卡特总统曾经表示一种愿望,希望能够用和平方式解决台湾问题。我们注意到这个愿望,但是我们同时也表示这是中国的内政问题。我们当然力求用和平方式来解决台湾回归祖国的问题,但是究竟可不可能,这是一个很复杂的问题。在这个问题上,我们不能承担这么一个义务:除了和平方式以外不能用其他方式来实现统一祖国的愿望。我们不能把自己的手捆起来。如果我们把自己的手捆起来,反而会妨碍和平解决台湾问题这个良好的愿望。至于时间表,中国是有耐心的。

哥伦比亚广播公司记者卡尔布:副总理先生,中国对苏联对华意图的看法,在中国决定同美国关系正常化的时候起了什么作用?

邓小平:我们同美国达成协议,实现两国外交关系正常化,双方都是从全球角度上来考虑问题的,苏联当然不高兴。如果事情都要苏联人高兴,那么我们什么事情也干不成。

全国广播公司记者雷诺兹:副总理先生,近来在美国,对于印度支那局势存在着很大关切。在中美两国建立新关系之后,人们也很想知道中国在柬、越冲突中将起什么作用和采取什么样的立场。

邓小平:我想,这件事情不只中国人民关心,全世界一切爱好和平的人,都非常关切。因为,越南人明目张胆地、大规模地侵略柬埔寨,这件事情不是孤立的,而是大国霸权主义全球战略的一个部分。它的影响绝不只是在越南和柬埔寨之间,甚至也可以说,它不仅影响亚洲和太平洋地区,它关系到整个国际局势。所以,我们认为,全世界一切要求国际和平、安全和稳定的人都要关心这件事情。正义在柬埔寨一边,应该支持柬埔寨反对越南侵略。柬埔寨已经正式向安理会提出要它干预这件事情。我们支持柬埔寨政府的这个行动,我们认为联合国也应该关心这个问题。至于中国的立场,我们一贯支持柬埔寨反对越南霸权主义、反对越南侵略的斗争。越南在进攻柬埔寨的同时,为了实现大国霸权主义的战略意图,向中国进行不断的挑衅。理所当然,我们比其他国家更加关心这个问题。

美国之音记者考瑞:刚才你讲到联合国干预柬、越形势问题,中国希望联合国采取什么样的干预?

邓小平:起码在道义上应该表明自己的立场。我们也知道,对霸权主义者,不管是大霸权主义,还是小霸权主义的行凶,用一些简单的什么决议和某种文件,是管不住的。但它总是有用处的。

时代周刊记者克拉克:副总理先生,我代表我自己和新闻周刊的普林格尔提一个问题。美国总统卡特曾表示很关心世界各地的人权问题。美国国会提出了美国同别国进行贸易的条件——我们是希望同中国发展贸易的——即必须根据有关国家在人权问题上的表现,特别是在移民自由出境问题上的表现如何而定。中国在这方面采取什么政策?

邓小平:我们没有移民这个问题。我们面临的问题是越南人把大批华侨和华裔越南人赶出境的问题。从我们国内来说,在"四人帮"横行时,确实存在一些损害民主的事。粉碎"四人帮"以后,我们在纠正这个状况。

我们的政策是充分发扬民主,我们的原则是民主集中制。至于美国提出整个人权问题,我希望不要讨论这个问题,因为对这个问题各有各的解释。

纽约时报记者巴特菲尔德:苏联指责中国、日本、美国现在形成一个所谓三国同盟。副总理先生,不知道你认为三国在协调他们的政策方面,可以做到什么程度?

邓小平:我们不存在什么同盟。我想中国是这样,美国是这样,日本也是这样,他们都是根据自己的利益来对待国际上所发生的各种问题的。比如,中美两国之间在没有实现关系正常化之前,我们曾经多次声明,尽管我们两国制度不同,存在着许多根本原则分歧,但是我们在全球战略问题上和政治问题上,有许多共同点。我们都可以回想到,中美在 1972 年发表的上海公报、中日和平友好条约,和这次的中美建交公报,都特别写上了反对霸权主义的条款,这就是政治上最大的共同点。俄国有什么可以抱怨的呢?他们不搞霸权主义不就完了嘛!

华盛顿邮报记者吉·马修斯:我接着前面提到的一个问题问一下。鉴于柬埔寨在同越南的作战中遇到的一些困难,中国是不是打算给它增加提供武器、顾问或者其它具体的帮助。

邓小平:我们给柬埔寨各种形式的物质帮助,但是,柬埔寨不需要我们的顾问,他们有自己的丰富经验。

亚洲华尔街日报记者秦家聪:副总理先生,在中美关系正常化实现之后,中国是否想购买美国的武器,如果想买美国的武器,是什么类型的武器?

邓小平:先进的东西我们都愿意吸收。迄今为止,据我们所知,美国没有这种打算。

巴尔的摩太阳报记者帕克斯:副总理先生,您将在这个月底到美国去访问。我想了解一下您对这次访问抱有什么期望,尤其是在政治和经济协定上有什么期望?

邓小平:这次去美国访问,这是我至少几年来的愿望。我去的目的是要了解美国,向美国的一切先进东西学习,去同美国政治家,特别是同卡特总统,就我们双方关心的一切问题交换意见。因此,我这次去将抱着十分高兴的心情。

洛杉矶时报记者林登·马修斯:刚才副总理先生说,在重新统一中国的问题上,中国人是有耐心的。你能不能告诉我们,在促成北京和台湾当局和解方面正在做些什么努力?另外,您是不是预期在您有生之年能够实现台湾同大陆统一的目标?

邓小平:1月1日,我们全国人民代表大会常务委员会发表了《告台湾同胞书》,这是我们采取的第一步。我们将采取多种方法同台湾当局,特别是同蒋经国先生商谈祖国统一的问题。就我个人来说,我希望今年就实现这个愿望。就我的健康状况来说,至少还可以活十年,但那就太久了。

时代周刊记者克拉克:在中美建交之后,副总理先生对于美国新闻界在不久的将来常驻北京能够发挥的作用,有什么看法?

邓小平:我们衷心希望美国舆论界、新闻界在发展中美两国多方面的友好合作关系方面,在发展两国人民友谊和交往中作出很多贡献。我要补充说一点,若干年以来,美国新闻界在促进中美关系正常化方面,增进中美两国人民的友谊方面,作了大量的工作。我们对所有从事这方面工作的朋友表示感谢。

美联社记者罗德里克:据说在我们两国建立贸易和商业关系方面,最后一个,也是最重要的一个问题是,在中国内战结束时,中国征收了美国在中国的资产,美国冻结了中国在美国的存款。你本月份去华盛顿是否会谈起这个问题?这个问题的解决是否已经在望?

邓小平:美国财政部长最近就要访问中国,就要商谈这个问题。我想这个问题不大。

会见时,我国外交部部长黄华、外交部顾问浦寿昌等在座。

邓小平会见美国时代出版公司 总编辑多诺万和《时代》杂志 驻香港分社社长克拉克

1979 年 1 月 24 日上午,国务院副总理邓小平会见美国时代出版公司总编辑多诺万和《时代》杂志驻香港分社社长克拉克,并回答了多诺万先生提出的有关中美关系和当前国际形势等一系列问题。

在谈到美苏战略核武器协定时,邓小平说:"我们不反对签订协定。我们的头脑是清醒的,人们不要把希望寄托在这上面。谋求世界和平,签订这些协定不如中美关系正常化,也不如中日和平友好条约的签订。我们相信,中美关系正常化能为美国用先进的东西帮助我们实现四个现代化创造更有利的条件。这点对美国来说也是有利的。"

在谈到国外有人谈论中国"非毛化"问题时,邓小平指出:"最近我们多次讲,不论现在还是以后,毛泽东思想仍是我们的指导思想,我们有许多基本原则还是毛主席和周总理生前确定的。毛主席并不是没有缺点、错误。如果要求任何一个伟大的人物没有缺点和错误,这不是马列主义,也不是毛泽东思想。有许多事情毛主席生前没有条件提出来,我们现在提出来,这本身不是'非毛化',根据现实提出问题是完全应该的。我们现在还是按照毛主席、周总理画的蓝图来建设我们的国家,来实行我们的对外政策。"

在谈到台湾问题时,邓小平说:"我们的政策和原则合情合理。我们尊重台湾的现实。台湾当局作为一个地方政府拥有它自己的权力,就是它可以有自己一定的军队,同外国的贸易、商业关系可以继续,民间交往可以继续,现行的政策、现在的生活方式可以不变,但必须是在一个中国的条件下。这个问题可以长期来解决。中国的主体,也就是大陆,也会发生变化,也会发展起来。总的要求就是一条,一个中国,不是'两个中国',爱国一家。"

会见时在座的有外交部新闻司司长钱其琛等。

邓小平在华盛顿回答记者们的提问

1979年1月31日中午,在美国华盛顿宾馆,国务院副总理邓小平同《华盛顿邮报》、《纽约时报》、《洛杉矶时报》、《基督教科学箴言报》、《芝加哥论坛报》、《时代》、《新闻周刊》、《美国新闻与世界报道》、美联社、合众国际社和《华尔街日报》的新闻工作者共进午餐,并回答他们提出的问题。

邓小平指出:"中国实现四个现代化政策的持续性,不是由个人因素决定的,关键在于这些政策是否正确,人民是否赞成,对人民是否有好处。如果这些政策是正确的,对人民有好处,又得到人民的支持,政策的持续就有了根本的保证。既然我们现在执行的政策是正确的,可以肯定,这些政策会继续下去。"

邓小平还指出:"中国有许多商品可以出口,我们有煤、有色金属、稀有金属、化工产品、轻工业产品。我们同美国如果用补偿贸易的方式,美国提供资金、技术,我们完全可以用我们的产品偿还。"

这些美国新闻工作者分别是:《华盛顿邮报》的唐·奥伯多弗、《纽约时报》的亨德里克·史密斯、《洛杉矶时报》的杰克·纳尔逊、《基督教科学箴言报》的丹·萨瑟兰、《芝加哥论坛报》的奥尔多·贝克曼、《时代》杂志的斯特罗贝·塔尔伯特、《新闻周刊》的拉斯—埃里克·纳尔逊、《美国新闻与世界报道》的约瑟夫·弗罗姆、美联社的巴里·施韦德、合众国际社的詹姆斯·安德森和《华尔街日报》的卡伦·豪斯。一起共进午餐的有:副总理方毅、外交部部长黄华、中国驻美联络处主任柴泽民、外交部副部长章文晋、特别助理浦寿昌和新闻助理彭迪。

当日下午,邓小平接受美国广播电视界评论员的采访时指出:"我这

1979年1月30日，邓小平出席美中关系全国委员会等六个美国团体联合举行的招待会，并发表重要讲话，阐述中国对世界形势、中美关系和台湾问题的立场和政策

次访问美国肩负着三项使命：第一是向美国人民转达中国人民的情谊；第二是了解美国人民，了解你们的生活，了解你们建设的经验，学习一切对我们有用的东西；第三是同贵国的领导人就发展两国关系和维护世界和平和安全问题广泛地交换意见。我可以告诉美国公众，我同卡特总统和其他美国领导人两天会谈的结果，是令人满意的。"邓小平还宣布：卡特总统已接受华国锋总理的邀请，在适当的时候正式访问中国。

美国广播电视评论员分别是：哥伦比亚广播公司的沃尔特·克朗凯特，全国广播公司的戴维·布林克利，美国广播公司的弗兰克·雷诺兹和公共广播公司的吉姆·莱雷尔。

2月3日，在休斯敦，邓小平同美国西南地区的报纸、杂志主编和发行人共进早餐。他说，他和他的一行在美国过得很愉快，他们每到一地，美国人民所给予热情友好的欢迎和接待都使他们感到非常高兴。他和卡特总统以及其他美国领导人的会谈非常亲切、坦率和富有成果。他还说，他对会谈的结果非常满意。这次访问使他更加确信,中美之间的友好往来和两国人民之间的友谊肯定会得到发展。邓小平说,休斯敦在非常短的时间内取得的迅速发展给他留下了很深的印象。他谈到了这个城市建筑物的独特风格,特别是他下榻的海厄特摄政旅馆。他说,美国有很多东西是中国可以学习的。

1979 年 1 月 31 日下午,邓小平在华盛顿接受美国广播电视界采访,回答记者们的提问,高度评价访美头两天会谈的成果

在回答有关中美两国贸易前景问题时,邓小平说:"中美贸易不是几百万美元,而是几十亿美元,甚至是几百亿美元的事。还说:目前中国同美国政府和公司在石油工业和其他领域的合作问题的谈判还在进行中,进展并不算慢。"

在回答有关农产品进口问题时,邓小平说:"在近期内,至少在三五年内,中国还要增加农产品主要是粮食的进口。这有利于中国农业现代化。"

参加这次早餐会的有休斯敦市、得克萨斯州和邻近几个州的报纸和杂志的主编和发行人共 60 余人。副总理方毅、外交部部长黄华、中国驻美联络处主任柴泽民、外交部副部长章文晋和邓小平副总理的其他随行人员也参加了这次早餐会。共进早餐的还有:得克萨斯州副州长霍比和美国驻中国联络处主任伍德科克。

邓小平是应美国总统吉米·卡特的邀请,于 1 月 28 日到达美国进行正式访问的。这是中华人民共和国成立后中国领导人第一次访问美国。2 月 5 日,邓小平结束访问离开美国回国。

邓小平会见日本时事通讯社代表团

1979年5月16日上午,国务院副总理邓小平会见大畑忠义为团长的日本时事通讯社代表团。

邓小平指出:"国际上很关心中国提出的经济调整问题。人们提出疑问:这个调整是不是改变了我们四个现代化的方针? 是不是改变了我们的经济开放政策? 所谓开放,是指大量吸收外国资金和技术来加速我国的四个现代化建设。可以明确地说,这个调整方针是为了更加稳妥和更快地实现四个现代化,更好地执行我们四个现代化的方针和政策。我们除了吸收国际资金、先进技术外,还要学习国际上的管理经验。中国的经济必须要照顾到农业。我们中国人口将近80%在农村,农业不前进,一定要拖工业的后腿。工业内部有轻工业同重工业的关系,重工业内部也要有适当的比例才能发展。比如,我们现在的电力、燃料、动力工业不发展,其他工业就遇到困难;交通不放在优先的地位,也是不行的。所谓调整,主要是调整工业和农业、工业内部的关系,调整得好些,相互比例关系更恰当一些,这样才能更好地建设,比较快地前进。我们国内经济有个先搞什么,后搞什么,哪些要快一点,哪些要慢一点的调整问题。我们吸收外国先进技术,用在哪些方面,也有一个轻重缓急的问题,什么都干也不行。"

在回答关于中国是否打算恢复前国家主席刘少奇的名誉问题时,邓小平指出:"过去给刘少奇加的罪名不实。叛徒,现在材料证明没有这回事;工贼,没有这回事;内奸,也没有这回事。这些问题都要实事求是,在适当的时候作出正确的结论。"

在回答考不考虑在中国实行"自由化"问题时,邓小平指出:"我们从来不提'自由化'。我们从来都提民主集中制,现在这样提,以后也是这样提。过去民主缺乏,民主不够,以后要着重发扬民主,因为没有充分的民主,就没有很好的集中,但不能够搞无政府主义。民主集中制和发扬民主不矛盾。'四人帮'搞无政府主义,搞得一切都没有秩序,乱七八糟,那是灾难。现在有些闹事的,实际上是'四人帮'的思想体系,照他们的搞法,又要搞乱的。我们现在需要安定团结,把大家团结起来,一心一意奔向四个现代化。我们要发扬民主,也要加强法制,中国吃了十年动乱的苦头。反对少数人的胡作非为,是得人心的,人民是很拥护的,人民不满意他们乱搞。世界上所谓人权问题,各有各的解释。"

新华通讯社社长曾涛、副社长刘敬之参加了会见。

邓小平会见英国知名人士代表团

1979 年 10 月 15 日上午,国务院副总理邓小平会见费里克斯·格林、德里克·班以安率领的英国知名人士代表团,并接受电视采访。代表团成员包括作家、电影制作者、消费问题专家、科学幻想小说家、博物馆负责人、非洲问题专家等。他们向邓小平分别提出了一系列感兴趣的问题,如社会主义民主和法制、控制人口增长、环境保护、中国经济发展情况、中国同第三世界国家关系以及对未来中国的展望等。邓小平一一回答了英国朋友的问题。

邓小平指出:"我们建国以来历来实行宗教信仰自由。当然,我们也进行无神论的宣传。马克思主义者认为,像宗教这样的问题不是用行政方法能够解决的。林彪、'四人帮'破坏了我们一贯的宗教政策,我们现在开始恢复老的政策。宗教信仰自由涉及民族政策,特别是我们中国,要实行正确的民族政策,必须实行宗教信仰自由。"

在谈到中国的前途问题时,邓小平说:"我们有自己的信念,我们希望永远保持社会主义制度,我们正在用这样的信念教育我们的后代。理所当然的是,我们要增加我们的国民收入,使人民的生活一步步好起来。但是,绝不允许产生新的资产阶级,产生新的剥削制度。在国际上永远实行国际主义,不搞霸权主义。我们希望若干年后,在下个世纪不长的时间,作为社会主义的、比较富的中国,能够对人类特别是第三世界,尽到符合我们自己身份的国际主义义务。"

在谈到人口问题时,邓小平指出:"这是一个重要问题。现在,我们正在把计划生育、降低人口增长率作为一个战略任务。我们提倡一对夫妇生一个孩子。凡是保证只生一个孩子的,我们给予物质奖励。"

在谈到个人自由问题时,邓小平说:"如果说个人自由同国家的自由和大多数人民的自由相矛盾,这种自由不能提倡。就是到了共产主义的时候,人们也还要服从交通警察的指挥,这与自由是不矛盾的。现在的问题是,对人权问题、自由问题,在青年中有一种误解,实际上把这些变成无政府主义,甚至变成极端个人主义。这个问题我们要通过教育的方法来解决。"

对外友协会长王炳南,副会长谢邦定参加了会见。

邓小平会见日本《朝日新闻》代表团

1979年10月18日上午,国务院副总理邓小平会见渡边诚毅为团长的日本《朝日新闻》代表团,并同日本新闻界朋友就广泛的国内外问题进行了交谈。

《人民日报》总编辑胡绩伟、副总编辑秦川等参加了会见。

日本《朝日新闻》代表团是应《人民日报》邀请于10月13日下午到达北京的。代表团在京期间曾同社会科学院,同国家计委、经委和建委等有关部门负责人,就我国经济建设和四个现代化等问题进行了座谈。

邓小平会见美国不列颠百科全书编委会副主席弗兰克·吉布尼

弗兰克·吉布尼是美国不列颠百科全书编委会副主席。1979 年和 1985 年他曾两次来华并受到了邓小平的接见。

1979 年 11 月 26 日，吉布尼在来华访问期间，第一次见到了邓小平。邓小平在这次同他会谈的过程中，首次论述了社会主义也可以搞市场经济的重要思想。这次谈话也因此而被越来越多的人所关注。

吉布尼说："我们想，中国这样一个国家多少年来，对美国来说是关闭的，现在要这样高速度实现现代化，真是一个了不起的大挑战，确实像重新开展一场革命似的。"

邓小平说："确实是一场新的大革命。我们革命的目的就是解放生产力，发展生产力。离开了生产力的发展、国家的富强、人民生活的改善，革命就是空的。我们反对旧社会、旧制度，就是因为它是压迫人民的，是束缚社会生产力发展的。这个问题现在是比较清楚了。过去'四人帮'提出宁要贫穷的社会主义，也不要富裕的资本主义，那是荒谬的。

"当然我们不要资本主义，但是我们也不要贫穷的社会主义，我们要发达的、生产力发展的、使国家富强的社会主义。我们相信社会主义比资本主义的制度优越。它的优越性应该表现在比资本主义有更好的条件发展社会生产力。这本来是可能的，但过去人们有不同的理解，于是我们发展社会生产力的进程推迟了，特别是耽误了十年。中国 60 年代初期同世界上有差距，但不太大。60 年代末期到 70 年代这十一二年，我们同世界的差距拉得太大了。这十年，正是世界蓬勃发展的时期，世界经济和科技的进步，不是按年来计算，甚至于不是按月来计算，而是按天来计算。我们建国以来长期处于同世界隔绝的状态。这在相当长一个时期不是我们自己的原因，国际上反对中国的势力，反对中国社会主义的势力，迫使我们处于隔绝、孤立状态。60 年代我们有了同国际上加强交往合作的条件，但是我们自己孤立自己。现在我们算是学会利用这个国际条件了。

"我们要实现四个现代化。定了这个目标，要靠我们的努力，靠我们的方针政策对头，靠具体的措施有力，才能实现。现在人们怀疑，中国能不能实现现代化目标，问我们提出这个目标有什么根据。我们的根据可以讲有四条。

"第一条，我们有丰富的资源。中国地方大，在能源方面，中矿藏方面，无论是黑色金属、有色金属还是稀有金属，中国没有的很少。这些资源要是开发出来，就是了不起的力量。

"第二条，30 年来，不管我们做了多少蠢事，我们毕竟在工农业和科学技术方面打下了一个初步的基础，也就是说，有了一个向四个现代化前进的阵地。我们现在有 200 多万台机床，石油年产量超过一亿吨，煤炭超过六亿吨，只有钢才 3000 多万吨。总之，我们还是建立了实现四个现代化的物质基础。

"第三条，我们相信中国人不笨。有十来年，林彪、'四人帮'的精神枷锁束缚了人们的思想，限制了人们充分发挥智慧和创造性。现在，我们提倡解放思想，重申毛泽东主席提出的'百花齐放、百家争鸣'的方针，目的就是创造条件调动全民的积极性，使中国人的聪明智慧充分地发挥出来。我们现在加强民主、发展民主也是为了这个目的。我们发展民主，有人误解是提倡无政府主义。实际上林彪、'四人帮'的时候才是搞无政府主义。在无政府主义状况下不可能搞建设。你们如果是 50 年代、60 年代初来，可以看到中国的社会风尚是非常好的。在艰难的时候，人们都很守纪律，照顾大局，把个人利益放在集体利益当中，放在国家利益、社会利益当中，自觉地同国家一道来渡过困难。1959 年开始的三年困难时期就是这样渡过的。林彪、'四人帮'把这种社会风气彻底破坏了。现在北京有个'西单墙'，就是那些不劳动的人，经常闹事的人，'四人帮'思想体系中毒很深的

1979年11月26日,邓小平会见美国不列颠百科全书出版公司编委会副主席吉布尼和加拿大麦吉尔大学东亚研究所主任林达光

人在那里活动,有的还搞特务活动。其中也有一部分人尽管有错误,还是好意的,但是,里面实际上是'四人帮'思想体系治着。他们搞极端个人主义、无政府主义。这种青年是极少数,但是能量比较大。我们对这些人采取严肃的态度,是为了教育年青一代。所以我们提出在加强民主的同时,要加强社会主义法制。我们要解放思想,也要恢复我们长期已有的好的社会风尚。我们说充分调动人们的积极性来实现四个现代化,也有个条件,就是要实现安定团结这样一种社会政治局面。我们还要注意一点,就是培养人才的问题。多年来我们放松了科学研究和教育,这方面损失是很大的。我们要加强科学教育事业,要发现人才,很好地使用人才。归根到

底,就是要发挥积极性,只要把人们的聪明才智调动起来,我们还是有希望的。

"第四条,实现四个现代化必须有一个正确的开放的对外政策。我们实现四个现代化主要依靠自己的努力,自己的资源,自己的基础,但是,离开了国际的合作是不可能的。应该充分利用世界的先进的成果,包括利用世界上可能提供的资金,来加速四个现代化的建设。这个条件过去没有,后来有了,但一段时期没有利用,现在应该利用起来。

"四个现代化建设的方针和目标是毛泽东主席和周恩来总理生前提出的,由于'四人帮'的干扰,实际上没有真正地做起来。粉碎'四人帮'之后,要花很大的精力处理'四人帮'干扰造成的许多问题。去年开始我们才真正地把重点转到四个现代化建设上来。就我们国内来说,什么是中国最大的政治?四个现代化就是中国最大的政治。我们搞四个现代化一定会有许多复杂的问题需要解决,还会不断地遇到困难。比如,我们现在机构臃肿,人浮于事。比如,我们要掌握现代科学技术,可是人才不够。比如,我们需要有一个安定团结的政治局面,我们现在基本上有了,但还存在不少的问题。比如,我们参加国际合作,在充分吸收外国的先进科学技术和资金方面,也还要摸索经验。尽管有这样那样的困难和问题,但是我相信我们现在走的路是正确的。这些障碍,这些困难,这些不足,我们相信是可以逐步解决,逐步克服的。这三两年内可能看不出突出的成绩,过几年面貌会看得更清楚。现在尽管人们还有怀疑,但是中国的领导人、中国的绝大多数人是有信心的,是相信这个事业能够成功的。"

吉:"美国犯了一个很大的错误,就是看社会主义中国的时候,把它看成和苏联的社会主义是一模一样的。那么中国开始的时候是否确实也有这方面的思想混乱,即完全模仿和学习了苏联社会主义的道路,而不是采取一种中国式的社会主义道路?"

邓:"中国的社会主义道路与苏联不完全一样,一开始就有区别,中国建国以来就有自己的特点。我们对资本家的社会主义改造,是采取赎买的政策,不是剥夺的政策。所以中国消灭资产阶级,搞社会主义改造,非常顺利,整个国民经济没有受任何影响。毛泽东主席提出的中国要形成既有集中又有民主,既有纪律又有自由,既有统一意志又有个人心情舒畅、生动活泼的政治局面,也与苏联不同。但是,我们有些经济制度,特别是企业的管理、企业的组织这些方面,受苏联影响比较大。这些方面资本主义国家先进的经营方法、管理方法、发展科学的方法,我们社会主义应该继承。在这些方面我们改革起来还有许多困难。"

吉:"我看到中国人民的积极性正在被调动起来,是很了不起的,但是不是可能在将来某个时候,虽然中国仍是个社会主义国家,但在中国社会主义制度范围之内,在继续中国社会主义经济的同时,也发展某种形式的市场经济?"

邓:"这个只能是表现在外资这一方面。就我们国内来说,不存在这个问题。我们国内还是全民所有制,或者集体所有制。也还可能包括一部分华侨的投资,这部分也可能是资本主义经济的形式,但是绝大多数华侨都是带着爱护和发展社会主义祖国这个愿望来的,与纯粹的外国投资不同。人们有这样的怀疑,中国这样搞'四化'会不会走资本主义道路。我们肯定地说,不会。现在,我们国内的资产阶级已经不存在了。过去的资本家还有,他们的成分已经改变了。外资是资本主义经济,在中国占有它的地位。但是外资所占的份额也是有限的,改变不了中国的社会制度。社会主义特征是搞集体富裕,它不产生剥削阶级。"

林达光:"您是不是认为过去中国犯了一个错误,过早地限制了非资本主义的市场经济,这方面限制得太快,现在就需要在社会主义计划经济的指引之下,扩大非资本主义的市场经济作用?"

邓:"说市场经济只存在于资本主义社会,只有资本主义的市场经济,这肯定是不正确的。社会主义为什么不可以搞市场经济,这个不能说是资本主义。我们是计划经济为主,也结合市场经济,但这是社会主义的市场经济。虽然方法上基本上和资本主义社会的相似,但也有不同,是全民所有制之间的关系,当然也有同集体所有制之间的关系,也有同外国资本主义的关系,但是归根到底是社会主义的,是社会主义社会的。市场经济不能说只是资本主义的。市场经济,在封建社会时期就有了萌芽。社会主义也可以搞市场经济。同样地,学习资本主义国家的某些好东西,包括经营管理方法,也不等于实行资本主义。这是社会主义利用这种方法来发展社会生产力。把这当作方法,不会影响整个社会主义,不会重新回到资本主义。"

这次访华,吉布尼还同中国大百科全书出版社洽谈了合作出版《简明不列颠百科全书》中文版的有关事宜。1980年8月,美国不列颠百科全书公司同中国大百科全书出版社达成了合作出版《简明不列颠百科全书》中文版的协议。到1985年9月,这部十卷本的大型综合性参考工具书的第一至第三卷出版。邓小平非常关心这部工具书的出版情况,当1985年9月吉布尼来华参加该书第一至第三卷中文版出版发行仪式等活动时,邓小平再一次会见了他。

会见开始时,中国大百科全书出版社总编辑姜椿芳将《简明不列颠百科全书》中文版第一至第三卷赠送给邓小平。吉布尼也向邓小平赠送了一份特殊的礼物——1768年出版的《不列颠百科全书》英文版第一版的第一至第三卷的复制本。

邓小平接过这两份特殊的礼物,高兴地祝贺中美双方合作出版《简明不列颠百科全书》中文版已取得了初步成果。并高度评价了这部著作。

邓小平说,这是一件很好的事情。这部工具书非常有用,是知识库。我们可以从这部书和其他方面获得我们搞四个现代化建设还缺乏的知识。

吉布尼说,这本书的出版是美中合作的象征。这说明两国不仅能在政治经济领域里合作,而且也可以在教育、文化方面进行合作。

邓小平对吉布尼的这一说法表示同意,并说,中美合作是有成就的。

吉布尼十分关注中美经济方面的合作,他问邓小平,美国在进一步发展美中关系方面还应该做些什么?

邓小平回答说,最重要的是美国对中国的技术转让。这件事美国经济界比较热心。美国政府和美国国会对这件事情应该更热心一些。他说,总的讲,中美关系的发展还是不错,只是不足。

邓小平还向吉布尼介绍了中国国内的形势。他说,我们的开放政策取得了初步的成果。但是要真正取得更可喜的成就,还要看我们的城市经济体制改革。城市体制改革的开始标志着全面体制改革的开始。如果这件

1979 年 11 月,邓小平会见来访的美国不列颠百科
全书出版公司副总裁吉布尼,并接受他的赠书

事情做好了,可以使中国的国民经济在今后三十年至五十年里持续稳定地
发展。他说,我们正在制定第七个五年计划。看来在第七个五年计划期间
发展速度不要太高,希望能保持在 7% 或 8%,实际执行的结果可能会超
过。我们不追求发展速度,发展速度太快了不利于均衡的发展,更不利于
持续的发展。

　　听了邓小平的介绍,吉布尼说,中国在经济改革方面取得的成就比外
界预料的要好。他问邓小平,中国搞改革采用一些市场经济的办法会不会
改变其社会主义制度的性质。

　　邓小平说,我们坚持社会主义。我们搞的是真正的社会主义,是社会
主义现代化。我们遵循两条最重要的原则:第一,我们的公有制经济始终
占主导地位;第二,我们坚持走共同富裕的道路。一部分地区,一部分人先
富起来,不会导致两极分化。先发展起来的地区有责任帮助落后地区也发

展起来。例如,近三年来,我们采取各种措施帮助像西藏那样的比较落后的地区。我们相信再过两年或三年西藏一定会赶上来。

邓小平强调说,我们的改革不会导致资本主义。我们欢迎外商到中国投资,允许一些个体经济存在,不会影响走社会主义道路。

邓小平的一席话,说得吉布尼连连点头,从邓小平务实、自信的品格中,他看到了中国社会主义现代化建设的希望。

邓小平回答埃及
《金字塔报》等报纸记者的提问

1980 年 1 月 7 日上午,国务院副总理邓小平会见埃及《金字塔报》等报纸的记者,并回答他们提出的问题。

邓小平在谈话中谴责苏联在阿富汗的行动"是非常粗暴地赤裸裸地对一个主权国家的侵略和占领。这是国际关系准则绝对不能允许的"。他强调指出,阿富汗事件不是一个孤立的事件,它是苏联霸权主义全球战略的一个组成部分。这同它在中东的所作所为,和它通过越南对柬埔寨实行军事侵略和占领,具有同样性质。

谈到美国国防部长布朗对中国的访问时,邓小平说:"我还没有见到布朗部长,我准备明天同他会谈。我们的会谈将会涉及加强中美两国关系的问题,自然也会谈到阿富汗问题。双方将会协商对阿富汗事件的态度。"

在问到中埃关系的时候,邓小平指出:"我们两国的关系是非常友好的。应该说,我们两国人民对于彼此的了解是很深的。埃及政府同中国政府对国际事务的许多看法是一致的,或者是近似的。我们彼此都清楚,埃及和中国在维护世界和平方面自己应该负的责任;尤其是在反对霸权主义、维护世界和平方面,今后需要进行广泛的合作。两国和两国人民之间的友好关系将会不断发展。"

有记者提到中国的开放政策时,邓小平说:"开放政策完全符合中国的实际,也符合中国人民的长远利益,中国人民是赞成的。如果中国能够得到比较快的发展,将在国际事务中,在反对霸权主义、维护世界和平,特别是支持阿拉伯人民、巴勒斯坦人民的斗争中,做出更大的贡献。中国的发展,不但符合中国人民自己的利益,也符合世界人民的利益。"

邓小平会见日本《读卖新闻》代表团

1980年3月29日上午,国务院副总理邓小平会见渡边恒雄为团长的日本《读卖新闻》代表团。

会见时,邓小平副总理回答了日本新闻界朋友提出的范围广泛的问题。在谈到当前国际形势时,他说,苏联要争霸全球的长远战略目标是既定的、决不会放弃的。它不需要经过议会辩论,一有机会,就可以马上下手。他说,对苏联的长远战略目标,大家都要有一个清醒的认识,并更紧密地团结起来,挫败它的争霸世界的战略部署。

日本《读卖新闻》常驻北京记者参加了会见。《人民日报》副总编辑秦川等也参加了会见。

日本《读卖新闻》代表团是应《人民日报》社邀请于3月24日下午抵达北京的,并访问了北京、西安、广州、上海。

邓小平会见美联社
驻北京记者约翰·罗德里克

1980年4月11日上午,国务院副总理邓小平会见美联社驻北京记者约翰·罗德里克,同他进行了友好的交谈,并回答了他提出的问题。

邓小平指出:"我们强调集体领导,是鉴于国际的经验和我们自己的经验。延安的经验是很好的,那时是集体领导。集体领导并不排除某一个主要领导人的特殊作用,毛主席就是这样突出的典型。毛主席是非常尊重集体领导的,当然后来有某些缺点。"

在回答"四人帮"问题时,邓小平指出:"我们准备在适当的时候对他们进行审判。'四人帮'横行时期,整个国家、整个民族都受到很大损害。他们负有非常严重的法律责任。把罪大恶极安在他们头上是不会错的。"

在回答中美关系发展问题时,邓小平指出:"美国越来越多的政治家逐渐认识到中美关系的重要性,而且不少政治家已感到中美关系不是一个时期的、不是为了某一个时期的利益打出一张什么牌的问题,而是一个战略决策。从这个角度考虑问题比较好。中国方面,从毛主席、周总理在世的时候就下决心同美国改善关系,这不是从策略上考虑的,而是从战略上考虑的。现在,我们总的对外政策还是毛主席、周总理生前制定的。世界总的格局还是循着毛主席、周总理生前所判断的方向发展的。"

在回答中国是否可能恢复因阿富汗问题而中断的中苏谈判问题时,邓小平说:"这要看阿富汗形势,也要看越南问题如何发展。中苏谈判不能只解决两国之间的问题,因为两国关系恶化的因素不是孤立的。我们提出改善中苏关系首先要消除障碍,所谓障碍就是指苏联驻扎在中苏边界的一百万军队和苏联在蒙古人民共和国的驻军,另外还包括越南支持苏联入侵阿富汗、搞印支联邦、侵略柬埔寨和老挝。"

　　罗德里克曾在 20 世纪 40 年代访问过延安。毛泽东、刘少奇、周恩来等中央领导人接见过他。中美建交后,他于 1979 年前来北京担任美联社驻京记者。

邓小平回答随意大利共产党中央代表团来访的记者和意大利驻京记者的提问

1980年4月17日上午,中共中央副主席邓小平会见随意大利共产党中央代表团来访的记者和意大利驻京记者,回答他们提出的问题。

邓小平首先指出:"你们来了这么大的一个记者团,这证明大家非常关心中意两党恢复中断多年的关系。对这件事,中国共产党很高兴,中国人民也很高兴,我相信意大利人民也是高兴的。中国共产党的目标是争取人类进步。在当前严峻的国际形势下,我们党面临的重要任务也是争取世界和平、安全和稳定。在这个意义上来说,两党在现在这个时刻恢复良好的同志关系,具有重要意义。所以,我们很重视贝林格、巴叶塔同志率领代表团来中国访问。我们两党有相当多的共同点,也有不同的意见,但这不要紧,重要的是寻求更多的共同点。"

接着,邓小平回答记者提出的问题。

记者:"意大利舆论对意共代表团来中国访问是满意的。作为记者,我想问一下最近发生了什么事情促使意中两党恢复了关系?"

邓小平:"我们面临着共同的国际问题。当然,解决这些问题,要靠大家的共同努力。所谓'大家',不光是指共产党。"

记者:"请你谈谈对欧洲共产主义的看法。"

邓小平:"这是一个在探索中的问题。欧洲的共产党也在探索中。我们处于亚洲,同欧洲相隔万里,了解不够。我们很有兴趣对新事物进行探索。事物总是要通过实践来检验的。"

记者:"您刚才说中意两党有不同观点,您是否可以说说你们之间有哪些分歧?"

邓小平:"无可讳言,分歧是有的。但肯定比过去少。今天我们把分歧摆在一边。"

记者:"当中国反击越南时,你是否注意到意共对你们持攻击的立场?"

邓小平把手一摆,说:"那没有关系。"

记者:"中国领导人是否认为战争不可避免?"

邓小平:"我们一直认为,总有一天要打起来,但是争取一个相当长时期的和平环境是可能的。就中国来说,我们希望至少20年不打仗。可以争取国际局势的缓和,问题是采用什么方法。总之,(20世纪)80年代不好过。"

记者:"中国人大刚刚通过任命赵紫阳为国务院副总理,他是否会担任总理?"

邓小平:"这不是个人可以回答的问题。他现在是主持国务院工作的常务副总理。"

记者:"您对中国同苏联的争论有什么看法?"

邓小平:"中苏关系已经超出争论的范围。苏联把一百万军队摆在我国边界,还在我国周围闹事,例如在越南、在柬埔寨、在老挝、在阿富汗。我们现在面临着苏联的严重威胁,这不是一般争论问题。"

记者:"你们同美国发展关系是暂时性的还是长远的?"

邓小平:"我国同美国保持友好关系不是权宜之计,而是长期的、战略性的政策。"

这时,贝林格同志率领的意共中央代表团来到会见大厅,邓小平回答记者问题就此结束。

邓小平会见美国报界妇女俱乐部访华团

1980 年 4 月 20 日上午,国务院副总理邓小平会见朱莉·穆恩率领的美国报界妇女俱乐部访华团。

去年邓小平访问美国时,朱莉·穆恩曾在华盛顿等地随同采访。今天,邓小平高兴地见到美国报界妇女朋友。他说,欢迎美国妇女朋友来访,这对发展中美两国关系很有必要。

应美国朋友的要求,邓小平回答了她们提出的有关当前亚洲、太平洋、中东地区的形势和中美关系等问题。

邓小平指出:"确实,妇女是半边天。就是在革命战争当中,妇女的作用也很大,男的都到前线去了,后方的很多担子都落在妇女身上。现在人类社会实际上还没有完全解决男女平等问题。但是,这件事情总有一天要实现。生产力发达了,科学技术发达了,这方面的事会解决。"

在谈到阿富汗问题时,邓小平指出:"在阿富汗问题上,我们的立场很清楚,我们坚决谴责苏联这个侵略行动。阿富汗是我们的近邻,苏联侵略阿富汗的行动对世界构成威胁,当然也包括对中国构成威胁。我们谴责这个行动,支持世界上一切反对苏联侵略阿富汗的行动。"

《光明日报》总编辑杨西光,副总编辑胡沙参加了会见。

邓小平接受卢森堡电视台
制片主任鲍利等的电视采访

    1980 年 4 月 29 日上午,国务院副总理邓小平接受卢森堡电视台制片主任鲍利等的电视采访,回答了卢森堡朋友提出的关于中国的政治、经济和国际形势、国际共运等问题。

    在回答关于中国现代化建设问题时,邓小平说:"中国是一个大国,又是一个穷国。我们提出实现四个现代化的时候,必须看到这两个基本特点。中国既然是个大国,完全依靠外国资金来建设我们的国家是不可能的,必须立足于国内,立足于自力更生这个基本原则。就是立足于自己,也要照顾自己的特点,完全按照别的国家的模式来建设中国是不可能的。但是,中国自己关起门来建设也不行,必须充分吸收外国的先进经验,充分利用外国的资金、外国的技术,来加速我们的发展。我们欢迎国际资金来帮助我们发展。你们叫多国公司,我们叫合资经营,这种方式,我们是欢迎的。我们全国人民代表大会通过了《中外合资经营企业法》。当然,这个法律通过以后,据国际反映,认为还不充分。这方面我们还缺乏经验,以后还要逐步充实起来。我们希望外国朋友不要等我们法律完备以后再同我们合作。在合作中,逐步使我们的《中外合资经营企业法》完备起来。"

    在回答秋天是否提出辞职问题时,邓小平指出:"这件事世界上传得很广,我也是有意识地告诉人们,我确实准备在今年适当时候,辞掉副总理职务,目的是让比较年轻的人来工作。我们中国确实存在领导层年龄过大的状况,这种状况需要改变。与其将来再处理这个问题,不如现在处理更有利些。当然,这件事不是由我个人决定的,要由集体决定,由全国人民代

360

表大会来批准我这个要求。辞掉副总理职务的好处是可以减少许多日常事务性工作。至于国家大事,国家其他方面、党的其他方面的工作,我还会过问。假如我的身体还好,我还可以工作,不会减少我在这方面的作用。"

在回答关于中国的对外政策时,邓小平指出:"中国是社会主义国家,这个社会制度的性质决定了我们对外奉行和平外交政策。和平共处五项原则是我们处理同其他国家之间关系的准则,我们一贯主张在和平共处五项原则的基础上,同各国建立和发展关系。我们是社会主义国家,在政治上、道义上支持一切被压迫民族和被压迫人民的斗争,这是我们义不容辞的责任。同时我们认为,一个国家的人民革命取得胜利,主要地依靠自己的力量,革命是不能像商品那样随意输出或输入的。"

在回答对欧洲共产主义的看法问题时,邓小平说:"至于欧洲的情况,我们了解不多。欧洲共产主义是一个新事物。我们历来认为,凡是新事物都要通过今后的实践去检验。任何一个国家的革命,任何一个国家的问题的解决,都必须根据本国的实际情况。毛泽东主席最伟大的地方,就是把马列主义同中国的具体实际结合起来,取得了中国革命的胜利。根据我们自己的经验,我们尊重各个国家、各个地区共产党自己的选择。他们应该根据自己国家或地区的特点,制定自己的方针、政策。欧洲共产主义现在究竟怎样,将来实际结果怎样,要通过他们自己的实践检验得出结论。"

鲍利先生曾两次访华,并拍摄了一部可放映40分钟的电视纪录片,在采访结束时,他把这部电视影片的拷贝赠送给邓小平。

邓小平会见美国报纸
发行人协会董事会访华团

1980年4月29日下午,国务院副总理邓小平会见艾伦·纽哈思为团长的美国报纸发行人协会董事会访华团。

邓小平同24位美国客人亲切地回顾了他去年初访问美国时的情景。来访的发行人中有一些来自他访问过的城市。邓小平说,我们对1972年以来中美两国关系的发展是满意的,尽管双方之间也有些小的不同的看法。

纽哈思说,在美国,人们在对外政策等问题上,看法也不是完全一致的。但有一点是大家一致的,那就是尽力发展同中华人民共和国的友好关系。

邓小平在回答美国客人提出的有关中国的社会主义现代化事业的问题时指出,我们正在寻求适合中国特点的道路。我们不仅要学习外国的先进的科学技术,也要学习他们的管理经验,但是要同本国的实际结合起来。他希望这些有影响的美国报界人士在中国各地多看一看。他说,在互相了解的基础上,可以更好地发展互相之间的关系。

会见时在座的有中国人民对外友好协会会长王炳南、副会长侯桐,旅游总局局长卢绪章等。

邓小平会见美国外交政策分析研究所和美国战略新闻中心联合访华团

1980年6月3日上午,国务院副总理邓小平会见罗伯特·法兹格拉夫为团长的美国外交政策分析研究所和美国战略新闻中心联合访华团,就国际战略问题交换意见。

邓小平指出:"爆发世界大战的危险确确实实存在。在相当长的一个时期内,特别是在五六十年代,中国的战略是放在美国、日本、苏联以及其他国家一起进攻我们的基点上来设想和进行准备的。因为当时中美关系很坏,中苏关系也破裂了。到了70年代,情况发生了变化。对我们的威胁不是来自日本、欧洲,也不是来自美国,只来自苏联了。正是基于这个全球战略的考虑,毛主席提出从日本、中国、欧洲到美国,包括这一地带的第三世界国家,联合起来共同对付苏联的霸权主义。现在西方,包括日本,有这样一种议论,说80年代中期是一个危险的时期。这个提法,我们赞成。我们还有一个观点,那就是如果我们准备得好,80年代不一定会爆发战争。中国考虑问题是从全球战略的角度出发的。如果不从战略全局来考虑,不从全球战略的观点来估价阿富汗和柬埔寨问题,争取并协调一致行动,那就可能带来灾难。也就是说,不能把柬埔寨、印度支那这样的问题只看作是一个地区性的问题,或者认为是一个只同某些国家有关的问题,而是要把它放在全球战略的角度来考虑,这样才能得出正确的结论,采取正确的行动。"

中国人民解放军副总参谋长、北京国际战略问题学会会长伍修权等会见时在座。

邓小平会见美国和
加拿大社论撰写人访华团

1980年6月5日上午,国务院副总理邓小平会见克拉克·托马斯为团长的美国和加拿大社论撰写人访华团,并回答了他们提出的有关中美关系、国际形势和中国四个现代化建设等问题。

邓小平指出:"我们讲的四个现代化是中国式的四个现代化。因为我们必须认识中国的现实,立足于中国的现实来进行四个现代化建设,也要根据现在中国的薄弱基础来决定我们实现四个现代化的目标。中国实现四个现代化的任务非常艰巨,是一件不容易的事情。因为中国是一个人口众多的国家,如果每个人增加1美元的收入,就需要10亿美元。尽管30年来,我们建立了工业、农业、科学技术的初步基础,但毕竟底子薄,管理水平也低。由于'四人帮'的干扰,科学、教育方面的损失很大,耽误了一代人,缺乏人才。这就是现实。我们要正视这个现实,所以四个现代化的目标不能定得太高,定得太高了办不到。"

邓小平又说:"对'四人帮'我们要进行审判,对我们国内来说,是一种公开的审判形式。但审判'四人帮'会涉及我们国家大量机密,所以,我们不准备对外公开。至于什么时候审判,这要看准备的程度。对'四人帮'的罪行用四个字就可以概括,叫'罪大恶极'。他们的破坏极大,我们损失极大。"

在回答什么时候退休问题时,邓小平说:"不是退休,是想辞掉副总理职务。我已经76岁了,目的是减轻日常事务的负担。我还有三个职务:党的副主席、军委副主席、政协主席。这三个职务就够我忙的了。"

在回答将来中国的新闻界会不会在报纸、广播、电视上更加采取批评的态度时,邓小平说:"揭露工作中的缺点是有益处的,但要区别那种带有破坏性的批评。我们取消'西单墙',是因为它要破坏我们刚刚取得的安定团结的政治局面,它实际上已经破坏了我们安定团结的局面。我们鼓励揭露妨碍我们社会主义建设的人和事,并为开展这种批评创造条件。"

邓小平会见印度《勇士》
杂志主编克里相·库马尔

　　1980年6月21日下午,国务院副总理邓小平会见印度《勇士》杂志主编克里相·库马尔时说:"中国和印度都是人口众多的亚洲国家,我们都需要发展各自的国家,我们之间没有理由不发展两国的关系。"

　　邓小平说:"我们注意到印度总理甘地夫人最近多次谈话,表示要改善和发展同中国的关系。"他指出,"改善和发展中印两国关系是我们两国人民的共同愿望。"

　　会见时,中国人民对外友好协会会长王炳南在座。

邓小平接受意大利记者法拉奇的访问

20 世纪 70 年代末 80 年代初,北京的政治气氛非同寻常。

"文化大革命"结束后,中国共产党冲破教条主义和个人崇拜的束缚,重新确立了实事求是的思想路线,果断停止了使用"以阶级斗争为纲"的口号,把工作重心重新转移到经济建设上来,然后对内进行改革,对外实行开放政策,中国的社会主义建设开始发生重大变化。

在中国经济刚刚开始步入正规的同时,在政治思想领域则正在兴起一股极端思潮。有许多人打出大幅反革命标语,大肆诽谤毛泽东,更有甚者有人要"坚决彻底批判中国共产党"。在中国共产党高级领导层内部也有人企图全盘否定毛泽东。这时,西方与港台的一些评论也大肆煽风点火,说"大陆批毛,势在必行"。似乎赫鲁晓夫时代又杀回来了。

这股政治暗流严重地威胁着刚刚起步需要稳定、团结的现代化建设。邓小平也以敏锐的政治头脑对此早已有所察觉。他说:"最近国际国内都很关心我们对毛泽东同志和对'文革'的评价问题。要对这样一个历史阶段作出科学的评价,需要做认真的研究工作,有些事要经过更长一点的时间才能充分理解和作出评价。"

但是,形势逼人,迫使中国共产党必须立即着手对毛泽东和"文革"作出权威性的评价。

正如邓小平日后所说的:"一切都很清楚,人们都在等。从国内来说,党内党外都在等,你拿不出一个东西来,重大的问题就没有一个统一看法。国际上也在等。人们看中国,怀疑我们安定团结的局面,其中也包括这个文件拿得出来拿不出来,早拿出来还是晚拿出来,所以不能再晚了,晚了不利。"

如何对毛泽东及"文化大革命"进行评价，这是一个非常重要的问题。因此，从1979年秋开始，邓小平、胡耀邦亲自主持起草《关于建国以来党的若干历史问题的决议》的工作。

到1980年初秋，决议的基本思路已经形成。就在这年的8月21日，一辆高级轿车载着一位神秘人物驶入中南海。

1980年8月21日和23日，邓小平两个上午接受意大利记者奥琳埃娜·法拉奇的采访

此人就是奥琳埃娜·法拉奇，一位意大利的女作家，驰名世界的女记者。

法拉奇，1930年6月出生于意大利佛罗伦萨。从1946年开始从事新闻工作，曾经担任意大利《时代》杂志记者。1950年起任意大利《欧洲人》周刊特派记者。十几年来，她先后采访了各国政府和政党的著名人物30多人，曾获美国哥伦比亚学院名誉文学博士学位，两次获圣文森特新闻奖，以及其他多种奖励。她还是《纽约时报》杂志、《华盛顿邮报》、《新共和》、

《生活》、《展望》等美国报刊杂志和欧、亚、南美等地报刊的撰稿人,是一个具有极大世界影响力的著名记者。

的确,法拉奇干得很出色。越战炽热时,她出入河内、华盛顿,采访过武元甲、阮文绍、基辛格;中东危机时,她紧追阿拉法特、侯赛因;西德与东德暗送秋波,她便抓住维利·勃兰特;西班牙风云突变,她又出现在卡里略面前。她是许多政治家公认的最令人头疼的记者。就连足智多谋、被誉为"超人"的基辛格博士也被她诱出内心本不想吐露的阴秘,弄得狼狈不堪,不得不承认"接受法拉奇采访是我一生最愚蠢的事情"。

法拉奇又开始行动了。她把采访的目标选中了中国改革开放的总设计师、决议起草的主要负责人——邓小平。

那么,邓小平为什么要接受法拉奇的采访呢?

在中国共产党的历史上,中国共产党的领导人通过接受记者采访的方式来表达自己的意图,也有先例。如,当年毛泽东曾经接受过埃德加·斯诺的采访,就是通过斯诺的笔,世界才首次了解了毛泽东及其战友的奋斗历程。邓小平在这时同意接受记者的单独采访,也是想借一位名记者的笔向外界透透风,宣示一下北京的态度。

邓小平单单选中法拉奇,当然并非偶然。这不仅是由于法拉奇是一位世界知名的记者,而且也是因为法拉奇的采访方式合乎邓小平的需要。这位意大利女记者善于抓住关键时机采访风云人物,并以提问尖锐、言辞锋利、泼辣著称。她的人物访问记也别具一格,她习惯于用录音机录下访问中的全部问答,然后一字不漏地以原对话形式加以发表,再加上一个占一定篇幅的前言。她说这样才能真实,才能避免断章取义。她这样做既表明她的客观公正,又表达了自己的政治见解。因此,法拉奇在这方面的努力形成了她自己的特色。

基于此,邓小平想,会会这位让许多西方政客头疼的厉害的女记者又有何妨。

明知山有虎,偏向虎山行。这就是邓小平的风格。

采访共有两次,8 月 21 日和 23 日。

法拉奇一开始就单刀直入,抓住敏感问题开始提问。"天安门上的毛主席像,是否要永远保留下去?"

邓小平豪不犹豫地回答说:"永远要保留下去。过去毛主席的像挂得太多,到处都挂,并不是一件严肃的事情,也并不能表明对毛主席的尊重……从我们中国人民的感情来说,我们永远把他作为我们党和国家的缔造者来纪念。"

等邓小平把话讲完,法拉奇突然话锋一转。更加尖锐地问:

"对西方人来说,我们有很多问题不理解。中国人民在讲起'四人帮'时,把很多错误都归咎于'四人帮',说的是'四人帮',但他们伸出的却是五个手指。"

从法拉奇所提出的问题来看,她在采访邓小平之前是早已作了充分的准备。正如她自己所说的:"我进行每一次采访都费了心血……我去见他们时往往情绪激动并带去了一连串问题。这些问题,在我采访他们之前总是先向自己提出。"

邓小平对法拉奇的提问也是早已有所防范,因此,他毫不犹豫地说:"毛主席的错误和林彪、'四人帮'问题的性质是不同的。毛主席一生中大部分时间是做了非常好的事情的,他多次从危机中把党和国家挽救过来。没有毛主席,至少我们中国人民还要在黑暗中摸索更长的时间。毛主席最伟大的功绩是把马列主义的原理同中国革命的实际结合起来,指出了中国夺取革命胜利的道路。……当然,毛泽东思想不是毛泽东同志一个人的创造,包括老一辈革命家都参与了毛泽东思想的建立和发展。主要是毛泽东同志的思想。但是,由于胜利,他不够谨慎了,在他晚年有些不健康的因素、不健康的思想逐渐露头,主要是一些'左'的思想,有相当部分违背了他原来的思想,违背了他原来十分好的正确主张,包括他的工作作风。"

"大跃进难道不是错误?照搬苏联的模式难道不是错误?对过去这段错误要追溯至何时?毛主席发动'文化大革命'到底要干什么?"法拉奇紧追不舍,咄咄逼人。

邓小平回答说:"错误是从 50 年代开始的。比如说,大跃进是不正确的,这个责任不仅仅是毛主席一个人的,我们这些人脑子都发热了。完全违背客观规律,企图一下子把经济搞上去。"然后他指出,对于"文化大革命"毛主席犯的是政治错误。但他的主观愿望是好的,只是由于对中国本身的实际情况作了错误的估计,另外,错误被林彪、"四人帮"这两个反革命集团利用了。

法拉奇又问:"你们对'四人帮'进行审判的时候,以及你们开下一届党代会时,在何种程度上会牵涉到毛主席?"

这是这次谈话中最根本的一个问题,实质上它涉及到对毛泽东一生的评价问题。而邓小平在负责主持决议起草过程中,早已对这一问题胸有成竹,因此,他坚定地说:

"我们要对毛主席一生的功过作客观的评价。我们将肯定毛主席的功绩是第一位的,他的错误是第二位的。我们要实事求是地讲毛主席后期的错误。我们还要继续坚持毛泽东思想。毛泽东思想是毛主席一生中正确的部分。毛泽东思想不仅过去引导我们取得革命的胜利,现在和将来还应该是中国党和国家的宝贵财富。所以,我们不但要把毛主席的像永远挂在天安门前,作为我们国家的象征,要把毛主席作为我们党和国家的缔造者来纪念,而且还要坚持毛泽东思想。我们不会像赫鲁晓夫对待斯大林那样对待毛主席。"

在谈话中,邓小平巧妙地运用辩证法思想对毛泽东的一生作出了客观的评价。众所周知,作出这样客观公正的评价对邓小平来说是多么不容易啊。大家对邓小平传奇式的经历早已有所了解,三落三起的政治命运对一位政治家来说,其一生是如何坎坷不平,三次被打倒的滋味何偿不时时刻刻震撼着他的心灵。他的儿子邓朴方在"文革"中被人推下楼,摔断双腿而下身瘫痪,不能自理,曾令这位政治家揪心难耐。然而,他在关键时刻,作为一名老共产党员,坚持了党性第一的原则,理智占胜了感情,排除种种干扰,作出了正确的抉择。

在如何评价有关毛泽东的问题提问完之后,法拉奇又把注意力转到了邓小平本人问题上来。

纵观法拉奇一生对世界风云人物的采访内容可以看出,法拉奇采访的兴趣主要在个人,在于政治家个人以及彼此之间的关系。她自己也曾说:"我进行这些采访的目的是希望弄明白他们在掌权时和不掌权时是怎样左右我们的命运的。我要弄明白诸如这样一些问题:历史究竟是多数人创造的,还是少数人创造的? 它有自己的发展规律还是取决于个别几个人?"

因此,法拉奇开始从邓小平个人的角度来提出问题。她问:"据说,毛主席经常抱怨你不太听他的话,不喜欢你,这是否是真的?"

邓小平机警地笑了一下,回答说:"毛主席说我不听他的话是有过的。但也不是只指我一个人,对其他领导人也有这样的情况,这也反映毛主席后期有些不健康的思想,就是说,有家长制这些封建主义性质的东西,他不容易听进不同的意见。毛主席批评的事不能都说是不对的。但有不少正确的意见,不仅是我的,其他同志的在内,他不大听得进了。民主集中制被破坏了,集体领导被破坏了。否则,就不能理解为什么会爆发'文化大革命'。"

邓小平的回答诚恳而又灵活,真是天衣无缝,非常精彩。法拉奇不得不暗自佩服他眼前这位 76 岁老人所具有的机敏和老练。

但是,她是个永不服输的女强人,这次她干脆豁出去了。

"很显然,只有在毛主席逝世以后才能逮捕'四人帮',到底是谁组织的,是谁提出把'四人帮'抓起来的?"

"这是集体的力量。……毛主席去世以后,'四人帮'利用这个时机拼命抢权,形势逼人。'四人帮'那时很厉害,要打倒新的领导。在这样的情况下,政治局大多数同志一致的意见是要对付'四人帮'。要干这件事,一个人、两个人的力量是办不到的。"

"为什么你想辞去副总理职务?"法拉奇继续问道。

邓小平说:"不但我辞职,我们老一代的都不兼职了。"他还说,领导职务终身制"不利于领导层更新,不利于年轻人上来,这是我们制度上的缺陷"。"我们存在一个领导层需要逐渐年轻化的问题。我们需要带个好头。"

法拉奇仍在探察。当邓小平谈到毛泽东、周恩来、刘少奇、朱德及其他许多同志都对毛泽东思想做出了贡献时,法拉奇有意识地问道:"你为什么不提自己的名字?"

邓小平谦虚地答曰:"我算不了什么。当然我总是做了点事情的,革命者还能不做事?"

邓小平又不动声色地将自己归到了一般"革命者"的行列,体现了一个老革命家的高风亮节,这正是共产党人区别于一般人的地方。从不计较个人得失,始终把自己作为一个人民的公仆,邓小平为我们树立了良好的榜样。

谈话在一分一秒地进行着。其间,邓小平时而发笑,时而慷慨激昂,时而娓娓叙说,既潇洒又严谨,镇定自若,应付从容。法拉奇最后拿出了杀手锏,她问:

"对江青你觉得应该怎么评价,给她打多少分?"

"零分以下。"邓小平不假思索地说。

接着,法拉奇又顺势一推:"你对自己怎么评价?"

这是一个非常不好回答的问题。法拉奇的确不好对付,邓小平也不得不佩服他眼前的这位来自意大利的女强人。当时对毛泽东的具体评价还没有最后公布,在这种情况下,要让邓小平自己对自己作出评价,确实非常困难。但是这个问题又不好回避。只见邓小平笑了笑说:"我自己能够对半开就不错了。但有一点可以讲,我一生问心无愧。你一定要记下我的话,我是犯了不少错误的,包括毛泽东同志犯的有些错误,我也有份,只是可以说,也是好心犯的错误。不犯错误的人没有。不能把过去的错误都算成是毛主席一个人的。"然后他又把话题转到对毛泽东的评价上来:"所以我们对毛主席的评价要非常客观,第一他是有功的,第二才是过。毛主席的许多好的思想,我们要继承下来,他的错误也要讲清楚。"

邓小平的自我评价既谦虚又客观,字字千斤,掷地有声,令人叹服。

此外,邓小平还就国外及国内其他一些问题回答了法拉奇的提问。

两次采访共进行了 4 个小时。

法拉奇走了,邓小平通过了考试。通过法拉奇的笔,世界更加认识了邓小平,也更加清楚了北京的态度。八月的北京多云转晴,金色的八月是收获的季节,中国开始走上坦途。

邓小平会见美国《不列颠百科全书》
出版公司董事代表团

1980 年 9 月 8 日上午,国务院副总理邓小平会见查尔斯·斯旺林率领的美国《不列颠百科全书》出版公司董事代表团。

邓小平在谈话中说:"全国人民对正在召开的五届全国人大三次会议的反映很好。这说明,中国人民实现四个现代化的决心是坚定的,也是有信心的。同时也说明,粉碎'四人帮'以后,我们的事情一年比一年好。但是我们还面临着许多问题和困难,我们正在研究和解决。"

邓小平还接受了客人赠送的一套特别精装《不列颠百科全书》。在客人提出期待中国方面翻译出版《不列颠百科全书》简编本时,邓小平说:"几乎全世界都知道你们的百科全书在学术领域享有权威性的地位,它对我们实现四个现代化是有用的。我们中国的科学工作者将把你们的百科全书翻译过来,这是很好的一件事。"

随后,邓小平将这套《不列颠百科全书》转送中国大百科全书出版社,同时希望《中国大百科全书》早日出版。

国家出版事业管理局代局长陈翰伯、中国大百科全书出版社社长姜椿芳参加了会见。

邓小平接受法国电视台记者采访

　　1980年10月17日上午,中共中央副主席邓小平与来访的法国总统吉斯卡尔·德斯坦会谈结束后,接受了法国电视台记者采访。

　　邓小平指出:"当前世界是更不安定,更加多事,这是肯定的。我们应该尽一切努力使大家联合起来,反对霸权主义,延缓世界大战的爆发,维护世界和平。"

　　他在谈到同吉斯卡尔·德斯坦总统会见的印象时说,我们进行了自由的、亲切的交谈。我们有许多观点是一致的。

　　一位法国记者问起他同吉斯卡尔·德斯坦总统交谈的主要内容,邓小平说,我们谈话的中心是全球战略问题。我们对当前的国际局势感到不安,但是同时我们也很有信心。

　　记者又问,法国总统是否也对国际局势感到不安。

　　邓小平说,是的。我认为这是理所当然的。现在世界上许多人都对局势感到不安。

　　另一位记者问,你认为法国在国际上能起什么作用?

　　邓小平说,法国应该起很大的作用。

　　邓小平赞扬法国人民和法国革命对人类作出的很大贡献。

　　他说,中法两国的关系渊源很深,两国人民是相互了解的。我相信,通过两国领导人相互访问,交换意见,我们两国的关系一定会加深,两国人民的友谊一定会增强,两国的友好合作一定会发展。

邓小平接受南斯拉夫
贝尔格莱德电视台记者采访

    1980 年 11 月 7 日上午,中共中央副主席邓小平接受南斯拉夫贝尔格莱德电视台记者采访。

    邓小平说,我们很高兴地看到,南斯拉夫共产主义者联盟和人民在铁托同志逝世后,坚持了铁托同志的事业,而且坚持得非常好。你们的国家和人民在国际上享有很高的威望。我们对南共联盟和人民表示热烈祝贺。

    在回答中国实现四个现代化过程中存在哪些困难时,邓小平说:"我们有有利的条件,也有不利的条件。有利的条件就是,我们的人民是好的,是勤劳的、勇敢的。还有一个好条件,就是我们的自然资源确实较丰富,再加上我们建国 31 年来也打下了初步的经济基础。我们也有不利的条件,就是我们的科学技术水平低,管理水平低,加上过去相当长的一个时期内,特别是'文化大革命'时期,我们犯了一些错误,遗留下许多问题需要解决,比如机构重叠、官僚主义等。不进行政治体制改革,不可能顺利进行四个现代化建设。其他困难也不少。我们要在一心一意搞四个现代化建设的过程中,逐步克服和解决这些问题并改进工作。我们要加强社会主义民主,同时也要加强法制。中国在历史上是缺乏民主传统的国家,也是缺乏法制传统的国家。只讲民主,不讲法制不行。中国有十年'文化大革命'的经历,在青年一代中,发展了无政府主义,发展了极端个人主义,所以我们在提倡社会主义民主的同时,也要加强法制。"

    贝尔格莱德电视台记者是随同南斯拉夫联邦执委会主席韦·久拉诺维奇来中国访问的。

邓小平回答美国《基督教科学箴言报》总编辑费尔的提问

　　厄尔·费尔是美国《基督教科学箴言报》的总编辑,他曾采访过多位国家首脑。

　　20世纪80年代初,中国的改革开放才刚刚起步,正日益受到世界各国的关注,刚刚正常化的中美关系也因里根的当选而受到人们的注目,中美关系、中苏关系等成为人们关注的热点问题,正是在这种背景下,费尔于1980年11月15日采访了邓小平。从费尔采访邓小平的谈话记录中,我们可以看出他们两个一个提问题开门见山、尖锐深刻,一个回答问题坦诚、机智,从中我们可以领略邓小平作为一个战略家和总设计师的风采。

　　费尔:"请问你对里根当选有什么看法?"

　　邓副主席:"里根当选为美国下届总统,布什当选副总统。我们表示祝贺。里根先生我也可能见过面,也可能没有,对他不熟悉。但是帮助里根先生决策的一些人,我是熟悉的,算老朋友。比如布什先生就是我熟悉的朋友之一。"

　　费尔:"你一再指出,苏联正企图控制霍尔木兹海峡和马六甲海峡,以推行它的全球战略,你认为布什和里根对上述观点会接受到什么程度?"

　　邓副主席:"根据里根先生过去的讲话,在这一点上我们有许多共同点。"

　　费尔:"考虑上述情况,苏联一方面在印度洋扩张,另一方面也把手伸到东南亚,你认为里根在东南亚应发挥些什么作用?"

　　邓副主席:"我不说里根,而说美国。我认为美国应在亚太地区发挥作用,当然包括东南亚,这是我们的一贯态度。我们历来赞成美国在太平洋地区的存在。但是,我们认为对付苏联霸权主义,只有美国不够。美国必须加强和它的盟国的合作,还要加强同一切抵制苏联的力量,当然包括第三世界的合作。这样才能对付苏联的挑战。"

费尔:"不久前我见到了西德总理施密特,他对苏联的力量,以及苏在中东产石油地区的扩张表示担忧,对苏的导弹发展也很担心。它的所作所为不仅针对欧洲,而且针对土耳其、中东和中国。从你和日本铃木善幸、法国吉斯卡尔·德斯坦交谈中,你认为在多大程度上,你同意他们对苏联威胁的看法?"

邓副主席:"对这一点要有足够的认识,但现在还有人对这一点认识不清楚。所谓不清楚,就是认为可以采取某种策略性步骤,用温和的语调,或者是利用一些会议,如欧安会续会,就能减轻来自苏联的威胁。我看这些办法是不切实际的。我在访问美国时就一再说过,要遏制苏联的扩张,必须做些扎扎实实的工作。"

费尔:"我想问一下,中美在国际事务中的责任和看法上有多少共同点? 因为在美国有些人担心,随着中国的四个现代化的发展,中美的共同利益将会改变,中国肯定会走自己的路。在今后几十年中,中美的共同利益延续下去的可能性如何?"

邓副主席:"对这个问题可以从两个角度来谈。

"一方面从中苏关系的角度来谈,另一方面从中美关系的角度来谈。

"中苏在50年代末就开始了分裂,主要原因是,苏联搞霸权主义,想控制中国。我们不甘心让它控制,它的目的没有达到,因而就反对中国。

"如果说中苏争论开始的时候,主要是意识形态方面的问题,后来就远远超过意识形态了。

"有人说勃列日涅夫是比较温和的,我看这是受了骗。赫鲁晓夫只是耍嘴皮,勃列日涅夫却是搞实力威胁的。在赫鲁晓夫时代,只有10个师的兵力驻扎在中苏边境,到了勃列日涅夫时代,就增加到54个师,100万军队。

"谈到中苏关系,不能不看到苏联对中国的威胁的现实存在。苏联谋求在中国的霸权。它不仅在中苏边境驻兵 100 万,而且还派兵入侵阿富汗。它还在中国的邻国驻军,来威胁我们。比如在蒙古驻军。"

费尔:"你认为在这方面,与卡特政府相比,里根新政府是不是更有能力对付这种军事局面?"

邓副主席:"苏联不仅在蒙古驻军,而且还支持越南侵略印度支那各国,威胁东盟和亚太地区的和平与安全。它还直接出兵阿富汗。我国同阿富汗有共同的边界。苏联在我们邻国的所作所为,既是为了对付中国,也是对亚洲和世界各国的威胁。

"这只是构成苏联全球战略的一部分。它的野心是称霸全世界。

"有人向我提出,中苏关系会不会改变。我多次对国际朋友谈,我问他们,苏联扩张和霸权主义的全球战略会不会改变?它的社会帝国主义政策会不会改变?如果它的全球战略、社会帝国主义政策能改变,现在就可以改善中苏关系。为什么还要等到若干年以后呢?苏联要有实际行动表明它改变了全球战略,放弃了霸权主义,要把它的 100 万军队起码减少到赫鲁晓夫时代那样。"

费尔:"你认为有没有哪些国家和个人可以帮助你们叫苏联减少它的驻军?"

邓副主席:"我不知道。我想,不可能有这样的国家和人物。

"刚才讲到苏联要有实际行动,它必须从阿富汗、蒙古、东南亚地区全部撤走它的军队。当然还有其他地方。而且要放弃它的霸权主义政策。今天是 15 号,如果它今天可以做到这些,明天 16 号就可以改善关系。不然,中苏关系即使十年二十年之后也改变不了。

"中苏关系的改善不决定于中国是穷还是富,而是决定于苏联的霸权主义政策。如果说现在中国还比较穷,装备很落后,都敢于顶住苏联霸权主义,有什么理由认为等中国发展了,反而要向霸权主义妥协呢?这是从中苏角度来讲的。

"就中美角度来讲,我听到一些美国人说,好像中国改善同美国的关系是因为中国有求于美国。我看这种看法是不对的。按照这种逻辑,中国发展了,经济和军事力量强大了,就不会考虑和美国搞好关系,共同对付世界上的挑战。这种逻辑是不正确的。"

费尔:"另一个问题是,中美商务关系问题。近15年来,中国的方向发生了改变,美国商人同中国进行了贸易洽谈。中国政策的多变引起了美国商人的疑虑:中国的现行政策是否有延续性,有何保证?"

邓副主席:"应该说,中国人自己也有人担心我们政策的延续性。粉碎'四人帮'后四年了,我们徘徊了两年。从1978年底,特别是我们党的三中全会,确定了党和国家的政治路线。当然,在粉碎'四人帮'后,就逐渐形成了一系列的政策。特别提出的是要改革我们某些不好的制度。不好的制度不改革,就不能保证政策的执行和政策的延续性。从政治上来讲,几年来我们强调社会主义民主与法制。不仅在政治上,而且在经济上也有个民主问题。比如从组织上废除领导人职务的终身制。这些都是政策延续性的保证。我们可以说,现行制度的改革,要完成这种改革,还需要很长时间。这种改革,从开始就受到人民的拥护。这不仅增强了人民的信心,并且调动了人民的积极性。我在访问美国时,好些记者和议员也都提出这个问题,我对他们说,政策能否有延续性,归根结底要看政策本身对不对,是否对国家、对人民有好处。如果这个政策不好,就没有延续的必要;如果这个政策是对的,符合国家和人民的利益,想推倒也是办不到的。政策的延续性的根本保证,就是政策本身是对的。"

费尔:"我们和一些中国的小组织打交道,这些组织的人士认为,有些人并不反对现代化这一总的概念,但如果这对他们的职务造成不利时,他们就将抵制。这就是说,官僚主义会阻挠中国的现代化。"

邓副主席:"是有这个问题。还有特权思想,不尊重科学,过分集权,还有其他。这些我们都指出来了,要逐步改革。"

费尔:"同审判'四人帮'相比,要解决这些问题,更不容易。'四人帮'的追随者不能对四个现代化计划构成威胁,而那些不称职的人感到自己职位受威胁,他们抓住职位不放。"

邓副主席:"要逐步解决这个问题。追随'四人帮'的人是一小撮。他们的面貌是清楚的。"

费尔:"为什么你们不让外国记者旁听对"四人帮"的审判,是不希望记者来报道,还是根据法律规定要这么办?"

邓副主席:"因为涉及到国家的机密。国际上有议论,说这是因为我们担心审判'四人帮'会涉及到毛主席的问题。其实,毛主席所犯的错误属于另一个问题。'四人帮'是犯罪分子,是有严重的刑事责任。对如何评价毛主席和审判'四人帮'是截然不同的两个问题。我们是根据法律追究'四人帮'的刑事责任。"

费尔:"是否可能,在追究其刑事罪责时让外国记者旁听审判,而在涉及国家机密时进行秘密审讯?"

邓副主席:"'四人帮'了解我们国家的最高机密,而他们又竭力把他们的责任推给别人,因此就是在审讯他们的刑事罪时,他们也会乱讲国家的机密。"

费尔:"我们对过去的历史很感兴趣,希望了解林彪后期的确切情况。据了解,美国前国务卿腊斯克认为,林彪坚持战争。据说林彪曾发表讲话,有个庞大的计划,说中国要向外扩张,计划扩张到印尼,这很危险。美国务院认为他的讲话和希特勒的著作有相似之处。我希望你能谈一下这方面的细节。"

邓副主席:"对你说的林彪的这个计划,我不知道。林彪干了很多坏事,为他上台开辟道路,打倒了一大批老革命家。在他的末期,毛主席发现了他的问题。林彪谋害毛主席,这在起诉书中是有的。这有证据。当他的阴谋被察觉后,他就乘飞机往苏联跑,结果摔死在蒙古。当时蒙古人和我驻蒙古大使都到现场看过。"

费尔:"根据调查,飞机失事是自然的事故,是由于飞机维修不好呢,还是别的原因?"

邓副主席:"据我个人判断,飞行员是个好人。因为有同样一架飞机带了大量的党和国家机密材料准备飞到苏联去。就是这架飞机的飞行员发现问题后,经过搏斗,飞机被迫降,但这个飞行员被打死了。"

费尔:"是不是由于你提到的那些材料,所以不能让外国记者旁听对'四人帮'的审判? 这些材料是不是包括中国军事、政治和对苏的机密文件?"

邓副主席："'四人帮'是长期生活在国家高级机关的人,他们知道国家的全部机密。因此审判'四人帮'不能对外公开。但国内组织几百人出席旁听。"

费尔："关于历史,我是很感兴趣的。你在中国人民中德高望重,是个有贡献的人物。鉴于你在中国历史上发挥了领导作用,可否考虑一下在你生活安定的时候,写一些回忆录。你没有空,别人代你写也行。"

邓副主席："没有这个时间。而且我这个人是个土包子,没有文化,我不太喜欢讲自己的事情。当然我革命几十年也干了些事,但还谈不上自己有什么了不起。我们现在要做的事情是要逐步把工作交给年富力强的人。"

费尔："受教育的程度与一个人的智力和能力没有什么关系。有的人受教育不少,但对事物的判断能力很差。我总希望你写点回忆录。"

邓副主席："现在没有时间。也许到退休以后作点回忆倒可能,现在不成。你希望我们政策要有延续性,我想,选好一些青年人来接班,这就能使我们的政策有延续的保证。"

费尔："里根先生就任美国总统安顿后,你是否期待他到中国来访问,同你和中国总理会晤?"

邓副主席："当然欢迎。这取决于里根先生的考虑和他的时间。因为中美关系是和共和党执政时尼克松先生开始恢复接触的,又是共和党福特总统发展的,后来民主党卡特总统又发展了这些关系。多次听到,发展中美关系是美国两党的政策。希望里根执政后不要使这种关系停滞,更不要倒退,需要继续发展两国的关系,这是全球战略所要求的。这是一个最富和一个最穷的国家打交道。中国虽仍然是个穷国,但从战略上来讲,还不是一个微不足道的国家。"

费尔："看来,你对里根先生对台湾出售军火并不过分担心。"

邓副主席："里根先生会干什么,我不知道。但我们对台湾关系法是不满意的。真正造成中美关系危机的是对台湾关系法。一句话,我们希望中美关系要发展,不要停滞,倒退。我相信美国人民的大多数会理解这一点。"

费尔："预料里根将同苏联进行第三阶段限制战略核武器的会谈,以便向美国人民证明他不是战争贩子,你对这种谈判有何看法?"

邓副主席："我们历来不反对谈判,但也不相信这种谈判会缓和紧张局势。如果要真正缓和,就需要我们做扎扎实实的工作。这种会谈,我们不反对,但它靠不住。我在美国访问时曾说过这些话。"

费尔："关于中美关系问题,我想是不是每隔三四年,两国领导人就进行互访一次,还是通过正常外交途径来加强两国的友好关系?"

邓副主席："双方领导人进行接触总是有益的。"

费尔："你谈到关于建立新的体制,废除领导人职务终身制,这是否能防止个人迷信?"

邓副主席："肯定一个领导人在一个岗位上不能太久。我们前不久就更换了总理。以后要形成制度,太长了不好。这一点人民是接受的。"

费尔："再过 10 年、15 年,会不会有人改变这个制度?"

邓副主席："我们要强调民主集中制。只要搞好社会主义民主与法制,这个问题是可以得到正确解决的。"

邓小平会见随西班牙共产党总书记
圣地亚哥·卡里略来华的西班牙记者

1980年11月24日上午,中共中央副主席邓小平接受西班牙记者的采访。

邓小平在回答有关中西两国关系的问题时指出,我们对于近年来两国关系的发展是满意的。卡洛斯国王访问中国以后,两国关系又有了新的发展。我相信两国关系还会继续发展。

谈到中西两党恢复关系的意义时,邓小平说,西班牙共产党是一个在西班牙人民中有广泛影响的党。西班牙近年来在欧洲事务中显示出越来越重要的作用。中西两党关系的恢复表明我们的事业在前进。这件事对于当前的国际政治有着重大的意义,对于国际共产主义运动也是有益处的。

在回答中国如何看待西班牙加入北大西洋公约组织的问题时,邓小平说,我们不反对西班牙加入北约组织。我们历来希望有一个联合的、团结的、强大的欧洲。

一位记者问起中苏关系的前景。邓小平说,每当我被问到这个问题时,我总是反问一句:苏联的霸权主义、社会帝国主义的侵略扩张政策会不会变?只要它这个政策不改变,中苏关系也不会变。你们可以研究一下苏联的政策会不会变。

采访是在邓小平会见西班牙共产党总书记圣地亚哥·卡里略和由他率领的西班牙共产党代表团之前进行的。西班牙共产党代表团应中共中央邀请,于11月10日至25日对我国进行了友好访问。

邓小平会见随密特朗来访的法国记者

1981年2月12日下午,中共中央副主席邓小平会见随密特朗来访的法国记者。

谈到法国社会党领导人密特朗这次对中国的访问时,邓小平说:"密特朗1961年访问过中国,并同毛泽东主席和陈毅副总理谈过话。事隔20年,他又来我国访问,我们非常欢迎。这次访问对增进中国共产党和法国社会党之间的了解和友谊是有益处的。"

在回答中国共产党是否打算同法国共产党进行接触时,邓小平说:"就我们来说,所有法国的政治力量我们都愿意接触,但是法共现在同我们有许多东西谈不拢。"

在回答有关西哈努克亲王最近提出的愿意同柬埔寨其他爱国力量联合的建议时,邓小平说:"我们欢迎西哈努克亲王的新的态度。他表示要同民主柬埔寨进行联合。这是一个新的姿态,带有积极的意义,我们表示欢迎。"

在问到如果苏联武装入侵波兰,中国将如何反应的时候,邓小平说:"这种危险始终是存在的。从道义上来说,我们不赞成,是反对的。总的来说,对于任何国家侵犯别人的主权,我们都是反对的。苏联侵占阿富汗也是同样的性质。"

在回答关于对毛泽东的评价问题时,邓小平指出:"我们始终要坚持毛泽东思想。毛泽东主席在晚年确有错误,但是,就他一生来说,他对中国人民、中国革命的贡献是非常伟大的。他的功劳是第一位的,而他的错误,尽管我们要讲清楚,但毕竟是第二位的。"

在回答如何看待西方对江青被判刑的反映时,邓小平说:"各种反映都有,有人认为判轻了,有人认为判重了,但这是中国自己的事情。中国人民认为这样判是恰当的。"

邓小平会见日中友好协会全国本部代表团

　　1981 年 5 月 3 日上午,中共中央副主席邓小平会见宇都宫德马率领的日本日中友好协会全国本部代表团,并同他们亲切友好地交谈了有关中国经济情况和当前国际形势中的一些问题。

　　邓小平指出:"中国对外政策概括起来就是两句话:一是反对霸权主义,二是维护世界和平。我们不担心日本对中国有什么威胁,但日本要复活军国主义,我们是要反对的。我们也理解日本应该有足够的自卫力量。现在国际形势看不出有什么缓和。所以我们说,战争的危险还是存在的。不过我们相信,经过大家的努力,反对霸权主义的力量联合起来,可以延缓战争爆发的时间。如果我们反对战争有力,对付霸权主义有力,延缓战争爆发甚至争取比较长的和平时间是可能的。我们讲联合反霸就是为的这个目的。"

　　在谈到朝鲜问题时,邓小平指出:"整个朝鲜人民包括南朝鲜人民都希望国家的统一。一个国家一分为二的状态迟早要解决。这种民族的情感没有办法用别的方式解决,10 年不能解决,100 年总要解决。我看现在金日成主席提出的纲领比较好,就是采用联邦的形式来解决统一问题。这种形式不改变南北双方的社会制度,不影响各自的经济,不影响人民的生活水平,也不影响各自的自主权。它合情合理,但也不是短时期内就能够解决问题。我们希望它取得成功。"

　　在谈到中东问题时,邓小平指出:"现在世界战争的第一个爆发点是中东。战争真的爆发,受害的首先是阿拉伯人民。美国的中东政策不改变,中东问题只能更加复杂化。"

　　全国人大常委会副委员长、中日友协会长廖承志参加了会见。

邓小平会见香港《明报》社长查良镛

1981 年 7 月 18 日上午，中共中央副主席邓小平会见香港《明报》社长查良镛。

邓小平指出："起草《若干历史问题的决议》，是因为在党内、人民当中，接触中国的历史，有两个问题不能回避。一个'文化大革命'的问题，一个毛主席和毛泽东思想的问题。毛主席的问题，还不只是中国的问题，在全世界都有影响，特别是第三世界，在毛主席的影响下进行革命，主要是进行民族革命，当然不是社会主义革命。我们要总结经验，对历史问题作出实事求是的恰如其分的分析。不这样的话，思想统一不起来，认识统一不起来。总结经验，统一认识，在这个基础上团结一致向前看，这是写这个决议的目的。有了一个统一的结论性的东西，今后对历史问题就不再说了，一心一意搞建设。"

在谈到坚持四项基本原则时，邓小平指出：'四个坚持'不搞不行，'四个坚持'的核心是党的领导。中国这样一个国家，人口这么多，底子这样薄，怎样取得革命胜利，怎样把国家建设好，离开了党的领导毫无出路。中国近代历史什么时候真正统一过？一百多年来，中国真正的统一是在共产党领导下取得的。中华人民共和国建立后，除台湾外，国家真正统一了。中国作为一个伟大的民族，在世界上站起来，只能靠中国共产党的领导。当然共产党也要善于领导。要坚持领导，还要善于领导，这是我们过去没有解决好的，现在要解决好这个问题。"

在谈到经济调整时，邓小平指出："国民经济比例失调情况十分严重，不调整不行。如果不调整，物价控制不住，人民在粉碎'四人帮'后得到的利益就要失掉。从现在的情况看，调整进行得比较好，比我们预料的好。

但短时间内不可能把比例失调的情况纠正过来。我们宁可把调整的时间放长一些,把调整期间的发展速度放慢一些,稳一些。如果这个时候的基础打好了,以后发展速度会快。基础不牢,想快也快不了,欲速不达。我们现在搞长远规划,目标放在本世纪末达到人均国民生产总值800美元。如果这个目标实现了,那时我们是12亿人口,国民生产总值就是1万亿美元。有了这样一个基础,我们相应地把教育经费提高2%到5%,教育事业就能更快发展,人才就多了,科学事业也就能更快发展。如果再抽出适当的比例来搞国防现代化,国防发展也就快了。人民的生活也会因此逐步提高。"

全国人大常委会副委员长廖承志参加了会见。

邓小平回答随丹麦首相
约恩森来华记者的提问

　　1981 年 10 月 22 日上午,中共中央副主席邓小平在会见丹麦首相安高·约恩森后,回答了丹方随行记者的提问。

　　在回答中国什么时候能够统一台湾的问题时,邓小平指出:"很难说出一个确切的时间,因为这不是由我们一方决定的,还要看台湾当局怎么想。我们提出的九条方针政策是合情合理的,台湾没有不能接受的理由。和平统一需要时间,最根本的是海峡两岸先接触起来。"

　　丹麦首相安高·约恩森是中国政府的邀请于 10 月 19 日乘飞机到达北京,开始对我国进行正式访问的,10 月 29 日乘船离开广州前往香港。

邓小平会见南斯拉夫
《信使报》记者达拉·雅奈科维奇

1981 年 11 月 13 日上午,中共中央副主席邓小平会见南斯拉夫《信使报》记者达拉·雅奈科维奇,并同她进行了亲切友好的谈话。

邓小平指出:"我们一直高度评价毛泽东同志对马克思主义的贡献。他把马列主义的普遍原理运用到中国革命的具体实践,从而取得中国革命的胜利。毛泽东同志在长期的革命斗争中为我们党和国家建立了一整套理论、路线、方针、政策。整个抗日战争时期,延安时代,从哲学到政治、经济以及党的建设方面,毛泽东同志有很大的创造。但是很遗憾,他晚年犯了一些错误。这些错误本身也违背了他过去的思想。

"现在我们所做的就是要恢复毛泽东思想的本来面目。毛泽东思想是马列主义同中国实际相结合的产物。中国自从粉碎'四人帮'以后,强调的是集体领导。特别是 1978 年 12 月召开党的十一届三中全会以后,我们根据毛泽东思想的原则,实事求是地分析中国的新情况,提出新问题,是有些新东西。这些东西是我们集体讨论、集体决定的。当然,也不否认个人的作用,比如说我个人在里面起了我自己应该起的作用。许多具体政策、具体问题,有的是这个同志提出的,有的是那个同志提出的,并不都是我一个人提出的。可以这样说,问题都经过集体讨论,最后是集体决定的。我们也有一条经验,个人干预问题过多并不好。从某种意义上说,毛泽东同志晚年错误也与此有关。"

邓小平还指出:"1974 年,周恩来总理在病中,四届人大的政府工作报告是我主持起草的。这是一个转折,即要把我们党和国家的工作重点转到一心一意搞四个现代化建设方面来。过去由于各种干扰,特别是政治运动的干扰,始终没有贯彻下去,形成了历史上的曲折。现在我们说,除了国际风云发生激烈变化,例如发生战争之外,我们始终要一心一意搞建设。这不只是我们这一代人的事情,至少要三四代人来干这件事。这个转折到1978年底的三中全会才实现。这不是哪一个人的转折,而是整个党、国家和人民的转折。"

在回答中国为什么不是不结盟运动成员的提问时,邓小平指出:"中国一贯支持不结盟运动。毛泽东、周恩来同志在世时就是这样做的。中国是最不结盟的国家,但不是不结盟运动的成员。我们考虑在外面支持不结盟运动比当其中的一员更有利,对不结盟运动更有好处。"

在谈到中南关系时,邓小平指出:"中南两国历史上的一些纠葛统统过去了,剩下的就是很好地发展两党和两国关系,发展政治、经济以及其他领域的合作。我们在各个领域的合作没有任何障碍。"

会见时,我国外交部副部长仲曦东在座。

邓小平会见美国新泽西州
西东大学教授杨力宇

　　杨力宇是美国新泽西州西东大学教授。曾长期研究邓小平,收集了各类资料,撰写《邓小平传》。1981 年他在接受记者采访时就指出,邓小平自1977 年第三度复出后,小心谨慎,为中国及世界作出了重大的贡献。他认为邓小平可说是"中国现代化的总设计师。"邓小平目光尖锐,眼光远大,看到了中国的问题及世界的危机,为中国的内政外交确定了应有的方向。1983 年 6 月,杨力宇访问中国,邓小平于 6 月 26 日会见了他,并同他进行了较长时间的谈话。在这次谈话中,邓小平第一次详尽阐释了中国大陆和台湾和平统一的设想,这就是当时引起海内外普遍关注的"邓六条"。

　　在谈到实现中国大陆和台湾和平统一的一些设想时,邓小平说,问题的核心是祖国统一。和平统一已成为国共两党的共同语言。但不是我吃掉你,也不是你吃掉我。我们希望国共两党共同完成民族统一,大家都对中华民族作出贡献。

　　我们不赞成台湾"完全自治"的提法。自治不能没有限度,既有限度就不能"完全"。"完全自治"就是"两个中国",而不是一个中国。制度可以不同,但在国际上代表中国的,只能是中华人民共和国。我们承认台湾地方政府在对内政策上可以搞自己的一套。台湾作为特别行政区,虽是地方政府,但同其他省市的地方政府以至自治区不同,可以有其他省、市、自治区所没有而为自己所独有的某些权力,条件是不能损害统一的国家的利益。

　　邓小平说,祖国统一后,台湾特别行政区可以有自己的独立性,可以实

1983年6月26日,邓小平会见美国新泽西州西东大学教授杨力宇

行同大陆不同的制度。司法独立,终审权不须到北京。台湾还可以有自己的军队,只是不能构成对大陆的威胁。大陆不派人驻台,不仅军队不去,行政人员也不去。台湾的党、政、军等系统,都由台湾自己来管。中央政府还要给台湾留出名额。

邓小平指出,和平统一不是大陆把台湾吃掉,当然也不能是台湾把大陆吃掉。所谓"三民主义统一中国",这不现实。

邓小平说,要实现统一,就要有个适当方式,所以我们建议举行两党平等会谈,实行第三次合作,而不提中央与地方谈判。双方达成协议后,可以正式宣布。但万万不可让外国插手,那样只能意味着中国还未独立,后患无穷。

邓小平希望台湾方面仔细研究一下"九条"的内容和邓颖超在政协六届一次会议上致的开幕词,消除误解。

邓小平对杨力宇教授当年3月在美国旧金山举办"中国统一之展望"讨论会表示称赞,说:你们做了一件很好的事。

邓小平说,我们是要完成前人没有完成的事业的。如果他们能完成这件事,蒋氏父子以及一切致力于中国统一事业的人,历史都会写得好一些。当然,实现和平统一需要一定时间。如果说不急,那是假话,我们上了年纪的人,总希望早日实现。要多接触,增进了解。我们随时可以派人去台湾,可以只看不谈。也欢迎他们派人来,保证安全、保密,我们讲话算数,不搞小动作。

邓小平指出,我们已经实现了真正的安定团结。我们和平统一祖国的方针,是党的十一届三中全会以后制定的,有关政策是逐渐完备起来的,我们将坚持不变。

谈到中美关系,邓小平说,中美关系最近略有好转,但是,美国的当权人士从未放弃搞"两个中国"或"一个半中国"。美国把它的制度吹得那么好,可是总统竞选时一个说法,刚上任一个说法,中期选举一个说法,临近下一届大选时又是一个说法。美国还说我们的政策不稳定,同美国比起来,我们的政策稳定得多。

同邓小平的这次会见,给杨力宇留下了十分深刻的印象,尤其是邓小平在解决台湾问题时所表现出来的高度的原则性和策略的灵活性,更使杨力宇感到由衷的钦佩。同年8月,杨力宇在香港《广角镜》8月号上发表了题为《中国,台湾与香港》的文章,描述了他同邓小平这次会谈的一些细节,他说:

在谈到台湾问题时,他(指邓小平)特别提到"一个中国"的大原则。他说,在这个大原则下,其他一切建议和方案均可考虑、讨论及采用。但他强烈反对美国的"两个中国"政策。因此,他说,中国的许多行为是针对着美国的"两个中国"政策,而非针对台湾,中国更无意孤立和打击台湾。

因此,他希望国民党与中共合作,进行两党"对等谈判",努力完成中华民族大统一的任务,对民族作出贡献。

在谈到具体的台湾问题时,邓小平提出,港台回归是中国的重大任务之一。在收回香港的主权后,中国将作适当的安排来保持香港的稳定及繁荣。我的印象是,中国对未来香港的构思保持以下各点:

一、香港可以有立法权。在不违背中国宪法的原则下,香港可以制定自己的法律。作为"港人治港"及"港法治港"的基础。

二、香港可以有其司法权,适当的司法机构,及最终审判权。

三、香港可以有适当的外事权,维持适当的对外关系,并可以签证及发出护照。

四、香港可以维护其独特的经济结构、社会制度、生活方式、生活水准,及独立的对外经济关系。

五、香港将可使用代表香港的旗帜及"中国香港"的称号。

在谈到解决台湾问题时,邓小平作了深入的说明。我发现中国对台湾问题的构想,基本上是相同的。统一后台湾和香港均将享有高度的自治权力;中国不干涉台湾的"内政"。所以,统一后,台湾亦将有独立的司法权、立法权、适当的外事权及国际地位。台湾将使用特有之旗帜及"中国台湾"这一称号。台湾亦将维持原有的制度、生活方式及生活水准。但中国对台湾之构想有一明显不同之处:香港不能保持原有武装力量(英军),更不能继续向外国购买武器。邓小平并指出另一个明显的不同之处:中国对香港强调"港人治港",但对台湾则不能提出"台人治台"的方案,因"台人治台"似有"台独"的涵义。台湾一旦搞独立,就有沦为外国殖民地之危险,这是中国绝对不能容忍的。他说,中国正积极朝向和平统一的方向走去,但却不能公开承诺和平统一是唯一的统一方式。因为这样的声明将使中国永远不能统一。

在解决台湾问题时,邓小平强调,中国将重视历史及现实,极有弹性,并将合情合理,充分考虑到台湾能接受的条款。他说,台湾及大陆将分别维持其经济及社会制度,并和平共存。这些原则大致地适用于解决香港问题的方案。

台湾不可能永久坚拒和平统一的要求,也许不久的将来,台湾可以同意一切初步的交流(如交换条件)。双方因此可逐步增加了解,降低敌意。终有一日,双方可以开始接触;也许90年代,中国统一的任务可以完成。

然而,在完成此一艰巨的任务以前,还有无数的准备工作需要完成。只有在海峡两岸及海外华人的共同努力下,此一任务才有完成的可能。

邓小平接受出席"两会"的港澳记者的访问

在撒切尔夫人会见邓小平后的第二天,她告诉英国广播公司电台记者戈登·马丁说:"我同邓小平等中国领导人的会谈是友好的,我们承认有分歧,但是我们共同的目的大于分歧。"同日,全世界都获悉,中英双方本着维护香港的繁荣和稳定的共同目的,同意在这次会晤后通过外交途径继续进行商谈。中英关于香港问题的第一阶段会谈到此结束。

在此后,中英双方开始了马拉松式的第二阶段谈判。在谈判过程中,局势时而在风平浪静底下暗流汹涌,时而一声晴天霹雳风云骤变,时而各方剑拔弩张。一会儿山回路转疑无路,但没过多久却又"柳暗花明又一村"。

在中英谈判代表唇枪舌剑的过程中,由于香港前途问题的不明朗,香港就象一只漂浮在汪洋大海中的小船,处于动荡不安之中。

1984 年 5 月,六届二次政协及人大会议在北京举行,并做出了自中华人民共和国成立以来从未有过的创举——首次邀请港澳记者赴京采访"两会"。24 日晚,港澳记者接到通知,第二天上午 9 时 10 分要准时在宾馆大会堂集合,10 时在人民大会堂有"重要人物会见。"至于"重要"到什么程度却没有说,记者们猜测可能是邓小平。

果不其然,翌日一早,记者们集合出发时,便获正式通知,邓小平将会见出席这次会议的港澳政协人大代表并与他们拍照留念,港澳记者亦躬逢盛会。记者乘车抵达人民大会堂时,时间尚早,工作人员正忙着布置照相用的阶梯并在座位上贴名字,以便对号入座。反正闲着无事,记者们便你一言、我一语,拟好了四个问题,盘算着等会儿看到邓小平时,派代表发问。

不久,人大、政协港澳代表纷纷站上阶梯,等了大约 35 分钟,邓小平便

1984 年 5 月 25 日,邓小平会见港澳记者,谈中国在香港驻军问题

出现在人们面前,吴学谦、姬鹏飞、杨静仁等尾随其后,大家握手问好,接着便开始拍照,港澳记者也来摄取镜头,待看到邓小平与代表们的合影拍得差不多时,才急忙跑到设在另一边的阶梯上去。合影完毕,邓小平从座位上站起来,转身向着左边人大、政协港澳代表的方向笑笑。

且说记者们原想合影后推举代表争取机会发问,但在合影前,大会方面已来打招呼不让提问,并说邓小平接见代表时,记者不得入内。既然希望化为泡影,所以记者们合影完毕后怅然若失,眼巴巴地望着邓小平步入东大厅,代表们跟着鱼贯而入。正在这时,忽然大会又临时通知记者可以入内拍照五分钟,但仍不得提问。

正在拍得差不多时,不料一直坐着不发一言、神色凝重的邓小平却打破沉默,开口说话了,他劈头一句是:"有这机会,我和记者讲几句话。"

听到这振奋人心的消息,记者既惊且喜,全场响起热烈的掌声。邓小平吐出一口粗气,似乎不吐不快的样子,接着说,中央对香港问题的发言,除了他本人和负责具体问题的姬鹏飞等人之外,所有其他的发言人都无效,都不算正式的。

这时,坐在邓小平左边的费彝民(中国全国记协副主席、香港《大公报》社长)插口:"5 分钟了,够啦,够啦!"似欲制止邓小平再往下说,但邓小平此时显得十分激动。他继续着他的即兴谈话:

"第二,我要辟个谣,黄华、耿飙讲的香港驻军问题不是中央的意见。你们去登一条消息(有人鼓掌),没有那回事,香港要驻军的,既然是中国的领土,为什么不能驻军呢? 这个英国外相和我会谈时,他也承认,他也说:当然希望中国不驻军,用另外一种形式,但是他承认中国政府既然收回香港主权,有权在香港驻军。这个明确得很,难道连这一点权力都没有吗?那还叫中国领土?"

说到这里,邓小平可能过于激动,咳嗽连声,似乎还有话说,但给咳嗽打断了。这时在场人士面面相觑,费彝民乘机兜住话头叫记者离场,工作人员也来帮腔。说来也怪,平时三番五次都请不走的记者却一反常态,闻言即三步并作两步地离开会场,慌慌张张得像逃命一般。曾经访问过黄华谈香港问题的亚洲电视台女记者,则吓得花容失色,掩住胸口说她刚才害怕得连麦克风都举不起来,以为邓小平四川口音很浓的那番话是指她们发播的新闻"胡说八道"。

当时的香港可谓风声鹤唳,草木皆兵。社会上民情浮动,浮议横飞,人们的心理承受能力已经达到最大的限度,一种被自我主观意识所无形中夸大的恐惧感正像瘟疫般在社会上传染,一旦这突如其来的驻军消息发布出去,极有可能给香港社会带来冲击波。当下,记者们就在大会堂的台阶上,在工作人员的帮助下,听过一遍邓小平的讲话录音,更感事态严重。有人忧形于色地说:"这下香港要陆沉了。"也有记者提议不要急着将这消息发出去,但为时已晚,电台消息是最快的,而且两家电台又是竞争对手,早已把消息手脚麻利地发出了。尽管如此,记者们仍然热心地围在一起商讨对策,不希望香港发生"地震"。经过一番商量,记者们决定守候在大门口,待会见结束后,拦截姬鹏飞、吴学谦这两位正式发言人,请他们就邓小平刚说过的话作进一步解释及补充。

等费彝民出来后,记者便围上去要求他说一下邓小平在记者离场后还说了什么。费透露说刚才还说了驻军人数不必太多,大概三五千就够了。他还引述邓小平的话说,军队只是负责防御、防止暴乱的工作,不管具体治安,不会干涉香港内部事务。费彝民这番起了安抚人心的话,使记者们当时吃了一颗"定心丸",这样才使邓小平的谈话没有在香港引起舆论大哗。

当天下午,负责处理香港记者采访事宜的新华社香港分社的编辑韩力,向记者们又发表了一份书面讲话,转述了邓小平在会见他们的过程中的谈话。记者们从各种消息来源证实,邓小平在记者离场后曾指出:"驻军是象征性的,是维护中华人民共和国主权的象征。港人治港是最广泛的自治啦,除了驻军之外,几乎没有什么象征了。"还说:"应当估计到九七年后会有人捣乱,这是不以人的意志为转移的,乱不可能不出现,不出现才怪,有了军队就不能胡作非为了。等到乱了再派军队,就不同了"。

阿弥陀佛!香港记者惴惴不安的心放了下来,原先的杞忧涣然冰释。

据信,引致邓小平批评黄华、耿飚的导火线是一份香港以知识分子为主要读者对象的报纸。邓小平接见政协、人大港澳代表的当天下午,刚好看了22日出版的这份报纸,报上刊载前国防部长耿飚5月21日出席湖南省人大代表小组会议时,就香港问题表示"中国军队将来不会驻在香港,而香港人也无须负担军费!"同时又有人向他说,黄华也接受过香港记者的采访,并曾就香港问题发言。他在盛怒之下,以为黄华说的也是驻军问题,于是在谈话时把两人批在一起了。

按照政治学一般常理,一个主权国家对领土内的一切人、物和事件享有排他性的管辖权,治权是主权的具体表现,主要包括官员设置、军事指挥和财政支配等,因而中国在香港驻军是理所当然的。但港英方面通过有的舆论媒介传出不希望、甚至反对中国政府在香港驻军的意向,对此,具有极强原则性的邓小平在看到报纸和听到旁边人的说话后情绪比较激动。不过,邓小平也是有情有性的,并非圣人,世人都会因他出于公心而动怒加以体谅。尤为令人钦敬有加的是,他的确具备"知错就改,勇于认错"的政治家风度。事隔三日后,他在接见香港"船王"包玉刚时,曾内疚地说:

"黄华同志没有说过驻军问题,我不该错怪他(大意)。"

君子之过,如日月之蚀,知过能改,善莫大焉。世人清楚地看到,邓小平后来作了自我批评,而耿飚也作了自我批评,这正是中国共产党人高风亮节的表征!一眚何能损大德?这种海涵地负的博大胸怀,令人肃然心服。

邓小平会见美国新闻界
人士组成的"重访中国团"

　　1985年3月25日上午,中共中央顾问委员会主任邓小平会见由蒂尔曼·德丁等19位美国新闻界人士组成的"重访中国团"。

　　邓小平指出:"中国太穷了,同我们这个拥有10亿人口的国家的地位不相称。我们有个雄心壮志,从80年代起,到本世纪末,把中国建设成为一个小康社会。国民生产总值达到人均800至1000美元,说准确点是800美元或稍多一点。这还并不富裕,但日子好过些。从另外一个角度讲,我国的国民生产总值实现翻两番,达到1万亿美元,在国力上就有较多的增强。那时我国的人口将达到12亿左右。这个目标达到了,就为我们的继续发展奠定了一个很好的基础。再用30到50年的时间建设,我们就可以接近世界上发达国家的水平。办好这件事,要花70年的时间,但这是我们坚定不移要做的事情。如果在本世纪末,我们的国民生产总值实现翻两番,达到1万亿美元,中国就可以对人类做出更多一点贡献。如果再花50年时间接近发达国家的水平,那末,我们这个国家对人类的贡献就更大一些。我们有信心做好这件事情。

　　"对人类做出贡献,我是从两方面来讲的:一是我们摆脱了贫困,表明占人类四分之一人口的国家做到了这件事,就可以给人类做更多贡献。这种贡献,包含对不发达的国家提供如何发展自己国家的经验,也可以对他们的发展提供比较多的帮助。二是中国每发展一步,就使国际的和平力量增加一分。中国是一个和平稳定的力量。我们最需要和平,不希望战争。我们的第一大任务就是反对霸权主义,维护世界和平。中国进行现代化建设,没有一个和平的国际环境是不行的。因此,我们真诚地希望和平。我们希望至少 20 年内不打仗,更希望 70 年内不打仗,可以从从容容地搞我们的社会主义四个现代化建设。

"当然,如果打起来了,怎么办? 那就打完了再搞建设。现在战争的危险还存在,但是我们看到了一个新的动态、新的情况,那就是制约战争的力量、和平的力量在发展。"

邓小平还指出:"从我们制定战略目标起,就把我们的建设叫作社会主义四个现代化。我们经常讲四个现代化,往往容易忽略了主词:社会主义。为了实现社会主义四个现代化,我们制定了一系列的方针和政策。其中最大的政策是两个开放,即对内和对外的开放政策。开放政策现在已经开始见效了。我们对内对外实行开放会出现一些不健康的因素,但是比较起来,最大的益处是发展了社会生产力。"

"重访中国团"的成员中大多是在 20 世纪 30 年代、40 年代到过中国工作或采访报道的。代表团一行包括休·帝恩、蒂尔曼·德丁和夫人、伊斯雷尔·爱泼斯坦、安娜丽·贾科比、约翰·赫拉夫塞克和夫人、亨利·李伯曼和夫人、罗伯特·马丁、菲利普·波特尔和夫人、彼得·兰德、艾伯特·拉文霍尔特和夫人、夏璧尔、舒子章、特雷西·斯特朗、伊洛生夫人。

会见时在座的有中华全国新闻工作者协会主席吴冷西、文化部部长朱穆之、中宣部副部长郁文等。

邓小平会见随比利时
首相马尔滕斯来华的记者

　　1985年4月17日上午,中共中央顾问委员会主任邓小平在会见比利时首相维尔弗里德·马尔滕斯之前,回答了比利时记者提出的关于中苏关系的问题。

　　比利时记者问:"到目前为止,阻碍中苏关系正常化的三个问题中,你认为哪一个最难解决? 换句话说,对你们来说在哪个问题上你们最坚持?"

　　邓小平说,这三个问题同等重要。中苏关系要真正实现正常化,必须逐步消除这三个障碍,因为它们构成了对中国的威胁。如果说,同时消除这三个障碍在苏联方面有困难,我们认为可以逐步来消除,可以先从解决其中的一个问题做起。看来,对苏联来讲,比较容易做到的事是使越南从柬埔寨撤军。这样做对苏联没有任何损害,苏联仍然能保持同越南的关系。如果苏联方面抱着明智的态度,就可以先从这件事情做起。

　　比利时首相维尔弗里德·马尔滕斯是应赵紫阳总理的邀请于4月15日下午乘飞机抵达北京,对我国进行正式访问的。并于4月22日圆满结束对我国的访问,乘飞机离开上海。

邓小平会见新闻工作者爱泼斯坦

爱泼斯坦是中国人民广为熟悉的,几乎与斯诺同时代的老新闻工作者。他出生于波兰,两岁便随父母迁居中国天津,15 岁开始新闻工作的生涯。他在中国整整工作了半个多世纪。解放后先后担任全国政协常委、宋庆龄基金会理事、《中国建设》(后更名为《今日中国》)杂志社总编辑等职。爱泼斯坦常说:"中国就是我的家!"他加入了中国籍,加入了中国共产党。

1985 年 4 月 20 日,爱泼斯坦在北京欢度了他一生中最难忘的生日——七十寿辰。这天,为祝贺他七十寿辰和在华工作半个世纪,宋庆龄基金会,外国专家局、文化部外文局、《中国建设》杂志社在人民大会堂为他举行了隆重热烈的招待会。尤其让他激动的是,招待会之前,邓小平等党和国家领导同志在福建厅亲切会见了他一家三代人。

下午 5 点,福建厅喜气洋洋。第一位到的是康克清。不一会儿,邓小平等党和国家领导人也陆续步入福建厅,他们都热烈地向爱泼斯坦表示祝贺。爱泼斯坦坐在邓小平旁边,一边还有邓颖超及其他领导同志。他们在一起亲切交谈着。

邓小平对爱泼斯坦说:"你都七十啦!"

爱泼斯坦风趣地说:"我还小呢!"接着他问候邓小平:"您近来身体都好吗?"

邓小平说:"还好! 没什么大毛病。"

当时,爱泼斯坦随同 20 世纪 40 年代来过中国的美国老朋友、老记者重游了延安、重庆等地,刚刚返回北京,所以他对邓小平提及了此事:"这次我和美国老朋友跑了许多地方参观访问。我们看到不少变化,感到欣慰。"

邓小平说:"你在中国工作都有 52 年了?"

爱泼斯坦说:"是啊! 我两岁就随父母来到中国,15 岁开始到报社工作。"

邓小平说:"您在中国工作了这么长时间,真不容易呀!"他停了一下又问:"您出生在波兰?"

爱泼斯坦说:"我是出生在波兰,但很小就离开了。1916 年去日本,1917 年才到中国。"

邓小平说:"我也去过华沙,那是 1925 年从法国回来时经过华沙的。"

爱泼斯坦深情地环视一下高朋满座的大厅,不禁动情地对邓小平说:"今天大家都来祝贺我,我非常感谢中国同志们!"

邓小平接过话说:"祝贺是应该的,您 52 年来一直为中国人民的革命工作,确实不容易。"

爱泼斯坦说:"我工作得很不够。"

邓小平说:"说不够,就难讲了。"

这时,坐在一旁的邓颖超关切地询问爱泼斯坦的家庭情况。她很怀念爱泼斯坦的夫人邱茉莉。这位英国妇女与爱泼斯坦患难与共,密切合作,一起为中国革命和世界进步事业而奋斗,可惜邱茉莉已在半年前不幸病逝。

邓颖超问爱泼斯坦:"您们有孩子吗?"

爱泼斯坦指着后排说:"有,今天他们也来了。"

邓颖超说:"快叫他们过来见见面!"

这时爱泼斯坦的女儿、儿子走了过来。这是爱泼斯坦夫妇多年抚育的两个中国孩子,现在都长大成人,建立了小家庭,所以今天来的有女儿、女婿、儿子、儿媳,还有爱泼斯坦最疼爱的外孙小宁宁。

爱泼斯坦向小宁宁招手说:"宁宁,快过来向邓爷爷、邓奶奶问好!"

这时,天真活泼的小宁宁跑到邓小平跟前,甜甜地喊了声:"邓爷爷好!"他搂着邓爷爷的脖子,让邓爷爷亲了亲他的小脸蛋。然后,小宁宁又跑到邓颖超跟前说:"邓奶奶好!"他也和邓奶奶亲了亲。这个聪明、活泼的孩子的举止，立刻感染了在坐的爷爷、奶奶们，大家都发出开怀的欢笑。

此时，孩子成了中心话题。孩子们代表着未来，话题自然使爱泼斯坦想起他多年来在宋庆龄直接领导下从事的正义事业，其中重要的是为了孩子们的健康成长。爱泼斯坦深有感触地说："我们的工作都是为了孩子们！"

邓小平听说小宁宁6岁了，便扳着手指说："6岁了，啊，到本世纪末才20多岁，正是时候，到那时，情况会比现在好多了。"

爱泼斯坦说："孩子们可以进入21世纪，他们可以生活70多年。"

邓小平说："孩子们可以看到我们国家的第二个奋斗目标。"

爱泼斯坦说："他们还可以为第三个目标服务！"

邓小平听了点点头，爽朗地大笑起来。

爱泼斯坦以十分崇敬的心情对邓小平说："我非常敬佩您这样高龄了，还从事大量的工作。"

邓小平说："我现在工作很少了。"

爱泼斯坦笑着说："但是，您做的是卓有成效的工作！"

会见结束时，邓小平等党和国家领导同志与爱泼斯坦一家合影留念，然后一起去参加招待会。

邓小平会见英国培格曼
出版公司总经理马克斯韦尔

罗伯特·马克斯韦尔是英国出版印刷界的著名人士、出版英文版《邓小平文集》的培格曼出版公司总经理、《镜报》集团的董事长。自20世纪50年代以来,马克斯韦尔一直热心于代销中国的图书和其他出版物,为中英之间的文化交流做出了巨大的贡献。

1985年8月,马克斯韦尔来华访问,在这次访华期间,邓小平在北戴河会见了他,这也是他第一次见到邓小平。

在一个多小时的会见中,邓小平同马克斯韦尔谈了国际形势和中英关系等问题。

邓小平说,"星球大战"干不得,它会使两个超级大国之间的军备竞赛发生质的变化。他指出,"星球大战"同增加几个核弹头,改换几个新型号的导弹有着质的不同。

在谈到中英关系时,邓小平说,中国和英国的关系是良好的。双方正在努力扩大合作领域。双方对相互间的合作都抱积极的态度。我们很愿意同欧洲发展经济关系。如果英国和其他欧洲国家在技术转让方面采取更开放的态度,中国同它们的经济关系将会有更大发展。

邓小平解释说,道理很简单,如果中国不能从西方包括欧洲在内取得技术,因而生产出能适合这些国家市场的产品,那么相互间的贸易是不能发展下去的。他还希望欧洲会有更多资金投到中国市场来。

邓小平还向马克斯韦尔介绍了中国经济发展的计划。他说,中国农村的体制改革三年见效。城市的体制改革差不多已有八九个月了,势头不错。估计再过三年,可以看到城市体制改革的初步见效。总的来说,我们定的目标并不高。目标定得太高,不符合实际。我们开始面临一个速度太快的问题。今年上半年总的增长速度超过 10%,工业的增长速度超过20%,听起来可喜,但有不健康的因素。我们现在在压低这个增长速度。增长速度太快容易造成人为的紧张,经济领域会丧失平衡,这是不利的。现在看来,到本世纪末,平均年增长率达到 7.2% 就够了。

在会见过程中,马克斯韦尔将一本羊皮烫金精装《邓小平文集》英文版赠给邓小平。《邓小平文集》作为世界领袖丛书之一,于 1984 年 12 月 6 日在伦敦出版。该文集收录了邓小平在 1956 年和 1979 年间关于政治、科学、教育、文学和艺术等方面的重要讲话。1981 年 2 月 14 日,邓小平以"我是中国人民的儿子"为题为这本文集写了序言,在这篇序言中,邓小平满含深情地写道:

毛泽东主席说过:"国际主义者的共产党员,是否可以同时又是一个爱国主义者呢?我们认为不但是可以的,而且是应该的。"我荣幸地以中华民族一员的资格,而成为世界公民。我是中国人民的儿子。我深情地爱着我的祖国和人民。我们中华民族曾经创造了光辉灿烂的悠久文明,但也经历过多方面的痛苦和灾难,进行过坚持不懈的斗争,并为此付出了高昂的代价。今天,我们正在认真地总结经验,并在安定团结的局面下,努力建设社会主义物质文明和社会主义精神文明。中国人民将通过自己的创造性劳动,根本改变自己国家的落后面貌,并以崭新的面貌,自立于世界的先进之列,并且同各国人民一道,共同推进人类的正义事业。我深深地相信,中国的未来是属于中国人民的,世界的未来是属于世界人民的。

中国最近在经济、政治、文化和其他方面的发展使我感到,如果把这些讲话中的题目放到现在来讲,我会讲得更全面些。但是,过去的就过去了:不要去改变它。我们只有尽可能做到对它有一个更深刻的理解。如果它们在有一天失去了自己的价值,那只意味着社会已经迅速地进步了。这又有什么不好呢?……

如今,这本文集已出版半年多了,它的社会效果如何呢?为此,马克斯韦尔对邓小平说,英文版《邓小平文集》第一次印刷的一万册已售完,又重印了二万册。这说明您的书是丛书中最受欢迎的。

邓小平听后谦虚地说，我的东西很平凡，里面没有什么惊人的语言。

马克斯韦尔说，但您的著作是诚实、直率的，是建立在事实和经验之上的。

邓小平会见意共《团结报》驻北京记者

　　1985 年 10 月 16 日上午,中共中央顾问委员会主任邓小平会见意大利共产党总书记亚历山德罗·纳塔后,设宴招待意共同志。席间意共《团结报》驻北京记者提起 1980 年邓小平接受意大利记者法拉奇采访一事,邓小平说:"她给我出了很多难题。那对我是一次考试,不知道通过了没有。那是我同外国记者谈话最长的一次,大概谈了六七个小时。法拉奇还采访过其他一些政治家,基辛格就是其中的一个。基辛格曾对我说,法拉奇是很难对付的一名记者。我在见法拉奇之前咨询过基辛格,他也很赞赏法拉奇。"

　　意大利共产党总书记亚历山德罗·纳塔应中共中央和胡耀邦总书记的邀请于 10 月 13 日至 18 日对中国进行了友好访问。

邓小平会见美国高级企业家代表团

1985年10月23日上午，中共中央顾问委员会主任邓小平会见美国时代公司组织的亨利·格隆瓦尔德为团长的美国高级企业家代表团。

在回答准备采取什么办法解决出现少数贪污腐化和滥用权力现象的问题时，邓小平指出："我们主要通过两个手段来解决，一个是教育，一个是法律。这些问题不可能在一夜之间解决，也不可能靠几个人讲几句话就见效。但是我们有信心，我们的党、我们的国家有能力逐步克服并最终消除这些消极现象。"

在回答这种现象是否反映了一个潜在的、很难解决的矛盾，即市场经济和社会主义制度之间的矛盾的问题时，邓小平指出："社会主义和市场经济之间不存在根本矛盾。问题是用什么方法才能更有力地发展社会生产力。我们过去一直搞计划经济，但多年的实践证明，在某种意义上说，只搞计划经济会束缚生产力的发展。把计划经济和市场经济结合起来，就更能解放生产力，加速经济发展。三中全会以来，我们一直强调坚持四项基本原则，其中最重要的一条是坚持社会主义制度。而要坚持社会主义制度，最根本的是要发展社会生产力，这个问题长期以来我们并没有解决好。社会主义优越性最终要体现在生产力能够更好地发展上。多年的经验表明，要发展生产力，靠过去的经济体制不能解决问题。所以，我们吸收资本主义中一些有用的方法来发展生产力。现在看得很清楚，实行对外开放政策，搞计划经济和市场经济相结合，进行一系列的体制改革，这个路子是对的。这样做是否违反社会主义的原则呢？没有。因为我们在改革中坚持了两条，一条是公有制经济始终占主体地位，一条是发展经济要走共同富裕的道路，始终避免两极分化。我们吸收外资，允许个体经济发展，不会影响以公有制经济为主体这一基本点。相反地,吸收外资也好,允许个体经济的存在和发展也好,归根到底,是要更有力地发展生产力,加强公有制经济。只要我国经济中公有制占主体地位,就可以避免两极分化。当然,一部分地区、一部分人可以先富起来,带动和帮助其他地区、其他的人,逐步达到共同富裕。我相信,随着经济的发展,随着科学文化和教育水平的提高,随着民主和法制建设的加强,目前社会上那些消极的现象也必然会逐步减少并最终消除。总之,我国当前压倒一切的任务就是一心一意地搞'四化'建设。我们发挥社会主义固有的特点,也采用资本主义的一些方法(是当作方法来用的),目的就是要加速发展生产力。在这个过程中出现了一些消极的东西,但更重要的是,搞这些改革,走这样的路,已经给我们带来了可喜的结果。中国不走这条路,就没有别的路可走。只有这条路才是通往富裕和繁荣之路。"

在回答对现在领导机构和领导人的变动是否满意,是否会继续执行改革政策时,邓小平指出:"我们的政策是否有连续性,主要看两条。首先是看政策本身对不对,这是最重要的。如果政策对,能推动社会主义社会生产力发展,使人民生活逐步好起来,这种政策本身就保证了它的连续性。其次要看执行政策的人。从中央到地方,都要有一批勇于探索、精力较好的人。"

在美国《时代》杂志海外版编辑普拉格提出如果今后你不在了,你希望人民如何怀念你时,邓小平说:"永远不要过分突出我个人。我所做的事,无非反映了中国人民和中国共产党人的愿望,党的这些政策也是由集体制定的。"

中共中央顾问委员会副主任王震、中国国际信托投资公司董事长荣毅仁参加了会见。

这个代表团是应中国国际信托投资公司的邀请来我国访问的,成员中有大企业、公司、金融机构的董事长、总裁、大学校长、前部长、前大使和时代公司董事长及高级记者等。

邓小平接受美国记者华莱士的访问

1986年9月3日,《人民日报》在第一版刊登了一则消息:"据新华社9月2日电:中共中央顾问委员会主任邓小平今天上午在中南海接受了美国哥伦比亚广播公司《60分钟》节目记者迈克·华莱士的电视采访。

邓小平回答了华莱士提出的有关中国经济改革、中国的统一、中美关系、中苏关系等方面的问题。"

消息刊登后,立刻引起全世界的轰动。华莱士何许人也?邓小平为什么接受他的采访?采访的具体内容是什么?所有这些很快就成为人们一时谈论的话题。

华莱士是美国哥伦比亚广播公司《60分钟》电视节目著名记者。

这是他第一次采访邓小平,也是唯一的一次。

华莱士于1918年出生于美国波士顿一个俄国犹太移民家庭。青年的华莱士爱好广泛并且多才多艺,尤其酷爱新闻事业。他具有俄国人的血统,身材魁梧威猛,仪表堂堂,颇有典型的西方记者的气质。在大学二年级时,他就与新闻事业结下了不解之缘。毕业后,先后在密执安大学广播中心和底特律广播电台就职。从1968年起,他开始出任哥伦比亚广播公司《60分钟》电视节目主持人。他那英俊的相貌、翩翩的风度和悦耳的嗓音,使无数观众倾倒。因此,这个节目在竞争激烈的美国电视界收视率极高,并多次获得大奖。华莱士这个名字,也像他主持的《60分钟》节目一样,在美国家喻户晓,他也因此而成为世界一流记者。

作为一名新闻节目的特派记者,华莱士踏遍了世界各地,倍尝了事业的艰辛与成功的欢乐。他曾采访过水门事件、越南战争、中东战争;他也单独采访过约翰逊、尼克松、霍梅尼、巴列维国王、里根、萨达特、贝京、威斯特摩兰将军等十多个世界风云人物。许多接受过华莱士采访的知名人士,都称赞他是一个很难对付的记者,他所提出的问题往往很尖锐,令人难以回答。

68岁的华莱士又开始向新的目标攀登了。他最后把目标对准了中国改革开放的总设计师邓小平。

1986年9月2日,邓小平在中南海紫光阁接受美国哥伦比亚广播公司《60分钟》节目记者华莱士的独家电视采访,并回答了有关中苏关系问题的提问

邓小平是一位世界闻名的传奇式的人物。他的一生,经历了无数次艰难险阻。建国前,他与刘伯承一起指挥千军万马,驰骋疆场,令日、伪军闻风丧胆,国民党军队望风而逃,尤其是指挥晋冀鲁豫野战军千里跃进大别山,逐鹿中原,更是现代战争史上的奇迹。建国后,他作为党和国家的重要领导人,其政治生活中的三落三起,更增添了这位风云人物的传奇色彩,其经历经常成为作家笔下的素材,也是平常百姓茶余饭后谈论的话题。十一届三中全会以后,邓小平又大胆探索,解放思想,重新恢复了实事求是的思想路线,提出了改革开放的方针政策。在他的领导下,短短几年内,中国就取得了巨大的成就,令世界为之轰动、喝彩。邓小平的所思所为,不仅具有极高的新闻价值,而且对研究中国的现状和未来具有重要的科学价值,对

世界的稳定和发展也具有重要的指导作用。因此,邓小平已成为世界知名人物。1986 年第一期的美国《时代》周刊推选邓小平作为 1985 年世界新闻人物,从而使邓小平继 1979 年后,再度成为《时代》周刊的封面人物。

1986 年《时代》周刊出版者序言中一开始是这样解释,为什么推选邓小平为 1985 年度新闻人物的:

"从 1927 年以来,《时代》周刊总要对上一年里的重要人物或重大事件作一番评选,不论是好是坏,只要对世界进程产生过巨大影响的,均在评选之列。在评选第五十九年度的新闻人物时,编辑们曾考虑把诸如朝气勃勃的新任苏联领导人米哈伊尔·戈尔巴乔夫、被监禁的南非黑人领袖纳尔逊·曼德拉、为赈济非洲灾民而举办音乐会进行募捐的鲍勃·格尔多夫这样的人作为头版的新闻人物。但是,他们最后冲破了纷繁复杂的日常新闻的束缚,重点考察了对历史有着巨大潜在影响的事件:中国正在进行的全面经济改革。这场改革是对马克思主义教条派的挑战,是对十亿中国人的生产力的一次解放。有鉴于邓小平给中国带来了如此巨大的变革,这位中国领导人成为了《时代》周刊 1985 年度的新闻人物。"

邓小平作为一名世界知名新闻人物,成为许多中外记者采访的对象。在要求邓小平接见的新闻记者名单上,早已排了一大串。邓小平之所以选择接受华莱士的采访,不仅因为华莱士是世界著名的新闻记者,而且还因为他是美国《60 分钟》节目主持人,这个节目在美国的影响是非同一般的。用邓小平的话说,是想借这个机会同美国人见见面,使美国人民更好地了解他、了解中国。

当华莱士一听到邓小平同意接受他的采访时,受宠若惊,兴奋异常。

兴奋之余,华莱士费尽心思,为这次采访作了大量的准备。他仔细阅读了几乎所有能够找到的有关邓小平的文字材料,其中给他印象最深刻的是邓小平的女儿毛毛写的《在江西的日子里》一文,文中描述了邓小平一家在"文革"中的遭遇。他还请中央新闻纪录电影制片厂和中央电视台提供了一些有关邓小平的革命经历和工作、生活方面的影视资料,如邓小平与刘伯承在解放战争中指挥战斗、邓小平在十二大等场面。他还根据电视采访的特点,要求把采访地点定在中南海,以便让观众欣赏到具有中国传统的古典建筑,也借此机会让美国人一睹中国领导人办公场所的风采。

9 月 2 日清晨,秋高气爽,阳光明媚。中南海迎来了美国客人。

上午 10 点整,邓小平健步来到中南海的紫光阁。

今天,他特意穿了一套新制的十分合体的黑色中山服,脚上着一双擦得锃亮的黑色皮鞋,显得格外整洁、朴素而又稳健。

这里,华莱士早已在阁内等候一会儿了,他一看见邓小平健步走来,急忙跨步迎了上去,与邓小平紧紧握手。

宾主入座后,华莱士兴奋地说:"我把今天同您的交谈看成是一次非常难得的机会。因为像您这样的人物,我们记者不太容易得到专访的机会。"

邓小平听后,微笑了一下,然后谦虚而诚恳地说:"我只是一个普普通通的人。"

"我希望我们在一起的一个小时对您是有趣的。"华莱士又道。

邓小平接着说:"我这个人讲话比较随便,因为我讲的都是我愿意说的,也都是真实的。我在我们国内提倡少讲空话。"

双方寒暄过后,华莱士拿出事先预备好的提问提纲,就中苏关系、中美关系及中国国内情况等逐一开始提问,3 台摄像机在 6 名美国电视技术人员的操纵下也开始运行。

华莱士首先就人们最为关心的中苏关系问题开始提问。

"您对最近戈尔巴乔夫在海参崴的讲话有何看法?"

华莱士之所以开门见山地提出这个问题,实际上是要邓小平代表中国政府对戈尔巴乔夫在海参崴表示苏联愿意与亚洲国家,尤其是中国和日本改善关系的讲话作出正式答复。可见,华莱士不愧是一名老练的世界一流记者。

邓小平从容地答道:"戈尔巴乔夫在海参崴的讲话有点新东西,所以我们对他的新的带积极性的东西表示了谨慎的欢迎。但戈尔巴乔夫的讲话也表明,他的步子迈得并不大。在戈尔巴乔夫发表讲话后不久,苏联外交部官员也讲了一篇话,调子同戈尔巴乔夫的不一样。这就说明,苏联内部就中国政策究竟怎么样,我们还要观察。"

华莱士听完邓小平的回答后,点了点头,然后又问:

"您以前有没有见过戈尔巴乔夫?"

"没有。"

"您是否想见见他? 因为他说过,他愿意同你们在任何时候,任何级别上谈任何问题。您愿意同他进行最高级会晤吗?"

邓小平回答说:"如果戈尔巴乔夫在消除中苏三大障碍,特别是在促进越南停止侵略柬埔寨和从柬埔寨撤军问题上走出扎扎实实的一步,我本人愿意跟他见面。"

谈到这里,华莱士却追问了一句越南对中国的态度问题。因此,使站在电视监视屏幕前"督战"的节目制作人焦虑不安。正好,过了一会儿,第一盘录相带用完了。节目制作人抓住停机换带的机会,赶紧向前提醒华莱士。

采访继续进行,华莱士赶紧问道:"邓主任,刚才我的节目制作人要我再问一下邓主任是否愿意会见戈尔巴乔夫。"

邓小平坦诚地回答说:"我刚才说了,如果苏联能够帮助越南从柬埔寨撤军,这就消除了中苏关系的主要障碍。我再说一次,越南入侵柬埔寨问题是中苏关系的主要障碍。越南在柬埔寨驻军也是中苏关系实际上处于热点的问题。只要这个问题消除了,我愿意跟戈尔巴乔夫见面。我可以告诉你,我现在年龄不小了。过了82了,我早已经完成了出国访问的历史任务。我是决心不出国的了。但如果消除了这个障碍,我愿意破例地到苏联任何地方同戈尔巴乔夫见面。我相信这样的见面对改善中苏关系,实现中苏国家关系正常化很有意义。"

华莱士继续问道:"具体地说,哪一件事应该放在第一位做呢?"

邓小平说:"三大障碍主要是越南侵柬,因为中苏实际上处于热点和对峙,不过方式是通过越南军队同中国对峙。"

邓小平的这段讲话,是在这次采访中最精彩,后来被新闻界评论最多,也是人们最为关注的一段话。在这段话中,邓小平紧紧抓住了中苏关系的要害问题,即越南从柬埔寨撤军。这也正是戈尔巴乔夫在海参崴讲话中所回避的问题。邓小平以战略家、政治家所具备的机敏和卓识,轻而易举地把皮球毫不客气地踢给了戈尔巴乔夫。

因此,美国《基督教科学箴言报》曾高度评论说:"邓小平巧妙地在没有作出任何让步的情况下从戈尔巴乔夫手里夺走了舞台中的位置。"

由于时间紧迫,华莱士不敢在中苏关系问题上耽搁太多的时间,因此,话题很快就转到中美关系上来。

华莱士微笑着告诉邓小平,里根夫妇都很喜欢看他主持的《60分钟》节目,问邓小平有什么话要问候里根总统。

邓小平听了华莱士提出的这一富有人情味的话题后,高兴地说:

1986年9月,邓小平在北京中南海接受美国哥伦比亚广播公司《60分钟》节目记者华莱士的独家电视采访,对华莱士提出的有关中国经济改革、中国的统一、中美关系、中苏关系等问题作了回答

"在里根总统和夫人访问中国时,我们认识了。我们相互间的谈话是融洽的和坦率的。我愿意通过你们的电视台,转达我对里根总统和夫人的良好祝愿。我希望在里根总统执政期间,中美关系能有进一步的发展。"

邓小平刚一说完,华莱士就立即将话题转到关键问题上来。

他问:"目前中美双方是否存在大的分歧问题?"

邓小平坦率地说:"有。如果说中苏关系有三大障碍,中美关系也有个障碍,就是台湾问题,就是中国的海峡两岸统一的问题。美国有一种议论说,对中国的统一问题,即台湾问题,美国采取'不介入'的态度。这个话不真实。因为美国历来是介入的。在50年代,麦克阿瑟、杜勒斯就把台湾看作是美国在亚洲和太平洋的'永不沉没的航空母舰',所以台湾问题一直是中美建交谈判中最重要的问题。"

邓小平对美国插手中国台湾、干涉中国内政提出了善意的批评，同时又希望美国在对待台湾问题上采取明智的态度，为促进中国统一履行自己应承担的义务。

华莱士似乎对邓小平坚持中国统一有点不太明白，因此继续追问道："台湾有什么必要同大陆统一？"

接着，邓小平以极大的耐心向对方阐明了实现中国统一的必要性和可能性。他主要讲了三点原因：一是民族感情问题。凡是炎黄子孙都希望中国统一；二是只要台湾不同大陆统一，说不定哪一天台湾就有可能被别的国家夺去；三是我们采取'一国两制'的方式解决台湾问题，这对台湾人民没有损失。虽然海峡两岸经济状况有差距，但是，这是暂时的，就发展趋势和整体力量来说，大陆比台湾强得多。

之后，华莱士又向邓小平提问了一些关于中国国内的情况。

华莱士问邓小平是否了解中国在引进外资的过程中存在的许多问题，诸如房租太高、谈合同争吵不休、名目繁多的各种税收、劳动力太贵及贪污、受贿等等。

邓小平点点头，坦率地回答说，中国确实有这种现象，不过，中国正在采取一系列措施来解决这些问题。相信会逐渐得到解决的。

华莱士又问："现在中国领导提出致富光荣的口号，资本主义国家很多人对此感到意外，这个口号同共产主义有什么关系？"

这是一个非常尖锐的问题，实际上他是问为什么毛泽东时期和邓小平时期中国的方针政策有如此大的不同。

邓小平听完提问后，呷了一口茶，然后含蓄地批评了"文革"时期"宁要穷的共产主义，不要富的资本主义"的错误。他指出，社会主义是共产主义的初级阶段，社会主义时期的主要任务就是大力发展生产力，使人民的生活一天天好起来，社会物质财富不断增长，为进入共产主义创造条件。因此，"致富"不是罪过，我们讲的"致富"，是指共同富裕，不会产生两极分化，与资本主义不同。

接着，华莱士又问了邓小平一些其他的问题，邓小平都一一作了回答。

这次采访超过了原定的 60 分钟的时间,实际上将近 80 分钟。对此,邓小平曾幽默地说:"我犯了一个大错误,违反了只谈一小时的协议。"

9 月 7 日,美国哥伦比亚广播公司播放了邓小平接受华莱士采访的全部过程。当人们看到那张熟悉的面孔在美国电视屏幕上谈笑风生时,美国轰动了,世界轰动了。

一时间,几乎全世界所有的新闻机构都以最快的速度报道了邓小平接受华莱士采访的消息。

在电视播放后一周多的时间里,邓小平的谈话一直是世界舆论评论的中心。

华莱士在全球又制造了一股"邓小平热"。他本人也因此而身价倍增,成为继法拉奇之后第二位享受此殊荣的外国记者。

邓小平会见香港记者陆铿

陆铿是香港著名记者,曾多次访问北京,并与邓小平会见。他对邓小平及其他所领导的中国的改革开放事业给予了高度评价。他在1988年出版的专著《风云变幻的邓小平时代》中描述了他对邓小平的印象,他写道:

他是在全世界对中国大陆都表示失望的情况下,给10亿人带来了希望。他是在强大的反对他复出的压力下站了出来,很快地扭转乾坤,受到了老百姓的拥护。而且,明明可以做党主席、国家主席而不做,表现出争千秋不争一时的气派。了不起!

我这种认识,是通过感性而到理性的。第一,邓小平此人没有架子,平易近人。比如,我批评共产党的话,他一直耐心听完,不中途打断我的话,而且反应不急不徐。第二,邓本人说话,不绕山绕水,开门见山,一句是一句,而且有一定的幽默感。比如,当我和他谈起香港问题时,他就说,到期收回,不是单收回九龙,而是像广东人说的"冚办烂",并向在座的邓颖超和方毅解释,"冚办烂"就是统统收回的意思。而且说,收回之后,制度不变,可以告诉在香港的亲戚朋友放心,不仅现有制度不变,甚至他们要回到封建制度也可以,话讲到这里,好了吧?表现得很干脆。第三,邓为人豁达,看得开。比如,我和他谈话时见他香烟一根接一根地抽,便告诉他,美国医药总监已经确认香烟有害于身体健康,因此美国香烟广告都要同时刊出有害的声明。邓很诚恳地表示,像我这样的人,没有其他的嗜好,只是抽抽香烟。而且年纪这么大了,何必再戒除呢?如果因抽烟而缩短寿命,也只好认了。说得在座的人都笑了起来。

最后,邓使我佩服的是他做事认真的精神。就以"中国实验大学"的计划来说,我当时交给他,他表示说,要好好研究一下。从1982年秋到今年春,石沉大海。我想大概是此计划连同共产党改名的建议,一起被丢进字纸篓里去了。想不到,他今年(指 1984 年)2 月视察深圳时,竟亲自把这个计划带到深圳交给梁湘,并告诉梁湘,这个计划经教育部研究过认为可行,叫他们再商议一下。今年 3 月我收到广东省副省长三屏山和副省长兼深圳市长梁湘两人具名的信,邀请我今年 6 月访问深圳,就创办中国实验大学的事签署协议书。说明邓小平是一心求治的。只要对中国的现代化发展有益的建议,他都会嘉纳的。

陆铿在书中对邓小平的第三次复出也给予了特别的关注,并谈了他的见解,他说:

1976 年,人们在大街上看批邓的大字报,毫不隐讳自己的真实感情:"哼! 要是这次不批邓,还不知道邓小平是好人哩!""四人帮"垮台后,群众对邓小平的复出,翘首盼望。有如大旱中望云霓,每逢开会间隙的耳语,或私下共语,都有"斯人不出,如苍生何"的感慨。当时人们为了表达对邓小平复出的迫切心情,只是在天安门旁的墙上贴了一个斗大的"等"字,在"等"字下面用一根红线挂上一个小瓶子。最初大家莫名其妙,后来才发现其真意:等着小平哩! 大陆有一部叙述甲午海战的电影《甲午风云》,主战派中有一个刚正不阿、爱国爱民的将领邓世昌,人称邓大人。自这部电影上映后,"邓大人"也就成了邓小平的代称。这不是拥戴邓小平个人,而是反映了人民切盼中国大陆改弦更张,走向富强的一片热忱。

以邓小平为代表的一批"文革"期间倒台的老干部,……当他们被赶下台,削职为民以后,长时间地"靠边站",使他们有了"旁观者清"的方便。在插队落户或"五七干校"养猪、种菜、犁地、耕田之时,自然使这些长期脱离人民、高高在上的中央首长和各省负责高干们,重新和一般群众或是乡下老百姓有所接触,亲耳听到人民的呼声,亲眼看到人民的疾苦,啊,原来事情并不像中南海想象的那么简单,从而对中共统治大陆多年来存在问题的严重性有所警觉,结合青少年时期培养的爱国激情和革命理想,于一旦东山再起时,也就决心将自己有生之年贡献出来,为中国四个现代化奠定基础,以免像周恩来那样含恨九泉。因此,在 1977 年、1978 年以邓小平为代表的"实践派"复出时,确是雄心勃勃,准备大干一场。那时,老百姓也闻讯而喜,奔走相告,尤其在中共十一届三中全会前后,形成了空前热烈的政治局面。

陆铿还十分钦佩邓小平身上所表现出的那一股"顽固"劲。他在书中写道:

邓小平从 1975 年到 1983 年的做法,是要把毛泽东留下的……摊子,彻底整顿一番,把毛泽东定下来的"以阶级斗争为纲"所造成的动乱彻底结束,把全国工作的重心转移到以"四化"为中心的建设事业上来,让百姓喘一口气。

在这个问题上,邓小平的头脑一直比较清醒。这在 1956 年中共八大一次会议时,他和刘少奇对于中国大陆主要矛盾的估计,就是生产力和生产关系的矛盾。经过了二十多年将近三十年的弯路,现在邓小平回头论证:"我们的生产力发展水平很低,远远不能满足人民和国家的需要,这就是我们目前时期的主要矛盾,解决这个主要矛盾就是我们的中心任务。"

针对毛泽东所说的:"政治是统帅,是灵魂,政治工作是一切经济工作的生命线"这一论点,邓小平提出建设现代化的社会主义强国的总路线就是"当前最大的政治",而且说:"这是一个长期的任务。如果发生大规模战争,要打仗,只好停一停了。除了发生这种情况,我们一定要按照这条路线专心致志地、始终如一地干下去……现在要横下心来,除了爆发大规模战争外,就是始终如一地、贯彻始终地搞这件事,一切围绕着这件事,不受任何干扰。就是爆发大规模战争,打仗以后也继续干,或者重新干。"

横下心来,反映了邓小平的"顽固"劲。他之所以能三落三起,也就是靠这点"顽固"劲。1974 年在毛泽东"绵里藏针,人才难得"的批示下复出,1975 年掌握中共中央工作时,接见各省市大员就表现了这股"顽固"劲。